간디, 비폭력 저항운동

Satyagraha in South Africa
M. K. Gandhi

간디, 비폭력 저항운동

남아프리카에서의 사티아그라하

마하트마 K. 간디 지음

박홍규 옮김

문예출판사

마간랄 K. 간디[1]에게

---

1) Maganlal Khushalchand Gandhi(?~1928)는 간디의 종형제로 간디는 그를 자신의 후계
자라고 생각했다. 간디 지음, 박홍규 옮김, 《간디 자서전 : 나의 진실 추구 이야기》, 문예
출판사, 2007. 3부 23장, 4부 19, 21, 25~26장 참조. 이 책은 이하 《자서전》으로 표기함.

•

머리말

남아프리카의 사티아그라하 투쟁은 8년간 이어졌다. 사티아그라하라는 말은 그 투쟁 과정에서 만들어지고 사용되었다. 나는 그 투쟁의 역사를 쓰고 싶다고 오랫동안 생각해왔다. 어떤 일은 나만이 쓸 수 있다. 어떤 운동이 어떤 목적으로 행해졌는지는 지도자만 알 수 있기 때문이다. 나아가 이는 정치 분야에서 대규모로 벌어진 사티아그라하 원칙을 처음 적용한 시도다. 사람들이 그 발전에 대해 생각하는 것은 언제라도 필요하다.

그러나 지금 인도에는 사티아그라하가 광범한 영역에 걸쳐 있다. 비람감 세관 문제[2]를 비롯해 일련의 불가피한 투쟁이 있다. 내가 비람감 문제에 관심을 기울인 것은 바드완의 선량하고 남을 생각할 줄 아는 재단사 모틸랄[3]의 도움을 통해서다. 1915년 영국에서 막 귀국한

---

2) 지방 왕국에서 영국 직할령으로 들어갈 때 밀수 저지라는 명목으로 관세를 받았으나, 1917년 11월에 폐지되었다.《자서전》5부 3장 참조.

3)《자서전》5부 3장.

나는 사우라슈트라[4]로 갔다. 삼등칸 열차를 타고 바드완 역에 내리니 모틸랄이 사람들과 함께 왔다. 그는 비람감 사람들에게 닥친 어려움에 대해 설명하면서 말했다.

"이 문제를 끝내기 위해 뭔가 해주십시오. 당신의 고향 사우라슈트라에 엄청난 봉사가 될 것입니다."

그의 눈에는 슬픔과 결의가 담겼다.

"감옥에 갈 각오가 되었습니까?" 내가 물었다.

바로 답이 왔다. "교수대에 오를 각오까지 하고 있습니다."

"감옥으로 충분합니다. 단 배반해서는 안 됩니다."

모틸랄이 답했다. "시간만이 말해줄 수 있을 것입니다."

나는 라지코트에 도착해 상세한 정보를 얻고, 정부와 교섭하기 시작했다. 바가스라를 비롯한 여러 곳에서 연설하며 비람감 세관 문제에 대해 사티아그라하를 해야 한다면 각오하라고 말했다. 충직한 공안 경찰은 연설 내용을 정부에 알렸다. 통보자는 정부에 봉사한 것이지만, 의도하지 않게 사람들에게도 봉사한 셈이다. 마지막으로 나는 첼름스퍼드[5] 경과 이야기를 나누었다. 그는 세관을 철폐하겠다고 약속했으며, 그 약속을 지켰다. 다른 사람들도 이를 위해 노력한 것을 안다. 그러나 무엇보다도 사티아그라하가 시작될 가능성 때문에 세관이 폐지되었다고 굳게 믿는다.

이어 인도인 이민법[6] 문제가 터졌다. 그 법을 철폐하기 위해 엄청난

---

4) 간디가 태어난 카티아와르반도 구자라트 지방의 중앙.

5) Lord Chelmsford. 《자서전》 5부 3, 11, 26, 30, 35장 참조. 1919년부터 입법과 행정에서 몬터규·첼름스퍼드Montagu-Chelmsford 개혁이 부분적으로 시행되었다.

노력을 했다. 대규모 대중운동이 벌어졌다. 뭄바이[7] 집회에서 이민법 철폐일이 1917년 7월 31일로 결정되었다. 그 경위를 여기에서 설명하기는 적절하지 않다. 이와 관련하여 여성 대표단이 처음으로 총독을 방문했다. 그 고매한 자이지 페디트 부인의 이름을 거론하지 않을 수 없다. 여성 대표단을 조직한 사람이기 때문이다. 이번에도 사티아그라하를 준비하는 것만으로 승리했다. 그러나 여기에서도 대중운동이 필요했음을 기억하는 것이 중요하다. 계약노동을 중단하는 것이 비람감세관을 폐지하는 것보다 중요했다. 첼름스퍼드 경은 롤럿법[8]을 비롯한 일련의 실수를 범했다. 그러나 나는 그가 현명한 지배자였다고 생각한다. 도대체 어떤 총독이 문관으로 오래 근무한 자들의 오랜 영향에서 벗어날 수 있었을까?

세 번째는 참파란[9] 투쟁이다. 라젠드라 바부[10]가 그 상세한 역사를 썼다. 거기에서는 사티아그라하를 하지 않을 수 없었다. 단순한 준비로는 충분하지 않았다. 그러나 상대방의 이익이 너무나 컸다! 참파란에서 사람들이 비폭력을 얼마나 잘 지켰는지는 기록할 만한 가치가 충분하다. 지도자들은 말과 행동으로 완벽하게 비폭력을 지켰음을 내

---

6) 계약노동자 제도는 1917년 5월 31일에 폐지되었다. 《자서전》 5부 11장 참조.

7) 지금은 뭄바이지만 과거에는 봄베이라고 했다.

8) Rowlatt법의 정식 명칭은 '아나키적이고 혁명적인 범죄법Anarchical and Revolutionary Crimes Act'이지만, 보통 그 위원장의 이름을 따서 부른다. 이는 전쟁 중의 인도 방위법을 대체한 치안 유지법으로 1919년 3월 18일에 입법되었다.

9) Champaran. 농민은 20분의 3에 해당하는 농지에 인디고(쪽)를 재배해야 했다. 이는 농업조사위원회 권고에 따라 1917년 10월 3일에 폐지되었다.

10) Rajendra Babu(1884~1963)는 인도공화국 초대 대통령. 《자서전》 5부 12~13, 16~17장 참조.

가 증언한다. 그래서 그 긴 남용이 6개월 만에 끝났다.

네 번째 투쟁은 아마다바드 공장노동자들의 투쟁[11]이다. 구자라트는 그 역사를 완전히 안다. 노동자들이 얼마나 평화로웠는가! 지도자들에 대해서 할 말은 없다. 그래도 그 승리는 순수하지 않았다고 생각한다. 노동자들의 단결을 지키기 위해 내가 단식한 것이 경영자들을 간접적으로 압박했기 때문이다. 나는 경영자들과 우호적인 관계를 맺었기에 단식이 그들에게 영향을 미쳤다. 그럼에도 싸움이 준 교훈은 분명하다. 노동자들이 평화롭게 투쟁하면 그들은 반드시 성공하고, 동시에 경영자의 마음을 얻을 것이다. 노동자들은 생각과 말과 행동이 순수하지 못해서 경영자의 마음을 얻지 못했다. 그들은 비폭력으로 행동하지 않았음이 분명하다.

다섯 번째는 케다[12] 투쟁이다. 이 경우 사티아그라하 당사자의 지역 지도자들이 진실을 지켰다고 말할 수는 없다. 평화는 확실히 지켜졌다. 그러나 농부들의 비폭력은 노동자들처럼 표면적이었다. 우리는 명예를 지켰을 뿐이다. 사람들이 크게 각성했지만, 케다는 비폭력의 교훈을 완전히 자기 것으로 삼지 못했다. 즉 노동자는 평화의 참된 의미를 이해하지 못했다. 그래서 롤럿법에 반대한 사티아그라하에서 나는 히말라야와 같은 실수[13]를 했다고 고백하지 않을 수 없었고, 스스

---

11) 임금 인상 파업.《자서전》5부 20, 22장 참조.
12) Kheda. 관습법으로는 수확량이 4분의 1이나 그 이하가 되는 해는 지조地租가 면제된다. 평가 사정의 차이에서 지조를 내지 않는 사티아그라하 투쟁이 벌어졌다.《자서전》 5부 23~25장 참조.
13) 《자서전》5부 23장 참조.

로 단식하고 남들도 그렇게 하도록 했다.

여섯 번째는 롤럿법 반대 투쟁[14]이다. 그 속에서 우리 내부의 결점이 표면화됐다. 그러나 본래 기초는 튼튼하고 잘 놓였다. 우리는 모든 결점을 받아들이고 속죄했다. 롤럿법은 제정 과정에서 시행되지 못했고, 마침내 폐기되었다. 이 투쟁은 우리에게 커다란 교훈을 주었다.

일곱 번째 투쟁은 킬라파트Khilafat, 편자브 문제와 자치권 확보 투쟁[15]이다. 이것은 아직도 진행 중이다. 사티아그라히[16]가 한 사람이라도 마지막까지 강고하다면 반드시 승리한다는 나의 믿음은 확고하다.

그러나 진행 중인 투쟁은 성격상 서사시다. 나는 투쟁 준비가 얼마나 자연스러웠는지 서술했다. 비람감 세관 문제에 관여했을 때 다른 투쟁이 이어지리라고는 생각하지 못했다. 심지어 남아프리카에 있을 때 나는 비람감에 대해 전혀 몰랐다. 이것이 사티아그라하의 아름다움이다. 그것은 스스로 왔다. 즉 그것을 찾고자 어디론가 가지 않았다. 이는 그 원칙 자체에 내재한 특징이다.

'정의의 싸움dharma-yuddha'에는 숨겨야 할 비밀도, 속여야 할 의도도, 허위의 장소도 없다. 종교적 인간이면 언제나 그것을 위해 대기한다. 계획되어야 할 투쟁은 옳은 투쟁이 아니다. 옳은 투쟁에서 신은 스스로 운동을 계획하고 전투를 지도한다. 정의의 싸움은 오직 신의 이름으로 행해질 수 있고, 사티아그라히의 모든 토대가 흔들리고 전적으로 무력해지며 주위에 암흑이 가득할 때 비로소 신이 돕는다. 신은

14) 《자서전》5부 29~33장 참조.

15) 《자서전》5부 35~37, 42~43장 참조.

16) satyagrahi는 사티아그라하를 실천하는 사람.

인간이 자신을 먼지보다 못한 존재라고 느낄 때 도와준다. 신은 오로지 약하고 무력한 사람에게 힘을 준다.

우리는 아직도 이 진리를 체험해야 한다. 그래서 나는 남아프리카의 사티아그라하 역사가 우리에게 도움이 된다고 생각한다.

독자들은 지금 진행하는 투쟁에서 우리가 오늘까지 체험한 것이 남아프리카에서 행해진 것임을 알게 될 것이다. 또 지금까지 우리 투쟁에서 실망할 이유는 없음을 남아프리카의 사티아그라하 역사가 보여준다는 것을 알게 될 것이다. 승리를 위한 조건은 우리의 계획에 온전히 집중하는 것뿐이다.

나는 이 머리말을 주후에서 쓰고 있다. 이 책의 30장까지는 예라브다 감옥[17]에서 썼다. 내가 구술한 것을 슈리 인두랄 야즈니크[18]가 받아썼다. 나머지 장은 지금부터 쓰고자 한다. 감옥에는 참조할 문헌이 없다. 여기에서 문헌을 모을 생각도 없다. 나에게는 상세한 역사를 쓸 시간도, 의향도 없다. 나의 유일한 집필 목적은 지금 진행하는 투쟁에 도움이 되고, 미래에 생겨날 역사가를 안내하는 것이다. 비록 참고 문헌 하나 없이 썼지만, 나는 독자들이 이 책의 어떤 사항도 부정확하다거나 과장이 있다고 생각하지 말기를 바란다.

---

17) 푸나 근교에 있다. 간디는 1922년 3월 10일 밤 아마다바드에서 체포되어, 같은 달 18일 6년 금고형을 선고받고 21일 수감되었다. 그리고 약 2년 뒤인 1924년 2월 5일 석방되었다. 《자서전》 머리말 참조.

18) Indulal Kanhaiyalal Yajnik(1892~1972)는 구자라트의 브라만 출신으로, 간디에게 감동하여 예라브다 감옥에서 약 1년간 간디와 같은 방을 사용했다. 《자서전》 5부 23, 34장 참조.

삼바트력 1980년 팔건 흑반월 13일[19]

서기 1924년 4월 2일, 주후에서

M. K. 간디

---

19) 삼바트력이란 북부 인도에서 사용되는 비크람 삼바트Vikram Samvat 기원(기원전 58~56년)을 말한다. 팔건Phalgan은 태양력 2월 중순에서 3월 중순에 해당된다. 흑반월 Valdi은 보름달에서 초승달까지 15일을 말한다.

차 례

간디, 비폭력 저항운동

Satyagraha in South Africa

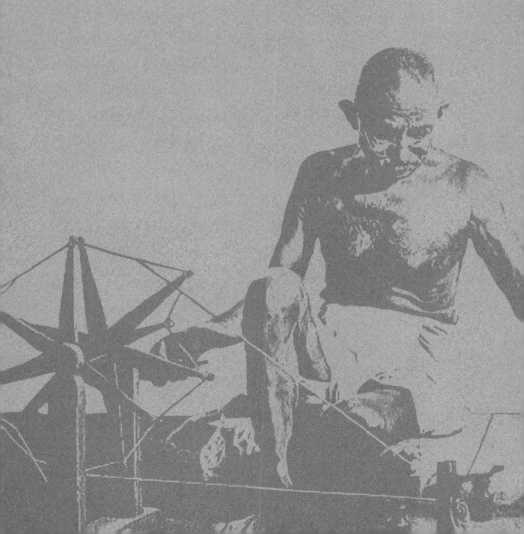

일러두기

1. 이 책은 M. K. Gandhi, *Satyagraha in South Africa*를 번역한 것입니다.
2. 원주와 영역자 주는 *로, 옮긴이 주는 1), 2), 3)으로 표기했습니다.
3. 본문에 나오는 마일, 피트, 파운드, 에이커 등은 〔 〕안에 환산된 수치를 표기했습니다.

1. 지리

아프리카는 세계에서 가장 큰 대륙 가운데 하나다. 인도를 한 나라가 아니라 대륙이라고 하지만, 면적으로 보면 아프리카가 인도의 4~5배에 이른다. 남아프리카[20]는 인도처럼 반도다. 그래서 대부분 바다로 둘러싸였다. 흔히 아프리카를 지구에서 가장 더운 곳이라고 생각하는데, 이는 진실의 일면에 불과하다. 적도는 아프리카의 중앙을 통과한다. 인도 사람들은 그 주변 나라의 더위를 상상할 수 없다. 인도 최남단에서 우리가 느끼는 더위를 통해 적도의 더위를 조금 상상할 수 있다. 그러나 남아프리카에는 그런 더위가 없다. 적도에서 멀리 떨어졌기 때문이다. 백인이 인도에 살기는 거의 불가능하지만, 남아프리카 지역은 대부분 백인이 쾌적하게 살 수 있을 정도로 온난하다.

게다가 남아프리카에는 티베트나 카슈미르처럼 고원지대가 있어도, 티베트처럼 고도가 1만~1만 4000피트(3000~4300미터)에 이르는

---

20) 남아프리카는 아프리카 남부 지방을 뜻하는 이름으로 현재의 남아프리카공화국과 다르다. 후자는 트란스발, 오렌지자유국, 케이프, 나탈이 2차 보어전쟁(1899~1902) 이 끝나고 통합해서 만든 나라로, 간디가 남아프리카에 처음 간 1896년에는 없었다. 보어Boer는 네덜란드어로 '농부'라는 뜻으로, 남아프리카에 정착한 네덜란드인을 가리킨다. 그들은 케이프타운에 정착하기 위해 원주민과 싸웠는데, 1815년 그곳의 광물자원을 탐낸 영국이 개입하여 케이프타운을 점령하자 보어인은 북쪽으로 이동했다. 그들이 줄루족을 추방하고 정착한 곳이 나탈이나, 1834년 영국과 줄루 연합군이 나탈을 탈환했다. 보어인은 다시 북쪽으로 가서 트란스발과 오렌지자유국을 세웠다. 1차 보어전쟁(1880~1881)에서 보어인이 승리한 뒤 영국은 트란스발과 오렌지자유국의 자치를 인정했으나, 보어인은 2차 보어전쟁에서 패했다.

곳은 없다. 그래서 기후가 건조하고, 추위도 충분히 견딜 만하다. 남아프리카의 몇 지역이 결핵 환자 요양지로 가장 적합한 것도 그 때문이다. 그중 하나가 남아프리카의 황금 도시 요하네스버그다. 지금 요하네스버그가 있는 지역은 50년 전만 해도 황량하고 마른 잡초로 뒤덮였다. 그러나 금광이 발견되자 마법처럼 많은 집이 세워졌고, 지금은 멋지고 거대한 건물로 가득하다. 그곳의 부자들은 남아프리카의 비옥한 지역과 유럽에서 한 그루에 1기니나 하는 묘목을 가져와 심었다. 이런 과거를 모르는 여행자는 그 나무들이 늘 그곳에 있었다고 생각하기 쉽다.

나는 우리 주제와 관련된 남아프리카 지역에 대해서만 설명하고자 한다. 남아프리카 일부는 포르투갈의 지배를 받았고, 나머지는 영국의 지배를 받았다. 포르투갈령은 델라고아 만으로, 인도에서 남아프리카로 항해할 때 처음 만나는 항구다. 그곳에서 남쪽으로 내려가면 최초의 영국 식민지 나탈에 이른다. 그 중심 항구는 나탈 항이지만, 우리에게는 더반으로 알려졌다. 이는 남아프리카에서도 일반적인 통칭이다. 더반은 나탈 최대의 도시다. 나탈의 수도는 더반에서 60마일〔100킬로미터〕 정도 떨어졌고, 해발 2000피트〔600미터〕 높이에 있는 피터마리츠버그로 기후는 인도와 반대다. 더반의 기후는 뭄바이와 비슷하지만 좀 더 시원하다.

나탈을 지나 내륙으로 더 들어가면 트란스발에 이른다. 그곳에는 세계 최대의 금광이 있다. 몇 년 전 다이아몬드 광산도 그곳에서 발견되었다. 그중 하나에서 세계 최대의 다이아몬드가 나왔다. 광산주의 이름에 따라 컬리난Cullinan이라고 불리는 그 다이아몬드는 3000캐럿(600그램)이 넘는다. 반면 런던에 있는 코이누르 Kohinoor는 100캐럿(20그램), 러시아 왕관의 오를로프 Orloff는 200캐럿(40그램) 정도다.

요하네스버그가 금광 산업의 중심이고 부근에 다이아몬드 광산도 있지만, 트란스발의 공식적인 수도는 아니다. 수도는 요하네스버그에서 36마일(60킬로미터) 정도 떨어진 프리토리아다. 그곳에는 주로 관료와 정치가, 그 관련자들이 살아서 비교적 조용하다. 반면 요하네스버그는 시끄럽다. 인도의 조용한 마을이나 시골에서 뭄바이에 온 사람이 도시의 소란과 황폐함을 느끼듯이, 프리토리아에서 요하네스버그에 온 사람도 같은 느낌이 든다. 요하네스버그 사람들이 걷지 않고 뛰는 듯 보인다는 말은 전혀 과장이 아닐 것이다. 모두 다른 사람을 쳐다볼 여유 없이, 가장 짧은 시간에 가장 많은 부를 얻을 궁리만 하는 듯 보인다.

트란스발을 떠나 내륙의 서쪽으로 가면 오렌지자유국에 이르게 된다. 그 수도는 작고 조용한 블룸폰테인이다. 오렌지자유국에는 광산이 없다. 그곳에서 기차로 몇 시간 달리면 남아프리카 식민지 중에서 가장 큰 케이프 식민지의 국경에 도착한다. 그 수도도 케이프타운이라는 최대의 항구다. 그곳은 희망봉에 있다. 그곳을 발견한 뒤[21] 주앙 João 2세가 포르투갈 사람들이 인도에 이르는 새롭고 더 쉬운 항로를 발견하도록 희망하여 붙인 이름이다. 인도는 당대 항해 탐험의 최대 목적지였다.

중요한 영국 식민지 네 곳 외에 영국 '보호령'이 몇 군데 있다. 그곳

---

21) 1488년 바르톨로메우 디아스가 처음 그곳에 이르렀다. 1497~1499년 인도 항로 개
    척 이래 포르투갈 왕이 개명했다.

에는 백인이 오기 전부터 원주민이 살았다.

남아프리카는 주산업이 농업이고, 농업에 가장 알맞다. 몇 지역은 아름답고 비옥하다. 주된 곡물은 옥수수로 많은 노동력이 필요하지 않으며, 남아프리카 흑인의 주식이다. 일부 지역에서는 밀도 경작한다. 남아프리카는 과일도 유명하다. 나탈에서는 맛있는 바나나와 파파야, 파인애플이 대량생산 되어 가난한 사람에게도 돌아간다. 다른 식민지에서도 오렌지와 복숭아, 살구가 대량생산 되어, 시골에서는 수많은 사람이 수확하는 노동만으로 그것을 얻는다. 케이프 식민지는 포도와 자두의 땅이다. 그곳의 맛있는 포도는 다른 데서 자라지 않는다. 수확기가 되면 값이 떨어져 빈민도 마음껏 먹을 수 있다.

인도인이 사는 곳에 망고가 없을 수 없다. 인도인은 남아프리카에 망고를 심어 상당한 양을 수확했다. 몇 가지 품종들은 뭄바이의 최상품과 경쟁할 수 있다. 채소도 이 비옥한 땅에 집약적으로 자란다. 맛을 아는 인도인이 인도에 있는 거의 모든 채소를 재배한다고 말할 수 있다.

가축도 많이 사육된다. 수소와 암소는 인도의 소보다 크고 힘이 세다. 나는 수소를 보호하는 인도에서 많은 수소와 암소가 인도인처럼 쇠약한 것을 보고 부끄러워 몇 번이나 울었다. 눈을 크게 뜨고 남아프리카 전역을 돌아다녔지만, 쇠약한 수소나 암소를 본 적이 없다. 자연은 혜택이나 풍요와 함께 대지를 아름답게 장식하는 점에서도 아낌이 없다.

더반은 아름다운 곳이지만, 케이프타운은 더 아름답다. 케이프타운은 테이블 마운틴이라는 그리 높지도 낮지도 않은 산속에 있다. 남아프리카를 찬양하는 어느 뛰어난 여성[22]이 그 산의 독특함을 다른 산에서는 느낄 수 없었다고 노래하는 시를 썼다. 이는 과장인지도 모른다. 나는 그렇다고 생각한다. 그러나 그녀가 한 말 중에 테이블 마운틴이 케이프타운 사람들의 친구라는 말은 진실이다. 그곳은 그리 높지 않기 때문에 두려움을 주지 않는다. 사람들은 멀리서 숭배하도록 강요되지 않고, 그 속에서 집을 짓고 산다. 그리고 바닷가에 있기 때문에 바다는 언제나 산의 발을 깨끗한 물로 씻어준다. 남녀노소가 두려움 없이 산 전체를 걸어 다녀서 매일 수천 명의 목소리가 그곳에 울려 퍼진다. 거대한 나무나 아름다운 향기와 다양한 꽃이 그 산을 아름답게 장식해서 그곳을 아무리 바라보거나 걸어도 지나치지 않다.

남아프리카에는 강가[23]나 인더스 같은 거대한 강이 없다. 그곳에 있는 강은 비교적 작다. 그곳의 높은 토지에는 강이 흐를 수 없다. 큰 강이 없는 곳에 어떻게 물을 댈 수 있을까? 남아프리카에서는 자연이 물 부족을 초래한 곳에 우물을 파고, 밭에 물을 댈 필요가 있으면 풍차나 증기 엔진으로 물을 퍼낸다. 정부는 농업을 크게 장려한다. 농업 전문가를 파견하고, 모범 농장을 설치하여 농민의 편의를 위한 여러 가지 실험을 하며, 좋은 가축과 종자를 제공한다. 또 저가로 우물을 파고 그 비용을 나누어 내도록 하며, 농민의 토지를 지키기 위해 철조망을 치도록 한다.

---

22) Oliver Emilie Albertina Schreriner(1885~1920)는 독일인 선교사의 딸로, 보어인 가족의 가정교사를 지낸 뒤 소설과 에세이를 썼다. 대표작으로 소설《아프리카 농장 이야기 The Story of an African Farm》와 페미니즘 고전《여성과 노동 Woman and Labour》등이 있다.
23) 갠지스 강의 산스크리트어 이름.

남아프리카가 적도 남쪽에 있고, 인도가 적도 북쪽에 있으므로 기후 조건이 반대다. 계절도 반대다. 인도가 여름이면 남아프리카는 겨울이다. 우기는 일정하지 않고 변덕스럽다. 비는 언제나 내린다. 연간 강수량은 20인치(500밀리미터)를 넘지 않는다.

2. 역사

앞 장에서 간단히 설명한 지리가 옛날부터 그랬던 것은 아니다. 남아프리카 원주민이 누구였는지 확실히 알 수 없다. 백인이 남아프리카에 정착했을 때는 흑인이 살고 있었다. 그들 가운데 일부는 노예제도가 번성했을 때 미국에서 도망쳐 남아프리카에 정착한 사람들의 후손으로 생각된다. 그들은 줄루, 스와지, 바수토, 베추아나 등 여러 부족으로 나뉜다. 말도 서로 다르다. 이 흑인이야말로 남아프리카의 원주민으로 생각되어야 한다.

그러나 남아프리카는 무척 넓은 지역이므로 현재 흑인 인구의 20~30배도 충분히 살 수 있다. 케이프타운과 더반의 거리는 철도로 1800마일(2900킬로미터), 바닷길로 1000마일(1600킬로미터) 정도다. 네 식민지를 합친 면적은 47만 3000제곱마일(122만 5000제곱킬로미터)이다. 이 광대한 지역의 흑인 인구는 1914년 현재 약 500만 명이고, 백인은 125만 명 정도다.

흑인 가운데 키가 가장 크고 멋진 사람들은 줄루족이다. 나는 흑인에 대해 일부러 '멋지다'라는 형용사를 사용한다. 우리는 하얀 피부와 높은 코를 이상적인 아름다움이라고 생각한다. 이런 미신을 잠깐 무시하면 창조자[24]가 줄루족을 완전하게 만들기 위해 정성을 다했음을 알 수 있다. 남녀 모두 키가 크고 가슴이 넓다. 근육이 강하고 훌륭하며, 다리와 팔도 근육질이고 잘 발달되었다. 구부리거나 꼽추처럼 걷는 사람도 없다. 입술이 크고 두껍지만, 얼굴과 균형이 맞아서 추하다고 말할 수 없다. 눈은 둥글고 반짝인다. 코가 낮고 크지만 큰 얼굴과 어울린다. 곱슬머리는 흑단처럼 검고 빛나는 줄루족의 피부를 돋보이게 한다.

우리가 남아프리카에서 어느 부족이 가장 아름다운지 묻는다면 줄루족은 망설이지 않고 자기 부족이라고 답할 것이다. 나는 이것을 무식한 탓이라고 생각하지 않는다. 지금 유럽에서는 산도프[25]가 근육을 발달시키기 위해 노력하지만, 줄루족은 그런 노력 없이도 근육이 강인하고 아름답다. 적도 부근에 사는 사람들의 피부가 검은 것은 자연법칙이다. 우리가 자연이 창조한 모든 것이 아름다워야 한다고 믿는다면 아름다움에 대한 편협하고 일방적인 생각에서 벗어날 수 있을 뿐 아니라, 자기 피부가 검다고 부적절한 수치심이나 열등감에 빠지는 데서 해방될 수 있을 것이다.

흑인은 풀과 진흙으로 지은 둥근 오두막에 산다. 오두막에는 둥근 벽이 있을 뿐이고 건초로 지붕을 이었다. 내부에는 기둥 하나가 지붕을 받친다. 입구는 몸을 굽혀야 겨우 지나갈 수 있을 정도로 낮고, 유

---

24) 구자라트어판에는 힌두교의 주신 브라흐마로 나온다.

25) Eugene Sandow(1867~1925)는 1891년 독일의 역도 챔피언으로 보디빌딩을 보급했다.

일하게 공기가 통하는 곳이다. 입구에 문이 달린 경우는 거의 없다. 그들도 우리와 마찬가지로 진흙이나 동물의 똥으로 벽과 바닥을 칠한다. 그들은 사각형을 만들 수 없다고 한다. 오직 둥근 것을 보고 만드는 데 익숙하기 때문이다. 자연은 직선이나 기하학적 모양을 그리지 못한다. 이런 자연에 사는 순수한 아이들은 모든 지혜를 자연의 경험에서 얻는다. 오두막의 가구는 간소하다. 탁자, 의자, 상자 등을 위한 방은 없었고, 지금도 그런 것들을 보기 어렵다.

유럽 문명이 들어오기 전에는 몸에 걸치는 것이나 카펫, 침대보, 장식물로 동물 가죽을 사용했다. 지금은 담요를 사용한다. 영국 통치 이전에는 남녀 모두 거의 벌거벗고 다녔다. 시골에서는 지금도 그렇다. 은밀한 부분을 가죽으로 가릴 뿐이고, 그것조차 하지 않는 사람도 많다. 그렇다고 해서 그들이 감각기관을 통제할 수 없다고 생각해서는 안 된다. 대집단 하나가 특별한 관습을 따르는 경우, 그 관습이 다른 집단 구성원에게 지극히 부적당하다고 생각되어도 전적으로 무해할 수 있다. 그들에게는 상대를 바라볼 시간이 없다. 《바가바타Bhāgavata Purāṇa》[26] 지은이가 말하듯이 슈카데바[27]가 나체로 목욕을 하는 여성들 사이를 지나갈 때 성욕을 느끼지 못했고, 여성들도 동요하거나 수치심으로 부끄러워하지 않았다.

나는 이런 설명에 초자연적인 것이 있다고 생각하지 않는다. 오늘날 인도에서는 같은 경우 순수할 수 있는 이런 기회는 없다. 이는 순수

---

26) 힌두교 비슈누파에 속하는 바가바타파의 성전. 비슈누의 화신인 크리슈나의 생애와 사랑으로 유명하다.

27) Sukadeva는 뱌사의 아들이자 프라나의 상대인 지혜로운 자.

에 대한 우리의 노력에 한계가 있다는 것이 아니라, 우리의 타락을 보여줄 뿐이다. 흑인을 야만인이라고 보는 것은 우리의 교만이다. 그들은 우리가 생각하는 야만인이 아니다.

흑인이 마을에 올 때는 가슴에서 무릎까지 가려야 한다는 법이 있다. 그들은 천 조각으로 자기 몸을 감싸야 한다. 그 결과 남아프리카에서 그 크기 천 조각이 엄청나게 팔리고, 해마다 유럽에서 그런 담요나 시트 수천 개가 수입된다. 남자도 허리에서 무릎까지 가려야 한다. 그들은 유럽에서 온 중고 의복을 걸치거나, 혁대로 조인 바지를 입는다. 이 모든 의복은 유럽에서 수입된다.

흑인의 주식은 옥수수고, 얻을 수 있으면 고기도 먹는다. 다행스럽게도 그들은 향신료나 조미료를 전혀 모른다. 식사에 향신료나 색소가 들어가면 그들은 고개를 돌리고, 완전한 미개인이라고 간주된 사람들은 그것에 손을 대려고 하지도 않을 것이다. 줄루족은 한 번에 옥수수 1파운드[450그램]와 소금을 함께 먹는 경우도 드물지 않다. 옥수수 가루를 뜨거운 물에 타서 먹는 데 만족하는 사람들이다. 고기가 생기면 날것으로 혹은 끓이거나 구워서 소금과 함께 먹는다. 어떤 동물의 고기라도 무방하다.

흑인의 언어는 부족에 따라 다르다. 쓰는 기술은 최근 백인에 의해 도입되었다. 흑인 알파벳 같은 것은 없다. 최근 성경이 로마자 흑인 언어로 출판됐다. 줄루어는 매우 산뜻하다. 모든 낱말이 '아' 소리로 끝나서 부드럽게 소리 나고 귀를 즐겁게 한다. 낱말에는 의미와 시가 있다고 듣고 읽었다. 내가 이해한 몇 가지 낱말을 통해서 보면, 그 말은 옳다고 판단된다. 이 책에서 내가 설명한 도시 이름은 백인이 명명한 것이지만, 부드러운 흑인의 언어에 따른 시적인 이름이 있었음은 두 말할 필요가 없다. 내가 그것들을 기억하지 못해 여기에 쓸 수 없어서 유감이다.

기독교 선교사들에 따르면 흑인에게는 종교가 없었고 지금도 없다. 그러나 종교를 광범위하게 이해하면 흑인도 인간의 이해력을 넘는 초월적 존재를 믿고 숭배한다고 할 수 있다. 그들도 그 힘을 두려워한다. 그들은 육체의 소멸이 인격의 소멸을 뜻하지 않는다는 것을 막연하게 의식한다. 우리가 도덕을 종교의 근본으로 본다면 흑인은 도덕을 지키므로 종교적이라고 할 수 있다. 그들은 진실과 허위를 완벽하게 구별한다. 흑인이 원시적 상태에서 진실을 지키는 정도로 백인이나 우리가 지키는지 의심스럽다. 그들에게는 교회나 절 같은 것이 없다. 다른 인종과 같이 그들에게도 많은 미신이 있다.

그들이 강인한 신체에서 세계 어떤 민족보다 못하지 않으면서도 백인 아이를 보는 것조차 두려워할 정도로 겁이 많다는 점에 놀라는 독자가 있을지 모른다. 누가 그에게 총을 겨눈다면 도망치거나 움직일 힘조차 없이 바보처럼 서 있을 것이다. 여기에는 분명한 이유가 있다. 백인 무리가 와서 그들과 같이 용감한 미개 부족을 정복한 것은 마술이라는 생각이 흑인의 마음에 확고하게 자리 잡았다. 흑인은 창이나 활을 교묘하게 사용할 줄 알았지만 그런 무기는 빼앗겼다. 그들은 총을 본 적이 없었다. 성냥도 필요하지 않고 손가락을 움직인 것뿐인데, 갑자기 좁은 관에서 소리가 나고 서광이 보이더니 총알이 튀어나와 한순간에 사람의 목숨을 앗아갔다. 흑인에게는 도저히 이해할 수 없는 일이었다. 그래서 그들은 그런 무기를 사용하는 사람을 두려워한다. 자신뿐만 아니라 그 부모들도 그런 탄환이 무력하고 죄 없는 흑인의 목숨을 엄청나게 빼앗는 것을 보았다. 지금도 대다수 흑인이 어떻게 그런 일이 벌어졌는지 모른다.

흑인 사이에 점차 '문명'이 들어갔다. 한편으로는 선량한 선교사들이 예수그리스도의 가르침을 흑인에게 전하고, 그들을 위해 학교를 열고 식자識字 교육을 했다. 그러나 그때까지 식자 교육을 받지 못하고 문명을 접한 적이 없었기 때문에 수많은 부도덕에서 자유롭던 다수가 지금 타락하고 있다. 문명을 접한 흑인 가운데 술의 해독에서 벗어난 사람은 거의 없다. 건강한 몸에 술이 들어가면 완전히 미쳐버리고 여러 가지 범죄를 저지른다. 즉 문명화가 욕망의 증대를 초래하는 것은 2 더하기 2가 4인 것처럼 분명하다. 흑인의 욕망을 증대하기 위해, 그들에게 노동의 가치를 가르치기 위해 인두세人頭稅와 가옥세hut-tax를 부과했다.

자기 밭에 살던 이 민족에게 그런 세금을 부과하지 않았다면 지하 수백 피트 광산에서 금이나 다이아몬드를 채굴하는 일 따위는 하지 않았을 것이고, 광산에 흑인 노동력이 없었다면 금이나 다이아몬드는 대지의 태내에 남았을 것이다. 마찬가지로 백인은 흑인에게 과세할 수도 없고, 하인을 찾기도 힘들었을 것이다. 그 결과 광산에서 일한 흑인 수만 명은 다른 질병과 함께 '광부의 폐결핵'으로 알려진 일종의 폐결핵을 앓았다. 이는 치명적인 질병이다. 그 병에 걸리면 회복되기 어렵다. 광산에 사는 남자 수만 명이 가족과 떨어져 어느 정도 자제할지 독자들은 쉽게 상상할 수 있다. 결과적으로 그들은 성병의 희생자가 된다. 남아프리카의 사려 깊은 백인이 이 심각한 문제를 모르지 않는다. 그중 몇 사람의 믿음에 따르면, 문명은 이 민족에게 전체적으로 좋은 영향을 주었다고 할 수 없다. 문명의 유해한 영향은 누구에게나 분명히 보인다.

이처럼 단순하고 현학적이지 않은 민족이 살던 광대한 나라에 약 400년 전 네덜란드인이 정착지를 세웠다. 그들은 노예를 부렸다. 네덜란드 사람 몇 명이 자바 식민지에서 말레이 노예를 데리고 지금 우리가 케이프 식민지라고 부르는 곳에 들어왔다. 말레이 노예는 이슬람교도다. 그들은 네덜란드인 피가 흐르고 네덜란드인 자질을 타고났다. 남아프리카 전역에서 그들을 볼 수 있지만 주된 근거지는 케이프타운이다.

오늘날 그들 중 일부는 백인을 위해 일하지만 자영업을 하는 사람도 있다. 말레이 여성들은 매우 부지런하고 현명하며, 대체로 청결하다. 그들은 세탁과 재봉 전문가다. 남자들은 소규모 상업에 종사하거나 임대 마차를 끈다. 고급 영어 교육을 받은 사람도 있다. 그중 한 사람이 케이프타운의 유명한 의사 압둘 라만이다. 그는 케이프타운의 식민지 입법부 의원을 지냈지만, 새로운 입법에 따라 의회에 들어갈 권리를 박탈당했다.

네덜란드인에 대해 설명하다가 우연히 말레이인 이야기가 나왔다. 여기서 네덜란드인이 어떻게 전진했는지 살펴보자. 그들은 용감한 전사이자 숙련된 농민이다. 그들은 주변 지역이 농업에 최적지임을 알아차렸다. 그들은 '원주민'이 연중 단기간 일하고도 즐겁게 사는 것을 보았다. 그 원주민이 네덜란드인을 위해 일하도록 강제해서는 안 될까? 네덜란드인은 총이 있고 꾀가 많았다. 그들은 인간을 다른 동물처럼 길들이는 방법을 알았고, 자신이 믿는 종교가 그것을 반대하지 않는다고 믿었다. 이런 방법으로 자기 행동의 도덕성에 한 치의 의심도 없이 남아프리카 '원주민'의 노동력을 사용해 농사를 지었다.

네덜란드인이 영토를 확장하기 위해 좋은 토지를 찾았듯이, 그곳에 도착한 영국인도 같은 짓을 했다. 물론 영국인과 네덜란드인은 사촌이었다. 그들은 성격과 야망이 유사했다. 같은 도공이 만든 도자기를 한곳에 모아두면 반드시 몇 개는 부서진다. 마찬가지로 두 민족은 각자 이익을 도모하면서 흑인을 정복하다가 결국 충돌했다. 그들은 분쟁을 벌였고 이어 전쟁에 돌입했다. 마주바 고원의 전투에서 영국인이 패했다. 마주바의 상처가 곪아서 심각한 증세를 보이다가 급기야 터진 것이 그 유명한 2차 보어전쟁(1899~1902)이다. 크로니예[28] 장군이 항복했을 때 로버츠[29] 경은 빅토리아 여왕에게 마주바의 복수를 했다고 전보로 알렸다. 그러나 보어전쟁 이전에 생긴 첫 충돌에서 대다수 네덜란드인이 영국인의 명목상 지배조차 받아들이려고 하지 않아 남아프리카 내륙으로 '들어갔다'. 그 결과 트란스발과 오렌지자유국이 생겼다.

이런 네덜란드인은 남아프리카에서 보어로 알려졌다. 그들은 아이가 어머니에게 연결되듯이 그들의 언어에 연결되어 그것을 지켰다. 그들은 언어와 자유가 긴밀하게 연결된다는 것을 잘 알았다. 많은 공

28) Pieter Arnoldus Cronje(1836~1911)는 남아프리카의 군인이자 지도자로, 세인트헬레나 섬에 유형을 당했다.

29) Frederick Sleigh Roberts(1832~1914)는 세포이의 항쟁과 2차 아프간전쟁에서 공을 세운 뒤 보어전쟁에서 영국군을 지휘했다.

격에도 그들은 모국어를 지켰다. 그 언어는 남아프리카 네덜란드인에게 적합하도록 새로운 형태를 갖췄다. 그들은 네덜란드와 긴밀한 관계를 유지할 수 없었기 때문에, 프라크리트가 산스크리트어에서 생겨났듯이 네덜란드어에서 나온 사투리를 사용했다. 아이들에게 불필요한 부담을 주지 않기 위해 그 사투리를 표준화했다. 그것을 탈어[30]라고 한다.

그들의 책은 탈어로 쓰였고, 아이들도 탈어로 교육했으며, 보어 의원은 연방의회에서 탈어로 연설했다. 남아프리카연방이 성립된 뒤 남아프리카 전역에서 두 가지 언어―탈어라는 네덜란드어와 영어―가 공식적으로 같은 대우를 받았다. 남아프리카연방의 관보나 의회 의사록은 두 언어로 인쇄되었다.

보어인은 단순하고 정직하며 종교적이었다. 그들은 광대한 농장 가운데 정착했다. 우리는 그 농장의 규모를 상상할 수도 없다. 우리 농민의 토지는 1~2에이커〔4000~8000제곱미터〕이거나 그보다 작다. 남아프리카에서는 농민 한 명이 수백수천 에이커를 소유한다. 그들은 모든 토지를 같은 시기에 경작하지 않는다. 그 점에 대해 누가 말하면 그는 답한다. "그대로 둡시다. 우리가 경작하지 않아도 아이들이 경작하겠지요."

모든 보어인은 완벽한 전사다. 그들끼리 치열하게 싸운다고 해도 보어인에게 자유란 너무나 소중한 것이기에 외부 공격이 있으면 모든 보어인이 단결한다. 그들에게는 군사훈련이 필요하지 않다. 싸움

---

30) Taal은 네덜란드계 이주민의 구어에서 발달한 아프리칸스어.

은 민족 전체의 특성이기 때문이다. 스뫼츠[31] 장군과 데 웨트[32] 장군, 헤르초크[33] 장군은 모두 위대한 법률가이자 농부이며 군인이다. 보타[34] 장군은 9000에이커(3640만 제곱미터)에 달하는 농장을 소유했다. 그는 농업에 대해 모든 것을 알았다. 그가 평화 협상 차 유럽에 갔을 때, 어린 양의 감정에서 그를 능가하는 사람이 없었다고 했다.

보타 장군은 고 크루거[35] 대통령의 뒤를 이었다. 그는 영어 실력이 탁월했으나 영국에서 왕과 각료를 만나면 늘 모국어로 말했다. 적절하지 않은 행동이라고 누가 말할 수 있겠는가? 왜 영어 실력을 과시하지 않고 실수할 위험을 감수하겠는가? 그는 왜 자기 사고를 계속하지 못하고 적절한 낱말 찾기에 방해받아야 하는가? 영국 각료들은 고의성은 없지만 그다지 일반적이지 않은 관용구를 사용하는 경향이 있으므로, 그들이 말하는 뜻을 이해하지 못하고 잘못된 대답을 하거나 혼란을 겪어 곤란해질 수도 있다. 왜 그런 심각한 과오를 범해야 하는가?

보어 여성은 남성처럼 용감하고 단순하다. 보어인이 보어전쟁에서 피 흘리고 희생을 감수한 것은 여성들의 용기와 격려 때문이다. 그들

---

31) Jan Christiaan Smuts(1870~1950)는 남아프리카의 변호사이자 군인이며 정치인. 두 차례(1919~1924, 1939~1948) 수상을 지냈고, 보어전쟁에서는 최고사령관이었다.

32) Christiaan Rudolph de Wet(1854~1922)는 남아프리카의 군인이자 정치가. 보어전쟁에서 오렌지자유국의 사령관이었다.

33) James Barry Munnik Herzog(1866~1942)는 남아프리카의 변호사이자 군인, 정치가.

34) Louis Botha(1862~1919)는 남아프리카의 군인이자 정치가. 보어전쟁에서는 트란스발 사령관이었고, 남아프리카연방 초대 수상을 지냈다.

35) Stephanus Johannes Paulus Kruger(1825~1904)는 남아프리카의 정치가로, 트란스발 대통령(1883~1900)을 지냈다. 《인도의 자치Hindu Swarāj》 4장 참조.

은 미망인이 되는 것을 두려워하거나 장래를 걱정하지 않았다.

나는 앞에서 보어인이 독실한 기독교인이라고 했다. 그러나 그들이 신약성경을 믿는다고 말할 수는 없다. 사실상 유럽은 신약을 믿지 않는다. 그러나 유럽에서 그들은 신약을 존중한다고 말한다. 비록 극소수가 그리스도의 평화 종교를 믿지만 말이다. 보어인은 신약을 그 이름만 안다고 할 수 있다. 그들은 구약성경을 헌신적으로 읽고, 그 속의 전쟁 장면을 암기한다. 예언자 모세의 "눈에는 눈, 이에는 이"라는 가르침을 철저히 믿고 그에 따라 행동한다.

보어 여성은 독립을 지키기 위해 어떤 고난을 당해도 종교의 명령이라고 이해하고, 강인한 인내심과 즐거움으로 모든 고난을 이겨낸다. 고 키치너[36] 경은 여성을 굴복시키기 위해 모든 짓을 했다. 그는 여성을 별도의 수용소에 감금했다. 그곳에서 여성은 말할 수 없는 고통을 당했다.[37] 그들은 굶주렸고 추위에 떨었으며, 엄청난 더위를 견뎌야 했다. 가끔은 술에 취해 미치거나 성욕으로 돌아버린 병사들이 무방비인 여성을 공격했다. 그러나 용감한 보어 여성은 굴복하지 않았다. 결국 에드워드 왕은 키치너 경에게 편지를 써서 더는 참을 수 없다고 했다. 그리고 보어인을 굴복시키는 수단이 그것뿐이라면 전쟁을 조속히 끝내기 위해 어떤 화평이라도 그것보다 좋다고 했다.

이 모든 고난의 소리가 들려왔을 때 영국 국민도 깊은 상처를 받았

---

36) Horatio Herbert Kitchener(1850~1916)는 영국의 군인으로 보어전쟁에서 사령관을 지냈다.

37) 1902년 전쟁이 끝날 때까지 강제수용소에 20만 명이 수용되었고, 병이나 기아로 여성 4000명과 아이들 1만 6000명이 죽었다.

다. 그들은 보어인의 용기에 찬사를 아끼지 않았다. 그토록 작은 민족이 세계를 포위한 제국을 고통스럽게 한 것이 그들을 괴롭혔다. 그러나 강제수용소에 갇힌 여성의 절규가 자신과 남편—그들은 전장에서 싸우고 있었다—이 아니라 남아프리카에 있는 소수 고결한 영국인 남녀에 의해 전해졌을 때, 영국인은 고통받았다.

고 헨리 캠벨배너먼[38] 경은 영국 국민의 마음을 읽고 전쟁에 반대했다. 고 스테드[39] 씨는 이 전쟁에서 영국이 패하게 해달라고 공공연히 기도하고, 다른 사람들에게도 그 기도를 요청했다. 이는 놀라운 광경이다. 참된 고난을 인내할 수 있다면 돌과 같은 마음도 녹인다. 이것이 고난, 즉 '고행'의 효능이다. 바로 여기에 사티아그라하의 열쇠가 있다.

그 결과 남아프리카 식민지 네 곳은 베레니깅 평화조약[40]에 근거하여 한 정부의 통치 아래 들어갔다. 신문을 읽는 모든 인도인이 그 평화조약에 대해 알았지만, 사람들이 알지 못한 몇 가지 사실이 있다. 베레니깅 평화조약에 따라 남아프리카 네 식민지가 바로 통합되지 못하고 각각 입법했다. 내각은 입법부에 대해 완전히 책임지지 않았다. 트란스발과 오렌지자유국의 지위는 '직할 식민지'였다. 보타 장군이나 스뫼츠 장군은 이처럼 한정된 권한에 만족하지 않았다. 그들은 입법위원회에서 떨어져 나와 비협조 노선을 채택하고, 정부와 어떤 관계

---

38) Henry Campbell-Bannerman(1836~1908)은 영국의 정치가로 수상(1905~1908)을 지냈다.

39) William Thomas Stead(1849~1912)는 영국의 언론인.

40) 1902년 5월 31일 프리토리아에서 조인되었다.

도 거부했다. 밀너[41] 경은 신랄한 연설을 통해 보타 장군에게 그 정도 책임이 있다고 생각할 필요는 없고, 장군 없이도 국정을 수행할 수 있다고 큰소리쳤다.

나는 보어인의 용감하고 자유를 사랑하며 자기를 희생하는 점에 무한한 찬사를 바쳤지만, 전시에 의견 대립이 없었다거나 그들 중에 약해진 사람이 없었다는 인상을 주고자 한 것은 아니다. 밀너 경은 보어인 가운데 쉽게 만족하는 협력파를 찾아냈고, 그들의 협조로 입법부를 성공적으로 운영할 수 있다고 믿었다. 무대 공연조차 주인공 없이는 불가능하다. 이 곤란한 세계에서 행정가가 주역을 무시하고 원활한 운영을 기대한다는 것은 정상적으로 생각할 수 없는 일이다. 바로 그것이 밀너 경의 경우다. 그래서 그가 보타 장군을 위협하기는 했지만, 트란스발과 오렌지자유국의 행정은 보타 장군 없이는 곤란했기에 자택 정원에서 고뇌와 착란상태에 빠진 모습을 보인 것이다.

보타 장군은 평화조약에 따르면, 보어인은 즉시 완전한 내부적 자치권을 가질 수 있다고 분명히 말했다. 그렇지 않았다면 조약에 서명하는 일은 없었을 거라고도 했다. 키치너 경은 보타 장군에게 그런 확약을 할 수 없다고 선언했다. 그리고 보어인이 충성을 증명하면 점차 완전한 자치권을 부여받으리라고 말했다. 이제 두 사람을 누가 판정할 수 있을까? 누군가 중재한다면 보타 장군이 받아들인다고 어떻게 기대할 수 있을까?

그때 영국 정부가 판정을 내렸다. 그 판정은 칭찬할 만한 것이었다.

---

41) Alfred Milner(1854~1925)는 영국의 정치가로 식민지 행정관을 지냈다.

영국 정부는 약한 입장에 있는 상대방의 협정 해석을 강한 입장에 있는 자가 받아들여야 한다고 인정했다. 정의와 진실의 원리에 따르면, 그것은 해석의 정당한 규범이다. 내가 마음에 전하고자 하는 의미가 있어도 독자나 시청자가 받아들이는 의미가 다르다면, 나는 독자나 시청자에게 그런 의미로 쓰고 말했음을 인정해야 한다. 우리는 대부분 이런 황금률을 지키지 않아서 많은 분쟁이 생긴다. 그리고 진실이라는 이름으로 반쪽 진실, 즉 허위보다 나쁜 것을 사용한다.

그래서 진실—지금은 보타 장군의—이 완벽하게 이길 때, 장군은 협력했다. 결국 모든 식민지는 합병되었고, 남아프리카는 완전한 자치권을 확보했다. 국기가 유니언잭이고 지도에 이 지역이 붉은색으로 표시되지만, 남아프리카는 완전히 독립했다고 해도 과장이 아니다. 대영제국은 남아프리카 정부가 승인하지 않으면 한 푼도 받을 수 없다. 뿐만 아니라 영국 정부의 각료가 인정했듯이, 남아프리카가 영국 국기를 철거하고 명목상으로 독립을 원한다면 아무도 저지할 수 없다.

오늘날 남아프리카의 백인이 그런 조치를 취하지 않는 데는 강력한 이유가 있다. 하나는 보어 지도자들이 현명하기 때문이다. 대영제국과 제휴함으로써 남아프리카가 잃은 것이 없고, 그런 협력이나 관계를 유지하는 것이 부적절하지 않기 때문이다. 다른 현실적 이유도 있다. 나탈에는 영국인이 압도적으로 많고 케이프타운에서도 다수를 차지하지만, 보어인보다 많지는 않다. 요하네스버그에서는 영국적 요소가 두드러진다. 보어인이 남아프리카에서 독립 공화국을 수립하고자 하면 내부적으로 분쟁을 유발하는 것이 되고, 내전을 일으킬 수도 있다. 따라서 남아프리카는 영국연방의 자치령에 머무르는 것이다.

연방헌법이 어떻게 성립되었는지도 알 가치가 있다. 네 식민지 입법부가 임명한 대표로 구성된 국민의회는 연방헌법 작성에 찬성했고, 영국 의회는 그것을 인정해야 했다. 하원의 한 의원이 문법상 실수를 지적하고 삭제를 주장하여 주목을 받았다. 헨리 캠벨배너먼 경은 그 제안을 거절하면서 국정은 바른 문법에 따라 행해지는 것이 아니고, 그 헌법 초안은 영국 내각과 남아프리카 각료가 협력해서 작성했으며, 문법상 오류를 고치는 권한은 영국 의회에 있지 않다고 말했다. 결과적으로 헌법 초안은 수정 없이 양원에서 가결되었다.

이와 관련하여 또 하나 주목할 것이 있다. 헌법의 몇 조항은 일반 독자에게 무의미해 보일지 모른다. 그것들은 엄청난 지출을 초래했다. 헌법 작성자들이 이를 주목하지 않은 것은 아니다. 그러나 그들의 목표는 완벽함이 아니라 타협으로 합의에 이르고, 헌법을 성공적으로 제정하는 것이었다. 연방에 수도가 넷인 것도 그 때문이다. 어떤 식민지도 자기 수도를 포기하려고 하지 않았다. 마찬가지로 낡은 식민지 입법부는 없어졌지만 종속적 대표 기능을 하는 지방 입법부가 수립되었다. 총독제는 없어졌지만 총독이라는 지위에 필적하는 관리와 지방 행정관이 임명되었다.

식민지 네 곳에 지방 입법부와 수도, 행정관이 각각 필요하지 않고 보여주기에 불과하다는 것을 누구나 안다. 그러나 남아프리카의 현명한 행정가들은 반대하지 않았다. 그런 조정이 보여주기일 뿐이고 부가적 지출까지 유발하지만 통합이 필요했고, 행정가들은 외부의 비평과 무관하게 적절하다고 생각한 일을 했으며, 자신들의 정책을 영국 의회에서 승인받았다.

나는 남아프리카의 역사를 간결하게 설명하고자 노력해왔다. 그것을 이해하지 않고는 위대한 사티아그라하 투쟁의 내면적 의미를 설명하기 어렵다고 생각하기 때문이다. 사티아그라하를 시작하기 전에 이나라에 인도인이 어떻게 와서 그들이 당한 재앙에 투쟁해왔는지 살펴볼 필요가 있다.

3. 인도인, 남아프리카에 오다

앞에서 우리는 영국인이 어떻게 남아프리카에 왔는지 살펴보았다. 그들은 나탈에 정착했다. 영국인은 줄루족에게서 몇 가지 권리를 확보했다. 그들은 나탈에서 질 좋은 사탕수수와 차, 커피가 자란다는 것을 알았다. 그런 작물을 대량으로 생산하려면 노동자 수천 명이 필요했다. 이는 식민지에 거주하는 소수 영국인의 능력에서 벗어나는 일이다. 그들은 흑인에게 노동을 권유하기도 하고 협박하기도 했다. 그러나 노예제도가 폐지되었으므로 강제할 수는 없었다. 흑인은 열심히 일하는 데 익숙하지 않았다. 1년에 절반만 일해도 즐겁게 살 수 있었기 때문이다. 왜 농장주 밑에서 장기간 일하겠는가?

영국인은 안정된 노동력이 없으면 농장 일을 전혀 진척할 수 없었다. 그래서 인도 총독부와 교섭하여 노동력 지원을 요청했다. 인도 총독부가 나탈의 요구를 받아들여, 인도 계약노동자를 실은 배가 1860년 11월 16일 처음 나탈에 도착했다. 이는 그 역사의 운명적인 날이다. 그것이 없었다면 그곳에 인도인이 없었을 것이고, 남아프리카에 사티아그라하도 없었을 것이며, 이 책도 쓰이지 않았을 것이다.

내 생각에 인도 총독부는 그 요구를 받았을 때 충분히 고려하지 않았다. 인도의 영국인 관리는 의식적으로나 무의식적으로 나탈의 영국인에게 기울었다. 노동자의 이익을 보호하기 위해 가급적 많은 조건을 계약서에 넣은 것은 분명했다. 상당히 좋은 조건이 포함되었다. 그러나 교육받은 적이 없는 노동자들이 그 먼 나라에 가서 어려운 일을 당하면 어떻게 극복할지 배려하지 않았다. 그들의 종교적 필요나 도덕 유지에도 아무런 배려가 없었다. 인도의 영국인 관리들은 노예제도가 법적으로 없어졌지만, 농장주가 노동자를 노예로 만들고자 하는 욕망에서 자유롭지 못하다는 점을 생각하지 않았다. 관리들은 나탈에 간 노동자가 사실상 일시적인 노예가 될 수 있다는 사실을 깨닫지 못했다.

이런 노동조건을 심각하게 연구한 헌터[42] 경은 특별한 용어를 사용했다. 즉 나탈의 인도 노동자에 대해 서술하면서 그들이 반노예 상태라고 했다. 편지에는 인도 노동자들이 거의 노예와 비슷한 상태에 있다고 썼다. 식민지에서 가장 유명한 백인 고 해리 에스콤[43] 씨도 나탈의 한 위원회에서 그렇게 증언했다. 같은 효과가 있는 증언을 나탈에 있는 유력한 백인들의 서술에서 모았다. 그 증언은 대부분 인도 총독부로 보내는 청원서에 포함되었다. 그러나 운명은 자기 길을 갔다. 노

---

42) William Wilson Hunter(1840~1900)는 스코틀랜드의 통계학자. 인도제국에서 통계조사를 했고, 1871년 통계국 장관이 되었다.

43) Harry Escombe(1838~1899)은 변호사를 거쳐 의원, 검찰총장, 수상을 지냈다. 《자서전》 2부 16~18장, 3부 2~3장과 18장 참조.

동자를 나탈에 운반한 증기선은 위대한 사티아그라하 운동의 씨앗도 함께 날랐다.

이 책에서 나탈과 관련된 인도인 알선 업자가 노동자를 어떻게 속였는지, 노동자가 어떻게 속아 조국을 떠났는지, 나탈에 도착한 노동자가 어떻게 눈을 떴는지, 어떻게 그곳에 계속 머물렀는지, 다른 사람들이 어떻게 그들을 따랐는지, 종교와 도덕이 강제한 제한을 어떻게 파괴했는지, 더 정확히 말해서 그런 제한이 어떻게 포기되었는지, 기혼 여성과 창녀의 명백한 차이가 이 불행한 사람들 사이에서 어떻게 없어졌는지 설명할 여유는 없다.

나탈에 계약노동자가 왔다는 소식이 모리셔스에 알려지자, 그 노동자와 관련된 인도 상인이 나탈에 가고자 했다. 나탈과 인도 사이에 있는 모리셔스에는 인도 노동자와 상인 수천 명이 살았다. 모리셔스의 인도 상인 고 아부바카르 아마드는 나탈에 상점을 열고자 했다. 당시 나탈의 영국인은 인도 상인이 어떤 능력이 있는지 몰랐고, 그 점에 신경도 쓰지 않았다.

영국인은 계약노동자의 도움을 받아 이익이 많이 나는 사탕수수와 차, 커피를 생산할 수 있었다. 그들은 설탕을 제조하고, 놀라울 정도로 짧은 기간에 설탕과 차와 커피 적당량을 남아프리카에 공급했다. 그들은 엄청난 돈을 벌었고, 저택을 지었으며, 황야를 완벽한 정원으로 바꿨다.

그들은 아부바카르와 같이 용감하고 정직한 상인이 정착하는 데 전혀 신경을 쓰지 않았다. 게다가 실제로 영국인이 동업자가 되었다. 아부바카르는 장사해서 번 돈으로 땅을 샀다. 그의 성공 스토리는 고향 포르반다르와 그 주변 마을에 전해졌다. 그러자 다른 메만[44]이 나탈에 왔다. 뒤이어 수라트 지방의 보흐라[45]도 왔다. 상인에게는 회계 담당자가 필요했다. 구자라트와 사우라슈트라의 인도인 회계 담당자가 그들을 도왔다.

그리하여 나탈에는 두 인도인 계급이 생겼다. 첫째가 자유로운 상인과 그들의 자유로운 하인이고, 둘째가 계약노동자다. 세월이 흘러 계약노동자에게 자녀가 생겼다. 그 자녀에게 노동이 강제되지는 않았지만, 그들도 식민지 법의 몇 가지 엄격한 조항에 따라야 했다. 노예 자녀들은 어떻게 노예라는 낙인에서 벗어날 수 있었는가?

노동자들은 5년 계약으로 나탈에 왔다. 그 기간이 끝나면 노동에 구속받지 않았다. 나탈에서 자유노동자나 상인으로 일할 수 있고, 원하면 그곳에 정착할 수도 있었다. 그렇게 한 사람들도 있고 인도로 돌아가는 사람들도 있었다. 나탈에 머문 사람들을 '자유 인도인'이라고 했다. 이 계급의 특별한 지위를 이해할 필요가 있다. 그들은 내가 앞에서 말한 전적으로 자유로운 첫째 인도인의 모든 권리를 인정받지 못했다. 예를 들어 어떤 장소에서 다른 장소로 이동하려면 통행증이 필요했다. 결혼하고 그 결혼을 합법적으로 인정받으려면 인도 이민 보호관에게 등록해야 했다. 그밖에도 엄격한 규제가 많았다.[46]

---

44) Meman은 구자라트 마하라슈트라에 사는 이슬람교도의 일파로, 대부분 상업에 종사한다.

45) Bohra는 구자라트 마하라슈트라에 사는 이슬람교도의 일파로, 도시에서 상업에 종사한다. 단결력이 강하고 자신들의 사원이 있다.

46) 구자라트어판에는 다음과 같은 보충이 있다. "트란스발과 오렌지자유국에서 보어인은 1880~1890년에 민주제를 세웠다. 그러나 그 민주제의 의미를 분명히 밝혀야 한

인도인은 계약노동자와 '자유 인도인'뿐만 아니라 흑인과도 장사할 수 있음을 알았다. 백인 상인을 두려워한 흑인에게 인도 상인은 대단히 유용했다. 백인 상인은 흑인과 거래하고 싶었지만 흑인을 손님으로 대접하지 않았다. 백인 상인이 흑인에게 계산을 확실히 해주면 다행이라고 생각했다. 일부 흑인은 더 쓰라린 경험을 했다. 4실링어치 물건을 사고 계산대에 1파운드를 내면 16실링 대신 4실링을 내주거나, 아예 거스름돈을 주지 않았다. 불쌍한 흑인이 거스름돈을 요구하거나 계산이 잘못되었다고 말하면 욕설이 돌아왔다. 일이 그 정도로 끝나면 다행이다. 욕설과 함께 구타나 발길질이 더해졌다. 모든 영국 상인이 그러지는 않았다. 그러나 그런 경우가 흔했다.

반면 인도 상인은 흑인을 좋은 말로 맞았고, 농담을 건네기도 했다. 흑인은 인도인 상점에 가서 사고자 하는 물건을 만져보고 싶어 했다. 인도 상인은 그 모든 것을 허용했다. 그들이 이타적인 동기에서 그렇게 한 것이 아니고, 이기적인 경우도 있었다. 인도인도 틈만 나면 흑인을 속이려고 했지만, 그들의 친절로 흑인 사이에서 인기가 높았다. 게다가 흑인은 인도 상인을 두려워하지 않았다. 인도인이 흑인을 속이려다 발각되어 구타를 당하는 경우도 있었다! 흑인이 인도 상인을 욕하는 경우도 많았다. 그래서 인도인과 흑인의 관계에서는 인도인이 흑인을 두려워하는 편이었다. 흑인과 거래는 인도 상인에게 이익임이 드러났고, 흑인은 남아프리카 어디에나 있었다.

1880년대 트란스발과 오렌지자유국에는 수많은 보어인 공화국이

다. 민주제란 백인 정권을 뜻하고, 흑인과는 무관한 것이었다."

있었다. 그런 공화국에서 흑인은 아무런 힘이 없었고 모든 것은 백인 소유였다. 인도 상인은 보어인과도 거래할 수 있다고 들었다. 보어인은 단순하고 솔직하고 겸손해서 인도 상인과 거래하는 것을 부끄러워하지 않았다. 따라서 많은 인도 상인이 트란스발과 오렌지자유국에서 상점을 열었다. 당시에는 철도가 개설되지 않아 엄청난 이익을 남겼다. 인도 상인의 예상은 적중해서 보어인과 마찬가지로 흑인과도 많은 거래를 했다. 인도 상인은 케이프타운에서도 상당한 이익을 남겼다. 이렇게 인도인은 네 식민지 전역에 조금씩 확산되었다.

지금 완전히 자유로운 인도인은 4만~5만 명 수준이지만, 계약 해제된 '자유 인도인'과 그 후손은 10만 명 정도다.

4. 고난의 회고―나탈

나탈의 백인 농장주에게는 오직 노예가 필요했다. 일정 기간 노동을 한 뒤 계약이 풀려 그들과 경쟁하는 노동자에게는 아무리 작은 일도 주지 않았다. 계약노동자는 인도에서 농업이나 다른 일에 종사하며 성공하지 못했기 때문에 나탈에 왔다. 그들이 농업에 관한 지식이 전혀 없거나 땅의 가치를 이해하지 못한 것은 아니다. 나탈에서 채소를 재배하면 상당한 수입을 얻고, 작은 땅이라도 있으면 수입이 더 늘어난다는 것을 알았다. 그래서 많은 계약노동자가 계약이 끝나면 소규모 장사나 다른 일을 했다. 이는 전반적으로 나탈 주민에게 이익이 되었다. 그 전에는 유능한 재배 계급이 없어서 여러 가지 채소가 재배되지 못하다가 생산되었다. 소규모로 생산된 다른 종류도 대규모로 생산되었다. 그 결과 채소 값이 내려갔다.

백인 농장주는 새로운 변화를 좋아하지 않았다. 그들이 독점한다고 믿은 영역에 경쟁자가 나타났기 때문이다. 이 불쌍한 계약노동자들에게 대항하는 움직임이 시작되었다. 백인은 한편으로 더 많은 노동자를 요구하고 인도에서 온 노동자를 쉽게 부려 먹으면서도, 다른 한편으로 계약해제 노동자를 다양하게 억압하는 운동을 했다. 이것이 그들의 기량과 엄청난 땀에 대한 보상이었다!

그 운동은 여러 가지 형태로 나타났다. 하나는 계약해제 노동자를 인도에 송환해야 하고, 따라서 이전 계약을 변경하여 새로 계약하는 노동자의 계약이 종료되면 인도로 돌아가거나 재계약하는 조항을 계약에 포함해야 한다는 것이다. 다른 하나는 계약노동 5년이 종료되기 직전에 노동자가 재계약하지 않으면 엄청난 인두세를 부과해야 한다는 것이다. 두 가지 운동의 목적은 동일하다. 즉 계약노동자를 어떻게 해서든지 나탈에서 자유인으로 살게 하지 않는다는 것이다.

이 운동이 심각한 수준이었기 때문에 나탈 총독부는 위원회[47]를 임명했다. 이런 운동 계급의 요구는 모두 부당했다. 계약노동자의 존재는 경제적인 관점에서 모든 사람에게 유익했기 때문에, 위원회에 기록된 각각의 증거는 운동에 반하는 것이었다. 그래서 그 목적을 달성할 수 없었다. 그러나 불을 꺼도 불씨가 남듯이, 그 운동은 나탈 총독부에 상당한 영향을 미쳤다. 어떻게 영향을 미치지 않을 수 있겠는가?

---

47) 1885년의 인도인이민조사위원회.

나탈 총독부는 농장주에게 우호적이었다. 따라서 인도 총독부와 교섭하여 두 가지 제안을 전했다.

인도 총독부는 계약노동자를 영구적인 노예로 만들고자 하는 제안을 당장 받아들일 수 없었다. 계약노동자를 그 먼 나라로 보내며 정당화하는 이유는 계약이 끝나면 그들의 능력을 완전히 발휘하고, 그 결과 그들의 경제적 조건이 나아진다는 것이었다. 당시 나탈은 영국 식민지였고, 그 정치에 대해서는 영국의 식민지부가 모든 책임을 졌다. 따라서 나탈은 그 부당한 요구를 만족시키기 위한 도움을 식민지부에서 찾을 수 없었다. 유사한 이유로 나탈에서 책임 정부를 두고자 하는 운동이 시작되었다. 1893년 나탈에 그런 지위가 부여되었다. 이제 나탈은 자신감이 생겼다. 식민지부도 나탈이 무엇을 요구하든 받아들이는 데 문제가 있을 수 없었다.

나탈의 새로운 책임 정부에서 인도 총독부와 교섭하기 위한 사절단이 인도에 왔다. 그들은 계약 해제된 모든 인도인에게 인두세로 연간 25파운드(혹은 375루피)를 부과하자고 제안했다. 이는 엄청난 세금이어서 자유로워지면 아무도 나탈에 살 수 없을 것이 분명했다. 인도 총독 엘긴[48] 경은 그 액수가 지나치게 커서 결국 연간 인두세 3파운드를 수락했다. 이는 계약노동자의 6개월 임금에 해당하는 액수였다! 게다가 인두세는 노동자와 그 아내, 13세 이상 딸과 16세 이상 아들에게도 부과되었다! 아내와 두 자녀를 두지 않은 노동자는 없었다. 그러면 각 노동자는 일반적으로 1년에 12파운드를 내야 했다.

---

[48] James Bruce Elgin(1811~1863)은 영국의 정치가로 1862년 초대 인도 총독을 지냈다.

인두세가 얼마나 지독한지 말하기도 어렵다. 그 고통은 경험한 사람만 알 수 있고, 눈으로 본 사람이 조금 이해할 수 있을 뿐이다. 인도인은 나탈 정부의 이 조치에 반대하는 운동을 시작했다. 제국 정부와 인도 총독부에 많은 청원서가 제출되었다. 그러나 결과는 세금의 액수를 줄이는 데 그쳤다. 이 문제에 대해 계약노동자가 무엇을 하고 이해할 수 있겠는가? 반대 운동은 인도 상인이 오로지 애국심이나 동포애로 벌인 것이다.

자유 인도인도 사정이 나빠졌다. 나탈의 백인 상인은 거의 같은 이유로 유사한 운동을 전개했다. 인도 상인은 훌륭하게 정착했고, 좋은 장소에 땅을 구입했다. 계약해제 노동자가 늘어남에 따라 그들이 찾는 상품도 늘어났다. 인도에서 쌀가마니 수천 개가 수입되었고, 엄청난 이익을 남기고 팔렸다. 이 거래는 당연히 대다수 인도인에 의해 행해졌고, 인도인은 줄루족과의 거래에서도 상당 부분을 차지했다.

백인 상인은 도저히 참을 수 없었다. 다시 영국인 몇 명이 인도 상인에게 법은 그들에게 나탈 의회의 의원 선거에서 선거권과 피선거권을 부여한다고 지적했다. 그래서 인도인 몇 명은 선거인 명부에 등록했다. 이는 백인 정치가를 반反인도인 운동에 참여하게 했다. 나탈에서 인도인의 입장이 강화되고 지위가 높아지면 백인이 인도인과 경쟁할 수 있을지 우려했다.

나탈 정부는 아시아인이 선거인 명부에 포함되지 않도록 하는 법률을 제정했다. 이를 위한 첫 법안이 1894년 나탈 의회에 제출되었다. 이는 인도인이 선거권을 행사하지 못하게 하는 원칙에 입각한 것으로, 나탈에서 인도인에 대한 인종차별에 근거하여 처음 만들어진 법률이다. 인도인은 이런 조치에 저항했다. 하룻밤에 청원서가 작성되었고, 400명이 서명했다. 청원서가 나탈 의회에 접수되자 의회는 놀랐다. 그러나 법안은 그대로 통과되었다.

당시 식민지 장관이던 리폰[49] 경에게 1만 명이 서명한 청원서가 제출되었다. 그 1만 명은 당시 나탈에 살던 모든 자유 인도인이다. 리폰 경은 법안을 거부하고 대영제국은 입법으로 인종차별을 승인할 수 없다고 선언했다.[50] 이 승리가 인도인에게 얼마나 중대한 것인지 독자들은 앞으로 더 잘 이해할 것이다.

나탈 정부는 다른 법안을 제출했다. 인종차별은 없어졌으나 간접적으로 인도인의 자격을 박탈하는 내용이었다. 인도인은 그 법안에도 반대했으나 성공하지 못했다. 새로운 법안에는 두 가지 의미가 있었다. 인도인은 의미를 분명히 하기 위해 최후의 법정인 추밀원사법위원회까지 투쟁할 수 있었지만, 이는 적절하지 않다고 판단했다. 나는 지금도 끝없는 소송을 방지한 것은 옳았다고 생각한다. 인종차별이 받아들여지지 않았기 때문에 이는 작은 일이 아니다.

그러나 나탈의 농장주와 정부는 멈추지 않았다. 그들에게는 인도인이 정치적 힘을 갖지 못하게 하는 것이 불가피한 첫 조치였다. 그러나 그들의 참된 공격 대상은 인도인의 상거래와 자유 인도인의 이민이었다. 인도인 3억 명이 나탈에 온다면 나탈의 백인은 바다에 빠져야 할지도 모른다는 생각에 걱정이 앞섰다. 당시 나탈의 인구는 줄루

---

49) George Frederick Samuel Robinson Ripon(1827~1909)은 영국의 정치가다. 1866년부터 인도 담당 장관을, 1880~1884년 인도 총독을 지냈다.

50) 1895년 9월 12일.

족 40만 명, 백인 4만 명, 계약노동자 6만 명, 계약해제 노동자 1만 명, 자유 인도인 1만 명이었다. 백인의 공포에는 아무런 근거가 없었지만, 막연한 공포에 사로잡힌 사람을 논리적으로 설득할 수 없었다. 그들은 인도의 무력한 상태나 인도인의 풍습과 습관에 무지해서, 인도인이 자신들처럼 강하고 용감하다는 인상을 받았다.

그들이 자신들의 작은 인구에 비해 너무나 많은 인도라는 괴물을 창조했다고 해도 그들을 책망할 수 없었다. 그들이 자기 권리를 빼앗는 법안에 반대한 결과, 나탈 입법부는 판매업자 면허법과 이민 제한법을 통과시켰다. 그 법안에서도 인종차별은 제거되어야 했고, 그 목표는 간접적인 방법으로 확보되었다. 인도인의 처지는 그리 나쁘지 않았다. 이번에도 인도인은 강력하게 반발했으나 법안은 통과되었다. 그중 하나는 인도인 상거래를 엄격하게 제한했고, 다른 하나는 나탈의 인도인 이민을 엄격하게 제한했다.

첫 법률의 핵심은 그 법 조항에 따라 임명된 관리의 허가증 없이는 판매업자 면허증을 취득할 수 없다는 것이다. 실제로 백인이 요구하면 면허증이 쉽게 나왔지만, 인도인이 요청하면 면허증 취득은 너무나 어려웠다. 그래서 변호사에게 부탁해야 했고 기타 비용도 많이 들었다. 그것을 이겨내지 못하면 면허증 없이 가야 했다.

다른 법률의 중요한 내용은 인도인은 유럽의 언어로 교육 테스트를 통과해야 입국할 수 있다는 것이었다. 이는 수많은 인도인에게 나탈로 들어가는 문을 닫았다. 내가 의식적으로 나탈 정부가 부당한 것을 말하는지 모르지만, 그 법률이 제정되기 전 3년 동안 나탈에 거주하는 인도인은 출국했다가 귀국할 때 유럽 언어를 몰라도 언제든 처자와 함께 입국할 수 있었다.

그밖에도 나탈의 계약노동자나 자유 인도인에게는 법적으로나 법외적으로 여러 가지 문제가 있었고, 지금도 그렇다. 그 모든 것을 독자에게 설명할 필요는 없다고 본다. 이 책의 주제를 명확히 이해하는 데 필요한 것만 상세히 설명할 생각이다. 남아프리카 여러 식민지에 사는 인도인 조건의 역사를 설명하려면 많은 지면이 필요할 것이다. 그러나 그 역사를 제시하는 것이 이 책의 목적은 아니다.

5. 고난의 회고—트란스발과 여타 식민지

나탈의 반인도인 편견은 다른 식민지와 마찬가지로 1880년 이전부터 생겨났다. 케이프 식민지를 제외한 모든 식민지에서 많은 백인은 인도인이 노동자로서 훌륭하지만, 자유 인도인의 이민은 남아프리카에 손해를 끼칠 뿐이라고 생각했다. 트란스발은 공화국이었다. 인도인이 대통령에게 자신들이 대영제국의 국민이라고 선언하면 웃음거리가 되었다. 불만이 있을 때 그들이 할 수 있는 일은 프리토리아에 있는 영국인 주재관에게 알리는 것뿐이었다. 트란스발이 독립국일 때는 주재관이 도와줄 수 있었지만, 대영제국의 일부가 되자 도움이 없어졌다는 것이 놀라운 사실이었다.

몰리[51] 경이 인도 담당 장관일 때 트란스발의 인도인 대표단이 찾

---

51) John Morley(1838~1923)는 영국의 언론인 출신 정치가. 1905~1910년 인도 담당 장관을 지냈다.

아오자, 그는 대표단이 잘 알듯이 식민 자치 정부에 대한 제국 정부의 통제는 매우 낮은 수준이라고 말했다. 제국 정부는 독립 정부에 원칙을 적용하기 위해 간청하거나 논의하거나 압력을 가할 수 있지만, 식민지를 지배할 수 없다는 것이다. 보어 공화국에 항의했듯이 사실상 여러 경우 외국 권력에 식민지 국민에 대한 것보다 강력하게 항의할 수 있었다. 식민지와 모국의 관계는 실크 끈과 같아서, 강하게 당기면 끊어진다. 그는 무력행사는 있을 수 없기에, 협상으로 할 수 있는 것을 할 뿐이라고 대표단에게 확인시켰다. 트란스발과 전쟁이 터졌을 때 개전 이유 중 하나가 트란스발의 인도인이 고통스러운 상태에 있는 것이라고 랜스다운 경, 셀번[52] 경 등 영국 정치인이 말했다.

이제 그 고통이 무엇인지 살펴보자. 인도인이 트란스발에 처음 들어간 것은 1881년이다. 고 세드 아부바카르가 프리토리아에 상점을 열고 중심가의 땅을 샀다. 다른 상인들이 뒤를 이었다. 그들이 엄청나게 성공하자, 백인 상인이 질투해서 신문을 통해 반인도인 운동을 시작했다. 그리고 인도인 추방과 상업 정지를 요구하는 청원서를 의회에 제출했다. 새롭게 시작한 이 나라에서 백인의 금전욕은 한이 없었다. 그들은 도덕의 지배와 무관했다. 그들이 입법부에 제출한 청원서에는 다음과 같은 문장이 있었다.

"인도인은 인류 문명을 모릅니다. 그들은 성병에 시달립니다. 그들은 모든 여성을 자기 밥으로 생각합니다. 그들은 여성에게 영혼이 없다고 믿습니다."

---

52) William Waldegrave Palmer Selborne(1859~1942)은 영국의 정치가로, 남아프리카 고등 변무관 등을 지냈다.

이 문장에는 네 가지 거짓말이 포함되었다. 이런 예는 얼마든지 들수 있다. 국민이 그렇다면 의원도 마찬가지다. 그러나 인도 상인은 자신들에게 반대하는 사악하고 부당한 운동이 전개되는 것을 전혀 몰랐다. 그들은 신문을 읽지 않았다. 신문을 통해 벌어진 운동이나 청원서는 의회에 영향을 미쳐 법안이 제출되었다. 인도인 지도자들이 이 사실을 알고 깜짝 놀랐다. 그들은 크루거 대통령을 찾아갔지만, 대통령은 그들을 정원에 세워두었다. 잠시 그들의 이야기를 듣고 대통령이 말했다.

"여러분은 이스마엘의 자손이기 때문에 태어날 때부터 에서의 자손에게 봉사하도록 정해졌습니다. 에서의 자손인 우리는 여러분이 우리와 같은 평등 위에 여러분을 둘 권리가 있음을 인정할 수 없습니다. 여러분은 우리가 부여하는 권리에 만족해야 합니다."

이런 대답이 혐오나 분노에서 비롯된 것이라고 말할 수는 없다. 크루거 대통령은 어릴 적부터 구약성경 이야기를 배웠고, 그 모든 것이 사실이라고 믿었다. 자기 믿음을 정직하게 말한 사람을 어떻게 비난할 수 있겠는가? 그러나 무지는 정직함에서 비롯된 것이라도 유해할 수 있고, 그 결과 1885년 가혹한 입법이 의회에서 급히 통과되었다. 마치 인도인 수천 명이 금방 트란스발을 약탈이라도 할 것처럼 말이다! 이 법안에 반대하는 인도인 지도자들이 요청해서 영국인 주재관들이 움직여야 했다. 결국 문제는 식민지 장관에게도 알려졌다.

1885년의 법률 3호에 따르면 상업을 목적으로 공화국에 정착하려는 인도인은 25파운드를 지불하고 등록해야 하고, 이를 어기면 무거운 벌을 받는다. 또 인도인은 땅을 사거나 시민권을 향유할 수 없다.

이 모든 것은 부당해서 트란스발 정부조차 옹호할 수 없을 정도였다. 트란스발 정부와 제국 정부 사이에는 런던협정으로 알려진 조약이 있었다. 그 14조는 영국 국민의 권리를 보장하는 것이었다. 제국 정부는 그 조항을 근거로 법안에 반대했다. 트란스발 정부는 제국 정부가 이 법률에 직간접적으로 동의했다고 반박했다.

제국 정부와 트란스발 정부 사이에 생긴 분쟁을 조정해야 했으나, 조정은 불충분했다. 조정자는 양자를 만족시키려고 노력했기 때문에 결과적으로 인도인이 패배했다. 많은 것을 잃지 않았다는 것이 유일한 이점이었다. 그 조정에 따라 1886년 법률이 개정되어, 등록세가 25파운드에서 3파운드로 줄었다. 인도인의 토지 구입을 완전히 금지하는 조항은 없어지고, 대신 인도인은 트란스발 정부가 지정하는 지역이나 거류지나 거리에서 정해진 토지를 구입할 수 있게 되었다.

그러나 트란스발 정부는 개정 조항을 정직하게 지키지 않았다. 심지어 거류지에서도 토지 자유 보유권을 부여하지 않았다. 거류지는 인도인이 거류하는 모든 도시에서 시내와 격리된 가장 불결한 장소에 있었다. 그곳은 급수, 가로등, 화장실 등 시설이 최악이었다. 인도인은 트란스발의 불가촉천민이 되었다. 이런 거류지와 인도에서 불가촉천민이 사는 지역이 전혀 다르지 않았다. 힌두교도가 불가촉천민을 접촉하거나 그 곁에 있기만 해도 더러워진다고 믿듯이, 트란스발의 백인은 인도인과 접촉하거나 그 곁에 있기만 해도 더러워진다고 하는 상황이 되었다.

게다가 트란스발 정부는 1885년의 법률 3호를 인도인도 거류지에서 상거래할 수 있다는 식으로 해석했다. 조정인은 그 해석의 판단을 트란스발 법원에 위임했다. 따라서 인도 상인은 매우 위험한 상황에 처했다. 그럼에도 그들은 어떤 경우에는 조정을 거듭하고, 다른 경우에는 재판을 통해 다투거나 자신의 작은 영향력을 행사하면서 지위를 유지하고자 노력했다. 이것이 보어전쟁이 터질 무렵 트란스발의 인도인이 놓인 비참하고도 불안한 상황이다.

이제 오렌지자유국의 상황을 살펴보자. 그곳에는 인도인 상점이 10개 남짓 있었지만, 백인은 강력한 운동을 시작했다. 의회는 엄격한 법률을 제정하고 명목상 보상금을 준 다음 오렌지자유국에서 모든 인도 상인을 추방했다. 그 법률에 따르면 인도 상인은 토지를 취득할 수 없고, 농민으로 오렌지자유국에 거주할 수 없으며, 선거권도 행사하지 못한다. 특별한 허가를 받아 노동자나 호텔 종업원으로 거주할 수 있을 뿐이다! 그러나 당국은 이 희귀한 허용조차 모든 경우에 부여하지 않았다. 그 결과 사회적 지위가 있는 인도인이 오렌지자유국에 2~3일 체류하려고 해도 엄청난 어려움이 따랐다. 보어전쟁이 발발했을 때 오렌지자유국에는 극소수[53] 호텔 종업원 외에 인도인이 없었다.

케이프 식민지에서도 인도인에 반대하는 여러 운동이 벌어졌음을 신문에서 볼 수 있다. 인도인은 모욕적인 대우를 받았다. 예를 들어 인도인 학생은 공립학교에 갈 수 없고, 인도인 여행자는 호텔에서 안전하게 묵을 수 없었다. 그러나 상거래와 토지 구입은 오랫동안 제한되지 않았다.

---

53) 구자라트어판에는 40명으로 나온다.

여기에는 이유가 있다. 앞에서 보았듯이 케이프 식민지 전역, 특히 케이프타운에는 말레이인이 상당수를 차지했다. 말레이인은 이슬람교도이기 때문에 인도인 이슬람교도와 접촉했고, 이어 다른 인도인과도 접촉했다. 나아가 인도인 이슬람교도는 말레이 여성과 결혼하기도 했다. 그러니 케이프 식민지 정부가 말레이인에게 반대하는 법률을 제정할 수 있었겠는가? 케이프 식민지는 말레이인의 모국이고, 네덜란드어가 그들의 모국어다. 그들은 식민지 초창기부터 네덜란드인과 함께 살았고, 생활 방식도 대부분 모방했다. 따라서 케이프 식민지에는 인종차별이 가장 적었다.

게다가 케이프 식민지는 가장 오래되었고, 남아프리카 문화의 중심이기 때문에 온건하고 예의 바르며 마음이 넓은 백인이 살았다. 내 생각에 적절한 기회와 교육이 허락된다면 가장 아름다운 인간을 낳지 못하는 장소와 민족은 이 세상에 없다. 운 좋게도 나는 남아프리카의 모든 장소에서 그런 사람을 볼 수 있었다. 케이프 식민지에서는 그런 사람이 더 많았다.

그중에서 아마도 가장 유명하고 학식 있는 메리먼[54] 씨는 남아프리카의 글래드스턴으로 알려졌다. 그는 1872년 케이프 식민지가 책임 정부가 되었을 때 권력을 잡은 첫 내각과 2차 내각의 구성원이었고, 1910년 수립된 연방의 마지막 내각에서 수상을 지냈다. 나아가 몰테노 가와 슈라이너 가가 있다. 존 몰테노 경은 1872년 식민지의 초대

---

54) John Xavier Merryman(1841~1926)은 남아프리카의 정치가로, 선교사인 아버지를 따라 어린 시절 영국에서 이주했다. 1875년부터 케이프 식민지의 각료와 수상을 지내면서 남아프리카연방 설립을 위해 노력했다.

수상이었고, W. P. 슈라이너는 유명한 변호사로 검찰총장과 수상을 지냈다. 그의 누이 올리브 슈라이너는 남아프리카, 특히 영어권에서 유명하다. 그녀는《꿈Dreams》이라는 책으로 유명해졌다. 모든 인간에 대한 그녀의 사상은 무한했다. 그녀의 눈 속에서 사랑이 쓰였다. 올리브는 명문가에 속한 뛰어난 여성이지만, 집에서는 직접 설거지를 할 정도로 소탈했다.

메리먼 씨나 몰테노 가, 슈라이너 가는 언제나 흑인의 대의를 지지했다. 흑인의 권리가 위험에 처하면 강력하게 그들을 보호했다. 인도인에게도 친절했지만 흑인과 인도인을 구별했다. 흑인은 백인이 남아프리카에 정착하기 전에 살던 선주민이기 때문에 백인이 흑인의 자연권을 뺏을 수 없다고 생각했다. 반면 인도인에 대해서는 인도인과 경쟁하는 두려움을 없애기 위해 공정한 법률이 제정된다면 불공정하다고 말할 수 없다고 생각했다. 그래도 그들은 인도인을 동정했다.

고칼레[55]가 남아프리카를 방문했을 때, 케이프타운 공회당에서 열린 남아프리카 최초의 공적인 환영회 의장이 된 사람은 슈라이너 씨다. 메리먼 씨도 고칼레를 공손하게 대접하고, 인도인의 대의에 공감을 표시했다. 메리먼 씨와 같은 다른 백인도 있었다. 그들 계급의 전형으로 유명한 사람들에 대해서는 앞에 설명했다. 케이프타운의 신문도

---

55) Gopāl Krishna Gokhale(1866~1915)는 퍼거슨대학의 경제학 교수이자, 인도 독립운동 초기 온건파 민족주의 지도자다. 1905년 인도사회봉사자협회를 설립하고 인도국민회의 의장이 되었다. 인도사회봉사자협회 회원은 평생 청빈하고, 가난한 사람들에게 봉사할 것을 서약했다. 그는 불가촉천민을 학대하는 것에 반대했으며, 1912년 간디가 있는 남아프리카를 방문하고 그곳에 사는 가난한 인도인의 문제를 제기해서 간디에게 존경을 받았다.

남아프리카 다른 곳보다 인도인에게 적대감이 덜했다.

이런 이유로 케이프 식민지의 인종 적대감이 언제나 다른 지역보다 낮았지만, 다른 곳에서 언제나 볼 수 있는 반인도인 감정이 케이프 식민지에도 보였다. 나탈 법률을 모방한 이민 제한법과 판매업자 면허법이 케이프 식민지에서도 제정되었다. 즉 인도인에게 열린 남아프리카의 문이 보어전쟁 때는 거의 닫혔다고 할 수 있다. 트란스발에서는 입국할 때 징수된 3파운드 외에 아무 제한도 없었다. 나탈과 케이프 식민지의 항구가 폐쇄되면서 그 중간인 트란스발에 가는 인도인은 입국에 어려움을 겪었다. 그들은 델라고아 만을 통할 수 있었다. 그러나 포르투갈인도 영국인을 다소 모방했다. 소수 인도인이 엄청난 고난을 겪거나, 항구 관계자를 매수하여 나탈이나 델라고아 만을 거쳐 트란스발에 갈 수 있었다는 사실이 반드시 설명되어야 한다.

6. 초기 투쟁의 개관

지금까지 인도인의 처지에 대해 살펴보았다. 인도인이 자신들에게 퍼부어진 공격을 어떻게 이겨냈는지 어느 정도 보았다. 그러나 사티아그라하의 기원을 더 잘 이해하기 위해서는 사티아그라하 이전에 인도인의 이익을 위한 노력을 다뤄볼 필요가 있다.

1893년까지 남아프리카에는 인도인의 대의를 위해 싸울 수 있는 자유롭고 충분히 교육받은 인도인이 드물었다. 영어를 아는 인도인은 대부분 사무원으로, 직업상 필요한 영어를 아는 정도지 청원서를 작성하지는 못했다. 게다가 모든 시간을 고용주에게 바쳐야 했다. 영어 교육을 받은 다른 그룹은 남아프리카에서 태어난 사람으로, 대부분 계약노동자의 자녀다. 그중에서 유능한 사람은 법정에서 통역 공무원 으로 일했다. 그들은 동포애를 표현한 정도 외에 인도인의 대의를 도울 위치가 아니었다.

게다가 계약노동자와 계약해제 노동자는 대부분 인도 북부 우타르 프라데시나 남부 첸나이 출신이었다. 반면 앞에서 보았듯이 자유 인 도인은 대부분 구자라트 출신으로 그 계급을 대표하는 이슬람교도 는 상인이, 힌두교도는 사무원이 많았다. 그밖에 소수 파르시[56] 상인 과 사무원이 있었지만, 남아프리카의 파르시는 30~40명도 되지 않았 다. 자유 인도인의 네 번째 그룹은 신드족[57] 상인으로, 남아프리카에 200명 이상 살았다. 신드족은 인도 밖 어디에 살아도 실크나 무늬가 있는 직물, 조각한 상자, 흑단과 백단향이나 상아로 만든 가구 등을 취 급했다. 손님은 대부분 백인이었다.

백인은 계약노동자를 쿨리라고 불렀다. 쿨리는 짐꾼을 뜻하는 말 인데, 폭넓게 사용되어 계약노동자도 자신을 쿨리라고 부르기 시작했 다! 수많은 백인이 인도 법률가와 상인도 쿨리 법률가, 쿨리 상인이라 고 불렀다! 그 말이 모욕이라는 것을 모르거나 믿지 않는 백인이 있지 만, 대부분 인도인을 모욕할 때 그 말을 사용했다. 그래서 자유 인도인 은 계약노동자와 자신을 구별하려고 노력했다. 그런 이유와 다른 이

---

56) parsi는 인도에 거주하는 페르시아 계통 조로아스터교도.

57) 신드Sind 지방에 사는 사람들로 이슬람교도가 대부분이다.

유로 남아프리카에서는 자유 인도인, 계약노동자, 계약해제 노동자들이 구별되었다.

자유 인도인, 특히 이슬람교도 상인이 이런 고난에 저항했지만, 계약노동자나 계약해제 노동자와 협력하려는 직접적인 시도는 없었다. 그런 생각은 아무도 하지 못했을 것이다. 생각했다고 해도 그들을 운동에 참가시키면 사태를 악화할 위험이 있다는 의견이 지배적이었다. 그리고 주된 공격 대상이 자유 인도인이라고 여겨 방어는 그 계급에 한정되었다. 그 결과 자유 인도인은 영어를 모르고 인도에서 공적인 경험을 한 적이 없다는 심각한 장애가 있는데도, 그런 고난에 대항하여 훌륭하게 싸웠다고 말할 수 있다. 그들은 백인 변호사의 도움을 받아 청원서를 작성하고, 때로는 대표단을 보냈으며, 대처할 수 있는 경우에는 대처했다. 이것이 1893년까지 상황이다.

독자들은 몇 가지 중요한 날짜를 기억하면 도움이 될 것이다.[58] 1893년 이전에 인도인은 오렌지자유국에서 추방되었다. 트란스발에서는 1885년의 법률 3호가 시행되었다. 나탈에서는 그 지역에 거주할 수 있는 인도인을 계약노동자로 한정하고, 나머지를 추방하기 위한 계획을 세우느라 분주했다. 이를 위해서는 책임 정부가 수립되어야 했다.

1893년 4월, 나는 인도를 떠나 남아프리카로 갔다.[59] 당시 나는 인도인 이민의 역사에 대해 아무것도 몰랐다. 나는 순수하게 직업적 이

---

58) 구자라트어판 마지막에는 연표가 있으나 영어판에는 없다. 이 번역본 뒤에는 구자라트어판의 연표를 첨부했다.

59) 여기서부터 《자서전》과 중복된다. 《자서전》 2부 4~10, 12~14, 16~21장 참조.

유로 그곳을 방문했다. 당시 포르반다르 메만의 유명한 상회가 다다 압둘라라는 이름과 스타일로 더반에서 장사를 했다. 마찬가지로 유명한 경쟁 상회가 타이브 하지 칸마마드라는 이름으로 프리토리아에서 장사를 했다. 불행히도 양자 사이에 중대한 재판이 벌어졌다. 다다 압둘라 상회의 공동출자자가 포르반다르에 있었는데, 압둘라와 그가 나를 고용하여 남아프리카에 보내면 도움이 될 것이라고 생각했다. 나는 그때 막 변호사가 된 신참이지만, 그들은 내가 소송을 잘못 다룰 수도 있다는 점을 전혀 두려워하지 않았다. 그들은 내가 법정에 서기를 원하지 않고, 그들이 고용한 유능한 남아프리카 변호사에게 말해주기를 바랐기 때문이다.[60]

나는 새로운 경험을 좋아했다. 새로운 풍경과 새로운 경험을 사랑했다. 나에게 일을 주는 사람들에게 수수료를 내야 하는 것이 싫었다.[61] 사우라슈트라의 음모[62]는 나에게 고통을 주었다. 계약 기간은 1년이었다. 내게는 반대할 이유가 없었다. 그들이 왕복 여비와 남아프리카 체재비, 수고비 105파운드를 준다니 나로서는 손해 볼 것이 전혀 없었다. 이 일은 나의 맏형 덕분에 성사되었다. 형은 나에게 아버지와 마찬가지였다. 그의 의지는 나에게 명령이었다. 그는 내가 남아프리카에 가는 것을 좋아했다. 나는 1893년 5월 더반에 도착했다.

---

60) 구자라트어판에는 '통역해주기를' 바랐다고 나온다.

61) 간디가 인도에서 변호사로 지낼 때는 사건을 맡게 해주는 중개인에게 수수료를 줘야 했다.

62) 《자서전》에는 카티아와르의 경험으로 나온다. 《자서전》 2부 4장 참조.

나는 법정 변호사로서 멋지게 차려입고 당당히 더반에 상륙했다. 그러나 곧 환멸이 들었다. 나를 고용한 다다 압둘라의 동업자가 나탈에 대해 설명해주었는데, 그곳에서 내 눈으로 본 것은 그의 이야기와 정반대였다. 물론 그것은 나에게 말해준 사람의 잘못이 아니다. 그는 정직하고 단순한 사람으로, 그곳의 참모습을 몰랐다. 그는 나탈에서 인도인이 겪는 고통을 전혀 몰랐다. 그는 엄청난 모욕을 뜻하는 조건도 알아차리지 못했다. 나는 도착한 날, 인도인을 대하는 백인의 태도가 너무나 모욕적이라는 것을 알았다.

도착하고 2주 동안 내가 법정에서 당한 고통스러운 체험, 기차에서 받은 모욕, 여행 도중에 당한 구타, 호텔을 찾기 어려운 상황(사실상 불가능)에 대해 서술하지는 않겠다. 그 모든 경험이 내 마음에 뿌리내렸다고 말하는 것으로 충분하다. 나는 이익과 호기심에 자극되어 한 가지 사건을 위해서 그곳에 갔다. 따라서 1년간 그런 고난의 증인이자 체험자에 불과했다.

나는 의무감에 눈을 떴다. 이기적인 관점에서 보면 남아프리카는 나에게 도움이 되지 않는다는 것을 알았다. 모욕을 당하는 곳에서 돈을 벌거나 체류하고자 하는 욕망은커녕 반감이 들 뿐이었다. 나는 기로에 섰다. 나에게는 두 가지 선택이 주어졌다. 하나는 전에 모르던 것을 알았다는 이유로 다다 압둘라와 계약에서 벗어나 인도로 돌아가는 것이다. 다른 하나는 어떤 고난도 참고 맡은 일을 완수하는 것이다.

나는 피터마리츠버그에서 경찰관에 의해 기차에서 쫓겨났다.[63] 기

<hr />

63) 《자서전》2부 8장 참조.

차가 떠나고 대합실에 앉아서 엄청난 추위에 떨었다. 내 짐이 어디 있는지 몰랐고, 물어볼 용기도 나지 않았다. 또다시 모욕을 당할지 몰랐다. 잠이 문제가 아니었다. 마음속은 의문으로 가득 찼다. 밤이 되자 결론이 났다. 인도에 돌아가는 것은 비겁하다. 내가 맡은 일을 완수해야 한다. 개인적인 모욕을 참고, 심지어 구타를 당해도 나의 목적지 프리토리아에 도착해야 한다고 생각했다. 그곳에서 소송이 벌어지고 있었다. 나는 가능하면 차근차근 몇 가지 단계를 거치자고 결심했다. 이 결심으로 어느 정도 안정되고 용기도 생겼지만, 잠을 이룰 수는 없었다.

다음 날 아침 나는 다다 압둘라 상회와 철도청장에게 전보를 쳤다. 양쪽에서 답을 받았다. 다다 압둘라와 당시 나탈에 있던 그의 동업자 세드 압둘라 하지 아담 자베리가 강력한 조치를 취했다. 그들은 각지의 인도인 담당자에게 나를 돌보도록 전보를 쳤다. 그들은 철도청장도 만났다. 지역 담당관이 보낸 전보를 받은 피터마리츠버그의 인도 상인이 나에게 왔다. 상인들은 나를 위로하려고 했다. 그들은 나와 같은 경험을 했지만, 그런 일에 익숙해져 신경 쓰지 않는다고 말했다. 장사와 감정은 양립하기 힘들다. 그래서 그들은 모욕을 당해도 돈과 함께 주머니에 넣는 것을 원칙으로 삼았다. 그들은 나에게 인도인이 기차역 정문으로 출입하지 못하고, 기차표를 사기도 무척 어렵다고 말했다.

그날 밤 나는 프리토리아로 떠났다. 나의 결심이 확고한지는 마음을 아는 신이 시험해주었다. 프리토리아로 가는 도중에 또다시 모욕을 받았고, 더 심하게 구타를 당했다.[64] 이 모든 일이 나의 결심을 더

---

64) 《자서전》 2부 9장 참조.

굳게 만들었다.

나는 1893년, 남아프리카에 사는 인도인의 입장을 완전히 경험했다. 그러나 그 문제에 대해 프리토리아의 인도인과 가끔 이야기한 것 외에 아무 일도 하지 않았다. 상회의 재판과 남아프리카의 인도인이 당하는 고통이라는 문제에 동시에 집중하는 것은 불가능해 보였다. 둘 다 하려고 하면 둘 다 망친다는 것을 알았다.

1894년이 되었다. 나는 더반으로 돌아와 귀국할 준비를 했다. 다다 압둘라가 나를 위해 송별회를 열었다. 그곳에서 한 사람이 내게《나탈 머큐리Natal Mercury》라는 신문을 주었다. 나는 그 신문을 읽고 나탈 의회의 상세한 의사록 중에 '인도인의 선거권'이라는 부분을 발견했다. 지방정부는 인도인의 선거권을 박탈하는 법안을 도입하고자 하고 있었다. 이는 인도인이 누린 작은 권리조차 끝장내기 위한 시작일 뿐이었다. 담화문은 정부의 의사를 명백하게 보여주었다.

나는 상인들과 그곳에 있던 사람들에게 그 보고서를 읽어주고, 최선을 다해 상황을 설명했다. 나는 모든 사실을 알지 못했지만, 인도인이 이런 공격에 저항해야 한다고 말했다. 그들은 동의하면서 직접 싸우기에는 무력하다고 나에게 머물기를 권했다. 나는 싸움이 끝날 때까지 한 달 혹은 그 이상 머물기로 했다.

그날 밤, 나는 의회에 보낼 청원서를 작성했다. 정부에는 법안 심의 연기를 요청하는 전보를 쳤다. 세드 하지 아담을 위원장으로 임시위원회가 구성되고, 그의 이름으로 청원서를 보냈다. 법안 심의는 이틀 연기되었다. 그 청원서는 인도인이 남아프리카 의회에 처음으로 보낸 것이었다. 그래서 인상을 남겼지만 법안을 저지하는 데는 실패했다.

그 결과에 대해서는 4장에서 말했다. 이는 남아프리카에서 인도인이 처음 벌인 운동이라, 인도인 사회에 새로운 열기가 생겼다. 매일 집회가 열렸고, 더욱더 많은 사람이 참가했다. 그 활동을 위한 기금이 필요 이상으로 모였다. 문서를 복사하고 서명을 받는 활동에 많은 자원봉사자가 참여했다. 일을 하고 돈을 내는 사람도 많았다. 계약노동자의 자녀들이 특히 열심이었다. 그들은 모두 영어를 알고 글씨를 잘 썼다. 그들은 잡다한 일에 밤낮없이 참여했다. 한 달 만에 1만 명의 서명을 받은 청원서가 리폰 경에게 전해졌다. 내가 계획한 임무는 끝났다.

나는 귀국하려고 했다. 그러나 사람들의 관심이 높아져서 나를 떠나지 못하게 했다. 그들은 말했다.

"당신은 이것이 우리를 궁극적으로 추방하기 위한 첫걸음이라고 했습니다. 우리의 청원서에 영국 정부 식민지 장관이 호의적인 답을 할지 누가 알겠습니까? 당신은 우리의 열의를 보았습니다. 우리는 일할 각오가 되었고, 돈도 있습니다. 그러나 안내자가 없으면 지금까지 해 온 작은 일도 수포로 돌아갈 것입니다. 우리는 당신이 이곳에 머무르는 것이 의무라고 생각합니다."

나도 인도인의 이익을 감시하는 항구적인 조직이 만들어지면 좋겠다고 생각했다. 그러나 어디에서 어떻게 살아야 하는가? 그들은 급료를 주려고 했지만, 나는 명백히 거부했다. 공공 활동을 위해 많은 급료를 받아서는 안 되고, 그 일을 내가 시작했기 때문이다. 당시 나는 법정 변호사에 걸맞고 인도인 사회에도 명예로운 생활을 해야 한다고 생각했기에 비용이 꽤 많이 필요했다. 기금을 모으기 위해 공적인 어필을 필요로 하는 활동 단체에 나의 생활비를 의존하는 것은 적절하지 않고, 그렇게 하면 나의 활동력은 무능해질 것이었다. 나는 중심적인 인도 상인들이 변호 업무를 하도록 고용해준다면 이곳에 머물겠다고 제안했다. 고용 기간은 1년이다. 그 기간 동안 거래하고 결과를 검토해서 동의하면 계속할 수도 있을 것이다. 사람들이 제안을 모두 받아들였다.

나는 나탈 대법원에 변호사 등록을 신청했다. 나탈 변호사회는 법적으로 유색인 변호사는 등록할 수 없다며 반대했다. 이런 경우 지도자 위치에 있는 변호사가 비용 없이 그런 등록을 신청하는 것이 관행이었다. 나의 변호사는 유명한 고 에스콤 씨로 검찰총장을 지냈고, 나중에 나탈의 수상이 된 사람이다. 에스콤 씨가 관행에 따라 나의 변호사 등록을 신청했다. 그는 내 고용인雇用人의 선임 변호사이기도 했다. 대법원은 변호사회의 반대를 거부하고 나의 신청을 받아들였다. 변호사회의 반대는 나를 더욱 유명하게 만들었다. 남아프리카의 신문들이 변호사회를 비웃었고, 몇몇 신문은 나를 축하했다.

임시위원회는 항구적인 것으로 변했다. 나는 그때까지 인도국민회의에 참가한 적이 없지만 그것에 대해 읽은 적은 있었다. 나는 '인도의 할아버지'라 불리는 다다바이[65]를 본 적이 있고, 그를 존경했다. 나는 인도국민회의 신봉자로 그 이름을 널리 알리고 싶었다. 경험이 없으면 새로운 이름을 찾으려고 하지 않는다. 나는 또 실수를 범하는 것

---

65) Dādābhāī Naorojī(1825~1917)는 인도인 최초의 수학과 물리학 교수로, 1855년 영국에 가서 영국 치하에서 인도의 부가 유출된다고 주장했다. 귀국 후 인도국민회의 창설에 참가하고 세 차례 연차대회 의장을 지냈으며, 뒤에 영국 하원 의원이 되었다. 《자서전》1부 13, 25장, 《인도의 자치》1장 참조.

이 아닌지 두려웠다. 그래서 위원회를 '나탈인도인국민회의'라고 부르자고 제안했다. 나는 인도국민회의에 대한 얕은 지식으로 불완전하게 설명했다.

1894년 5월 6일, 나탈인도인국민회의가 세워졌다. 나탈인도인국민회의는 1년 내내 회합이 열리고, 1년에 3파운드 이상 내면 누구나 회원이 된다는 것이 인도국민회의와 다른 점이다. 물론 그 이상 내도 환영받았다. 가능한 한 많은 액수를 지불하도록 노력했다. 1년에 24파운드를 내는 회원이 5~6명이고, 12파운드를 내는 회원도 상당수다. 한 달에 300명 정도 회원이 등록했다. 힌두교도, 이슬람교도, 파르시, 기독교도 그리고 인도 전역에서 와 나탈에 사는 사람들이 참가했다.

처음 1년은 엄청난 열기로 활동이 전개되었다. 유능한 상인들은 자가용 마차를 타고 멀리 떨어진 마을에 가서 새로운 회원을 모집하고 회비를 모았다. 회비를 요청한다고 모든 사람이 지불하지는 않았다. 경우에 따라 설득이 필요했다. 이런 설득은 정치적 훈련이었고, 사람들을 이런 상황에 익숙하게 만들었다. 게다가 최소 한 달에 한 번 열리는 회합에서 상세한 회계 보고를 하고 승인을 받았다. 다달이 발생한 사건을 설명하고 의사록에 기록했다. 회원들은 다양한 질문을 했다. 새로운 주제가 다뤄졌다. 이 모든 것을 통해 그런 모임에서 말해본 적이 없는 사람들도 말하게 되었다는 장점이 있었다. 연설도 적절한 모습으로 했다. 이런 것은 새로운 경험이었다. 지역에서는 엄청난 흥미를 느꼈다. 그동안 리폰 경이 참정권 박탈 법안을 각하했다는 소식이 들리자, 사람들의 기쁨과 자신감이 더 커졌다.

대외적 활동과 함께 인도인 사회 내부의 활동도 진행되었다. 남아프리카 전역의 백인은 인도인의 생활 방식에 반대하는 운동을 전개했다. 그들은 항상 인도인이 더럽고 인색하다고 주장했다. 인도인은 장사하는 곳에 살고, 집은 짐승 우리와 다름없으며, 자신의 즐거움을 위해 돈을 쓰지 않는다고도 했다. 이처럼 인색하고 더러운 인도인과 청결하고 사치스러우며 다양한 요구를 하는 백인이 어떻게 장사로 경쟁할 수 있겠는가? 집 안 청소, 개인적인 위생, 가옥과 상점의 분리 필요성, 유복한 상인은 그 입장에 적합한 생활을 해야 한다는 주제에 대한 강연과 토론과 제안이 나탈인도인국민회의 회합에서 벌어졌다.

그렇게 인도인이 수많은 실제 교육과 정치적 교육을 받았음을 독자들은 이해할 수 있다. 나탈인도인국민회의는 계약노동자의 후손, 즉 나탈에서 태어나 영어를 말하는 젊은 인도인을 위해 나탈인도인교육협회를 세웠다. 그 회원들은 명목상의 회비만 냈다. 청년에게 회의 장소를 제공하고, 조국에 대한 사랑을 불러일으키며, 그에 대한 일반 정보를 주는 것이 주목적이었다. 또 자유 인도인이 그들을 친척으로 여긴다는 인상을 주고, 자유 인도인이 청년을 존중하게 하려는 의도였다. 나탈인도인국민회의는 기금이 충분하여 지출한 뒤에도 저축할 여유가 있었다. 이는 토지 구입에 사용되었다. 그 지대地代 수입은 지금도 나온다.

나는 이 문제를 상세하게 설명해왔다. 독자들이 그것을 모르면 사티아그라하가 어떻게 생겨났고, 인도인이 그것을 어떻게 자연스럽게 받아들였는지 이해할 수 없기 때문이다. 나탈인도인국민회의에 어려운 일이 생기기도 했고, 정부 관리들이 공격하기도 했으며, 그밖에 알아야 할 의회의 중요한 역사적 사실이 많았지만, 나는 생략하지 않을 수 없다. 그러나 한 가지 사실은 기록해야 한다. 인도 사회가 과장하는 버릇에서 벗어나기 위한 조치를 취했다는 점이다. 그들의 결점에 언제나 관심을 기울이려고 노력해왔다. 백인의 주장이 옳은 경우에는 받아들였다. 백인과 대등하고 자존심과 일치하는 사항에 대한 협력이 가능한 경우에는 언제라도 유용했다. 신문은 인도인의 움직임에 대해 최대한 많은 정보를 주었고, 신문에서 인도인이 부당한 공격을 당하면 신문사에 반론을 보냈다.

트란스발에도 나탈인도인국민회의처럼 단체가 있으나, 완전히 독립적인 것이었다. 두 단체는 규약도 달랐지만 여기서 살펴볼 필요는 없다. 케이프타운에도 유사한 단체가 있었고, 그 규약은 나탈이나 트란스발과 달랐다. 그러나 세 단체의 활동은 거의 같았다.

1895년 중반에 나탈인도인국민회의는 1년 차를 마쳤다. 나의 변호사 업무도 의뢰인들에게 인정받았다. 그래서 체류 기간이 연장되었다. 1896년 나는 지역사회를 떠나 인도로 가서 6개월간을 머물렀다. 나탈에서 빨리 돌아오라는 전보를 받았을 때 인도 체류를 마치지 않을 수 없었다. 1896~1897년에 벌어진 사건은 다른 장에서 설명할 필요가 있다.

7. 초기 투쟁의 개관 [66](계속)

　나탈인도인국민회의는 확고하게 뿌리내렸다. 나는 나탈에서 2년 반을 보냈고, 대부분 정치적 활동을 했다. 그때 나는 남아프리카에 더 오래 머물러야 한다면 인도에서 가족을 데려와야 한다고 생각했다. 또 조국에서 단기간 머물며 인도 지도자들에게 나탈과 남아프리카 여러 지역에 사는 인도인의 상황을 알리고 싶었다. 나탈인도인국민회의는 6개월간 그곳을 떠나도록 허가하고, 대신 나탈의 유명한 상인인 고아담지 미야칸 씨를 사무국장으로 임명했다.

　그는 엄청난 능력으로 임무를 수행했다. 그는 영어 실력이 훌륭한데, 경험으로 얻은 것이었다. 구자라트에서 초등교육을 받은 그는 주로 줄루족과 거래했기 때문에 줄루어를 잘 알고, 줄루족의 예의나 관습에도 정통했다. 그는 조용하고 다정하며 과묵했다. 이에 대해 상세히 쓰는 이유는 중대한 책임을 지는 사람들에게 영어 구사력과 학력이 필요하지만, 그보다 진실과 평온, 인내, 강인함, 침착, 용기, 상식이 중요하다는 점을 보여주기 위해서다. 공적인 활동을 하는 데 이런 요소가 없다면 고등교육을 받아도 아무 소용이 없다.

　1896년 중반 나는 인도에 도착했다. 당시 나탈을 출발한 증기선은 뭄바이보다 콜카타를 경유하는 것이 편해서 나는 콜카타로 갔다. 계약노동자들이 콜카타나 첸나이에서 배를 탔기 때문이다. 콜카타에서 뭄바이로 가는 도중에 기차를 놓쳐서 알라하바드에서 하루를 묵어야

---

66) 이 장은 시기적으로 《자서전》 2부 24~29장, 3부 1~4장과 중복되지만 서술은 반드시 동일하지 않다.

했다.[67] 나의 일은 그곳에서 시작되었다. 《파이어니어Pioneer》의 체스니 씨를 만났다. 그는 나와 친절하게 이야기를 나누고, 자신은 총독부 편이라고 솔직히 말했다. 하지만 내가 원고를 쓰면 읽고 신문에 알리겠다고 약속했다. 그것으로 만족했다.

나는 인도에 있는 동안 남아프리카 인도인의 상황에 대한 소책자를 썼다. 많은 신문이 그 책에 주목했고 재판도 찍었다. 인도 여러 곳에 5000부가 배달되었다. 고국에 머무르는 동안 인도의 지도자를 만나는 특권을 누렸다. 뭄바이에서는 페로제샤 메타[68] 경, 바드루딘 타브지 판사, 마하데브 고빈드 라나데[69] 판사를 비롯한 여러 사람, 푸나에서는 로크마냐 틸라크[70]와 그의 동료들, 반다카르[71] 교수와 고팔 크리슈나 고칼레 교수와 그의 동료들을 만났다. 나는 뭄바이, 푸나, 첸나이에서 연설했다. 이에 대해서는 상세히 언급하지 않겠다.

우리 주제와 무관하지만 푸나의 신성한 추억에 대해 서술하지 않을 수 없다. 사르바자니크 사바[72]는 로크마냐의 통제를 받았다. 고칼레

---

67) 《자서전》 2부 25장과 중복된다.

68) Phirozshah Merwanji Mehta(1845~1915)는 인도의 유명한 법률가이자 정치가로, 인도국민회의 창설에 참가하고 두 차례 의장을 지냈다.

69) Mehadev Govind Ranade(1842~1901)는 뭄바이대학교 1회 졸업생. 뭄바이 고등법원 판사를 지냈고, 인도국민회의 창설에 참가했다.

70) Bal Gangadhar Tilak(1856~1920)는 급진적인 민족주의자로 독립은 민족의 당연한 권리라고 주장했다. 1908년부터 미얀마의 만달레이 감옥에 6년간 투옥되었다, 로크마냐는 그에게 붙은 경칭으로 '사람들에게 인정받다'라는 뜻이다.

71) Ramarkrishna Gopal Bhandarkar(1837~1927)는 유명한 동양학자이자 사회 개혁 운동가.

72) sabha는 조합.

70

씨는 데칸 사바와 관련되었다. 나는 먼저 틸라크 마하라지를 만났다. 그에게 푸나에서 집회를 열고 싶다고 하자, 고팔라오를 만났는지 물었다. 나는 그의 생각을 이해하지 못했다. 그는 다시 고칼레를 만났는지 물었다.

"아직 만나지 못했습니다. 존함은 알고, 만나고자 합니다."

"당신은 인도 정치에 대해 잘 모르시는군요."로크마냐가 말했다.

"영국에서 돌아와 잠깐 인도에 머물렀고, 제 능력 밖이라고 생각해서 정치 문제에는 전혀 관여하지 못했습니다."

"그렇다면 제가 몇 가지 정보를 드려야겠군요. 푸나에는 두 정파가 있습니다. 하나는 사르바자니크 사바, 다른 하나는 데칸 사바입니다."

"그 점에 대해 조금은 알고 있습니다."

그러자 로크마냐가 말했다. "여기서 집회를 열기는 쉽습니다. 그러나 당신은 이곳의 모든 정파에게 당신의 문제를 제시하고, 그들이 지지하기를 바라고 있습니다. 나는 당신의 그런 생각을 좋아합니다. 그러나 사르바자니크 사바가 당신 집회의 의장이 되면 데칸 사바는 참석하지 않을 것입니다. 반대 경우도 마찬가지죠. 따라서 당신은 어느 정파에도 속하지 않은 의장을 찾아야 합니다. 저는 그 문제에 대해 조언할 수 있을 뿐, 아무 도움도 줄 수 없습니다. 반다카르 교수를 찾아가야 합니다. 중립으로 알려진 그는 정치에 참여하지는 않지만, 그에게 의장을 부탁할 수 있을 것입니다. 이 문제를 고칼레 씨와도 상의하고 조언을 구하십시오. 아마도 같은 조언을 할 것입니다. 반다카르 교수 같은 사람이 의장이 된다면 두 정파는 집회가 잘되도록 할 것이라고 확신합니다. 우리는 당신을 전적으로 지원합니다."

이어 나는 고칼레를 만났다. 나는 그와 첫 만남에서 어떻게 사랑에 빠졌는지 쓴 적이 있다. 알고 싶으면《영 인디아Young India》*나《나바지반Navajivan》**의 지난 기사를 찾아보면 된다. 고칼레는 로크마냐가 나에게 한 충고를 좋아했다. 나는 존경하는 반다카르 교수에게 감사했다. 나탈 인도인의 불행에 대한 이야기를 신중하게 들은 그는 말했다.

"아시다시피 저는 공적 생활에 거의 관여하지 않고 나이도 많습니다. 그러나 당신의 이야기에 깊이 감동했습니다. 저는 모든 정파의 협조를 구하는 당신의 생각이 좋습니다. 당신은 젊고 인도의 정치 상황을 모릅니다. 내가 당신의 제안을 받아들였다고 두 정파에게 전하십시오. 집회가 결정되면 그들이 연락하겠지요. 나는 꼭 참석해서 의장을 하겠습니다." 푸나 집회는 성공했다. 두 정파의 대표가 참석했고, 나의 대의를 지지한다고 말했다.

그 뒤 나는 첸나이에 갔다. 그곳에서 스브라마냐 아야르 경(당시는 판사), 아난다차르,《힌두Hindu》편집자 서브라흐마니얌,《첸나이 스탠더드Chennai Standard》편집자 파라메쉬바란 필라이, 유명한 변호사 바쉬얌 이엔가르, 노턴 씨 등을 만났다. 거대한 집회도 열렸다. 첸나이에서 콜카타로 가서 서렌드라나드 바네르지, 마하라자 조틴드라 모한 타고르,《잉글리시맨Englishman》편집자 고 손더스 씨 등을 만났다.

콜카타 집회 준비를 하다가 나탈에 즉시 돌아오라는 전보를 받았다. 1896년 11월이었다. 인도인에 적대적인 어떤 운동이 시작되었음에 틀림없다고 생각했다. 콜카타에서 일을 중단하고 뭄바이로 갔다.

그리고 가족과 함께 가장 빨리 출발하는 증기선을 탔다. 쿠를란드 호는 다다 압둘라 상회가 구입한 배다. 상회가 포르반다르와 나탈을 오가는 증기선 운항을 의욕적으로 시작한 것이다. 같은 날, 페르시아 증기선 회사의 나데리 호가 뭄바이에서 뒤이어 떠났다. 두 증기선의 승객은 약 800명이었다.

인도에서 내가 한 활동은 중요하게 여겨져 인도의 주요 신문들이 논평에 실렸고, 로이터통신은 관련 내용을 전보로 영국에 보냈다. 나는 나탈에 도착해서 이 사실을 알았다. 로이터통신 대표가 남아프리카로 짧은 전보를 보냈다. 내가 인도에서 한 연설을 과장하여 요약한 내용이었다. 그것은 특별한 경험이 아니다. 그런 과장은 언제나 의도적이지 않았다. 편견에 사로잡힌 바쁜 사람들은 그것을 피상적으로 읽고 요약했다. 나아가 그 요약은 상이한 곳에서 상이하게 해석되었고, 아무 의도 없이 왜곡되었다. 이는 공적 활동에 따르는 위험이자 한계였다.

나는 인도에서 나탈의 백인을 비난했다. 계약노동이 끝난 자에게 부과된 인두세 3파운드를 강하게 반대했다. 나는 서브라흐마니얌이 계약노동을 마치고 겪은 고통에 대해 설명했다. 그가 주인에게 폭행당한 상처를 보고 나는 그 사건을 담당했다.

나탈의 백인은 왜곡된 연설 내용을 읽고 나에게 분노했다. 그러나 나탈에서 내가 쓴 것은 인도에서 쓰고 말한 것보다 격렬하고 상세했다. 인도에서는 내 연설이 약간 과장되어도 무방했다. 반면 모르는 사람에게 어떤 말을 하면, 그는 우리가 전하고자 하는 의미 이상으로 생각한다는 것을 경험상 알았다. 내가 인도에서 남아프리카 상황을 실제보다 약하게 묘사한 것도 그 때문이다. 나탈에서 쓴 것은 극소수 백인이 읽으니 염려할 필요가 없었다. 인도에서 쓴 것과 연설한 것은 분명히 달랐다.

수많은 백인이 로이터통신의 요약문을 읽었다. 게다가 전보로 전할 만한 문제라고 해서 본질적이지 않은 중요성이 덧붙었다. 나탈의 백인은 내가 인도에서 벌인 활동이 그 정도 영향을 미친다면 계약노동 제도는 곧 폐지되고, 식민지에 거주하는 수많은 백인이 손해 볼지도 모른다고 생각했다. 또 나탈의 백인이 인도에서 나쁘게 인식되었다고 보았다.

그리하여 나탈의 백인이 크게 분노했다. 바로 그때 내가 가족과 함께 쿠를란드 호를 타고 돌아온다는 소식을 들었다. 그 배에는 인도인 승객이 300~400명 있었다. 나데리 호도 비슷한 승객을 싣고 같은 시각에 도착할 예정이었다. 그들의 분노는 더욱 불타올랐고, 엄청난 감정이 폭발했다.

나탈의 백인이 거대한 집회를 열었고, 백인 사회의 저명한 사람들이 모두 참석했다. 인도인과 나에 대한 비난이 퍼부어졌다. 쿠를란드 호와 나데리 호가 나탈에 도착하는 것이 '침략'으로 간주되었다. 집회 연설자들은 내가 승객 800명을 나탈에 데려왔고, 이는 나탈을 자유 인도인으로 채우려는 나의 첫 시도라고 말했다. 나를 포함한 두 증기선의 승객을 나탈에 내리도록 해서는 안 된다는 결의안이 만장일치로 통과되었다. 나탈 정부가 승객이 상륙하는 것을 저지하지 않거나 저지할 수 없다면, 집회에서 임명된 위원회가 스스로 법률을 만들어 저지해야 한다는 것이었다! 두 증기선은 같은 날 더반에 도착했다.

독자들은 1896년 인도에서 가래톳페스트가 처음 발생한 사실을 기억할 것이다. 나탈 정부에게는 우리를 송환할 법적인 수단이 전혀 없었다. 이민 제한법은 아직 없었다. 정부는 앞서 말한 백인위원회를 전폭적으로 지지했다. 정부 각료인 고 에스콤 씨가 위원회 활동에서 두드러졌다. 위원회를 선동한 사람도 그다. 모든 항구에는 증기선에서 전염병이 발생하거나 증기선이 감염 지역에서 온 경우, 검역을 위해 일정 기간 상륙을 정지한다는 규칙이 있었다. 이런 제한 조치는 오직 방역을 이유로 항만 검역관 명령에 따라 행해질 수 있었다. 나탈 정부는 정치적 목적을 위해 그 규칙 이행권을 남용했다. 전염병이 발생하지 않았는데도 두 증기선은 일반적인 시간제한을 훨씬 넘어 23일이나 묶여 있었다.

그동안 백인위원회의 활동은 계속되었다. 쿠를란드 호의 소유자이자 나데리 호의 대리인인 다다 압둘라 상회는 엄청난 협박을 받았다. 승객을 돌려보내는 데 동의하면 봐주겠지만, 그렇게 하지 않으면 손해 볼 거라고 위협했다. 그러나 상회의 경영자는 겁쟁이가 아니다. 파산해도 상관없으니 끝까지 싸우겠다고 말했다. 무고하고 불쌍한 사람들을 돌려보내는 범죄를 결코 저지르지 않으며, 조국애를 버리지 않겠다고 했다. 오랫동안 상회의 변호사로 일한 F. A. 로턴 씨도 용감한 사람이다.

운 좋게도 수라트의 카야스타 계급 출신이자 고 나나바이 하리다스 판사의 조카인 고 만수클랄 나자르 씨가 남아프리카에 왔다. 나는 그를 알지 못했고, 그가 남아프리카에 온다는 것도 몰랐다. 두말할 필요 없이 나데리 호와 쿠를란드 호에 탄 승객을 내가 데려온 것이 아니었다. 대다수 승객이 남아프리카에서 오래 살던 주민이고, 트란스발에 가려고 승선했다.

백인위원회는 승객에게도 협박장을 보냈다. 협박장에는 나탈의 백인이 분노했다는 것, 이런 경고에도 인도인 승객이 하선한다면 항구에 대기한 위원회 관계자가 모든 인도인을 바다에 빠뜨릴 거라는 내용이 명시되었다. 나는 이 협박장을 번역해서 쿠클란드 호의 승객에게 읽어주었다. 나데리 호의 승객에게는 그 배에 탄 영어를 아는 승객이 설명해주었다. 두 증기선에 탄 승객은 대부분 나탈에 오래 살던 주민이고, 법적으로 상륙할 권리가 있었다. 그들은 백인위원회의 위협에도 송환을 거부하고, 자기 권리를 주장하기 위해 상륙을 결심했다.

나탈 정부는 곤경에 빠졌다. 부당한 제한을 언제까지 계속할 수 있겠는가? 벌써 23일이 지났다. 다다 압둘라 상회나 승객은 겁먹지 않았다. 상륙 금지 조치는 23일 만에 끝났고, 증기선의 입항이 허가되었다. 그동안 에스콤 씨는 흥분한 백인위원회를 진정했다. 그는 한 집회에서 다음과 같이 말했다.

"더반의 백인은 대단한 단결과 용기를 보여줬습니다. 여러분은 할 수 있는 모든 일을 했습니다. 정부도 여러분을 도왔습니다. 인도인은 23일간 유치되었습니다. 여러분은 감정과 공공심을 충분히 표현했고, 제국 정부에 깊은 영향을 주었습니다. 여러분의 행동 덕분에 나탈 정부로 가는 길이 쉬워졌습니다. 여러분이 지금 인도 승객을 힘으로 내리지 못하게 한다면, 자기 이익에 해를 끼치고 정부를 위험에 빠뜨릴 것입니다. 그러면 인도인 입국 저지에도 성공하지 못합니다. 승객에게는 아무런 죄가 없습니다. 그중에는 여성과 아이들도 있습니다. 그들은 뭄바이에서 승선할 때 여러분의 감정을 전혀 몰랐습니다. 저는 여러분에게 지금 해산하고 승객이 상륙하는 것을 방해하지 말도록 권유합니다. 그러나 저는 여러분에게 약속합니다. 나탈 정부가 앞으로 의회에서 이민을 제한하는 권한을 받도록 하겠다고 말입니다."

에스콤 씨의 말에 청중은 실망했으나, 나탈 백인에게 그의 영향력은 컸다. 그가 충고한 결과 백인위원회는 해산했고, 두 증기선이 항구에 들어왔다. 에스콤 씨가 나에게 다른 사람들과 함께 상륙하지 말고 나를 집으로 데려갈 해양경찰서장을 보낼 저녁까지 기다려주되, 가족은 언제 내려도 좋다는 편지를 보냈다. 이는 법에 따른 명령이 아니라 선장에게 나를 상륙시키지 말라고 명령한 것으로, 내 생명이 위험하다는 경고다. 선장은 나의 상륙을 막을 권한이 없었다. 그러나 나는 그의 제안을 받아들여야 한다는 결론에 이르렀다. 나는 가족을 오랜 친구이자 고객인 파르시 루스톰지의 집으로 보내며, 그곳에서 만나자고 말했다.

승객이 모두 하선하고, 다다 압둘라 상회의 변호사이자 나의 친구 로턴 씨가 왔다. 그는 나에게 왜 내리지 않는지 물었다. 나는 에스콤 씨의 편지에 대해 말했다. 로턴 씨는 내가 저녁때까지 기다렸다가 도둑이나 강도처럼 도시에 들어가는 것을 탐탁지 않게 생각했다. 이어 내가 겁나지 않는다면 아무 일도 없던 것처럼 자기와 함께 도시로 들어가야 한다고 했다. 나는 답했다.

"두려워하는 것은 아닙니다. 에스콤 씨의 제안을 받아들일지 말지는 예의의 문제일 뿐입니다. 그리고 우리는 이 문제에 대해 선장에게 책임이 있는지 없는지 생각해봐야 합니다."

로턴 씨가 웃으며 말했다.

"에스콤 씨의 제안을 고려해야 한다는 당신을 위해 그가 무엇을 했습니까? 그가 왜 친절을 베풀었다고 생각합니까? 저는 도시에서 무슨 일이 있었고, 에스콤 씨가 어떻게 관여했는지 당신보다 많이 압니다."

내가 고개를 흔들며 끼어들었지만 그는 계속 말했다.

"그가 최선의 의도로 행동했다고 가정합시다. 나는 그의 제안에 따르면 당신의 평판이 떨어질 거라고 확신합니다. 원한다면 지금 당장 저와 함께 갑시다. 선장은 우리 편이고, 그의 책임은 우리 책임입니다. 그는 오로지 다다 압둘라 상회에 대해서 책임이 있습니다. 나는 그들이 이 문제를 어떻게 생각하는지 압니다. 그들이 이 문제에 엄청난 용기를 보여줬기 때문입니다."

내가 답했다. "그러면 갑시다. 아무 준비도 하지 않았습니다. 내가 할 일은 터번을 쓰는 것뿐입니다. 선장에게 알리고 출발합시다."

로턴 씨는 나이 많고 더반에서 유명한 변호사다. 인도에 돌아가기 전에 그와 친밀하게 지냈다. 나는 어려운 사건을 그와 상의했고, 자주 그를 수석 변호사로 의뢰했다. 그는 용기 있고 당당한 사람이다.

우리는 더반의 중심가로 통하는 길을 걸어갔다. 우리가 출발했을 때는 오후 4시 반쯤이었다. 구름이 조금 있지만 해는 보이지 않았다. 루스톰지 세드의 집까지 걸어서 최소한 한 시간이 걸렸다. 부두에는 평소보다 사람이 많지 않았다. 우리가 내리자마자 아이들 몇 명이 보았다. 특이한 터번을 쓴 인도인은 나뿐이었으므로 그들이 바로 알아보고 "간디" "간디" "때려눕혀" "포위해"라고 외치면서 우리에게 다가왔다. 몇 사람이 나에게 돌을 던졌다. 성인 백인이 아이들에게 동참했다. 소동은 점점 커졌다.

걷기 위험하다고 생각한 로턴 씨가 인력거를 불렀다. 나는 그때까지 인력거를 타본 적이 없었다. 사람이 끄는 탈것에 앉는 것이 싫었기 때문이다. 그러나 그때는 인력거를 타는 것이 의무라고 생각했다. 신이 구원하고자 하는 사람이 타락하고자 해도 할 수 없음을 나는 평생 대여섯 번 경험했다. 내가 타락하지 않았다고 나에게 명예를 돌리려는 것은 아니다. 인력거는 줄루족이 끌었다. 성인 백인과 소년들이 인력거를 끄는 소년에게 나를 태우면 그를 때리고 인력거를 부숴버리겠다고 위협했다. 인력거를 끄는 소년은 "카"('아니'라는 뜻)라고 하며 도망쳤다. 그래서 나는 인력거를 타는 수치에서 벗어났다.

우리는 걸어가는 것 외에 방법이 없었다. 군중이 우리를 뒤따랐다. 우리의 발걸음과 함께 군중이 더욱 많아졌다. 웨스트 스트리트에 이르자 군중은 엄청났다. 체격이 큰 남자가 로턴 씨를 나에게서 떼어놓았다. 그는 나와 함께 갈 수 없었다. 군중은 나에게 욕하고, 돌이나 손에 쥘 수 있는 무엇이든지 던졌다. 그들은 나의 터번을 벗겼다. 힘센 남자가 와서 얼굴을 때리고 발로 찼다. 의식을 잃고 쓰러졌다가 깨어났을 때 어느 집 울타리를 붙잡고 있었다. 잠시 숨을 돌리고 다시 걸었다. 나는 살아서 집에 도착한다는 희망을 거의 포기했다. 그러나 그때도 나를 공격한 사람들을 비난하지 않았다.

기진맥진해서 걸어가는데 반대쪽에서 더반 경찰서장의 아내가 다가왔다. 우리는 서로 잘 알았다. 그녀는 용감한 부인이다. 하늘이 흐린데도 나를 보호하기 위해 양산을 펴고 내 곁에서 걸었다. 사람들은 나이 많고 유명한 경찰서장의 부인을 모욕하거나 공격할 수 없었다. 나를 공격하려고 하면서도 그녀는 해칠 수 없었다. 그녀가 나와 함께 걸은 뒤 그들의 공격이 약해졌다. 그동안 경찰서장이 나를 보호하기 위해 경찰을 보냈다. 경찰이 나를 둘러쌌다. 가는 길에 경찰서가 있었다. 그곳에 도착했을 때 우리를 기다리는 경찰서장을 보았다. 그가 경찰서에 있으라고 제안했지만, 나는 감사 인사를 하고 거절했다.

"저는 목적지에 가야 합니다. 저는 더반 사람들이 공정하다는 것과 제 언행이 옳다는 것을 믿습니다. 당신이 경찰을 보내준 점에 감사합니다. 알렉산더 부인 역시 저의 안전에 기여했습니다."

루스톰지의 집에 도착했을 때는 저녁이 다 되었다. 쿠를란드 호의 의사 다디바르조르가 와 있었다. 그는 나를 진찰했다. 상처는 많지 않았다. 한 곳이 매우 아팠지만 평화롭게 쉴 수 없었다. 백인 수천 명이 루스톰지의 집 앞에 모였다. 밤이 깊어지자 폭력배도 합세했다. 군중은 루스톰지 세드에게 나를 내주지 않으면 집을 불사르겠다고 했다. 훌륭한 루스톰지는 겁먹지 않았다. 사태를 안 알렉산더 서장이 경찰과 함께 조용히 군중 속으로 들어갔다. 그는 벤치를 들고 가서 그 위에 섰다. 그리고 군중에게 말하는 체하면서 루스톰지 집의 현관을 확보해, 아무도 문을 부수고 들어가지 못하게 했다. 그는 필요한 곳에 경찰을 배치했다. 도착하자마자 부하에게 인도인 복장을 하고 얼굴에 색칠한 다음 인도인 상인처럼 변장하도록 명령했다. 그리고 나에게 다음과 같은 메시지를 전했다.

"당신 친구와 그의 손님, 재산과 당신 가족을 구하고자 한다면 인도인 경찰로 변장한 뒤 루스톰지의 창고를 통해 나와서 저의 부하와 함께 군중 속을 지나 경찰서에 오기 바랍니다. 거리 구석에 마차가 있습니다. 이것이 제가 당신과 여러분을 구할 수 있는 유일한 방법입니다. 군중이 지나치게 흥분하여 통제할 수 없습니다. 당신이 지금 제 지시에 따르지 않으면 그들이 루스톰지의 집을 파괴할 것이고, 얼마나 많은 사람이 죽고 얼마나 큰 재산 손실이 날지 상상할 수도 없습니다."

나는 즉시 경찰관으로 변장하고 루스톰지의 집을 떠났다. 경찰관과 나는 안전하게 경찰서에 도착했다. 그사이 서장은 재미있는 노래를 부르고 말을 걸면서 군중을 달랬다. 내가 경찰서에 도착했음을 알고 그는 진지한 태도로 물었다.

"당신들은 무엇을 원합니까?"

"우리는 간디를 원합니다."

"그를 어떻게 할 것입니까?"

"우리는 그를 불태울 겁니다."

"그가 여러분에게 어떤 해를 끼쳤습니까?"

"그는 인도에서 우리를 비방했고, 나탈에 수많은 인도인이 들어오기를 원합니다."

"그가 나오지 않으면 어떻게 할 건가요?"

"우리는 이 집을 불태울 것입니다."

"그의 아내와 아이들도 이곳에 있습니다. 다른 사람들도 많습니다. 여성과 아이들을 불태운다니 부끄럽지 않습니까?"

"그 책임은 당신에게 있습니다. 당신이 우리를 돕지 않는다면 무엇을 할 수 있겠습니까? 우리는 아무도 해치고 싶지 않습니다. 당신이 우리에게 간디를 넘겨주면 됩니다. 당신이 죄인을 인도하지 않고, 그를 잡으려는 우리의 노력을 방해하면서 우리를 비난하는 것이 옳다고 봅니까?"

서장은 부드럽게 웃으면서 내가 루스톰지 집을 떠나 벌써 다른 곳에 도착했다고 말했다. 군중은 크게 웃으며 소리쳤다.

"거짓말이야, 거짓말이야."

서장이 말했다.

"이 늙은 서장의 말을 믿지 않는다면, 여러분 중 서너 명으로 구성된 위원회를 임명해주십시오. 다른 사람들이 집으로 들어가지 않겠다고, 위원회가 집 안에서 간디를 찾지 못하면 모두 돌아가겠다고 약속해주십시오. 여러분은 오늘 흥분하여 경찰에 불복했습니다. 이는 경찰의 수치가 아니라 당신들의 수치입니다. 그래서 경찰은 당신들을 속였습니다. 당신들의 사냥감을 빼돌렸고, 당신들은 졌습니다. 이 일로 당신들은 경찰을 비난할 수 없습니다. 당신들이 임명한 경찰은 임무를 수행했을 뿐입니다."

정중하고도 엄숙한 말에 군중은 서장의 요구를 받아들였다. 위원회가 임명되었다. 위원회는 루스톰지의 집을 샅샅이 뒤지고 나서, 서장의 말이 맞고 우리가 졌다고 설명했다. 군중은 실망했다. 그러나 그들은 약속을 지키고 아무런 불상사 없이 해산했다. 1897년 1월 13일에 일어난 일이다.

증기선 대기 기간이 끝난 날 아침, 더반의 어느 신문사 기자가 증기선으로 나를 찾아왔다. 그는 나에게 모든 것을 물었다. 나에 대한 비난을 명쾌하게 설명하는 것은 쉬운 일이었다. 나는 상세하게 설명하여 전혀 과장하지 않음을 보여주었다. 내가 한 일은 나의 의무일 뿐이다. 내가 그렇게 하지 않았다면 인간의 자격이 없을 것이다. 이 모든 것이

다음 날 아침 신문에 보도되었다. 양식 있는 백인은 실수를 인정했다. 신문은 나탈 백인의 처지에 공감하면서도 나의 행동을 옹호했다. 이는 나와 인도인 사회의 명성을 높였다. 가난한 인도인도 비겁하지 않고, 인도인 상인도 손해를 무릅쓰고 자존심과 나라를 위해 싸울 준비가 되었음이 증명되었다.

인도인 사회는 고난을 겪었고 다다 압둘라 상회는 큰 손해를 봤지만, 궁극적인 결과는 유익했다고 믿는다. 인도인 사회도 자기 힘을 알 수 있는 기회가 되었고, 그 결과 자신감이 커졌다. 나는 가장 가치 있는 경험을 했고, 그날을 생각할 때마다 신이 나를 사티아그라하의 실천을 위해 준비했다고 느낀다.

나탈 사건은 영국에서도 반향을 일으켰다. 식민지 장관 체임벌린 씨는 나탈 정부에 전보를 쳐서 나를 공격한 사람들을 기소하고, 나를 공정하게 대하라고 요구했다. 나탈 정부의 검찰총장이던 에스콤 씨가 나를 불러 체임벌린 씨의 전보에 대해 말했다. 그는 내가 당한 부상에 유감을 표명하고, 더 심한 공격이 가해지지 않은 것을 기뻐하며 말했다.

"당신이나 당신 사회의 누군가 부상당하는 것이 바람직한 일이 아님을 확신합니다. 당신이 부상당할지 모른다고 생각했기 때문에 반드시 밤에 상륙하라고 전한 것입니다. 당신은 저의 제안을 좋아하지 않았습니다. 당신이 로턴 씨의 충고를 들은 것을 비난하지 않습니다. 당신은 당신이 좋다고 생각한 것을 할 권리가 있습니다. 나탈 정부는 체임벌린 씨의 요구를 받아들이고, 당신을 공격한 자들이 반드시 처벌받기를 바랍니다. 당신을 공격한 사람들을 식별할 수 있습니까?"

나는 답했다.

"한두 사람이야 식별할 수 있습니다. 그러나 우리가 대화를 계속하기 전에 말씀드릴 것이 있습니다. 저는 저를 공격한 사람들을 고소하지 않겠다고 결심했습니다. 저는 그들을 죄인이라고 생각할 수 없습니다. 그들은 지도자에게 정보를 받았습니다. 그들이 정보가 옳은지 그른지 판단하기를 기대할 수는 없습니다. 저에 대해 들은 것이 모두 진실이라면 그들이 흥분하는 것은 당연하고, 분노해서 나쁜 짓을 하는 것도 당연합니다. 그 때문에 그들을 비난할 수는 없습니다. 흥분한 군중은 언제나 그런 식으로 정의를 관철하려고 합니다. 책임져야 한다면 백인위원회와 당신, 즉 나탈 정부입니다. 로이터통신은 잘못된 정보를 타전했습니다. 그러나 제가 나탈에 오는 것을 알았을 때, 당신과 백인위원회는 당신들이 품은 의혹에 대한 저의 답을 들은 뒤 적절한 일을 해야 했습니다.

지금 저는 공격에 대해 당신이나 위원회를 고소할 수 없습니다. 할수 있다고 해도 법정에서 구제를 요구할 수는 없습니다. 나탈 백인의 이익을 지키기 위해 바람직하다고 생각한 조치를 강구한 것입니다. 이는 정치적 문제입니다. 저도 앞으로 정치 분야에서 싸울 것입니다. 대영제국을 구성하는 중요한 부분인 인도인이 백인의 이익을 손상하지 않고 오로지 자존심과 권리를 지키고자 하는 것을, 당신과 다른 백인에게 확신시키고자 합니다."

에스콤 씨가 말했다.

"당신의 말씀을 충분히 이해합니다. 고맙습니다. 당신을 공격한 자들을 고소하지 않겠다고 말씀하실 줄 몰랐습니다. 그들을 고소한다고 해도 전혀 불쾌하지 않았을 것입니다. 그러나 당신이 고소하지 않겠다니 올바른 결단일 뿐만 아니라, 당신의 자제심으로 인도인 사회에 더욱 봉사하리라고 말하고 싶습니다. 동시에 당신을 공격한 자들을 고발하지 않는 것은 나탈 정부를 가장 곤란한 처지에서 구해주는 것입니다. 당신이 원한다면 정부는 공격한 자들을 구속하겠지만, 두말할 필요도 없이 백인을 분노하게 하고 여러 가지 비판을 초래할 것입니다. 이는 어떤 정부도 좋아하지 않는 일입니다.

당신이 고소하지 않겠다고 결심했다면 그 뜻을 밝히는 편지를 써주셔야 합니다. 저는 우리가 대화한 요지를 체임벌린 씨에게 보내는 것만으로 정부를 변호할 수 없습니다. 당신이 써준 편지를 요약해서 전보로 보내야 합니다. 편지를 당장 써달라는 것은 아닙니다. 친구들과 상의하십시오. 로턴 씨와도 상의하십시오. 상의한 뒤에도 결심이 바뀌지 않는다면 편지를 써주십시오. 그러나 당신은 자신이 책임지고 공격한 자들을 고소하지 않는다는 점을 명시해야 합니다. 그래야 제가 그 편지를 이용할 수 있습니다."

내가 말했다.

"당신이 이 문제로 저를 불렀는지 전혀 몰랐습니다. 저는 이 문제를 다른 사람과 상의하지 않았고, 지금도 그럴 생각이 없습니다. 로턴 씨와 함께 배에서 내리려고 결심했을 때, 제가 부상당해도 피해자라고 생각하지 않겠다고 결심했습니다. 따라서 공격한 자들을 고소하는 것은 문제가 아닙니다. 저에게 그것은 종교적 문제입니다. 당신이 말씀하셨듯이 저도 이런 행동으로 인도인 사회와 저 자신에게 봉사할 것이라고 믿습니다. 따라서 저는 모든 책임을 지고 당신이 요청한 편지를 지금 써드리겠습니다."

나는 백지에 그가 원하는 대로 적어서 건네주었다.

8. 초기 투쟁의 개관(계속) — 영국에서 활동

독자들은 앞 장에서 인도인이 자신의 상황을 개선하고 지위를 높이기 위해 어떻게 노력했는지 보았다. 그들은 남아프리카에서 힘을 증진하기 위해 노력하면서 인도와 영국의 지원을 받고자 애썼다. 인도에서 벌인 활동은 어느 정도 언급했다. 이제 영국에서 지원받기 위해 무엇을 했는지 다뤄야 한다. 인도국민회의 영국위원회와 관계를 수립하는 것이 무엇보다 중요했다. 그래서 '인도의 할아버지' 다다바이와 윌리엄 웨더번 위원장에게 상세한 정보를 담은 편지를 매주 보냈다. 청원서 사본을 보낼 때는 언제나 우편요금과 위원회 일반 경비를 위한 기부금으로 최소한 10파운드를 동봉했다.

나는 여기 다다바이 나오로지에 대한 신성한 추억을 기록한다. 그는 위원장이 아니지만, 우리는 그를 통해 돈을 보내는 것이 좋다고 생각했다. 그러면 그가 우리 대신 위원장에게 전해주리라고 여겼다. 그러나 다다바이는 우리가 처음 보낸 돈을 돌려보냈고, 위원회에 보내는 돈이나 편지는 바로 윌리엄 웨더번 경에게 보내라고 제안했다. 그는 모든 지원을 아끼지 않겠지만, 위원회의 명예는 우리가 윌리엄 경을 통해 접근해야 높아진다고 했다. 다다바이는 고령인데도 규칙적으로 편지를 교환했다. 특별히 쓸 내용이 없어도 격려하는 말과 함께 답장을 보내, 편지를 받았다는 것을 알려주었다. 심지어 그런 편지도 스스로 썼고, 편지 사본을 종이 상자에 보관했다.

앞 장에서 말했듯이 우리 단체를 '회의'라고 불렀지만, 우리 문제를 당파적 문제로 삼을 의도는 전혀 없었다. 그래서 우리는 다다바이에게 양해를 구하고 다른 파에 속한 사람들과도 서신을 교환했다. 그들 중 먼체르지 바흐오너그리[73] 경과 W. W. 헌터 경이 있다. 먼체르지 경은 당시 의회 의원이었다. 그는 유용한 도움을 주었고, 항상 중요한 제안으로 우리에게 호의를 보였다. 그러나 남아프리카의 중요성을 인도인보다 훨씬 빨리 이해하고 소중한 원조를 베푼 사람은 헌터 경이다. 그는 《타임스The Times》 인도 부문 편집자로, 우리가 그에게 처음 편지를 보낸 이래 참된 관점에서 우리 문제를 다뤘다. 그는 우리의 대의를 돕는 여러 사람에게 개인적으로 편지를 보냈다. 중요한 문제가 생길 때면 거의 매주 우리에게 편지를 보냈다. 그가 처음 보낸 답장은 다음과 같다.

그곳의 상황을 읽고 무척 미안했습니다. 당신은 겸허하고 평화적으로 아무런 과장 없이 활동해왔습니다. 이 문제에 대해 전적으로 당신에게 공감합니다. 저는 여러분이 공정한 대우를 받도록 공적으로나 사적으로 최선을 다할 것입니다. 이 문제에 대해 우리는 조금도 양보할 수 없다고 확신합니다. 당신의 요구는 합리적이기 때문에 공평한 사람이라면 양보하라고 할 수 없을 정도입니다.

---

73) Muncherjee Bhownuggree(1852~1933)는 인도의 법정 변호사. 영국에서 10년 이상 국회의원을 지냈고, 인도국민회의 영국위원회 위원이었다.

그는 거의 이런 말투로 《타임스》에 첫 기사를 썼다. 그의 태도는 마지막까지 일관되었다. 헌터 부인의 편지에 따르면 그는 죽기 직전에도 인도 문제에 대한 연재 기사를 구상했다.

나는 앞 장에서 슈리 만수클랄 나자르에 대해 설명했다. 그는 남아프리카 문제를 잘 이해하기 위해 인도에서 영국으로 파견되었다. 그리고 모든 정파와 관계를 맺고 활동하도록 지시를 받았다. 그는 영국에 체류하면서 W. W. 헌터, 먼체르지 바흐오너그리, 인도국민회의 영국위원회와 접촉했다. 인도 고위 공무원, 인도부나 식민지부의 퇴직 관료와도 접촉했다. 그 결과 가능한 모든 방면에서 분투했다. 해외 주재 인도인의 상황이 제국 정부에 중요한 문제가 되었고, 이 사실은 다른 식민지에도 좋든 싫든 영향을 미쳤다. 즉 인도인이 거주하는 모든 곳에서 인도인은 자기 지위의 중요성을 자각했고, 백인은 인도인이 그들의 지배를 받는다는 생각이 얼마나 위험한지 깨달았다.

9. 보어전쟁[74]

앞 장에서 보어전쟁이 터졌을 때 남아프리카 인도인의 상황과 그것을 개선하기 위해 취해진 조치에 대해 살펴봤다.

1895년 제임슨[75] 박사는 금광 소유주들과 기도한 음모를 실행에

---

74) 이 장을 보충한 것이 《자서전》 3부 10장이다.

75) Leander Starr Jameson(1853~1917)은 남아프리카의 의사이자 정치가. 1895년 트란스발 정부를 전복하고자 침공했으나 실패했다. 원서에는 1899년으로 나왔는데, 옮긴이

옮겨 요하네스버그를 급습했다. 음모자들은 요하네스버그가 점거된 뒤에야 보어 정부가 급습 사실을 알 것이라고 기대했다. 제임슨 박사와 동료들은 그 예측에서 큰 실수를 범했다. 계획이 발각되어도 보어 농민은 로디지아[76]에서 훈련받은 저격병에 대항하여 아무것도 할 수 없으리라는 생각도 실수다. 이들은 요하네스버그 사람이 대부분 자신들을 크게 환영하리라고 기대했다. 제임슨 박사는 이 추측에서도 완전한 실수를 범했다.

크루거 대통령은 사전에 모든 정보를 알았다. 그는 지극히 냉정하고 교묘하고 은밀하게 제임슨 박사에 대항할 준비를 끝내고, 음모에 가담한 자들을 수배했다. 보어 군은 제임슨 박사가 요하네스버그 부근에 도착하기 전에 포화로 환영했다. 박사 일파는 자신들을 맞은 군대와 결전할 위치에 있지 않았다. 한편 요하네스버그에서 봉기를 방지하기 위한 대책도 완벽했다. 아무도 머리를 들려고 하지 않았고, 크루거 대통령의 신속한 행동은 요하네스버그의 대부호들을 아연하게 했다. 그가 탁월하게 준비한 결과, 급습은 최소한의 비용과 인력 손실로 해결되었다.

제임슨 박사와 금광 소유주들은 체포되어 즉각 재판에 회부되었다. 몇 명은 교수형을 선고받았다. 대부호들이 죄수였으나 제국 정부는 그들을 위해 아무 일도 하지 않았다. 그들이 백주에 급습했기 때문이다. 크루거 대통령은 즉각 중요한 사람이 되었다. 식민지 장관 체임벌

가 1895년으로 수정했다.

76) 짐바브웨의 옛 이름.

린이 겸손한 내용으로 전보를 쳐서 대통령의 자비심에 호소하며 죄수들의 용서를 구했다.

크루거 대통령은 게임을 완벽하게 마스터했다. 그는 남아프리카 어떤 세력에도 권력을 빼앗길 우려가 없었다. 제임슨 박사와 동료들의 음모는 그들이 보기에 멋진 계획이지만, 크루거 대통령에게는 유치한 장난일 뿐이었다. 그는 체임벌린의 겸손한 탄원을 받아들여 아무도 교수형에 처하지 않았을 뿐 아니라, 전원을 사면하여 석방했다.

그러나 세상사는 언제나 그렇게 되어가지 않았다. 크루거 대통령은 제임슨과 동료들이 급습한 사건이 심각한 병의 사소한 징후에 불과하다는 것을 알았다. 요하네스버그의 대부호들은 수단과 방법을 가리지 않고 자신이 당한 굴욕을 없애려고 했다. 게다가 제임슨 급습 계획이 수립된 이유는 개혁이지만, 개혁을 위해 아무 일도 진행되지 않았다. 대부호들은 침묵을 지킬 수 없었다.

남아프리카의 영국 고등 변무관인 밀너 경은 대부호들의 요구에 전적으로 공감했다. 체임벌린 씨도 제임슨 일파에 대한 크루거 대통령의 관대한 처분을 찬양하면서 한편으로 개혁의 필요성을 환기했다. 모든 사람이 무력에 대한 호소가 불가피하다고 믿었다. 금광 소유주들은 궁극적으로 트란스발에서 보어인의 지배를 끝낼 것을 요구했다. 두 파 모두 최종 결과는 전쟁임을 알았다. 따라서 두 파는 전쟁을 준비했다.

당시에 벌어진 언어 전쟁도 주목할 가치가 있다. 크루거 대통령이 무기와 탄약을 대량 주문하자, 밀너 경은 영국이 자기방어를 위해 남아프리카에 군대를 보내지 않을 수 없다고 경고했다. 영국군이 남아프리카에 도착하자, 크루거 대통령은 영국인을 비웃으며 전쟁 준비에 박차를 가했다. 그런 식으로 각자 상대의 행동을 비난하면서 전쟁 준비를 강화했다.

크루거 대통령은 준비를 마치자, 더 지체하면 적의 손아귀에 놀아나는 셈이라고 판단했다. 영국은 인력과 자금을 무진장 공급할 것이다. 따라서 그들은 전쟁을 차근차근 준비하면서 한편으로 크루거 대통령에게 금광 소유주들의 불만을 제거해주도록 요구하고, 이 요구를 거부하면 전쟁에 돌입할 수밖에 없다고 세계에 보여주며 시간을 벌고자 했다. 그러고 나서 준비가 끝나는 대로 전쟁을 하면, 보어인은 그 충격을 이기지 못하고 영국의 요구를 굴욕적으로 받아들일 것이라고 생각했다. 그러나 18세에서 60세 모든 남성이 탁월한 전사고 필요하다면 여성도 전쟁에 나서는 민족, 게다가 민족 독립을 종교적 신념으로 삼는 용감한 이들은 세계 제국의 무력에도 굴욕을 당하려고 하지 않았다.

크루거 대통령은 오렌지자유국과 협의를 마쳤다. 두 보어 공화국은 같은 정책을 따랐다. 크루거 대통령은 영국의 요구를 전면적으로든, 금광 소유주들의 요구 수준으로든 받아들일 의도가 전혀 없었다. 따라서 두 공화국은 전쟁이 불가피하고, 영국에게 더 많은 시간을 주면 그들이 전쟁을 준비할 기회를 주는 셈이라고 판단했다. 크루거 대통령은 밀너 경에게 최후통첩을 함과 동시에 트란스발과 오렌지자유국 국경으로 군대를 배치했다.

그런 행동의 결과는 처음부터 분명했다. 영국 같은 세계 제국은 위협에 굴복하지 않는다. 최후통첩의 기한이 끝나자 보어 군은 전광석화처럼 공격하여 레이디스미스[77], 킴벌리, 마페킹[78]을 포위했다. 그렇게 1899년 보어전쟁이 시작되었다. 독자들은 영국이 전쟁을 벌인 대의 가운데 하나는 인도인이 보어인에게 받은 대우임을 기억할 것이다.

이때 남아프리카 인도인은 무엇을 해야 할까라는 문제가 대두하여 답을 구했다. 보어인 남자들은 모두 참전했다. 변호사나 농민, 상인, 노동자 할 것 없이 생업을 포기했다. 남아프리카의 영국인은 보어인과 같은 비율로 참전하지 않았지만, 케이프 식민지와 나탈, 로디지아에서 민간인이 자원입대했다. 뛰어난 영국인 상인과 변호사들이 뒤를 이었다.

내가 변호하던 법정에는 극소수 변호사밖에 남지 않았다. 유명한 변호사들이 대부분 참전했기 때문이다. 인도인에게 퍼부어진 비난 중하나는 그들이 남아프리카에 온 이유가 오로지 돈벌이 때문이고, 영국에게 그들은 무거운 짐일 뿐이라는 것이다. 나무속에 사는 벌레가 나무속을 파먹듯이 남아프리카의 인도인은 영국인의 심장을 파먹는다는 것이다. 그들은 나라가 침략을 당하고 집이 습격을 당해도 아무런 도움이 되지 않지만, 영국인은 그런 경우 적에 대항하여 자신뿐 아니라 인도인까지 보호하려 한다고 했다. 인도인은 그런 비난을 심사숙고했다. 우리는 그런 비난이 근거 없는 것임을 증명하는 절호의 기회라고 생각했다. 그러나 다음과 같은 주장도 제기되었다.

"영국인은 보어인과 마찬가지로 우리를 억압한다. 우리는 트란스발

---

77) 나탈의 도시.
78) 킴벌리와 마페킹은 케이프 식민지의 도시.

에서 고통을 당하고 나탈이나 케이프 식민지에서는 좋은 대우를 받은 것이 아니다. 우리가 노예 공동체인 점에도 다소 차이가 있을 뿐이다. 보어인 같은 민족이 자기 존재를 걸고 싸우는 것을 알면서 왜 우리가 그들의 파멸을 도와야 하는가? 현실적으로 생각하면 아무도 보어인의 패배를 당연한 것으로 예상할 수 없다. 그들이 이긴다면 반드시 우리에게 복수할 것이다."

이런 주장을 전개한 일파는 우리 속에서도 강력했다. 나도 그 점을 이해하고, 중요하게 생각했다. 그러나 그것이 옳다고 생각하지 않았고, 그 논점을 이해하면서도 인도인 사회에 다음과 같이 말했다.

우리가 남아프리카에 사는 것은 영국 국민이기 때문입니다. 지금까지 제출한 모든 청원서에서 우리는 국민의 권리를 주장했습니다. 우리는 영국 국민임을 자랑스럽게 생각하고, 그 믿음을 우리의 지배자와 세계에 알렸습니다. 지배자도 우리가 국민이기 때문에 우리 권리를 지켜줍니다. 지금 우리가 몇 가지 권리를 누리는 것은 영국 국민이기 때문입니다. 남아프리카에서 영국인이 우리를 고통스럽게 한다고 해서 영국인과 우리의 파괴가 명백한 상황에 팔짱을 끼고 바라보는 것은 민족의 존엄성에 맞지 않는 행동입니다. 그리고 이런 범죄적 무위는 우리의 고난을 배가할 뿐입니다.

생각지도 않게 찾아온 이 기회를 놓친다면 우리가 틀렸다고 믿는 비난의 오류를 스스로 증명하는 셈입니다. 나아가 앞으로 영국인이 우리를 과거보다 나쁘게 대우하고, 심하게 비웃는다고 해도 놀라운 일이 아닐 것입니다. 그런 경우 실수는 전적으로 우리 책임이라고 할 수 있습니다. 영국인이 우리를 비난하는 데는 근거가 없고, 논의할 여지도 없다고 하는 말은 자신을 기망하는 것에 불과합니다. 제국에서 우리가 노예인 것은 사실이지만, 상황을 개선하기 위해 노력하면서 계속 제국에 머물렀습니다. 그것이 인도에 있는 모든 지도자들의 정책이고 우리의 정책입니다. 우리가 자유를 얻고자 한다면, 대영제국의 구성원으로서 복지를 확보하고자 한다면, 전쟁에서 모든 수단을 강구하여 영국을 도울 수 있는 지금이 가장 좋은 기회입니다.

보어인에게 정의가 있다는 주장은 어느 정도 인정할 수 있습니다. 그러나 국민이 모든 경우에 사적 의견을 관철할 수는 없습니다. 당국이 언제나 옳지는 않지만, 통치를 받는 한 통치행위에 일반적으로 적응하고 지원하는 것이 국민의 명백한 의무입니다.

나아가 국민의 어떤 계급이 종교적 관점에서 국가의 어떤 행위가 부도덕하다고 생각하면, 그것을 방해하거나 지원하기 전에 전심전력으로 국가를 부도덕에서 구제하는 노력을 해야 합니다. 우리는 그런 일을 전혀 하지 않았습니다. 그런 도덕적 위기는 우리 앞에 존재하지 않고, 보편적이거나 포괄적인 이유를 들어 이 전쟁에 참가하고 싶지 않다고 말하거나 믿는 것도 아닙니다. 따라서 국민으로서 우리의 일반적인 의무는 전쟁의 이점을 생각하는 것이 아니라, 실제로 전쟁이 터졌을 때 우리가 할 수 있는 지원을 하는 것입니다.

마지막으로 보어인의 나라가 이긴다면 우리 상황은 처음보다 나빠지고 보어인이 복수할 것이라는 주장은, 용감한 보어인과 우리 자신을 부당하게 취급하는 것입니다. 그런 우연에 대해 최소한의 생각조차 낭비하는 것은 우리의 비겁함을 보여주고, 우리의 충성심에 오점을 찍는 것입니다. 영국이 전쟁에서 패한다면 자신에게 어떤 일이 생길지 한순간이라도 생각하는 영국인이 있을까요? 전쟁에 참가하는 사람이라면 인간성을 상실하지 않고는 그렇게 말할 수 없습니다.

1899년 나는 이런 주장을 했고, 지금도 그것을 수정할 이유가 없다고 생각한다. 당시 대영제국에 대한 믿음이나 제국 아래 인도 독립에 대한 희망이 지금도 있다면 나는 남아프리카에서도, 마찬가지 상황이라면 인도에서도 그 주장을 반복할 것이다.

나는 남아프리카에서 이 주장에 대한 반론을 들었고, 그 뒤 영국에서도 들었다. 그러나 나의 견해를 바꿀 어떤 근거도 발견하지 못했다. 지금 나의 생각과 이 책의 주제는 전혀 관련이 없지만, 그 문제를 여기서 다루는 이유는 두 가지다.

첫째, 이 책을 급하게 손에 넣은 독자가 인내하면서 주의 깊게 읽기를 기대할 권리는 없다. 그런 독자는 지금 내가 하는 운동과 위에서 말한 생각을 합치시키기 어렵다.

둘째, 위에서 말한 주장의 기초가 되는 원칙이 진실에 대한 강한 주장인 사티아그라하이기 때문이다. 우리가 마음에 있는 것을 표현하고 이에 따라 행동한다면, 그것이 실천적 종교의 첫걸음이다. 종교적 삶이라는 건축은 그런 기초가 없으면 불가능하다.

우리의 주제로 돌아가자.

나의 주장에 많은 사람이 동의했다. 독자들은 그것이 나 혼자 생각이라고 여겨서는 안 된다. 나아가 그런 주장을 하기 전에도 우리가 참전해야 한다고 생각한 인도인이 많았다. 그런데 지금 현실적인 문제가 생겼다. 전쟁의 엄청난 돌풍이 몰아치는 가운데 누가 인도인의 미약한 목소리에 귀 기울이겠는가? 인도인이 돕겠다고 하는 것을 얼마나 중시할까?

우리는 전쟁 무기를 가진 적이 없었다. 전쟁에서는 비전투원의 임무에도 훈련이 필요하다. 우리는 보조를 맞춰 행진하는 것도 몰랐다. 어깨에 짐을 지고 오랫동안 행진하는 것은 쉬운 일이 아니다. 게다가 백인은 우리를 '쿨리'로 대하며 모독하고 멸시할 것이다. 어떻게 이 모든 것을 견딜 수 있을까? 우리가 자원입대하면 정부가 우리를 받아들일까? 우리는 이 제안이 받아들여지도록 최대한 노력해야 한다는 결론에 이르렀다. 노동의 경험이 우리에게 더 많은 노동을 가르치고, 우리에게 의지가 있다면 신이 힘을 줄 것이다. 우리가 맡은 임무를 어떻게 수행할지 걱정할 필요 없이 최선을 다해 스스로 훈련하고, 일단 봉사하겠다고 결심하면 모욕을 당해도 참고 봉사할 수 있기 때문에 명예로운지 모욕적인지 구별할 필요가 없다.

우리는 이 제안이 받아들여지도록 하기 위해 엄청난 어려움을 겪었다. 그 이야기는 흥미롭지만 여기에서 상세히 설명할 필요는 없다. 우리의 지도자들은 부상자와 병자를 간호하는 훈련을 하고, 건강진단서를 받아 정부에 공식적인 편지를 보냈다. 정부에게 어떤 능력이라도 제공하겠다고 증명한 이 편지는 매우 좋은 인상을 주었다. 정부는 답변서에서 감사하지만 당장은 받아들일 수 없다고 했다.

그동안 보어인이 거대한 홍수처럼 전진해서 더반까지 오는 것이 아닌지 두려웠다. 부상자가 더 많아지고 어디에나 시체가 뒹굴었다. 우리는 계속 제안했고, 결국 '인도인 간호 부대'가 결성되었다. 우리는 병원 화장실 청소를 비롯해 모든 청소도 담당하겠다고 했다. 간호 부대를 발족한다는 정부의 생각은 우리에게 환영받았다. 우리의 제안은 먼저 자유 인도인과 계약해제 노동자에 대한 것이었으나, 계약노동자도 참가시키는 것이 바람직하다고 제안했다. 당시 정부는 많은 사람이 필요해 계약노동자가 자원하도록 그들의 고용인에게 요구했다. 그 결과 1100명에 이르는 인도인 부대가 더반을 떠나 일선으로 갔다. 우리가 출발할 때 에스콤 씨에게 축복과 감사의 말을 들었다! 그는 나탈의 백인 지원병 대표였다.

이 모든 것은 영자 신문으로 완전하게 전해졌다. 아무도 인도인의 참전을 기대하지 않았다. 어느 영국인이 중요 신문에 인도인의 참전을 찬양하는 시를 실었다. "역시 우리는 제국의 아들이다"라는 후렴이 반복되었다.

이 부대에는 계약해제 인도인이 300~400명 있었다. 그들은 자유 인도인의 노력으로 참가했다. 그중 37명이 지도자로 간주되었다. 그들이 서명한 제안서를 정부에 보냈고, 그들이 다른 사람을 모았기 때문이다. 지도자 중에는 변호사나 사무원도 있고, 나머지는 석공이나 목수 같은 기술자나 일반 노동자다. 힌두교도, 이슬람교도, 첸나이 출신, 북인도 출신 등 모든 계급과 계층이 참가했다. 부대에 상인 출신은 없지만 그들은 상당한 돈을 기부했다. 부족하나마 군량이 지급되면 엄격한 캠프 생활에 조금 위안이 되었다. 상인들은 군량이나 위문품, 우리가 간호하는 부상병을 위한 과자와 담배 등을 공급했다. 마을 부근에 캠프를 설치하면 지방 상인들이 힘을 다해 우리를 돌보았다.

이 부대에 참가한 계약노동자들은 여러 공장에서 온 영국인 감독 아래 놓였다. 그러나 그들의 임무는 우리와 같았고, 모두 함께 지냈다. 그들은 우리를 보고 대단히 기뻐했고, 부대 전체의 관리는 자연스럽게 우리가 맡았다. 그래서 부대는 인도인 부대로 알려졌고, 인도인 사회는 그 일로 명예를 얻었다. 사실상 계약노동자를 부대에 포함한 공적은 인도인 사회가 아니라 농장주에게 있다고 해야 옳았다. 그러나 부대가 발족한 뒤 훌륭하게 관리된 공적은 자유 인도인, 즉 인도인 사회가 받아야 한다는 점은 의심할 여지가 없었다. 이는 불러[79] 장군도 인정했다.

환자 간호 훈련을 담당한 부스 박사도 의료 감독으로 우리 부대와 함께 지냈다. 그는 선량한 목사로 인도인 기독교 신자 사이에서 주로 활동했지만, 교파를 떠나 인도인과 자유롭게 교류했다. 앞에서 말한 37명이 대부분 그에게 훈련을 받았다.

인도인 간호 부대와 마찬가지로 백인 간호 부대도 결성되었다. 두 부대는 같은 곳에서 나란히 활동했다.

우리가 정부에 제안한 것은 무조건적이었으나, 그것을 수락한 편지는 우리를 최전선에서 활동하지 못하게 했다. 이는 병사가 부상당하면 군대의 정규 간호 부대가 최전선 후방까지 운반한다는 뜻이다. 백인과 인도인의 임시 간호 부대가 결성된 것은 불러 장군이 레이디스미스에서 포위된 화이트 장군 구출 작전을 전개할 때 정규 간호 부대가 수용하지 못할 정도로 부상병이 나올까 걱정되었기 때문이다. 전장과 후방 기지의 병원 사이 도로도 없는 곳에서 전투가 벌어지다 보니 부상병

---

79) Redvers Henry Buller(1839~1908)는 영국의 군인으로, 보어전쟁에서 로버츠 장군의 전임자다.

을 정규 교통수단으로 운반할 수 없었다. 후방 기지 병원은 언제나 전장에서 7~25마일(11~40킬로미터) 떨어진 기차역 부근에 있었다.

우리는 즉시 임무를 부여받았다. 부상병을 7~8마일(11~13킬로미터) 운반하는 것이 우리의 일상 업무였다. 그러나 가끔은 중상을 당한 병사와 장교를 25마일(40킬로미터) 이상 운반했다. 오전 8시에 출발하여 도중에 투약하면서 오후 5시까지 기지 병원에 도착해야 한다. 정말 힘든 일이다. 하루에 25마일을 걸어 부상병을 운반한 적도 있다. 전쟁이 시작되면서 영국군은 패배를 거듭하여 엄청난 부상병이 생겼다. 장교들은 우리를 최전선으로 보내지 않는다는 생각을 포기해야 했다. 그러나 위기가 닥치자 우리는 계약상 최전선에 보내지 않도록 되었고, 우리가 위험을 무릅쓰지 않으면 불러 장군이 우리를 최전선에 보낼 의도가 없지만, 자발적으로 그 일을 하면 크게 감사받을 것이라고 말했다. 우리는 위험지역에 들어가기를 원했기에 이 기회를 환영했다. 그러나 우리는 총탄을 받지 못했고, 아무런 피해도 당하지 않았다.

부대는 흥미로운 경험을 많이 했지만 그 모든 것을 여기에 쓰지는 않겠다. 교육받지 않은 계약노동자가 포함된 우리 부대가 백인 간호 부대나 백인 병사와 접촉할 기회가 많았다는 사실은 기록해야 한다. 아무도 백인이 우리를 경멸하거나 무례하게 대한다고 느끼지 않았다. 백인 간호 부대는 남아프리카에 있는 백인으로 구성되었다. 그들은 전쟁 전에 반인도인 운동에 참가했다. 그러나 우리가 그들에게 필요한 시간에 돕고자 그들의 잘못을 잊고 왔다는 것을 알자, 그들의 마음은 즉시 녹았다. 불러 장군이 보고서에 우리의 수훈을 언급했다고 말했다. 지도자 37명에게 종군 훈장이 수여되었다.

불러 장군이 전개한 레이디스미스 구출 작전이 거의 두 달 만에 끝나자, 우리 간호 부대와 백인 간호 부대는 해산했다. 전쟁은 오랫동안 계속되었고, 우리는 언제라도 다시 종군하고자 했다. 정부는 우리 부대에 해산 명령을 하면서 다시 대규모 작전이 필요하면 우리 업무를 분명히 이용하겠다고 했다.

사람들은 남아프리카의 인도인이 전쟁에 기여한 바는 비교적 의미가 작다고 말한다. 생명을 잃을 위험도 없었다고 말한다. 그럼에도 도움이 되고자 한 의도는 상대방에게 영향을 미치고, 전혀 기대하지 못한 도움을 받을 때 감사는 두 배나 컸다. 인도인에 대한 좋은 느낌은 전시에 계속되었다.

이 장을 끝내기 전에 기록해둘 가치가 있는 사실을 언급해야 한다. 레이디스미스에서 보어인에게 포위당한 사람 중에는 영국인과 그곳에 살던 인도인도 몇 명 있었다. 상인과 계약노동자인데 철도에서 일하거나 영국인의 하인이었다. 그중 한 사람이 파르브후싱이다. 레이디스미스의 지휘관은 그곳 주민에게 여러 가지 임무를 부여했다. 가장 위험하고 책임 있는 일이 '쿨리' 파르브후싱에게 주어졌다. 레이디스미스 가까운 언덕에 보어인이 폼폼이라는 자동 고사포를 설치했다. 그 포탄으로 많은 건물이 파괴되었고, 가끔은 생명을 잃기도 했다. 포탄이 발사되어 목표물에 이르는 데 1~2분이 걸렸다. 그 정도 시간에 경보가 울리면 시민은 착탄 전에 피란하고 목숨을 지킬 수 있다. 파르브후싱은 포탄이 발사되는 동안 나무에 앉아 언덕을 주시하면서 섬광이 번쩍이면 즉시 종을 울렸다. 종소리를 들은 레이디스미스 주민은 피란하여 죽음의 포탄에서 목숨을 건졌다.

레이디스미스의 지휘관은 파르브후싱의 엄청난 공헌을 찬양하면서 그가 임무를 충실히 수행했고, 한 번도 종 치기를 게을리하지 않았다고 했다. 파르브후싱이 자신을 언제나 위험에 노출했다고 말할 필요는 없겠다. 그의 용감한 이야기는 나탈에 알려졌고, 마침내 당시 인도 총독 커즌[80] 경의 귀에 들어갔다. 총독은 파르브후싱에게 캐시미어 예복을 보내고, 나탈 정부에 가급적 성대한 증정식을 베풀라고 요청했다. 그 일을 맡은 더반 시장은 시 공회당에서 증정식을 거행했다. 이 사건은 나에게 두 가지 교훈을 주었다. 첫째 사람을 신분이 낮다거나 시시하게 보인다고 무시해서는 안 되고, 둘째 아무리 겁이 많은 사람이라도 기회가 되면 용맹한 사람이 된다는 것이다.

10. 전쟁 이후[81]

전쟁의 가장 중요한 국면은 1900년에 끝났다. 레이디스미스와 킴벌리, 마페킹은 탈환되었다. 크로니예 장군은 파르데부르크에서 항복했다. 보어인이 점령한 영국 식민지는 모두 그들의 손아귀에서 벗어났다. 키치너 경은 트란스발과 오렌지자유국을 정복했다. 게릴라전만 남았다.

---

80) George Nathaniel Curzon(1859~1925)은 영국의 정치가로, 인도부와 외무부 차관을 거쳐 인도 총독(1899~1905)과 외상(1919~1924)을 지냈다. 인도 총독은 부왕viceroy 이라고 할 정도로 지위가 높았다.

81) 이 장은 《자서전》 3부 23장, 4부 1~3장과 중복된다.

남아프리카에서 내가 할 일은 이제 끝났다고 생각했다. 나는 그곳에서 원래 의도한 1년이 아니라 6년을 머물렀다. 우리 활동은 대부분 끝났다. 그러나 인도인 사회가 동의하지 않는 한 나는 남아프리카를 떠날 수 없었다. 나는 동료들에게 인도로 가서 봉사 활동을 하고 싶다는 뜻을 전했다. 나는 남아프리카에서 자기 이익을 대신하는 봉사의 교훈을 배워, 그런 일을 할 기회를 찾았다. 만수클랄 나자르 씨와 칸 씨가 남아프리카에 있었다. 이곳에서 나고 자란 젊은 인도인 몇 명이 변호사가 되어 영국에서 돌아왔다.

이런 환경에서 내가 인도로 가는 것은 적절하지 않았다. 이 모든 것을 논의하자, 남아프리카에서 예기치 못한 사태가 생겨 인도인 사회가 나를 부르면 그때 즉시 돌아온다는 조건으로 귀국을 허가받았다. 그런 경우 나의 여행비와 남아프리카 체재비는 그들이 부담한다는 것이다. 나는 이 조건에 동의하고 인도로 갔다.

나는 고칼레의 조언과 안내를 받아 주로 공적인 활동을 하고, 생계를 위해 뭄바이에서 변호사 활동을 한다는 결심을 했다. 따라서 집도 빌리고 몇 가지 일을 시작했다. 남아프리카와 밀접한 관계 덕분에 그곳에서 돌아온 고객들이 나에게 일을 주었고, 필요 이상으로 돈을 벌었다. 그러나 그곳의 생활에도 평화는 없었다. 뭄바이에 도착한 지 서너 달도 되지 않아 남아프리카에서 온 전보를 받았다. 그곳 상황이 나빠서 체임벌린 씨가 곧 방문할 테니 급히 돌아오라는 내용이었다.

나는 뭄바이의 사무실을 닫고 집을 정리한 뒤 가장 빨리 출발하는 증기선을 탔다. 1902년 연말이었다. 나는 1901년 연말에 귀국해 1902년 3월에 사무실을 열었다. 전보에는 상세한 내용이 없었다. 나는 트란스발에서 문제가 생겼으리라고 짐작했다. 몇 달 내에 돌아올 수 있으리라고 여겨 가족을 데려가지 않았는데, 더반에 도착해서 모든 것을 듣고 놀랄 따름이었다.

우리는 전쟁이 끝나고 남아프리카 전체에서 인도인의 지위가 나아지기를 바랐다. 트란스발과 오렌지자유국에서 문제가 생기리라고는 전혀 예상하지 않았다. 전쟁이 터졌을 때 랜스다운 경이나 셀번 경 같은 정부 고위 관리들이 인도인에 대한 보어인의 잘못된 대우가 전쟁 원인 가운데 하나라고 말했기 때문이다. 프리토리아의 영국인 주재관도 트란스발이 영국 식민지가 되면 인도인의 고난은 금방 끝날 거라고 자주 말했다. 백인도 인도인을 배척한 보어 공화국의 낡은 법이 영국 국기 아래서는 시행될 수 없다고 믿었다.

이 원칙은 폭넓게 적용되어 전쟁 이전에 토지 경매인은 인도인의 입찰을 받아들이지 않았으나, 이제는 공공연히 받아들였다. 그래서 많은 인도인이 공적 경매에서 토지를 구입했는데, 막상 세무관에게 양도증서를 보여주고 등기를 신청하면 1885년의 법률 3호 위반이라며 거부했다! 이 모든 것을 나는 더반에 상륙하며 알았다. 지도자들은 체임벌린 씨가 먼저 더반에 올 테니 그에게 나탈의 상황을 알리고, 내가 그를 따라 트란스발로 가야 한다고 말했다.

나탈에서 대표단이 체임벌린 씨를 기다렸다. 그는 문제점을 경청하고 나탈 정부와 상의하겠다고 약속했다. 나는 전쟁 전에 나탈에서 시행되던 법이 빨리 개정되리라고 기대하지 않았다. 그 법에 대해서는 앞 장에 서술했다.

독자들이 알듯이 전쟁 전에는 인도인이 언제라도 트란스발에 입국할 수 있었다. 나는 이제 그렇지 않음을 알았다. 그러나 입국 제한은 인도인뿐만 아니라 백인에게도 적용되었다. 많은 사람이 일시에 트란스발에 입국하면 식량이나 의복이 충분히 주어지지 못하는 상태가 계속되었다. 전쟁이 끝나고 상점들이 다시 열리지 못했기 때문이다. 상점의 재고 상품은 과거 보어 정부가 접수했다. 나는 입국 제한이 일시적인 것이라면 이해하지 못할 이유가 없다고 생각했다. 그러나 당시 백인과 인도인이 허가를 받는 절차가 달랐다. 그 점이 의문과 걱정이었다. 입국허가서는 남아프리카 여러 곳에 있었다. 백인은 요청하면 허가를 받았지만, 인도인은 달랐다. 트란스발에 아시아부가 설치되었고, 이는 새로운 출발이었다. 인도인은 먼저 그 부서장에게 신청하고, 부서장이 인정해야 더반이나 다른 곳에서 허가받을 수 있었다.

내가 이 모든 절차를 거쳐야 한다면 체임벌린 씨가 트란스발을 떠나기 전에 허가받을 희망은 없었다. 트란스발의 인도인이 대신 허가받아 나에게 보내줄 수는 없었다. 그들은 나의 입국허가를 받기 위해 더반에 있는 지인들에게 의존했다. 나는 입국허가 관련 공무원은 모르지만, 더반의 경찰서장을 알기에 입국허가 사무소 동행을 요청했다. 그는 동의하고 필요한 확인을 해주었다. 결국 1893년에 1년간 트란스발에 머물렀다는 사실 덕분에 입국허가를 받고 프리토리아에 갔다.

프리토리아의 분위기는 완전히 달라졌다. 아시아부는 인도인을 억압하기 위한 무서운 기구에 불과했다. 임용된 공무원들은 전쟁 중 인도에서 군대와 함께 남아프리카에 온 모험가적인 사람들로, 자신의 운을 시험하고자 그곳에 머물렀다. 그들 중 일부는 부패했다. 두 명이 수뢰로 재판을 받았다. 배심원은 그들에게 무죄를 선고했지만, 그들의 죄는 의심할 여지가 없었기에 면직되었다. 불공평함이 당시의 질서였다. 이렇게 특별한 부서가 창설되고 인도인의 권리를 제한하는 것이 유일한 존재 이유가 되자, 공무원들은 자기 존재를 정당화하고 유능한 임무 수행 능력을 보여주기 위해 종종 새로운 제한을 고안했다. 이번 일도 그렇게 생긴 것이다.

나는 일을 처음부터 시작해야 함을 알았다. 아시아부는 내가 트란스발에 어떻게 입국했는지 바로 알지 못했다. 그들은 물어보려고 하지도 않았다. 내가 밀입국한 것은 아니라고 생각한 모양이다. 그들은 내가 입국허가를 받은 과정에 대한 정보를 간접적으로 확보했다. 프리토리아에서 온 대표단이 체임벌린 씨를 기다렸다. 나는 그에게 줄 청원서를 만들었지만, 아시아부는 나를 대표단에서 제외했다. 인도인 지도자들은 내가 함께 가지 못하면 체임벌린 씨를 만날 필요가 없다고 생각하는 것 같았다. 나는 그 생각에 찬성하지 않았다. 나는 모욕을 받은 것에 신경 쓰지 않으며, 그들에게도 무시하라고 권했다. 청원서를 체임벌린 씨에게 전하는 것이 중요했다. 그곳에 있던 인도인 변호사 조지 고드프리 씨가 청원서를 읽는 역할을 맡았다.

대표단이 체임벌린 씨를 만났다. 인터뷰 중에 나의 이름이 나오자 그가 말했다. "저는 더반에서 간디 씨를 봤습니다. 그러나 트란스발의 사정은 이곳 사람들에게 직접 듣기 위해 그를 만나는 것을 거절했습니다."

이 말은 불에 기름을 붓는 꼴이 되었다. 그는 아시아부의 말을 되풀이한 셈이다. 그것은 인도에 널리 퍼진 분위기를 트란스발에 고스란히 전하려고 노력한 것에 불과하다. 영국인 공무원이 뭄바이 사람을 외국인, 즉 참파란으로 취급하는 것을 모두 알았다. 이 법에 따르면 더 반 사람인 내가 트란스발의 사정에 대해 알 수 없다고 체임벌린 씨에게 말한 것이다. 아시아부는 그런 식으로 체임벌린 씨에게 조언했다. 그는 내가 트란스발에 살았고, 설령 그렇지 않았다고 해도 그곳 인도 인의 사정을 잘 안다는 것을 전혀 몰랐다.

당면한 사안에 대해서는 한 가지 물음밖에 없었다. 즉 트란스발의 상황을 누가 가장 잘 아느냐 하는 것이다. 인도인은 나에게 그곳으로 가라고 하여 그 점에 답했다. 그러나 위정자에게는 이성적인 논거가 적용될 수 없음을 발견한 것은 새로운 경험이 아니었다. 당시 체임벌 린 씨는 그곳 사람들의 영향 아래 있고 백인의 환심을 사려고 했기 때 문에, 우리를 공평하게 취급하리라고 기대하기는 어려웠다. 그런데도 대표단은 무심결에 혹은 상처받은 자존심 때문에 시정을 구하기 위한 합법적 조치를 간과해서는 안 된다는 생각으로 그를 만난 것이다.

이제 나는 1894년에 직면한 것보다 어려운 형편에 처했다. 한편으 로 나는 체임벌린 씨가 남아프리카를 떠나자마자 인도로 돌아갈 수 있는 듯했다. 다른 한편으로 남아프리카 인도인 사회가 엄청난 위험 에 처했음을 알고도 인도에서 봉사 활동을 한다는 공허한 환상으로 귀국한다면 봉사 정신이 훼손되는 것을 분명히 알 수 있었다. 나는 그 결정이 평생을 남아프리카에서 보내는 것을 뜻한다고 해도, 우리의 모든 대항 수단에도 모인 구름이 흩어질 때까지 혹은 그것들이 파괴 되어 우리에게서 완전히 떠날 때까지 그곳에 머물러야 한다고 생각했 다. 이것이 내가 인도인 지도자에게 한 말이다. 1894년과 마찬가지로 변호사 일을 해서 생계를 꾸려가겠다고 선언했다. 바로 인도인 사회가 바란 것이다.

나는 곧 트란스발에 변호사 등록을 했다. 변호사회가 반대할지 모른다는 우려도 있었지만, 여기서는 근거 없는 이야기임이 증명되었다. 나는 대법원 변호사로 등록했고, 요하네스버그에 사무실을 열었다. 요하네스버그는 트란스발에서 인도인이 가장 많이 사는 곳이어서, 공적 활동이나 사적 활동에 비추어 내가 정착하기에는 가장 적합했다.

아시아부가 부패해서 날마다 쓰라린 경험을 했다. 트란스발영인英印 협회의 모든 노력은 그 질병을 제거하는 일에 바쳐졌다. 1885년의 법률 3호를 폐지하는 일은 이제 먼 과제로 물러났다. 당면한 목표는 아시아부라는 급박한 홍수에서 우리 자신을 지키는 일이었다. 인도인 대표단은 밀너 경, 그곳을 찾은 셀번 경, 나중에 첸나이 주지사를 지낸 아서 롤리 트란스발 부지사와 그 밑의 관리들을 방문했다. 나는 정부 관리들을 자주 만났다. 우리는 가끔 사소한 구제 조치를 얻었지만 모두 미봉책에 불과했다. 우리는 강도에게 모든 재산을 빼앗긴 뒤 애원해서 조금 돌려받은 것으로 만족한 경험을 기억한다.

이런 운동의 결과 앞에서 말한 해직된 공무원들이 기소되었다. 인도인 입국에 관한 걱정은 사실로 입증되었다. 백인은 이제 허가받을 필요가 없었지만, 인도인에게는 여전히 필요했다. 예전 보어 정부는 반反아시아인법을 엄격하게 시행하지 않았다. 그들이 관대해서가 아니라 그들의 행정이 태만했기 때문이다. 정부 관리들이 그런 사람들이니 시행에 재량을 부여할 수 있으나, 영국 정부에서는 그렇지 못했다. 영국 정부는 낡고 도식적이어서 공무원이 기계적으로 일했다. 그들은 점진적인 억제 시스템에 따라 행동의 자유가 제한되었다. 영국 헌법에서는 정부 방침이 관용적이라면 국민은 최대한 자유를 누렸다. 반면 정책이 억압적이거나 비관용적이면 최대의 억압을 맛보았다.

보어 공화국 헌법에서는 반대였다. 관대한 법으로 이익을 받는가 아닌가는 거의 담당 공무원의 재량에 달렸다. 그래서 트란스발에 영국 정권이 수립되자, 그 정책에 따라 인도인에 대한 모든 법률이 점점 더 엄격하게 시행되었다. 구멍이 있는 곳은 모두 조심스럽게 메웠다. 우리가 보았듯이 아시아부의 행정은 엄격하게 진행되었다. 이제 낡은 법률을 철폐하는 것이 문제가 아니었다. 인도인에게 남은 과제는 엄격한 법 시행을 어떻게 누그러뜨릴까 하는 점뿐이었다.

조만간 한 가지 원칙이 논의되어야 하는데, 그것을 이 단계에서 논의하면 아마도 그 후 진전된 상황과 인도인의 관점을 이해하기 쉬울 것이다. 트란스발과 오렌지자유국에서 영국 헌법이 시행되고, 밀너 경은 바로 위원회를 임명했다. 위원회는 국민의 자유를 제한하거나 영국 헌법 정신에 위배되는 양국의 오래된 법률을 조사하고, 그 목록을 준비하는 임무를 맡았다. 그 목록에 반反인도인법도 분명히 들어가야 했다. 그러나 위원회를 임명한 밀너 경의 목표는 영국인의 고난을 제거하는 것이었다. 영국인에게 간접적이라도 손해를 끼치는 법률은 가능한 한 빨리 폐지하는 것이 그의 목표였다. 위원회는 짧은 기간에 목록을 제출해 영국인에게 편파적으로 영향을 끼친 법률이 단숨에 폐지되었다.

위원회는 반인도인법의 목록도 작성했다. 책으로 발간된 그 목록은 아시아부가 휴대용 안내서로 이용했다. 인도인 처지에서 보면 악용되었다.

반인도인법이 모든 국민에게 적용되고 법의 시행은 담당 관리의 재량에 맡긴다면, 해석상 특히 인도인에게 엄격히 적용된다고 해도 제정한 사람의 의도는 달성된 것이고, 그럼에도 일반법이라고 불렸을 것이다. 아무도 그 행동으로 모욕을 느끼지 않았을 것이고, 시간이 지나 적대감이 약해지면 법을 개정할 필요는 없을 것이고, 법을 융통성 있게 적용해서 그 사회는 지켜질 것이다. 제2의 법을 내가 일반법이라고 부른 것처럼, 제1의 법을 특별법 혹은 인종법이라고 부를 수 있다. 이는 피부색으로 차별하여 흑색인종이나 갈색인종에게 백인보다 많은 제한을 하는 '인종차별법'이다.

시행되는 법률 가운데 예를 들어보자. 독자들은 나탈에서 처음 제정된 선거권 박탈 법안을 그 뒤 제국 정부가 폐지했다는 점을 기억할 것이다. 그 법률에는 어떤 아시아인도 선거권을 행사할 수 없다는 조항이 있었다. 그런 법률을 개정하려면 다수파가 아시아인에게 적대감을 보이지 않고 우호적 관계가 될 때까지 여론이 교육되어야 한다. 그런 감정이 생겨야 인종차별의 오점이 제거될 수 있다. 이것이 인종이나 계급 관련 법의 보기다. 앞서 제정된 법이 폐지되고 대신 제2의 법률이 제정된다면 본래 의도는 거의 지켜지지만 인종차별의 오점은 제거되므로 일반법이 된다. 그 법률 조항의 요지는 다음과 같다.

의회제 선거권에 근거한 선거 대표 제도가 없는 민족 출신은 나탈에서 선거권자가 될 수 없다.

여기에는 인도인이나 아시아인이라는 언급이 없다. 인도에 의회제 선거권에 근거한 대표 제도가 있었는지에 대한 법률가들의 의견은 상이할 수 있다. 그러나 논의를 진전시키기 위해 1894년은 물론 지금도 인도에는 의회제 선거권이 없지만, 나탈에서 공무원이 선거인명부에 인도인 이름을 등록하는 것이 위법행위임을 바로 말할 수 있다. 일반적인 추정으로 국민의 권리를 언제나 옹호하기 때문이다. 따라서 당시 정부가 반대하지 않는 한, 법률이 있어도 공무원은 인도인을 비롯한 아시아인의 이름을 선거인명부에 등록할 수 있다. 즉 반인도인 감정이 약해지고 지방정부가 인도인에게 적대적으로 대하지 않으면, 법률 개정 없이 인도인을 선거인명부에 등록할 수 있다. 이것이 일반법의 특징이다.

지금까지 여러 장에서 내가 서술한 남아프리카의 법률에서 같은 종류의 예를 달리 들 수 있다. 따라서 현명한 정책이란 특별법 제정을 최소화하는 것이고, 아예 제정하지 않는 쪽이 더욱 현명하다. 법률이 제정되면 그것을 개정하기 전에 여러 가지 문제가 생긴다. 제정된 법률이 폐기되려면 여론의 교육 수준이 높아야 하기 때문이다. 법률이 자주 개정되거나 폐기되면 안정적이거나 잘 조직된 헌정이라고 말할 수 없다.

이제 우리는 트란스발의 반아시아인법에 있는 독을 더 잘 이해할 수 있다. 그 모든 것은 인종차별법이다. 아시아인은 투표할 수 없고, 정부가 지정한 거류지 밖에서 토지를 소유할 수도 없다. 이 법률이 법전에서 제거되지 않는 한 관리들은 인도인을 위해 아무것도 할 수 없다. 이 법률은 일반법이 아니기 때문에 밀너 경이 임명한 위원회가 그런 법률의 독립된 목록을 작성할 수 있었다. 그러나 일반법이라면 아시아인이라는 것을 직접 언급하지 않아도 아시아인에게 적용되는 다른 법률과 함께 폐지되었을 것이다. 담당 관리들은 자신의 무력함을 말할 수 없었고, 대안이 없으니 새로운 입법이 제정되기까지 그 법률을 적용해야 한다고 말했다.

그 법률이 아시아부의 손에 들어가면 엄격하게 적용되었다. 법률의 시행이 적절하다면, 정부는 아시아인에게 호의적으로 남겨진 부주의나 의도적으로 유지된 법률의 결함을 제거하기 위해 권한을 더욱더 행사해야 했다. 이는 아주 간단하고 분명해 보인다. 악법이라면 폐지되어야 하고, 악법이 아니라도 결함이 있으면 개정되어야 한다.

내각은 법률을 시행한다는 정책을 채택했다. 인도인은 보어전쟁 당시 영국인과 어깨를 나란히 하고 목숨을 걸었으나, 이제 그것은 3~4년이 지난 이야기가 되고 말았다. 프리토리아의 영국인 주재관이 인도인을 위해 싸운 것도 지난 정권 때 일이다. 인도인의 고난이 전쟁이 발발한 원인 가운데 하나였으나, 이는 현지 상황에 대한 지식이 없는 행정관들이 짧은 생각으로 만든 것에 불과했다. 현지 관리들은 지난 보어 정부가 반아시아인법을 엄격하지도, 체계적이지도 않게 시행한 것을 분명히 보았다.

인도인이 자유롭게 트란스발에 입국하고 어디에서나 장사한다면 영국 상인은 엄청난 손해를 볼 것이다. 이와 유사한 주장이 백인과 그들을 대표하는 정치가들에게 큰 충격을 주었다. 그들은 짧은 시간에 많은 부를 얻고자 했다. 그러니 인도인과 부를 나누는 것을 참을 수 있겠는가? 위선이 이를 그럴듯하게 만들기 위해 정치 이론에 압력을 가했다. 남아프리카의 지적인 사람들은 노골적 이기주의나 상업적 주장에 만족하지 못했다. 인간의 지성은 불의를 지지하는 그럴듯한 이론을 찾는 데 기쁨을 느끼는데, 남아프리카 백인도 그 일반 법칙에 예외가 아니었다. 스뫼츠 장군을 비롯한 사람들의 주장은 다음과 같다.

남아프리카는 서양 문명을 대표하지만 인도는 동양 문화의 중심이다. 현대 철학자들은 두 가지 문명이 공존할 수 없다고 생각한다. 이 대립적 문화를 대표하는 민족이 작은 단위에서 만난다고 해도 그 결과는 폭발일 뿐이다. 서양인은 단순함에 적대적인 반면, 동양인은 단순함을 가장 중요한 미덕으로 생각한다.

이 대립적인 견해가 어떻게 화해할 수 있겠는가? 둘의 상대적 장점에 대한 판단은 실무적인 정치가의 몫이 아니다. 서양 문명은 좋을 수도 있고 나쁠 수도 있지만, 서양인은 그것에 집착한다. 그들은 그 문명을 구원하기 위해 끊임없이 노력해왔다. 그들은 그것을 지키기 위해 피의 강을 건너왔다. 그들은 그 대의를 위해 엄청난 고난을 겪어왔다. 그들이 자신을 위해 새로운 길을 찾기에는 늦었다.

이렇게 생각하면 인도인 문제는 상업적 적대나 인종 증오라는 차원으로 해결될 수 없다. 문제는 지극히 간단하다. 즉 자기 문명을 수호하는 문제, 자기를 보존하는 최고권 향유와 그 의무의 수행이다. 선동가들은 인도인의 약점을 거론하여 백인을 선동하겠지만, 정치적 사상가는 인도인의 장점이 남아프리카의 단점이라고 믿고 말한다.

남아프리카에서 인도인이 혐오스러운 존재로 취급받는 것은 그들의 단순함과 인내심, 검소함, 내세관 때문이다. 서양인은 진취적이고 성급하며, 다양한 물질적 욕구를 충족하고 성찬을 좋아하며, 육체노동을 혐오하고 낭비적이다. 그래서 백인은 동양인 수천 명이 남아프리카에 정착한다면 서양인은 밀려날 수밖에 없다고 두려워한다. 남아프리카 백인은 자살할 용의도 없고, 그들의 지도자는 그들이 그런 위험에 빠지도록 하지 않을 것이다.

나는 백인 중에서도 인격이 가장 고매한 사람들이 주장하는 논점을 공정하게 제시했다고 믿는다. 나는 그들의 주장을 사이비 철학이라고 규정했지만, 전혀 근거 없는 주장이라고 말하고 싶지는 않다. 실제적 관점, 즉 이기적 관점에서 보면 근거가 엄청나다. 그러나 철학적 관점에서 보면 위장 그 자체다.

공평한 사람이라면 이런 결론을 받아들이지 않을 것이고, 어떤 개혁자도 자기 문명을 이런 주장을 하는 사람들처럼 무력한 처지에 두지는 않으리라는 것이 내 의견이다. 내가 아는 한, 서양인이 동양과 접촉하기 위해 자유롭게 온다면 동양 문명은 서양 문명의 홍수에 모래처럼 흘러갈 것이라고 두려워하는 동양철학자는 없다. 동양 사상에 대해 내가 아는 작은 지식으로는 동양 문명이 서양 문명을 두려워하지 않을 뿐만 아니라, 서양 문명과 자유롭게 접촉해도 적극적으로 환영한다. 그 반대 예를 동양에서 볼 수 있다고 해도[82] 내가 제시한 원칙에 영향을 주지는 않는다. 원칙을 지지하는 많은 예를 보여줄 수 있기 때문이다.

---

82) 한국과 일본의 쇄국정책이 그 예일 수 있다.

그러나 서양철학자는 서양 문명의 기초가 정의에 대한 무력의 우월성이라고 주장한다. 따라서 서양 문명 옹호자는 야만적인 폭력을 유지하는 데 많은 시간을 바친다. 마찬가지로 서양 사상가는 물질적 욕구를 증대하지 않는 민족은 멸망하게 마련이라고 주장한다. 서양인은 이 원칙에 따라 남아프리카에 정착해서 압도적 다수인 흑인을 지배한다. 그런 그들이 인도의 무해한 사람들을 두려워한다는 것은 상상하기도 어렵다. 백인이 아시아인을 두려워하지 않는다는 것을 가장 잘 보여주는 증거는 인도인이 남아프리카에서 노동자로 일했고, 인도인 이민에 반대하는 어떤 운동도 없었다는 사실이다.

유일하게 남는 원인은 상업과 인종이다. 수많은 백인이 쓴 글에서 다음과 같이 인정한다. 즉 인도인의 상업 때문에 영국인이 하는 소규모 상업이 타격을 받았고, 지금은 갈색 피부에 대한 혐오감이 백인의 마음에 뿌리내리고 있다는 것이다. 심지어 실정법상 평등 원칙이 확립된 미국에서도 최고의 서양식 교육을 받은 부커 T. 워싱턴[83] 같은 사람은 인격이 고매한 기독교인이고 서양 문명에 완전히 동화되었음에도 루스벨트 대통령의 관저에 들어갈 수 없었고, 그런 사정은 지금도 마찬가지다. 미국의 흑인은 서양 문명을 받아들였고 기독교 신자가 되었다. 그러나 검은 피부가 그들에게 죄가 되었고, 북부에서는 사회적으로 무시당했으며, 남부에서는 지극히 가벼운 범죄 혐의로도 폭행당했다.

독자들은 위에서 검토한 '철학적' 주장에는 아무런 내용이 없음을

---

83) Booker Taliaferro Washington(1856~1915)은 미국의 흑인 학자이자 교육자로, 인디언과 흑인의 교육에 노력했다.

알 것이다. 그렇다고 해서 그런 주장을 하는 사람들 모두 위선적이라고 결론을 내려서는 안 된다. 그들은 대부분 그런 생각이 옳다고 순진하게 믿는다. 우리가 그들의 처지라면 같은 주장을 할 수도 있다. 인도에는 지혜란 경험에 따른다는 격언이 있다. 우리의 주장은 우리 정신을 반영한 것에 불과하다고 생각하고, 타인이 말을 이해해주지 않으면 우리는 불만을 느끼고 참을 수 없으며, 심지어 분노하는 것을 경험하지 못한 사람이 있을까?

나는 이 문제에 대해 의도적으로 상세히 설명해왔다. 독자들이 상이한 관점을 이해하고, 이를 위해 지금까지 그러지 못한 독자들이 다양한 관점을 존중하고 이해하는 습관을 들이기 바라서다. 사티아그라하를 이해하기 위해, 무엇보다 그 실천을 위해서는 대범한 마음과 인내가 필수적이다. 그런 것이 없이는 사티아그라하가 불가능하다.

나는 이 책을 단순히 쓰기 위해 쓰는 것이 아니다. 사람들에게 남아프리카 역사의 한 부분을 보여주는 것을 목적으로 삼지도 않는다. 지금 내가 이 책을 쓰는 목적은 그것을 위해 살아왔고, 살고자 했으며, 언제라도 죽을 각오가 되었다고 믿은 사티아그라하가 어떻게 생겨났고, 그 집단적 시도가 어떻게 행해졌는지 모든 국민에게 알리는 것이다. 그리고 모든 국민이 사티아그라하를 이해하고 자기 것으로 삼아 힘이 닿는 한 실행에 옮기도록 하는 것이다.

우리가 본래 하던 이야기로 돌아가자. 우리는 앞에서 영국인 관료들이 트란스발에 새로 입국하려는 인도인을 저지하고자 결의했고, 과거부터 살아온 인도인이 겁먹고 출국하도록 곤란한 처지에 빠뜨렸으며, 심지어 출국하지 않은 경우 노예처럼 살게 하도록 결정했다는 사실을 살펴보았다. 남아프리카의 거물이라는 몇몇 정치가는 인도인이 이 나라에서 나무를 나르고 물 긷는 일로 살아갈 수 있게 하겠다고 몇 번이나 말했다.

아시아부에 근무한 리오넬 커티스[84]는 지금의 인도에서 이원 지배 체제[85]를 구상한 것으로 유명하다. 이 젊은이는 당시 밀너 경의 신임을 받았다. 그는 모든 일을 과학적 방법으로 진행한다고 주장했지만, 중대한 실수를 범할 수도 있었다. 그가 저지른 실수로 요하네스버그는 1만 4000파운드를 손해 봤다! 그는 인도인 신규 이민을 중단하는 첫 방안은 남아프리카에 오래 살던 인도인을 효과적으로 등록시키는 것이라고 제안했다. 그렇게 하면 타인이 대신 입국할 수 없고, 그것을 시도한다면 적발되기 쉬웠다.

영국 통치가 확립되고 발행한 허가증에는 인도인의 서명이나 문맹인 경우 손가락 도장이 있었다. 나중에 어떤 사람이 허가증에 사진을 붙이자고 제안하자, 행정 관료가 채택해서 입법이 필요 없었다. 따라서 인도인 지도자들은 이런 변화를 즉각 알지 못했다. 시간이 지나 그들이 새로운 현상을 알고 정부 당국에 청원서를 보냈으며, 인도인 사회 대표단도 보냈다. 관리들은 여러 가지 규제 없이 인도인의 입국을 허가할 수 없고, 모든 인도인은 그런 내용을 갖춘 동일한 허가증을 받

---

84) Lionel Curtis(1872~1955)는 영국의 법률가로 밀너와 같은 정치가들의 고문을 지냈고, 1910년 남아프리카연방의 헌법 기초에 관여했다.

85) diarchy. 인도의 통치 기구를 연방제처럼 군사와 외교를 담당하는 중앙(총독부)과 중앙에서 보류하고 이관한 사항을 담당하는 주로 나누어 관할하는 제도. 인도 개혁안으로 제시되었으나 중앙과 총독의 권한은 절대적이었다.

아야 하며, 허가증이 있는 자만 입국할 수 있다고 주장했다.

나는 이에 대해 비록 우리가 그런 허가증을 소지하도록 요구하는 법률에 구속되지 않는다고 해도, 치안 유지 법령이 유효하다면 정부는 허가증 제시를 요구할 수 있다고 조언했다. 남아프리카의 치안 유지 법령은 인도에 있는 방위법 같은 것이었다. 인도 방위법이 인도 인민을 괴롭히기 위해 필요 이상 오래 인도 법전에 존재한 것과 마찬가지로, 치안 유지 법령도 그 필요성이 없어진 뒤에도 남아프리카의 인도인을 괴롭히기 위해 오랫동안 시행되었다. 백인에게는 전혀 적용되지 않았다.

허가증을 반드시 취득해야 한다면 식별 방법이 필요했다. 따라서 문맹인 사람은 반드시 손가락 도장을 찍어야 한다는 것이 전혀 잘못된 것이 아니다. 나는 허가증에 사진을 첨부하는 것을 좋아하지 않았다. 그 점에 대해서는 이슬람교도가 종교적으로 반대했다.

인도인 사회와 정부가 교섭한 결과 최종적으로 모든 인도인은 과거의 허가증을 새로운 허가증으로 교체하는 데 동의하고, 신규 이민자는 새로운 허가증을 소지하는 데 합의했다. 인도인은 법률에 구속되지 않았지만 새로운 제한이 그들에게 부과되지 않고, 인도인이 부정한 방법으로 새로운 이민자를 데려오기 바라지 않는다는 것이 모든 관계자에게 분명해지며, 치안 유지 법령이 신규 이민자를 괴롭히는 데 사용되지 않기를 바라면서 자발적으로 재등록에 동의했다. 그리하여 대다수 인도인이 과거 허가증을 새것으로 바꿨다.

이는 작은 일이 아니다. 법적 의무가 없는 것을 인도인 사회는 하나가 되어 신속하게 재등록을 완수했다. 이는 그들이 정직하고 현실적이며, 관대하고 현명하고 겸손하다는 증거다. 또 인도인 사회가 트란스발에서 시행 중인 법률을 위배할 의도가 없음을 보여주었다. 인도인은 정부에 그 정도 예의로 대하면 정부도 인도인을 존중하고 새로운 권리를 부여하리라고 믿었다. 트란스발의 영국 정부가 이 훌륭한 예의에 어떻게 답했는지 다음 장에서 볼 수 있다.

11. 예의에 대한 보상―암흑법

재등록은 1906년 이후에 완성되었다. 나는 1903년 트란스발에 다시 들어가서 그해 중반쯤 요하네스버그에 사무실을 열었다. 아시아부의 공격에 대항하는 일을 하며 2년이 지났다. 재등록 문제가 해결되자 정부는 만족했고, 인도인 사회는 상대적으로 평화로운 시기에 접어들 것이라고 모두 기대했다. 그러나 전혀 그렇지 못했다.

독자들은 앞 장에서 리오넬 커티스 씨에 대해 알았다. 그는 인도인이 허가증을 새것으로 바꿨다는 단순한 이유로 백인의 목적을 달성한 것이 아니라고 생각했다. 그의 눈에는 상호 이해에 따라 중요한 조치가 달성된 것으로 충분하지 않았다. 그는 배후에 법률의 힘이 있어야 그 아래 원칙이 확보될 수 있다고 생각했다. 커티스 씨는 인도인에게 그런 규제가 부과되어 남아프리카 전역에 엄청난 영향을 미치고, 궁극적으로 제국의 다른 식민지에서도 모방하는 모델이 되기를 바랐다. 남아프리카의 한 곳이라도 인도인에게 개방되면 트란스발이 안전하지 않다고 생각했다.

나아가 상호 합의에 따른 재등록은 인도인 사회의 지위를 향상했지만, 커티스 씨는 도리어 그것을 깎아내리려고 했다. 그는 인도인 사회의 합의를 이끌어내는 데는 관심이 없고, 엄격한 법적 제재에 따라 지원된 외부적 규제에 인도인이 복종하기를 바랐다. 그는 아시아인법 초안을 작성하고, 그 법안이 통과되지 않으면 현행법에 트란스발의 인도인 밀입국을 방지하고 밀입국자를 국외에 추방하는 조항이 없다고 정부에 조언했다. 정부는 커티스 씨의 주장을 받아들이고, 입법부에 제시된 아시아인법 개정 조례가 트란스발 관보에 실렸다.

이 법안을 상세하게 다루기 전에, 그사이에 일어난 중요한 사건을 소개하려고 한다. 나는 사티아그라하 운동의 창시자이기 때문에 독자들에게 내 삶의 몇 가지 사건을 충분히 이해시킬 필요가 있다. 앞에서 본 것처럼 트란스발 정부가 인도인에게 규제를 부과하려고 노력하는 동안, 나탈에서는 줄루족이 '반란'을 일으켰다. 그 사건을 반란이라고 해도 좋은지 당시는 물론 지금도 의문이지만, 나탈에서는 언제나 그렇게 말했다.

보어전쟁 때와 마찬가지로 나탈에 사는 많은 백인이 지원병으로 군대에 갔다. 나도 나탈 주민이라고 생각했으므로 전쟁에서 내 몫을 해야 한다고 여겼다. 그래서 인도인 사회의 허가를 얻어 정부에 간호 부대 결성을 신청했다. 신청은 접수되었다. 나는 요하네스버그의 집을 정리하고 가족을 나탈의 피닉스로 보냈다. 내 동료들이 정착해《인디언 오피니언 Indian Opinion》을 발간한 곳이다. 오래 걸리지 않을 거라고 판단해 사무실은 그대로 두었다.

나는 20~25명으로 구성된 소부대로 참전했다. 이 작은 집단에도 인도의 모든 지역 사람이 있었다. 부대는 한 달 동안 적극적으로 봉사했다. 나는 언제나 그때 나에게 부여된 일에 대해 신에게 감사한다. 우리가 부상당한 줄루족을 돌보지 않으면 그들은 방치될 것이었다. 그들의 상처를 돌보는 백인은 전혀 없었다.

구급차 의사 새비지는 훌륭한 사람이다. 부상병을 병원에 보내면 우리에게 그를 간호할 의무는 없었다. 그러나 우리는 업무 범위와 상관없이 할 수 있는 모든 일을 하겠다는 생각으로 참전했다. 그 훌륭한 의사는 백인에게 줄루족을 치료해달라고 권하거나 강제할 수 없으니, 우리가 그 일을 한다면 감사할 일이라고 말했다. 우리는 기꺼이 그 일을 맡았다. 우리는 5~6일이나 방치되어 엄청난 악취를 풍기는 흑인 부상병들의 상처를 소독했다. 우리는 그 일을 좋아했다. 줄루족은 우리에게 말하지 못했지만, 그들의 몸짓과 눈빛을 보면 신이 우리를 구원자로 보낸 것처럼 느끼는 듯했다.

우리가 맡은 일은 종종 한 달 동안 하루 40마일(64킬로미터)씩 행진해야 할 정도로 힘들었다.

부대는 한 달 뒤 해산되었다. 그 일로 수훈 보고서에 올랐다. 부대원 모두 종군 훈장을 받았고, 정부는 감사 편지를 보냈다. 부대의 하사 세 명은 구자라트 출신인 우미야산카르 만차람 셀라트, 서렌드라 바푸바이 메드, 하리샹카르 이슈바르 조시다. 세 사람 모두 당당한 체격이고, 열심히 일했다. 지금 나는 다른 인도인의 이름을 들 수 없지만, 그중 한 사람이 파탄인이라는 것을 기억한다. 그는 우리 모두 자신과 같은 짐을 지고 행진에 늦지 않은 데 놀랐다.

부대와 일하는 동안 내 마음속에 두 가지 생각이 확실해졌다. 자기 삶을 봉사에 바치려는 사람은 반드시 금욕적인 생활을 해야 하고, 가난을 평생의 벗으로 삼아야 한다는 것이다. 그런 사람은 그 의무를 수행하지 못하게 하거나, 위험을 무릅쓰지 못하게 하는 어떤 직업에도 종사해서는 안 된다.

내가 부대에 근무하는 동안 즉시 트란스발로 오라는 편지와 전보를 계속 받았다. 돌아오는 길에 나는 피닉스에서 친구들을 만났고, 즉시 요하네스버그로 갔다. 그곳에서 법령 초안을 읽었다. 나는 그 법령이 게재된 1906년 8월 22일자 관보를 집으로 가져갔다. 친구들과 함께 집 근처 작은 언덕으로 올라가서 그 초안을 《인디언 오피니언》에 싣기 위해 구자라트어로 번역했다. 초안 조항을 하나하나 읽어가면서 치를 떨었다. 그 속에서 나는 인도인에 대한 적대감 외에 아무것도 보지 못했다. 그 법이 통과되고 인도인이 그대로 받아들인다면 남아프리카의 인도인에게 절대적인 파괴가 될 것으로 보였다. 그것이 그들에게는 삶과 죽음의 문제임을 분명히 알았다.

나아가 청원서와 대표단 파견이 아무런 결실을 맺지 못한다고 해도 인도인 사회가 팔짱 끼고 있어서는 안 된다고 생각했다. 그런 법령에 복종하느니 죽는 것이 낫다. 그러나 우리는 어떻게 죽어야 하는가? 우리 앞에는 승리나 죽음밖에 선택할 것이 없는가? 두려운 벽이 내 앞에 있고, 그것을 통해 길을 찾을 수 없었다. 나는 이렇게 폭력적으로 충격을 준 법령 초안 내용을 상세히 말하지 않을 수 없다. 그 요지는 다음과 같다.

트란스발에 살 자격이 있는 모든 인도인 남녀와 8세 이상 아이는 아시아인 등록처에 그 이름을 등록하고, 등록증을 취득해야 한다. 신청자는 등록처에 예전 등록증을 반드시 반납하고, 신청서에 이름과 주소, 카스트, 나이 등을 기록해야 한다. 등록관은 신청인의 신체 특징을 기록하고 지문을 채취해야 한다.

특정한 일자 이전에 신청하지 못한 인도인은 트란스발의 거주권을 상실한다. 신청하지 않으면 법적으로 범죄에 해당되어 벌금형이나 징역형에 처해지며, 심지어 법원의 판단에 따라 국외로 추방된다. 어린아이는 부모가 신청해야 하고, 지문 채취 등을 위해 아이를 등록관에게 데려가야 한다. 부모가 그 의무를 이행하지 않은 경우, 16세 이상 미성년은 스스로 그 의무를 수행해야 한다. 그러지 못하면 부모와 같은 처벌을 받는다.

신청자에게 교부되는 등록증은 경찰관의 요구에 따라 언제 어디에서나 제시되어야 한다. 등록증을 제시하지 못하면 범죄를 저지른 것으로 간주되고, 벌금형이나 징역형에 처해진다. 심지어 큰길을 걷는 사람도 등록증 제시를 요구받는다. 경찰관은 등록증을 조사하기 위해 개인 주택에 들어갈 수 있다. 외지에서 트란스발로 입국한 인도인은 검사관에게 등록증을 제시해야 한다. 등록증 소지자가 업무로 참가하는 법정, 행상 면허증이나 자전거 면허증을 취득하고자 가는 세무서에서도 등록증을 제시해야 한다.

말하자면 인도인이 관청에 볼일이 있어서 가면 관리는 인도인의 용건에 응하기 전에 등록증 제시를 요구할 수 있다. 등록증 제시를 거부하거나 등록증 소지자가 등록증에 관한 심문을 거부하면 범죄로 간주되어 징역형이나 벌금형을 받는다.

나는 이런 법이 세계 어떤 곳에서 자유인에게 적용되는지 모른다. 나탈의 계약노동 인도인이 엄격한 허가증에 구속되지만, 이 불쌍한 동포들은 자유인이라고 할 수 없다. 그러나 그들을 지배하는 법률은 위에서 말한 법령과 비교하여 상대적으로 부드럽고, 법률을 위반한 경우 처벌도 법령 위반에 대한 처벌보다 약하다. 엄청난 액수를 거래하는 상인이 국외 추방이라는 형벌을 받을 수도 있고, 그 법령으로 뿌리째 흔들리기도 한다. 인내심이 강한 독자는 뒤에서 그 법령을 위반해 국외로 추방된 많은 사람들을 볼 것이다. 인도에는 범죄 부족[86]에게 적용되는 엄격한 법률이 있다. 그 법률과 비교할 때 결코 법령이 덜 엄하다고 할 수 없다.

법령에 따라 요구된 지문 채취는 남아프리카에서는 새로운 것이었다. 나는 그 문제에 관한 문헌을 조사하려고자 경찰관 헨리 씨가 쓴 지문 채취에 대한 책을 읽었다. 그 책에서 지문 채취는 오직 범죄자에게 적용되는 것임을 알았다. 나는 강제적 지문 채취 요구에 충격을 받았다. 게다가 여성과 16세 미만 아동의 등록도 이 법령에 따라 처음 요구된 것이다.

다음 날 인도인 지도자들의 작은 집회에서 나는 그 법령 초안 내용을 하나하나 설명했다. 그들도 나와 마찬가지로 충격을 받았다. 그중 한 사람이 격렬하게 말했다. "내 아내에게 등록증을 요구한다면 나는 그 자리에서 쏘아 죽이고 결과를 달게 받겠습니다."

---

86) criminal tribe는 1872년 이후 영국 지배에 완강하게 저항한 부족에게 내려진 이름. 《인도의 자치》 8장 참조.

나는 그를 진정하고 사람들에게 말했다.

"이는 심각한 위기입니다. 그 법령이 통과되고 우리가 받아들인다면, 남아프리카 전역에서 비슷한 일이 벌어질 것입니다. 그것은 남아프리카에서 우리의 존재를 뿌리째 흔드는 듯 보입니다. 그것은 마지막 조치가 아니라, 우리를 이 나라에서 내쫓기 위한 첫 조치입니다. 따라서 우리는 트란스발에 있는 인도인 1만~1만 5000명뿐만 아니라 남아프리카 모든 인도인 사회의 안전에 책임을 져야 합니다. 나아가 이 법령의 모든 함의를 충분히 이해한다면, 우리에게 인도의 명예를 지킬 책임이 있음을 알 것입니다. 이 법령으로 우리만 모욕당하는 것이 아니라 조국 인도가 모욕을 당하기 때문입니다. 모욕이란 죄 없는 사람들이 굴복하는 치욕을 말합니다. 아무도 우리가 그런 법령의 대상이 될 일을 했다고 말할 수 없습니다. 우리에게는 죄가 없습니다. 죄 없는 국민 한 사람에게 주어진 모욕은 국민 전체에 가해진 모욕과 같습니다. 이처럼 곤란한 상황에서 우리가 성급해지거나 인내심을 잃거나 분노해서는 안 됩니다. 그러면 이런 공격에서 우리를 지킬 수 없습니다. 우리가 냉정하게 판단하고 대항 수단을 찾아 단결된 모습으로 고난을 이긴다면 신이 우리를 도울 것입니다."

그곳에 있던 모든 사람들이 사태의 심각성을 깨달았고, 공공 집회를 열어서 몇 가지 결의안을 제기하고 결의해야 한다고 결정했다. 이를 위해 유대인이 세운 '제국극장'을 빌렸다.

12. 사티아그라하의 탄생

1906년 9월 11일 그 집회가 열렸다. 트란스발의 여러 곳에서 대표들이 왔다. 그러나 당시 내가 작성을 도운 결의안의 함의를 전부 이해하지 못했음을 고백해야 한다. 그것이 초래할 결과도 짐작하지 못했다. 낡은 제국극장은 사람들로 가득 찼다. 나는 그들의 얼굴에서 무엇인가 새로운 일을 한다거나 새로운 일이 생긴다는 기대를 읽었다.

트란스발영인협회 압둘 가니 회장이 의장을 맡았다. 그는 트란스발에서 오래 산 인도인으로, 마마드 카삼 캄루딘 상회의 공동경영인이자 요하네스버그 지점장이다. 집회에 제출된 결의안 가운데 가장 중요한 것은 결의안 4호다. 그 내용은 이 법령에 반대하여 모든 수단을 강구했음에도 통과될 경우, 인도인은 복종하지 않고 그로 인해 당할 모든 고난을 참는다고 엄숙하게 선언한 것이다.

나는 이 결의안에 대해 충분히 설명했고 사람들은 참을성 있게 들었다. 집회는 힌디어나 구자라트어로 진행되었기에 이해하지 못한 사람은 아무도 없었다. 힌디어를 모르는 타밀족과 텔루구족을 위해 타밀어와 텔루구어를 말하는 사람이 각각 설명했다. 결의안이 절차에 따라 제안되었고, 많은 사람들이 동의하고 지지했다. 그중 한 사람이 세드 하지 하비브다. 남아프리카에서 오래 살았고 경험이 많은 그는 격정적으로 연설했다. 그는 깊이 감동하여 신을 증인으로 이 결의안을 통과시켜야 하고, 그런 비열한 법령에 비겁하게 복종해서는 안 된다고 말했다. 나아가 그는 그 법령에 복종하지 않는다고 신의 이름으로 엄숙하게 서약하고, 다른 사람들도 그렇게 하도록 충고했다.

다른 사람들도 결의안을 지지하는 강력한 연설을 했다. 세드 하지 하비브가 연설 도중 엄숙한 서약을 할 때 나는 놀라서 주의를 집중했다. 나는 자신과 인도인 사회의 책임을 분명히 이해했다. 인도인 사회는 그 전에도 많은 결의를 통과시켰고, 깊이 반성하고 새로운 경험을 하여 그런 결의를 수정해왔다. 통과된 결의를 모든 관련자가 지키지 않은 경우도 있다. 결의를 수정하거나 결의에 찬성했으면서도 이행하지 않는 것은 전 세계 공적 생활의 일반적인 경험이다.

그러나 신의 이름으로 서약한 사람은 없다. 결의와 신의 이름으로 하는 서약은 추상적으로 차이가 없다. 똑똑한 사람은 심사숙고하여 결의하고 지킨다. 그에게 결의는 신을 증인으로 삼는 서약과 마찬가지로 중요하다. 그러나 세상에는 보통 결의와 신의 이름으로 하는 서약이 별개라는 추상적 원칙과 이미지가 있다. 보통 결의하는 사람은 그것을 위반해도 부끄러워하지 않지만, 신의 이름으로 한 서약을 위반하면 스스로 부끄러워할 뿐 아니라 사회에서 죄인으로 간주되기도 한다. 이런 구별은 인간의 마음에 깊이 뿌리내린 것으로, 판결 이전에 선서하고 증언하는 사람은 위증으로 판명되면 법을 위반한 것으로 간주되어 엄한 처벌을 받는다.

나는 지금까지 엄숙하게 서약한 경험이 많고 서약의 장점을 아는 만큼, 세드 하지 하비브의 서약 제안에 놀랐다. 나는 일순 그 가능한 결과를 생각했다. 동요에서 의욕이 생겨났다. 그 집회에 갈 때 나는 스스로 서약을 하거나 남들에게 요청할 생각이 전혀 없었지만, 세드의 제안을 진심으로 받아들였다. 동시에 모든 결과를 사람들에게 알리고, 서약의 의미를 분명히 설명해야 한다는 생각이 들었다. 심지어 나중에는 그들이 스스로 서약하고자 하면 용기를 주고, 그렇지 않으면 그들이 아직 마지막 시련을 견딜 각오를 하지 않았다고 이해했다. 그래서 나는 세드 하지 하비브의 제안에 숨은 뜻을 설명하도록 허가해 달라고 의장에게 요청했다. 다음은 내가 기억하는 발언의 요지다.

저는 이 모임에서 한 결의와 지금까지 통과시켜온 다른 모든 결의에는 중대한 차이가 있고, 그것을 만드는 방법도 매우 다르다는 점을 설명하고 싶습니다. 지금 우리가 통과시키려는 결의는 중대한 것입니다. 남아프리카에서 우리 존재가 그 결의를 완벽하게 수호하는 데 달렸기 때문입니다. 우리 친구가 제시한 이 결의의 통과 방법은 중요하고도 새로운 것입니다. 저는 그런 방법으로 결의안을 통과시킬 생각으로 이 모임에 오지 않았습니다. 그것은 세드 하지 하비브에게 명예를 주겠지만 책임도 부과할 것입니다. 저는 그에게 감사합니다. 그의 제안에 깊이 감동했지만, 여러분이 그것을 채택한다면 그와 책임을 나눠야 할 것입니다. 여러분은 그 책임이 무엇인지 이해해야 합니다. 인도인 사회의 충고자이자 하인으로서 그것을 여러분에게 충분히 설명하는 것이 저의 의무입니다.

우리 모두 같은 신을 믿습니다. 힌두교와 이슬람교에서 각각 신을 어떻게 부르든 상관없이 말입니다. 신의 이름으로 혹은 신을 증인으로 삼아 서약하는 것은 결코 가벼운 일이 아닙니다. 그런 서약을 위반하면 신과 인간 앞에서 죄인이 되기 때문입니다. 조심스럽고도 현명하게 서약한 사람이 그것을 깨뜨리면 인간성을 상실하는 것입니다. 구리로 만든 동전이 은화가 아님을 아는 순간 동전은 가치가 없어지고 그 소지자는 형사처분을 받듯이, 가볍게 서약하고 그것을 깨뜨린 사람은 무가치한 인간이 되고 이 세상은 물론 저세상에서도 벌을 받습니다. 세드 하지 하비브는 심각한 서약을 하자고 제안했습니다. 이 모임에 미성년이나 이해력이 부족한 사람은 없습니다. 모두 성인이고 세상사를 잘 압니다. 여러분 중 다수는 대표로 책임지는 위치에 있습니다. 따라서 아무도 서약할 때 무엇을 하는지 몰랐다고 도망칠 수 없습니다.

저는 서약이 드물게 행해져야 한다고 알고 있습니다. 언제나 서약하는 사람은 실수하게 마련입니다. 그러나 남아프리카 인도인 사회에서 서약하기에 적합한 역사적 위기를 상상할 수 있다면, 바로 지금입니다. 엄청난 주의력과 망설임으로 심각한 발걸음을 내딛는 데 현명함이 있습니다. 주의력과 망설임에도 한계가 있고, 지금 우리는 그것을 지났습니다. 정부는 모든 예의를 저버렸습니다. 큰불이 났는데 팔짱을 끼고 바라본다면, 우리의 무가치와 비겁함을 보여주는 것일 뿐입니다. 지금이 서약하기에 가장 좋은 순간임은 의심할 바 없습니다. 그러나 우리 모두 스스로 서약할 의지와 능력이 있는지 생각해야 합니다. 이런 결의안은 다수결로 통과시킬 수 없습니다. 서약한 사람만 서약에 구속될 수 있습니다. 이런 서약은 외부에 보이려고 하는 것으로 성립될 수 없습니다. 그것이 지방정부나 제국 정부 혹은 인도 총독부에 어떤 영향을 미칠지 아무도 고려할 수 없습니다. 모든 사람은 반드시 자기 내면의 목소리가 선서할 힘이 있다고 답할 때 서약할 수 있고, 그때 비로소 그 서약이 열매를 맺을 수 있습니다.

이제 결과에 대해 이야기하겠습니다. 최선을 기대하면서 인도인

다수가 저항하겠다고 서약하고 그들이 모두 진실을 증명한다면 그 법령은 통과되지 않을 것이고, 설령 통과된다고 해도 곧 폐지될 것이라고 말할 수 있습니다. 우리는 엄청난 고통을 겪을 것입니다. 서약한 사람이 강인한 낙관주의자라고 해도 최악의 상황에 대비해야 할 것입니다.

저는 현재의 투쟁에서 우리에게 생길 수 있는 최악의 결과에 대해 말하고자 합니다. 여기 있는 3000명 모두 서약하고, 나머지 인도인 1만 명이 서약하지 않는다고 생각해봅시다. 처음에 우리는 비웃음을 당할 뿐입니다. 나아가 그 정도까지 경고했음에도 서약한 몇 명 혹은 다수가 첫 시련을 이겨내지 못하는 것도 충분히 가능한 일입니다. 우리는 감옥에 가야 할지도 모르고, 그곳에서 모욕을 당할 수도 있습니다. 기아에 허덕이고 끔찍한 더위나 추위도 이겨내야 합니다. 엄청난 노동이 부과될 수도 있습니다. 난폭한 간수에게 폭행당할 수도 있습니다. 소수가 저항한다면 막중한 벌금형을 당하거나 재산이 압류되어 경매에 넘어갈 수도 있습니다. 오늘은 여유가 있지만 내일은 가난뱅이가 될지도 모릅니다. 우리는 국외로 추방될 수도 있습니다. 굶주림의 고통이나 감옥에서 겪는 고초로 우리 중 몇 사람은 병에 걸릴 수도 있고, 심지어 죽을 수도 있습니다.

요컨대 우리가 상상할 수 있는 모든 고난에 인내해야 합니다. 그리고 지혜는 이 모든 것을 참아야 한다는 이해 아래 서약하는 데 있습니다. 누가 저에게 그 투쟁이 언제 어떻게 끝날지 묻는다면, 저는 인도인 사회 전체가 당당하게 그 시련을 이겨낸다면 끝은 가깝다고 답할 수 있습니다. 우리 다수가 좌절한다면 투쟁은 길어질 것입니다. 그러나 저는 감히 확신을 가지고 선언합니다. 몇 사람이라도 서약에 충실하다면 투쟁은 승리로 끝날 것입니다.

저의 개인적 책임에 대해 이야기하겠습니다. 저는 여러분에게 서약에 따른 위험을 경고하는 동시에 여러분 스스로 서약하도록 요청합니다. 이에 대한 저의 책임을 알고 있습니다. 여기 참석한 대다수 사람이 흥분하고 분개한 상태로 서약할 수 있지만, 위험에 직면하면 약해져서 마지막 시련에 맞설 사람은 극소수일지 모릅니다. 그래도 저와 같은 사람에게는 한 가지 길이 남습니다. 죽어도 그 법령에는 복종하지 않는다는 것입니다. 전원이 탈락하여 저 혼자 남는다는 것은 상상하기 어렵지만, 그렇다고 해도 저는 서약을 깨뜨리지 않을 것이라고 확신합니다. 제발 저를 오해하지 마시기 바랍니다. 저는 허영심으로 말씀드리는 것이 아닙니다.

특히 단상의 지도자들에게 말씀드리고자 합니다. 여러분이 혼자 남아도 굳게 지킬 의지나 능력이 없다면 서약해선 안 될 뿐만 아니라, 결의안이 이 집회에 제출되고 사람들이 서약하기 전에 반대해야 합니다. 결의안에 찬성해서도 안 됩니다. 비록 우리가 그 서약을 함께하고자 하지만, 한 사람이나 다수가 서약을 어긴다고 해서 다른 사람들도 구속에서 쉽게 벗어난다는 의미로 생각하지 말아주십시오. 모든 사람들이 자신의 책임을 충분히 이해하고 오로지 혼자서 서약하십시오. 그리고 다른 사람이 어떻게 하든, 자신은 죽을 때까지 서약을 지킨다고 이해하고 서약하십시오.

사람들은 완벽한 고요 속에서 나의 말을 한 마디 한 마디 새겨들었다. 다른 지도자들도 자신의 책임과 청중의 책임에 대해 말했다. 의장이 일어섰다. 그 역시 상황을 분명히 말하고, 마지막에는 그곳에 온 모든 사람들이 일어서서 두 손을 높이 들고 신을 증인으로 삼아 법령이 통과되어도 복종하지 않겠다고 서약했다. 나는 그 장면을 결코 잊을 수 없다. 이 글을 쓰는 내 마음에도 그대로 살아 있다. 그 열정에는 한계가 없었다.

다음 날, 극장에 사고가 생겨 화재로 전소했다. 사흘이 지난 뒤 친구들이 그 소식을 전해주었다. 극장이 불에 탄 것은 길조로, 법령도 극장처럼 불에 탈 것이라고 인도인 사회를 축하했다. 나는 그런 우연의 일치에 아무 의미도 부여하지 않았다. 여기에 쓰는 이유는 인도인 사회의 용기와 믿음을 보여주기 위해서다. 독자들은 이어지는 여러 장에서 인도인이 보여준 이 두 가지 자질의 더 많은 증거를 볼 것이다.

앞에서 말한 집회가 열린 뒤 활동가들은 바로 활동을 시작했다. 여러 곳에서 집회가 열리고, 사람들이 저항의 서약을 했다.《인디언 오피니언》의 주된 화제가 암흑법이 되었다.

반면 지방정부와 만나기 위한 조치가 취해졌다. 대표단이 식민지 장관 던컨 씨를 찾아가 서약에 대해 설명했다. 세드 하지 하비브가 말했다. "어떤 관리가 와서 내 아내의 지문을 채취하려고 하면 나는 참을 수 없을 것입니다. 나는 그 자리에서 그를 죽이고 자살할 것입니다."

장관이 세드의 얼굴을 한참 쳐다보다가 말했다.

"정부는 그 법령을 여성에게 적용하는 문제를 재고 중입니다. 저는 여성에 대한 조항은 삭제될 것이라고 당신에게 확약할 수 있습니다. 정부는 그 문제에 대한 여러분의 기분을 이해하고 존중하고자 합니다. 그러나 다른 조항에는 정부가 강경하다는 말씀을 전할 수밖에 없어 유감입니다. 보타 장군은 여러분이 법령을 충분히 고려한 뒤에 동의하기 원합니다. 정부는 이 법령이 백인의 존립에 꼭 필요하다고 생각합니다. 여러분이 법령의 목적과 일치하는 세부 사항을 제안한다면 정부는 반드시 고려할 것입니다. 법령을 받아들이고 세부 사항에 대해 제안하는 것이 여러분에게 이익이라고 조언하는 바입니다."

장관과 논의한 것을 더 기록할 필요는 없다. 지금까지 상세히 적었기 때문이다. 장관 앞에서 논의할 때는 말투가 달랐을 뿐 논점은 같았다. 대표단은 장관의 조언에도 모든 인도인은 그 법령을 거부한다고 전하고, 그 법령에서 여성을 제외하려는 정부의 의도에 감사한 뒤 헤어졌다. 법령에서 여성에 대한 조항이 삭제되는 것이 인도인 사회의 운동이 거둔 첫 열매인지, 정부가 재고하여 커티스 씨의 과학적 방법을 인정하지 않고 실제적으로 고려한 것인지는 분명하지 않다. 정부는 인도인 사회의 운동에 관계없이 여성을 제외했다고 말했다. 여하튼 인도인 사회는 대의 그리고 운동과 제외 사이의 효과에 만족했고, 그들의 투쟁 정신은 높아졌다.

우리의 운동에 어떤 이름을 부여할지 아무도 몰랐다. 당시 나는 그것을 묘사하기 위해 '수동적 저항'이라는 말을 사용했다. 그때는 새로운 원칙이 생겨난다는 것을 알았을 뿐, 수동적 저항이라는 말의 뜻을 정확하게 이해하지 못했다. 투쟁이 전개되면서 수동적 저항이라는 말은 혼란을 야기했고, 이 거대한 투쟁을 영어 이름으로 부르는 것이 부끄러웠다. 나아가 그 외국어는 인도인 사회에 맞지 않았다. 그래서《인디언 오피니언》에 우리의 투쟁을 가장 잘 표현하는 사람에게 작은 상을 준다고 알렸다. 우리는 많은 제안을 받았다. 당시 투쟁의 의미는 《인디언 오피니언》에 충분히 논의되었으므로, 응모자들은 탐구의 기초로 삼을 재료가 충분했다.

마간랄 간디 씨도 응모자 가운데 하나다. 그는 '대의에 확고하다'는 뜻이 있는 '사다가라하Sadagraha'를 제안했다. 나는 그 말이 좋았지만, 내가 원한 모든 것을 충분히 표현한 말은 아니었다. 그래서 d를 t로 바꾸고 y를 더해 Satyagraha로 고쳤다. 진실Satya은 사랑을 뜻하고, 확고함agraha은 힘을 낳는다. 그래서 나는 인도인 운동을 사티아그라하로 불렀다. 즉 진실과 사랑 혹은 비폭력에서 생긴 힘이다. 그리고 인도인 운동과 관련하여 '수동적 저항'이라는 말을 사용하지 않기로 했다. 영어로 쓸 때도 가급적 그 말을 피하고 사티아그라하나 그와 유사한 말을 사용했다. 이것이 사티아그라하로 알려진 운동과 그것을 나타내기 위해 사용된 말의 기원이다. 우리의 역사를 더 살펴보기 전에 수동적 저항과 사티아그라하의 차이를 이해할 필요가 있다. 다음 장에서 그것을 살펴보자.

13. 사티아그라하 대 수동적 저항

운동이 전개됨에 따라 영국인도 흥미롭게 보았다. 트란스발의 영자 신문들은 백인과 암흑법을 지지했지만, 유명한 인도인의 기고문을 기꺼이 게재했다. 그들은 인도인이 정부에 보내는 청원서를 원문 그대로 혹은 요약하여 실었고, 가끔 중요한 인도인 집회에 기자를 보냈다. 그렇지 않은 경우 우리가 그들에게 보낸 글을 요약하여 실었다.

이런 예의는 인도인 사회에 매우 유익했다. 운동이 진척되면서 백인 지도자 몇 명이 흥미를 보였다. 그중 한 사람인 호스켄 씨는 요하네스버그의 부자다. 그는 피부색에 따른 편견에서 자유로웠고, 사티아그라하가 출발한 뒤 인도인 문제에 관심이 깊어졌다. 요하네스버그의 교외와 같은 저미스턴에 사는 백인은 나의 이야기를 듣고 싶어 했다. 집회가 열리고 호스켄 씨는 청중에게 나와 내가 대표하는 운동을 소개하며 말했다.

"트란스발의 인도인은 공정성을 확보하기 위해 다른 방법으로 열매를 맺을 수 없어서 수동적 저항이라는 방법을 택했습니다. 그들에게는 선거권이 없습니다. 그들은 소수인데다 약하고, 무기를 소유하지도 못합니다. 그래서 약자의 무기인 수동적 저항을 하는 것입니다."

이 말을 듣고 나는 깜짝 놀랐다. 예정된 연설은 결과적으로 전혀 다른 것이 되었다. 나는 호스켄 씨에 반대하면서 우리의 수동적 저항을 '영혼의 힘'이라고 정의했다. 이 집회에서 나는 수동적 저항이라는 말을 사용하면 엄청난 오해가 생길 수 있다는 것을 분명히 알았다. 나는 사태를 명확하게 하기 위해 그 집회 이전의 논의를 강조하여 수동적 저항과 영혼의 힘을 구별할 것이다.

나는 수동적 저항이라는 말을 언제 누가 처음 영어로 사용했는지 모른다.[87] 그러나 영국인 사이에서는 소수파가 어떤 법률에 반대할

---

87) 간디는 헨리 데이비드 소로의 《시민 불복종》을 읽었기 때문에 수동적 저항을 처음 말한 사람이 그라는 것을 알았는지 모른다고 보는 견해도 있다.

때 반란을 일으키는 대신 그 법률에 복종하지 않는 수동적인(온건한) 방식으로 저항했고, 그 지도자들은 불복종에 대한 처벌을 받았다. 몇 년 전 영국 의회가 교육법을 통과시켰을 때 비非국교회 일파가 클리퍼드 박사의 지도 아래 수동적 저항을 했다. 영국 여성들이 참정권을 확보하기 위해 벌인 운동도 수동적 저항으로 알려졌다. 호스켄 씨는 두 운동을 염두에 두고 수동적 저항은 약자나 선거권이 없는 자의 무기라고 말했다.

클리퍼드 박사와 그 동료에게는 선거권이 있었으나, 하원에서는 소수파라 교육법 통과를 저지할 수 없었다. 즉 숫자에서 약했다. 목적을 달성하기 위해 무기를 사용하지 않는다는 것이 아니라, 무력행사에 따른 성공이 바람직하지 않기 때문이다. 잘 지배되는 국가에서는 반란을 일으켜 권리를 획득하는 방식이 통용되기 어렵다. 나아가 무기 사용이 가능한 경우라도 비非순응주의자 일파는 일반적으로 무기 사용에 반대했다. 운동을 일으킨 여성들에게는 참정권이 없었다. 그들은 숫자에서도, 체력적으로도 약했다.

두 가지 예는 호스켄 씨의 말에 힘을 실어주었다. 참정권 운동에서는 물리적인 힘을 사용하는 것을 피하지 않았다. 그 일파는 방화했고, 심지어 남성을 공격했다. 그들이 살인까지 생각했는지는 알 수 없다. 그러나 기회가 있으면 구타해서 사람들을 당혹스럽게 하는 것이 여성들의 목적이었다.

인도인 운동에서는 무기를 사용할 여지가 없다. 독자들은 앞으로 사티아그라히가 아무리 힘든 고난을 당해도 물리적 힘을 행사하지 않은 것을 볼 것이다. 그 힘을 효과적으로 행사할 수 있는 경우에도 그랬다. 게다가 인도인은 선거권이 없고 약했으나, 두 가지 문제와 사티아그라하 조직은 아무 관계가 없다. 나는 인도인 사회는 선거권이나 무력이 있었다고 해도 사티아그라하를 시작했을 거라고 설명하고 싶지 않다. 선거권이 주어졌다면 사티아그라하를 할 여지는 거의 없었을 것이다. 무력이 주어졌다면 반대쪽은 적대적이기 되기 전에 심사숙고했을 것이다. 따라서 무력이 있는 사람들은 사티아그라하를 할 기회가 거의 없었을 것이다.

내가 말하고자 하는 것은 인도인의 운동을 계획했을 때, 무력을 사용할 가능성이나 불가능성은 마음에 없었다고 단정적으로 말할 수 있다는 것뿐이다. 사티아그라하는 오로지 영혼의 힘이다. 영혼의 힘은 무기나 물리적 힘이나 짐승 같은 힘이 사용되는 장소, 정도, 나아가 그것이 상상되는 정도에 따라 그만큼 적게 사용된다. 나의 신념에 따르면 양자는 상반되는 힘이다. 그런 생각은 운동이 탄생했을 때 내 마음속에 확실하게 뿌리내렸다.

그 생각이 옳았는지 여기에서 판단할 필요는 없다. 우리는 수동적 저항과 사티아그라하의 차이를 밝히면 된다. 우리는 둘 사이에 거대하고 근본적인 차이가 있음을 보아왔다. 이 점을 이해하지 못하고 자신을 수동적 저항자나 사티아그라히라고 믿는 사람이 그 둘을 하나라고 인정하면 그 둘에 부당하고, 결국 나쁜 결과를 초래한다.

우리가 남아프리카에서 수동적 저항이라는 말을 사용한 결과, 참정권을 확보하기 위해 싸우는 여성들의 용기와 자기희생을 봐도 찬양하는 사람은 극소수였다. 심지어 우리도 그 여성들처럼 생명과 재산에 위해를 가하는 것이라고 오해되었다. 호스켄 씨와 같이 관대하고 순수한 사람도 우리를 약자라고 생각했다. 인간은 스스로 어떤 인간이라고 생각하면 결국 그런 인간이 된다. 생각에는 암시하는 힘이 있기 때문이다. 우리가 약자라고 믿고, 어쩔 수 없이 수동적 저항을 한다고 믿으면 타인들도 그렇게 믿는다. 수동적 저항이라는 말을 계속 사용하면 우리의 저항은 결코 우리를 강자로 만들 수 없고, 기회가 주어지면 약자의 무기인 수동적 저항을 가장 빠르게 포기할 것이다.

반대로 우리가 사티아그라히가 된다면 강자라고 믿고, 그 힘을 계속 사용해서 두 가지 확실한 결과를 얻는다. 힘이라는 생각을 키우면서 날마다 더욱 강해진다. 우리의 힘이 커지면 사티아그라하도 더욱 효율적으로 되고, 그 힘을 버릴 기회를 급히 찾을 필요가 없다. 나아가 수동적 저항에는 사랑의 여지가 없지만, 사티아그라하에는 증오의 여지가 없을 뿐 아니라, 증오는 그 지배 원칙의 중대한 위반이 된다.

수동적 저항에는 적절한 기회에 무기를 사용할 여지가 있지만, 사티아그라하는 가장 좋은 상황에도 무력 사용이 금지된다. 수동적 저항은 종종 무력 사용의 준비 단계로 간주되지만, 사티아그라하는 그렇게 사용될 수 없다. 수동적 저항은 무력 사용과 양립할 수 있다. 사티아그라하와 야만적 힘은 서로 적대적이기 때문에 양립할 수 없다.

사티아그라하는 가장 가깝고 가장 사랑하는 사람들에게 주어지지만, 수동적 저항은 사랑하는 사람을 적대시하는 경우에 주어진다. 수동적 저항은 적대자에게 고통을 주고, 그런 행동으로 우리를 곤혹스럽게 하는 생각이 존재한다. 반면 사티아그라하는 적에게 고통을 준다는 생각이 있을 수 없다. 사티아그라하는 자신이 고난을 겪으며 상대방을 정복한다고 생각한다.

이처럼 두 가지 힘은 명백히 다르다. 지금까지 말한 수동적 저항의 단점 혹은 장점이 모두 수동적 저항에서 경험된다고 말하고자 원하지는 않는다. 그러나 수동적 저항의 여러 사례에서 그 단점이 보였다고 할 수 있다. 예수그리스도는 수동적 저항자의 시조로 알려졌으나, 나는 그 경우 수동적 저항은 오직 사티아그라하여야 한다고 말한다. 그런 의미의 수동적 저항은 역사상 예가 많지 않다. 그중 하나가 톨스토이가 인용한 러시아의 두호보르파[88]다. 그리스도가 죽은 뒤 기독교도 수천 명이 박해를 받았지만, 당시 수동적 저항이라는 말은 사용되지 않았다. 나는 그것을 사티아그라하라고 본다. 그 행동을 수동적 저항이라고 본다면 사티아그라하와 같은 것이 된다. 이 장의 목적은 사람들이 영어에서 일반적으로 뜻하는 수동적 저항이라는 말과 사티아그라하가 본질적으로 다르다는 것을 보여주는 데 있다.

나는 수동적 저항의 예를 열거하면서 이 힘을 행사하는 사람에게는 부당한 일이 있어서는 안 된다고 경고하지 않을 수 없다. 또 사티아그라하의 특징을 서술하면서 스스로 사티아그라히라고 부르는 사람들 편에 서서 모든 장점을 갖췄다고 주장하지 않는다는 점을 지적할 필요가 있다. 나는 많은 사티아그라히가 내가 말한 사티아그라하의 장점을 전혀 모른다는 사실을 알지 못한다. 많은 사람들이 사티아그라하를 약자의 무기라고 믿는다. 다른 사람들은 무장 저항의 준비 단계라고 말해왔다. 그러나 나는 사티아그라히가 어떤 사람인지 서술하는 것이 목적이 아니라, 사티아그라하의 함의와 사티아그라히가 반드시

---

88) Doukhobor는 18세기 후반 남러시아의 아나키스트적·무교회적 기독교파. '구름의 전사'라는 뜻이다.

갖춰야 할 특징을 서술하는 것이 목적이라고 반복해서 말하지 않을 수 없다.

요컨대 트란스발의 인도인이 사용하기 시작한 힘을 분명히 이해하기 위해, 그 힘을 수동적 저항으로 알려진 힘과 혼동하지 않기 위해, 그 힘의 의미를 보여줄 말을 찾지 않을 수 없었다. 당시 그 말에 어떤 의미가 포함되었는지 보여주는 것이 이 장의 목적이다.

14. 영국에 보낸 대표단

트란스발에서 우리는 지방정부에 청원서를 제출하고, 암흑법에 반대하는 모든 조치를 취했다. 입법부는 여성에게 영향을 미치는 조항을 삭제했으나, 나머지 부분은 사실상 초안대로 통과되었다. 당시 인도인 사회는 정신이 높고 단결했으며, 의견이 일치해서 아무도 낙담하지 않았다. 그러나 모든 합법적 조치를 취한다는 결의에 집착했다. 트란스발은 여전히 직할 식민지여서 제국 정부가 입법과 행정을 책임졌다. 그러므로 직할 식민지 입법부에서 통과된 법령에 대한 제국 정부의 동의는 형식에 그치지 않고, 그것이 영국 헌법 정신에 저촉될 경우 국왕은 내각의 조언에 따라 재가를 유보할 수 있었다. 반면 책임 정부가 있는 자치 식민지 입법부가 통과시킨 법령에 대한 국왕의 재가는 의례적인 행위였다.

나는 인도인 사회에 대해 영국으로 대표단을 보내면 그들의 책임을 완전히 자각할 것이라고 말했다. 그리고 그 목적을 위해 우리 협회에 세 가지를 제안했다. 첫째, 우리는 제국극장 집회에서 서약했지만 의문을 품거나 약해진 경우 바로 알 수 있기 때문에 중심인물들이 다시 개인적으로 서약해야 한다. 이 제안을 한 이유는 대표단이 용감하게 영국으로 가서 인도 담당 장관과 식민지 장관을 만나 인도인 사회의 결의를 전달하도록 하기 위해서다. 둘째, 대표단의 경비가 준비되어야 한다. 셋째, 대표단은 최소 인원으로 구성해야 한다. 마지막 제안은 인원이 많을수록 더 많은 일을 할 수 있다는 오해를 시정하기 위해서다. 대표단은 명예가 아니라 봉사하기 위해 간다는 점을 전면에 내세우고, 경비를 절약한다는 실질적인 관점도 포함되었다.

세 가지 제안이 승인되고, 많은 사람이 서약서에 서명했다. 그러나 제국극장 집회에서 입으로 서약한 사람들 중에 서명을 주저하는 자를 보았다. 일단 서약한 사람은 100번이라도 서약을 망설일 필요가 없다. 그러나 심사숙고하여 서약했다고 해도 약해질 수 있고, 구두 서약에 서명하도록 요구받으면 혼란에 빠질 수도 있다.

필요한 기금도 모았다. 가장 어려운 일은 대표단을 선출하는 것이었다. 누가 나와 함께 가야 할지 문제였다. 결론에 이르기까지 많은 시간이 필요했다. 여러 날이 지났다. 우리는 협회에서 일반적인 나쁜 습관을 충분히 경험했다. 내가 혼자 가면 모든 문제가 풀린다고 말한 사람도 있지만, 나는 분명히 거부했다. 남아프리카에는 힌두교도와 이슬람교도 사이에 아무 문제가 없다고 일반적으로 말한다. 그러나 두 집단 사이에 아무 차이가 없다고 단언하기 어렵다. 그 차이가 극단적으로 나타나지 않는다면 남아프리카의 특수한 사정 때문이기도 하지만, 가장 중요하고 확실한 이유는 지도자들이 헌신적이고 순수한 마음으로 책임을 다했고, 인도인 사회를 지도했기 때문이리라.

나는 이슬람교도가 함께 가야 하고, 대표는 두 사람이어야 한다고 충고했다. 그러자 나는 인도인 사회 전체를 대표하므로, 힌두교도 측 대표가 필요하다는 주장이 힌두교도 측에서 나왔다. 심지어 콩칸이나 메만 출신 이슬람교도, 파티다르[89]나 아나발[90] 출신 힌두교도가 가야 한다는 주장이 나오기도 했다. 결국 모든 사람들이 상황을 제대로 이해하고 우리 가운데 두 사람, 즉 H. O. 알리 씨와 내가 선출되었다.

H. O. 알리는 반은 말레이인이라고 할 수 있다. 그의 아버지는 이슬람교를 믿는 인도인이고 어머니는 말레이인이다. 그의 모국어는 네덜란드어지만 영어 교육을 받아서 두 가지 말을 능숙하게 구사했다. 신문에 글을 쓰는 기술도 익혔다. 그는 트란스발영인협회 회원이고, 오랫동안 사회 활동에 종사했다. 힌두스타니어도 자유롭게 구사했다.

우리는 영국에 도착하자마자 일을 시작했다. 영국으로 가는 배에서 작성한 청원서를 인쇄했다. 식민지 장관은 엘긴 경이고, 인도 담당 장관은 몰리 경(당시는 씨)이었다. 우리는 다다바이를 통해 인도국민회의 영국위원회를 찾았다. 위원회에 우리 문제를 설명하고, 다다바이의 조언에 따라 모든 정당의 협조를 구한다는 의사를 전했다. 위원회는 우리 의사를 승인했다. 우리에게 많은 도움을 준 먼체르지 바흐오너그리 경도 만났다. 그는 다다바이처럼 대표단이 엘긴 경을 만날 때 공정하고 인도에 산 경험이 있는 저명한 영국인의 협조를 받는 것이 좋다

---

89) Patidar는 구자라트 지방의 자작농을 말한다.

90) Anavala는 구자라트 지방의 브라만을 말한다.

고 충고했다. 먼체르지 경이 몇 명의 이름을 알려주었다. 그중 한 사람이 레펠 그리핀 경이다. W. W. 헌터 경은 당시 살아 있지 않았다. 그가 살았다면 남아프리카 인도인의 상황을 깊이 이해하고 스스로 대표단을 이끌거나, 상원의 유력한 의원들을 찾아주었을 것이다.

우리는 레펠 그리핀 경을 만났다. 그는 당시 인도의 정치 운동에 반대했지만 이 문제에 큰 관심이 있었고, 우리에 대한 예의가 아니라 우리 대의의 정의와 정당성을 위해 대표단을 이끄는 데 동의했다. 그는 모든 서류를 읽고 그 문제를 정확히 이해했다. 우리는 인도에 산 적이 있는 다른 영국인과 하원 의원 등 중요한 사람을 만났다. 대표단은 엘긴 경을 방문했다. 그는 경청하고 공감을 표하면서도 자신이 처한 어려움에 대해 말했고, 그럼에도 우리를 위해 가능한 모든 일을 하겠다고 약속했다.

대표단은 몰리 경도 만났다. 그의 답변 요지는 앞에서 설명했다. 윌리엄 웨더번 경은 하원 인도문제위원회 모임이 하원 응접실에서 열리도록 애써주었다. 우리는 온 힘을 다해 우리 문제를 설명했다. 당시 아일랜드당의 지도자 레드먼드[91] 씨를 만났다. 요컨대 우리는 정당과 상관없이 가급적 많은 하원 의원을 만났다. 인도국민회의 영국위원회도 매우 유용했다. 그러나 영국의 관습에 따라 특정한 정당에 속한 사람과 특정 견해를 같이하는 사람이 참가했고, 위원회에서 아무 일도 하지 않은 사람들도 가능한 모든 지원을 해주었다. 우리는 이 모든 사람을 모아 우리의 관심을 살피는 데 더욱 유익하도록 상설 위원회를

---

91) John Edward Redmond(1856~1918)는 아일랜드의 정치가. 국민당을 지도했고 자치 법안 성립을 위해 노력했다.

조직하자고 결정했다. 모든 정파 사람들이 우리 생각에 찬성했다.

조직의 업무 부담은 주로 사무국장에게 주어진다. 사무국장은 조직의 목표와 목적을 완벽하게 믿어야 할 뿐만 아니라, 목적을 달성하기 위해 모든 시간을 바칠 수 있고 실무 능력을 갖춰야 한다. 남아프리카 출신으로 과거 내 사무실에서 일한 L. W. 리치[92] 씨가 그때 런던에서 법정 변호사가 되기 위해 준비하고 있었다. 그는 사무국장에게 필요한 모든 자질을 갖췄고, 그 일을 맡고 싶어 했다. 따라서 우리는 남아프리카영인위원회 설립을 시도했다.

나는 영국을 비롯한 서양 여러 나라에 중요한 일의 시작을 만찬에서 알리는 야만적인 습관이 있다고 본다. 영국 수상은 11월 9일, 관저에서 연설을 한다. 이듬해 시정 방침과 전망을 둘러싼 연설로, 전 세계의 주목을 받는다. 다른 사람들과 함께 각료들이 런던 시장의 만찬에 초대받고, 만찬이 끝나면 와인을 따서 주인과 손님들의 건강을 위해 함께 마신다. 이 즐거운 일이 진행되는 동안 연설도 한다. 내각을 위한 건배가 제안되면, 그 답으로 수상이 앞에서 말한 연설을 한다.

공적인 경우와 마찬가지로 사적으로도 어떤 사람과 중요한 대화를 하려는 경우 만찬에 초대하는 관습이 있다. 식사 중이나 식사 후에 그날의 중요한 대화를 한다. 우리도 여러 번 그 관습에 따라야 했다. 물론 고기나 술은 입에 대지 않았다. 그래서 우리는 100명이 넘는 중요한 지원자를 점심에 초대했다. 우리 친구들에게 감사와 이별의 인사를 하고, 동시에 상설 위원회를 설립하기 위해서다. 여기서도 연설을

---

92) Lewis W. Ritch, 《자서전》 4부 4, 13, 15, 21장 참조.

했고, 관례대로 식사 후 위원회가 조직되었다. 그래서 우리의 운동은 크게 알려졌다.

우리는 약 6주간 영국에 머문 뒤 남아프리카로 돌아갔다. 마데이라에 도착했을 때 리치 씨가 보낸 전보를 받았다. 엘긴 경이 트란스발 아시아인 법령 시행을 유보하도록 국왕에게 조언했다는 내용이었다. 무척 기뻤다. 마데이라에서 케이프타운까지 약 2주가 걸렸다. 그동안 우리는 좋은 시간을 보내면서 앞으로 일어날 어려움을 없애기 위해 수많은 공중누각을 세웠다. 그러나 신의 뜻은 알 수 없다. 우리가 열심히 쌓은 공중누각이 어떻게 붕괴되어 무로 돌아가는지 다음 장에서 볼 것이다.

나는 이 장을 끝내기 전에 한두 가지 신성한 추억을 말해야 한다. 우리는 영국에서 시간을 조금도 허비하지 않았다. 수많은 안내장을 보내는 것을 비롯해 혼자 할 수 없는 일이어서 외부의 도움이 절실하게 필요했다. 돈이 우리에게 이런 도움을 주었지만, 그렇게 구입한 원조는 순수한 자발적 봉사와 비교할 수도 없다는 것을 40년이 넘는 경험이 가르쳐주었다. 다행히 우리에게는 자발적 원조자가 많았다. 영국에 유학하던 인도인 청년들이 우리를 둘러쌌고, 그들 중 몇 명은 아무 보상이나 명성을 바라지 않고 밤낮으로 우리를 도왔다. 그들 중 주소 쓰기나 우표 붙이기, 편지 보내기 같은 일이 자기 신분에 맞지 않는다며 거부한 사람이 없다.

그러나 그 모든 것을 그림자로 만든 영국인 친구가 있었다. 신이 사랑하는 자는 젊어서 죽는다는데, 그 자비로운 영국인 시먼즈가 그랬다. 나는 그를 남아프리카에서 처음 만났다. 그는 인도에 살았다. 1897년 뭄바이에 있을 때 페스트에 걸린 인도인 사이를 두려움 없이 다니면서 그들을 치료했다. 전염병 환자를 간호할 때 죽음을 두려워하지 않는 것이 그의 천성이었다. 그는 인종이나 피부색 등에 따른 편견에서 자유로웠다. 그의 기질은 철저히 독립적이었다. 그는 진실이 언제나 소수파와 함께한다고 믿었다. 그 믿음이 요하네스버그에 있던 나를 그에게 이끌었다. 그는 진실이 다수파의 손에서 부패한다고 믿었기 때문에, 나를 다수파에서 찾았다면 돕지 않았으리라고 몇 번이나 농담조로 말했다. 그는 참으로 광범위한 독서를 했다. 요하네스버그의 부호인 조지 파라 경의 개인 비서로 일한 그는 속기 전문가다.

우리가 영국에 도착했을 때 시먼즈는 우연히 그곳에 있었다. 나는 그가 어디에 있는지 몰랐지만, 우리가 공적 활동을 해서 신문에 났기 때문에 그 선량한 영국인이 우리를 찾았다. 그는 우리를 위해 무슨 일이든 하겠다고 말했다. "원하신다면 하인으로 일하겠습니다. 속기사가 필요하다면 저 같은 사람을 만나기 힘들 것입니다."

우리에게는 두 가지 도움이 모두 필요했다. 이 영국인이 보수 없이 밤낮으로 우리를 위해 일했다는 데 조금도 과장이 없다. 그는 자정이나 새벽 1시까지 타자를 쳤다. 메시지 전달, 편지 붙이기 등을 언제나 입가의 웃음과 함께 했다. 그는 45파운드 정도 되는 월수입을 모두 친구를 위해 사용했다. 당시 그는 서른 살 전후로 미혼이었고, 평생 그렇게 살고자 했다. 나는 그에게 조금이나마 보수를 받으라고 했으나, 그는 단호히 거절했다. "이 봉사를 하는 대가로 보수를 받는다면 의무를 게을리할 것입니다."

나는 작업을 정리하고 짐을 싸느라 새벽 3시까지 깨어 있던 마지막 밤을 기억한다. 그는 다음 날 증기선으로 떠나는 우리를 환송했다. 슬픈 이별이었다. 친절은 결코 갈색인종의 것만이 아님을 나는 종종 경험한다.

나는 공적인 활동에 종사하는 청년들을 위해 대표단의 지출을 정확하게 기록했다. 심지어 배에서 소다수를 산 영수증이나 전보료 영수증도 보관했다. 장부를 기록할 때 잡비 항목에 넣은 것은 하나도 기억하지 못한다. 그런 항목은 장부에 없었다. 그런 항목이 있다면 하루가 끝날 무렵 장부를 적을 때 잔돈을 지출한 내역이 생각나지 않을 경우 거기에 넣으려고 할지 모른다.

나는 인생에서 분별력을 갖춘 뒤에는 수탁자나 책임자가 된다는 사실을 분명히 알았다. 부모와 함께 사는 동안 그들이 일이나 돈을 맡긴다면, 우리는 철저히 보고해야 한다. 부모가 우리를 믿고 보고를 요구하지 않는다 해도 책임을 면할 수 없다. 우리가 자립하면 가족에 대한 책임이 생긴다. 우리의 수입은 단지 우리 것이 아니다. 가족은 공동 분배자다. 우리는 그들을 위해 상세히 보고해야 한다. 그것이 사적 생활의 책임이라면, 공적 생활은 더 그렇다.

나는 자원봉사자가 자신이 하는 일이나 돈을 사용한 내역을 상세히 보고할 의무에 구속되지 않은 것처럼 행동하는 버릇이 있음을 안다. 카이사르의 아내처럼 의심받는 존재가 아니라 신뢰받는다는 이유 때문이다. 이는 난센스다. 장부 기록은 의심이나 믿음과 아무 상관이 없다. 장부 기록은 독립된 의무고, 그 유지는 정직한 업무 수행에 필수적이며, 우리가 자발적으로 봉사하는 조직의 지도적 노동자가 가식적인 예의나 두려움으로 장부를 요구하지 않는다면 그들도 책임져야 한다. 유급 하인이 자신이 수행한 일이나 소비한 돈을 기록한 장부에 구속된다면, 자원봉사자는 그 일 자체가 보상이기 때문에 더 그럴 필요가 있다. 이는 중요한 일이다. 많은 조직에서 이 부분을 충분히 주의하지 않는다는 것을 알기 때문에 이 문제를 상세히 언급한 것이다.

15. 사악한 정책

우리는 요하네스버그에 상륙하자마자 마데이라에서 받은 전보를 지나치게 믿었음을 깨달았다. 전보를 보낸 리치 씨에게는 책임이 없다. 그는 법령 시행 유보 소식을 듣자마자 우리에게 알렸을 뿐이다. 당시(1906년) 트란스발은 직할 식민지였다. 식민지 주재관이 식민지 장관에게 각 식민지의 사정을 설명하기 위해 영국에 주재했다. 트란스발을 대표한 주재관은 남아프리카의 저명한 변호사 리처드 솔로몬 경이다. 엘긴 경은 그와 협의한 뒤 암흑법 시행을 유보했다.

1907년 1월 1일부터 트란스발에 책임 정부가 생겼다. 따라서 엘긴 경은 리처드에게 책임 정부가 생긴 뒤 입법부가 같은 법안을 통과시킨다면 제국 정부는 승인한다고 확약했다. 그러나 트란스발이 직할 식민지인 동안 그런 차별 법안은 제국 정부에 직접 책임이 있고, 민족 차별은 제국 정부의 기본 원칙에 반하므로 그 법안 시행을 유보하도록 국왕에게 조언해야 한다고 말했다.

이처럼 법안이 명의만으로 거부되고 동시에 트란스발 백인의 목적이 달성될 수 있다면, 리처드 솔로몬 경은 그런 특별 조치에 반대할 이유가 없다. 나는 이를 사악한 정책이라고 불렀지만, 그보다 지독한 이름을 붙여도 공정하다고 믿는다. 제국 정부는 직할 식민지 입법에 직접 책임을 지고, 인종이나 피부색에 따른 차별은 그 기본 원칙에 존재할 수 없다. 이 두 가지는 훌륭하다. 자치 식민지 정부의 입법부가 통과시킨 입법을 즉시 거부할 수 없다는 것도 이해한다.

그러나 식민지 주재관과 비밀 협의를 하고 주재관에게 제국 정부의 기본 원칙에 반하는 법안을 미리 각하하지 않는다고 약속하는 것은, 그로 인해 권리가 박탈되는 사람들에게 배반이고 부정의 아닌가? 진실을 말하면 엘긴 경은 그 약속으로 트란스발 백인의 반인도인 운동을 선동한 것이다. 그가 원한 바가 그것이라면 인도인 대표에게 분명히 말해야 했다.

대영제국은 자치 식민지 입법에도 책임을 면할 수 없다. 심지어 자치 식민지도 영국 헌법의 기본 원칙을 받아들여야 한다. 어떤 식민지에서도 노예를 합법화하는 제도를 받아들일 수 없다. 암흑법이 부적절하다는 이유로 엘긴 경이 각하했다면—오직 그런 근거로도 각하할 수 있지만—리처드 솔로몬 경에게 트란스발이 책임 정부로 바뀐 뒤에 그런 불의한 법안을 제출할 수 없고, 제출하고자 한다면 제국 정부는 책임 정부 권리를 부여하는 것을 재고한다고 개인적으로 경고하는 것이 그의 명백한 의무다. 아니면 그는 인도인의 권리를 완전히 지킨다는 조건 아래, 트란스발에 책임 정부 권리를 부여한다고 리처드 경에게 말해야 했다.

엘긴 경은 정직한 절차에 따르는 대신 인도인에게 겉으로 호의를 보이면서 트란스발 정부를 은밀하게 지지하고, 본인이 거부한 바로 그 법을 다시 통과시키도록 지원했다. 이는 대영제국에 의한 왜곡된 정책의 유일한 사례도, 첫 사례도 아니다. 대영제국의 역사를 연구하는 학생도 유사한 사례를 쉽게 떠올릴 수 있다.

요하네스버그에서는 엘긴 경과 제국 정부가 우리에게 보여준 사기 행각이 유일한 화제였다. 남아프리카에서 받은 실망은 마데이라에서 맛본 기쁨만큼 뿌리 깊었다. 이런 속임수의 직접적 결과는 인도인 사회가 과거보다 투쟁적으로 변했다는 것이다. 사람들은 말했다. 우리는 제국 정부의 도움 없이 투쟁하는 것을 두려워해서는 안 된다고. 우리는 자신과, 스스로 저항을 서약한 신의 도움만 구해야 한다고. 우리가 자신에게 진실하다면 아무리 사악한 정책도 언젠가 바로잡힌다고.

트란스발에 책임 정부가 수립되었다. 새로운 의회가 처음 통과시킨 조치는 예산안이고, 두 번째가 아시아인 등록법이다. 시간이 지나면서 필요한 한두 마디 자구 수정을 제외하고 초안을 정확하게 복사한 것으로, 1907년 3월 21일 단숨에 통과되었다. 따라서 법령 유보는 꿈처럼 잊혔다. 인도인은 평소처럼 청원서를 제출했으나, 누가 이들에게 귀 기울였는가? 그 법은 1907년 7월 1일부터 시행되고, 인도인은 7월 31일까지 등록을 신청해야 한다고 규정되었다.

법 시행이 지연된 원인은 인도인에게 은혜를 베풀기 위해서가 아니라 사태의 긴급성 때문이다. 그 법이 제국 정부의 정식 인가를 받기 위해서 어느 정도 시간이 필요했고, 서류 준비를 계획대로 진행하고 여러 중심지에 인가 사무소를 개설하는 데도 시간이 필요했다. 따라서 법 시행 지연은 트란스발 정부의 편의를 위해 의도된 것이다.

16. 아마드 무함마드 카찰리아

대표단이 영국에 가는 도중, 나는 우연히 트란스발에서 어느 영국인에게 반아시아인 법에 대해 말했다. 남아프리카에 사는 그는 우리가 영국을 방문하는 이유를 듣고 말했다. "개 목걸이를 제거하려고 런던에 가는군요."

그는 트란스발 등록증을 개 목걸이에 비유했지만, 당시 나는 그 말을 정확하게 이해하지 못했다. 지금도 그 말이 인도인에 대한 경멸과 그에 따른 기쁨을 표현한 것인지, 그 사태를 보는 그의 강한 느낌을 표현한 것에 불과한지 정확히 말할 수 없다. 나는 다른 사람이 한 말을 불공정하게 해석해서는 안 된다는 황금률에 따라, 자신의 강한 느낌을 확인하기 위해서 그런 말을 한 것이라고 생각했다.

트란스발 정부는 인도인의 목에 개 목걸이를 채우려고 준비했으나, 인도인은 정부의 사악한 정책에 대항하여 싸울 준비를 하고, 그것을 받아들여서는 안 된다는 결의를 강화하기 위한 조치를 취했다. 우리는 영국과 인도에 있는 친구들에게도 편지를 써서 날마다 그 상황을 알리려고 노력했다. 그러나 사티아그라하 투쟁은 외부의 도움에 거의 의존하지 않았고, 오로지 내부의 구제가 힘이었다. 따라서 지도자들은 인도인 사회의 모든 부문이 매우 좋아지도록 유지하고자 노력하는 데 힘을 쏟아야 했다.

우리 앞에 놓인 중요한 문제는 어떤 조직을 통해 사티아그라하 운동을 진행할까 하는 점이었다. 트란스발영인협회는 회원이 많았다. 그 협회를 조직할 때는 사티아그라하가 아직 시작되지 않았다. 협회는 불쾌한 법률 하나가 아니라 엄청난 그것들에 저항해왔으며, 앞으로도 저항해야 한다. 불쾌한 입법에 저항하는 것 외에 여러 정치·사회적 활동을 수행한다. 나아가 협회의 모든 회원은 사티아그라하를 통해 암흑법에 저항하겠다고 서약하지도 않았다.

우리는 협회가 사티아그라하 투쟁과 동일시되는 경우 생길 수 있는 외부적 위험도 고려해야 했다. 트란스발 정부가 사티아그라하를 반란으로 선언하고, 그것을 행한 모든 단체를 불법으로 규정하면 어떻게 되는가? 그런 경우 사티아그라히가 아닌 회원의 지위는 어떻게 되는가? 사티아그라하가 생각만큼 많지 않을 때 기부된 기금은 어떻게 되는가? 이 모든 것이 중요하게 고려되었다.

결국 사티아그라히들은 의견 일치를 보았다. 즉 신념이 없거나 약해서, 다른 여러 가지 이유로 사티아그라하에 참가하지 못한 사람들에게 적대감을 드러내지 않고, 지금 그들과 우호적 관계를 손상하지 않으며, 심지어 사티아그라하 투쟁 외 다른 모든 운동에서 그들과 점차 함께 일한다는 것이다.

이 모든 이유로 인도인 사회는 사티아그라하 운동은 현존하는 어떤 조직을 통해서도 수행되어서는 안 된다는 결론에 이르렀다. 그 조직들은 힘을 집중해서 사티아그라하 외에 그들에게 주어진 모든 방법으로 암흑법에 저항할 수 있었다. '수동적저항협회'라는 새로운 조직이 시작되었기 때문이다. 영어 이름에서 짐작할 수 있듯이, 이 조직이 만들어졌을 때 사티아그라하라는 말은 아직 생겨나지 않았다. 시간이 지나며 새 조직 설립이 정당화되었다. 현존하는 어느 조직이 사티아그라하와 혼합되었다면 사티아그라하 운동은 큰 타격을 받았을 것이다. 새로운 조직에 많은 회원이 참가했고, 인도인 사회는 충분한 기금을 제공했다.

나의 경험이 가르치는 바에 따르면, 어떤 운동도 기금이 부족해서 중단되거나 정체되지는 않는다. 이는 세상의 모든 운동이 돈 없이 계속될 수 있다는 뜻이 아니라, 참된 지도자가 있다면 필요한 돈은 자연스럽게 모인다는 의미다. 반면 내가 관찰한 바에 따르면, 운동에 많은 돈이 모이면 그때부터 운동은 쇠락한다. 따라서 공적 조직이 기금을 모으고 그 이자로 운영되는 것을 죄라고 하진 못해도 매우 부적절한 절차라고 말할 수 있다.

민중이 모든 공적 단체의 물주여야 하고, 그것은 민중이 바라는 날보다 오래 지속되어서는 안 된다. 축적된 자본의 이자로 운영되는 조직은 여론에 따르지 않고, 결국 전제적이거나 독선적인 조직이 된다. 항구적인 기금으로 운영되는 수많은 사회단체나 종교 단체가 부패하는 것을 여기에서 언급할 필요는 없다. 그런 현상은 아주 많아서 누구나 알 수 있다.

우리는 원래 주제로 돌아가야 한다. 변호사나 영국에서 교육받은 사람들은 어떤 이유에서도 사소한 일을 따지는 것을 독점하지 않는다. 나는 남아프리카의 교육받지 않은 인도인도 면밀하게 따지고 토론할 능력이 있음을 보았다. 어떤 사람들은 제국극장에서 한 서약은 암흑법이 유보되었을 때 충족되었다고 주장했다. 그 뒤로 허약해진 사람들은 이런 논법을 피난처로 삼았다. 그런 주장에 힘이 전혀 없다고 할 수는 없지만, 법으로 법에 반대하는 것이 아니라 법안에 포함된 사악한 원칙에 반대한 사람들에게 그런 주장은 아무런 영향을 미치지 못했다. 그래도 안전을 위해, 인도인 사회의 각성을 강화하기 위해, 사람이 얼마나 허약해질 수 있는지 조사하기 위해, 다시 저항을 서약할 필요가 있다고 생각했다. 모든 곳에서 집회가 열리고 상황을 설명했으며, 다시 서약했다. 인도인 사회의 정신은 어느 때보다 고양되었다.

그동안 7월이라는 운명의 달이 점차 끝을 향했다. 그 달 마지막 날, 우리는 트란스발의 수도 프리토리아에서 대규모 집회를 열자고 결의했다. 다른 지역 대표들도 초대했다. 집회는 프리토리아 모스크 운동장에서 열렸다. 사티아그라하가 시작되고 나서 우리 집회에 많은 사람들이 참여하여 어떤 시설도 그들을 수용할 수 없었다.

트란스발 인도인은 1만 3000명이 넘지 않았고, 그중 1만 명 이상이 요하네스버그와 프리토리아에 살았다. 1만 명 중에서 2000명이 공공 집회에 참가했다는 것은, 세계 어느 지역에서도 대규모라고 생각될 수 있다. 대중 사티아그라하 운동은 그 밖의 조건에서는 불가능하다. 그 투쟁이 완벽하게 내부의 힘에 의존한다면, 집단적 규율 없이 유지될 수 없다. 따라서 활동가들은 대규모 참가를 놀라운 것으로 생각하지 않았다. 처음부터 공개적으로 공공 집회를 열기로 결정했고, 비용은 거의 들지 않았으며, 아무도 부족한 시설에 실망하여 돌아가지 않았다.

나아가 모든 집회는 대부분 조용히 진행되었다. 청중은 모든 것을 주의 깊게 들었다. 연단에서 멀어 연설자의 목소리가 들리지 않으면 더 크게 말하라고 요청했다. 그 집회에 의자가 없었다는 사실은 독자들에게 말할 필요도 없다. 모든 사람은 땅에 앉았다. 의장과 연설자 등이 앉는 작은 연단과 탁자 하나, 의자나 방석 두세 개가 전부였다.

트란스발영인협회 유서프 이스마엘 미안 회장이 집회 의장이었다. 암흑법에 근거한 등록증 교부일이 가까워오자, 인도인은 걱정이 많아졌다. 그러나 트란스발 정부의 강권을 배경에 둔 보타 장군과 스뫼츠 장군도 크게 걱정했다. 공동체 전체를 폭력 의지로 굴복시키는 것을 아무도 좋아하지 않는다. 보타 장군은 윌리엄 호스켄 씨를 집회에 보내 우리를 설득하게 했다. 독자들은 앞 장[93]에서 호스켄 씨에 대해 읽었기 때문에 친숙할 것이다. 집회에서는 그를 따뜻하게 맞았다. 그가 말했다.

"아시다시피 저는 여러분의 친구입니다. 이 문제에 대해 제가 여러분에게 공감하는 것은 두말할 필요도 없습니다. 저는 기꺼이 여러분의 적에게 여러분의 요구 사항을 말씀드리겠습니다. 그러나 여러분 사회에 대한 트란스발 백인의 일반적인 적대감에는 할 말이 없습니다. 저는 보타 장군의 제의로 여기에 왔습니다. 그는 이 집회에 메시지를 전하라고 요청했습니다. 그는 여러분을 여전히 존경하고, 여러분의 감정을 이해합니다. 그러나 그는 아무 일도 할 수 없다고 말합니다. 트란스발의 모든 백인이 그 법을 요구하고, 보타 장군도 그 필요성을 확신한다고 합니다.

인도인은 트란스발 정부가 얼마나 강력한지 잘 알고, 그 법을 제국 정부가 다시 시인했다고 말합니다. 보타 장군은 인도인이 할 수 있는 모든 일을 했고 명예를 지켰지만, 그들의 반대는 실패했고 법은 통과

---

93) 13장 참조.

되었으므로, 인도인은 그 법에 따라 충성심과 질서를 사랑하는 것을 증명해야 한다고 말합니다. 스뫼츠 장군은 등록법에 따라 설정된 규제 안에서 약간 수정을 제안한다면 귀 기울이겠다고 합니다. 저 역시 여러분이 장군의 메시지에 따라야 한다고 생각합니다. 이 법에 대한 트란스발 정부의 의지는 확고해 보입니다. 반대하는 것은 벽에 머리를 박는 것과 같습니다. 인도인 사회가 결실 없는 반대로 실패하거나 여러분에게 불필요한 고통을 주지 않기를 바랍니다.”

나는 그의 연설을 한 마디씩 통역하고, 사람들에게 주목하라고 말했다. 호스켄 씨는 박수를 받으며 떠났다.

이제 인도인이 연설할 시간이었다. 그중 한 사람이 고 아마드 무함마드 카찰리아다. 그는 이 장의 영웅이 아니라, 이 책의 영웅이다. 나는 그를 손님이나 통역으로 알았다. 그러나 그는 친구로서 통역을 했다. 그는 처음에 옷감 행상을 했고, 이어 형제와 함께 소매업을 했다. 그는 수라트 출신 메만으로 같은 계급에서 유명했다. 구자라트어 지식도 한계가 있었지만 경험에 따라 크게 진보했다. 그만큼 날카로운 지성을 갖춰서 무엇이든 쉽게 파악했다. 법률문제도 그런 능력으로 해결해서 나를 자주 놀라게 했다. 그는 변호사와 법을 논의하는 것을 주저하지 않았고, 그의 주장은 변호사에게 고려할 가치가 있었다.

나는 남아프리카나 인도에서 용기와 부동의 신념이라는 면에서 카찰리아 씨를 능가하는 사람을 만난 적이 없다. 그는 인도인 사회를 위해 모든 것을 희생했다. 그는 언제나 약속을 지키는 사람이다. 경건한 이슬람교도인 그는 수라트 출신 메만의 모스크 수탁인이다. 그러나 그는 힌두교도나 이슬람교도를 평등한 눈으로 보았다. 그가 힌두교도에 반대하여 이슬람교도를 광신적이거나 부적절한 방식으로 편든 일을 나는 기억하지 못한다. 그는 공정하고 불의에 타협하지 않았기 때문에, 필요하다면 힌두교도나 이슬람교도의 결점을 주저 없이 지적했다. 그의 소박함과 겸손함은 모범으로 삼을 만했다. 오랫동안 그와 가깝게 지낸 뒤 내린 결론은, 인도인 사회에 카찰리아 씨 같은 사람은 다시 없다는 것이다.

카찰리아 씨는 간단하게 연설했다.

"모든 인도인은 암흑법이 무엇이고, 그 의미가 무엇인지 압니다. 호스켄 씨의 연설을 함께 들었습니다. 그의 연설은 저의 결심을 굳게 해줄 뿐이었습니다. 지금 우리는 트란스발 정부가 얼마나 강한지 압니다. 그러나 정부는 그 법을 시행하는 것 외에 다른 일을 할 수 없습니다. 정부는 우리를 감옥에 가두고, 재산을 경매하고, 추방하거나 교수형에 처할 것입니다. 우리는 이 모든 것을 즐겁게 견디겠지만, 그 법을 단순히 받아들일 수는 없습니다."

나는 연설하는 동안 격렬해진 카찰리아 씨를 보았다. 그의 얼굴은 붉어졌고, 머리와 얼굴의 혈관이 빠르게 지나가는 피로 부풀어 올랐으며, 몸은 떨렸다. 그리고 오른손 다섯 손가락을 목에 대고 외쳤다. "저는 신의 이름으로 맹세합니다. 교수형을 당해도 이 법에 복종하지 않겠다고. 여기 모인 사람 모두 그러길 바랍니다."

그는 이렇게 말하며 일어섰다. 그가 손가락을 목에 대자 연단에 앉은 몇 사람이 소리 없이 웃었다. 나도 함께 웃었다. 나는 카찰리아 세드가 강조한 말을 행동으로 보여줄 수 있을지 의심했다. 지금은 그 일을 생각할 때마다 부끄럽다. 카찰리아는 그 위대한 투쟁에서 한순간도 망설이지 않고 자신의 서약을 문자 그대로 지킨 인도인 가운데 선두였다.

그의 연설에 사람들이 손뼉을 쳤다. 사람들이 내가 아는 것 이상으로 그에 대해 잘 아는 계기가 되었다. 그들 대부분 이 희귀한 영웅과 인간적으로 친해졌기 때문이다. 그들은 카찰리아가 행하고자 생각한 것은 반드시 행하고, 말하는 것도 반드시 행한다는 것을 알았다. 다른 훌륭한 연설도 많았다. 그러나 나는 카찰리아의 연설만 설명했다. 그 것이 그의 이어진 경력을 예언한 것이기 때문이다. 훌륭한 연설을 한 모든 사람들이 마지막 시련을 견뎌낸 것은 아니다. 이 위대한 사람은 1918년에 죽었다. 투쟁이 끝나고 4년이 지났을 때다. 그는 마지막까지 인도인 사회에 봉사했다.

나는 카찰리아 세드를 추억하며 이 장을 마칠 것이다. 다른 곳에서 설명할 수 없기 때문이다. 독자들은 뒤에 톨스토이 농장에 대해 볼 것이다. 그곳에 사티아그라히 가족들이 살았다. 세드는 열 살쯤 된 아들 알리를 타인에게 모범이 되고, 소박하고 봉사하는 사람으로 성장하도록 교육하기 위해 농장에 보냈다. 그의 모범으로 다른 이슬람교도 역시 자녀를 농장에 보냈다. 알리는 겸손하고 쾌활하며 정직하고 솔직한 소년이었다. 신은 그를 아버지보다 먼저 데려갔다. 나는 그가 더 살았다면 아버지의 이름을 빛나게 했으리라고 믿어 의심치 않는다.

17. 최초의 분열

1907년 7월 1일이 되자 등록 사무소가 열렸다. 인도인 사회는 모든 사무소 앞에서 공개적으로 피켓을 들기로 결정했다. 즉 사무소 쪽으로 가는 도로에 봉사자를 배치하고, 사무소로 가는 마음 약한 인도인을 설득하게 했다. 봉사자는 배지를 차고 등록하려고 가는 인도인에게 무례하지 않도록 훈련을 받았다. 그들은 반드시 이름을 묻고, 답하지 않는 경우에도 결코 난폭하거나 무례를 범해서는 안 되었다. 암흑법에 복종할 경우 생길 피해 내용을 인쇄한 종이를 등록 사무소로 가는 모든 인도인에게 주고, 그 내용을 설명했다.

봉사자는 경찰도 존중해야 했다. 경찰이 그들을 욕하거나 때려도 평화롭게 견뎌야 했다. 경찰의 구타를 견디지 못하면 그곳을 떠나야 했다. 경찰이 그들을 체포하면 기꺼이 복종해야 했다. 그런 사건이 요하네스버그에서 일어난다면 나에게 알려야 했다. 다른 곳에서는 임명된 간사에게 알리고 지시에 따라야 했다. 각 피켓 봉사대에는 대장이 있고, 봉사자는 대장에게 복종해야 했다.

그런 경험은 인도인 사회에 처음이었다. 12세 이상 모든 사람이 피켓 봉사대원으로 뽑혔다. 12~18세 젊은이들이 봉사자로 등록했다. 그러나 지역 활동가가 모르는 자는 뽑지 않았다. 이런 예방 조치와 더불어 모든 집회에서 통지하거나 다른 방법으로 등록하려는 자가 피켓을 두려워하는 경우, 봉사자와 함께 사무소에 오가도록 활동가에게 요구할 수 있음을 알렸다. 그렇게 한 사람들도 있었다.

봉사자들은 무한한 열정으로 일했다. 모두 임무 수행에 철저했다.

경찰의 방해는 그다지 크지 않았다. 가끔 방해해도 봉사자들이 잘 견뎠다. 봉사자들은 임무를 수행하면서 유머도 구사했다. 가끔은 경찰도 가담해서 다양한 오락을 고안했다.

그들이 교통방해죄로 체포된 적이 있다. 비협조는 사티아그라하 투쟁의 일부가 아니기에 변호 비용은 공공 기금에서 지불되지 않았지만, 법정에서 변호가 행해졌다. 법정에서 봉사자들은 무죄를 선고받고 석방되었다. 그 일로 봉사자들의 정신은 더욱 고양되었다.

따라서 등록증 교부를 원한 인도인이 공적으로 봉사자에게 무례나 폭력을 당하지는 않았지만, 투쟁과 관련된 집단이 생겨났다. 그 집단은 봉사자가 되지는 않으면서 등록증을 교부하려는 사람들에게 폭력 같은 방식으로 위협한 사람들이다. 이는 가장 가슴 아픈 변화다. 그 사실을 알자마자 저지하기 위해 강경한 조치를 취했다. 그 결과 위협은 거의 없어졌으나, 완전히 없어지지는 않았다. 나는 위협이 투쟁에 손해를 끼쳤다고 생각한다. 위협받은 사람들은 순간적으로 정부의 보호를 요구했고, 그것을 확보했다. 인도인 사회에 독이 스며들었고, 허약해진 사람들이 더 약해졌다. 독은 더 강해졌다. 약자는 본래 보복하고자 하기 때문이다.

이런 위협의 영향은 크지 않았다. 그러나 한편으로 여론의 힘, 다른 한편으로 봉사자들의 존재를 통해 등록증 교부를 요구한 사람들의 이름이 인도인 사회에 공표되는 영향은 무척 컸다. 나는 암흑법에 복종하는 것이 옳다고 생각하는 인도인을 모른다. 등록 사무소에 간 사람들은 고통이나 금전적 손해를 이겨내지 못한 점을 부끄러워했다. 지도적 입장에 있는 인도인들이 이런 수치감과 거대 상인의 손실에 대한 공포라는 두 가지 궁지에서 벗어나는 길을 찾았다.

그들은 아시아부 관리가 밤 9~10시 이후 개인의 집에 가서 등록증을 교부하는 것으로 아시아부와 타협했다. 지도자들은 그렇게 하면 암흑법에 복종하는 것이 알려지지 않고, 자신들이 지도자이기 때문에 다른 사람들도 법률에 복종하며, 수치심의 무게가 조금 가벼워지리라고 생각했다. 나중에 적발된다고 해도 문제가 되지 않았다.

그러나 봉사자들이 부단히 경계했기 때문에, 인도인 사회에는 순간순간 일어나는 일이 잘 알려졌다. 심지어 등록 사무소에도 사티아그라히에게 정보를 주는 사람들이 있었을 것이다. 자신은 허약해도 지도자들이 법에 복종하는 것은 허용할 수 없고, 지도자들이 확고하다면 자신도 난국에 대처할 수 있다는 생각으로 사티아그라히에게 통보한 사람들도 있었을 것이다. 인도인 사회는 이런 식으로 정보를 얻었다.

그래서 어떤 사람들은 특정한 밤에 특정한 사무소에서 등록증을 교부했다. 인도인 사회는 먼저 그런 사람들을 설득하고자 했다. 그 사무소 역시 피켓으로 차단되었다. 그러나 인간은 허약해서 오랫동안 견디지 못한다. 몇몇 지도자들은 이런 방식으로 밤 10~11시에 등록증을 교부했다. 결국 최초의 분열이 생겨났다.

다음 날 인도인 사회가 그들의 이름을 발표했다. 그러나 수치심에는 한계가 있다. 이기심에 빠지면 수치심을 날려버리고, 사람을 답답하고 좁은 길로 잘못 안내한다. 점차 500명 정도가 등록증을 교부했다. 잠시 동안 등록증이 개인의 집에서 교부되었으나, 수치심이 사라지자 어떤 자들은 아시아부에 당당하게 가서 등록증을 교부했다.

18. 최초의 사티아그라하 죄수

아시아부는 모든 노력에도 등록증 교부자가 500명 정도에 그치자, 영향력 있는 인도인을 체포하기로 결정했다. 저미스턴에는 인도인이 많이 살았다. 그중 한 사람이 판디트 라마 순드라다. 그는 용맹한 모습에 말재주를 타고났다. 그는 산스크리트어 시구를 암기하기도 했다. 북인도 출신이기 때문에 당연히 툴시다스[94]가 쓴《라마야나 Rāmāyana》[95]의 대구나 2행연구(二行連句)[96]나 사행연구(四行連句)[97]도 암기했다. 또 판디트[98]라는 이름으로 명성을 얻었다. 그는 여러 곳에서 강력한 연설을 했다.

저미스턴의 악의 있는 인도인이 라마 순드라가 체포된다면 많은 인도인이 등록증을 교부할 것이라고 아시아부에 말했다. 아시아부 관리들은 그 유혹을 뿌리치지 못했다. 라마 순드라는 체포되었고, 이것이 그런 일의 첫 사례가 되었다. 인도인과 정부는 그 일로 크게 시끄러워졌다. 어제까지 저미스턴의 일부 좋은 사람들에게 알려진 라마 순드라가 한순간 남아프리카 전역에서 유명해졌다. 그는 재판을 받는 위

---

94) Gōswāmī Tulsīdās는 16~17세기 시인. 힌디어로 인격신 라마에 대한 절대적 귀의를 노래했다.

95) 간디는《라마야나》를 툴시다스(?~1623)가 썼다고 하지만, 반드시 정확한 설명은 아니다. 툴시다스가 쓴 것은《라마의 행동의 호수湖水》로 이는 라마의 생애를 서술한 일대 서사시로《툴시라마야나》라고 불린다.

96) dohas.

97) chopais.

98) Pandit는 학식이 있는 브라만에게 붙이는 경칭.

대한 사람처럼 모든 사람이 주목하는 대상이 되었다. 정부는 평화를 유지하기 위해 특별한 조치를 취할 필요가 없었지만 그렇게 했다.

라마 순드라는 법정에서도 일반 죄수와 달리 인도인 사회의 대표처럼 특별 취급을 받았다. 법정은 열렬한 인도인 관중으로 만원이었다. 라마 순드라는 1개월 금고형에 처해져 요하네스버그 감옥의 독방에 갇혔다. 누구나 그를 자유롭게 면회했다. 외부 음식을 받을 수도 있고, 매일 인도인 사회가 마련한 진미를 먹었다. 그가 원하는 모든 것이 주어졌다. 선고받은 날은 성대하게 축하했다. 실망하는 사람은 없고, 도리어 환희와 즐거움이 넘쳤다. 많은 사람이 감옥에 가려고 했다.

그 일을 계기로 많은 인도인이 등록하기를 기대한 아시아부 관리들은 실망했다. 심지어 저미스턴에서도 등록하는 사람이 없었다. 승리자는 인도인 사회뿐이었다. 한 달은 금방 지나갔다. 라마 순드라는 석방되어 집회가 열리는 곳으로 행진한 뒤 멋진 연설을 했다. 라마 순드라는 꽃다발에 묻혔다. 봉사자들이 그에게 경의를 표하고 잔치를 베풀었다. 수많은 인도인이 라마 순드라의 행운을 질투하고, 자신이 감옥에 가지 못한 것을 안타까워했다.

그러나 라마 순드라는 가짜로 판명되었다. 그의 체포는 충격적인 것이어서 1개월 금고형을 면할 수 없었다. 그는 밖에서 무관하던 사치를 감옥 안에서 누렸다. 그러나 자유를 누리는 데 익숙하고 나쁜 버릇에 물든 그는 감옥 생활의 고독과 구속을 참을 수 없었다. 인도인 사회나 감옥이 충분히 배려했지만, 그에게 감옥 생활은 고통이었다. 그래서 트란스발에 작별을 고하고 홀연히 사라졌다.

어느 사회나 어떤 운동에나 교활한 사람이 있게 마련이다. 우리에게도 마찬가지였다. 그들은 라마 순드라의 일을 잘 알았다. 그러나 그가 인도인 사회에 도움이 될 수 있다고 생각해서 그의 비밀 경력을 거품이 꺼질 때까지 나에게 숨겼다. 그는 계약 기간이 끝나기 전에 도망친 계약노동자다. 그가 계약노동자였다고 해서 명예롭지 못한 것이 아니다. 독자들은 끝에서 계약노동자들이 사티아그라하 운동에 얼마나 가치 있는 수확을 얻었는지, 그 최후의 승리를 확보하는 데 얼마나 큰 기여를 했는지 볼 것이다. 그러나 그가 계약 기간을 마치지 않은 것은 분명히 잘못된 일이다.

라마 순드라의 이력을 상세히 말하는 것은 그의 잘못을 들추기 위해서가 아니라 그의 도덕을 지적하기 위해서다. 깨끗한 운동의 지도자는 깨끗한 사람만 운동에 참가시켜야 한다. 그러나 아무리 경계해도 바람직하지 못한 요소를 배제할 수 없다. 나아가 지도자가 두려워하지 않고 진실하다면, 그들 모르게 운동에 바람직하지 못한 사람들이 들어와도 궁극적으로 대의를 해치지 않는다.

라마 순드라의 정체가 드러나자, 그는 가짜가 되었다. 인도인 사회는 그를 잊었지만, 그를 통해서 운동에 새로운 용기가 더해졌다. 대의를 위해 그가 받은 금고형은 우리의 자산으로 기록되었고, 그의 재판이 만든 열정은 지속되었으며, 그의 사례에서 교훈을 얻어 허약한 사람은 투쟁에서 사라졌다. 허약함에서 비롯된 이런 예는 더 있었지만, 유용한 목적에 도움이 되지 않기 때문에 상세히 쓸 생각이 없다. 인도인 사회의 약점과 강점을 모두 알리기 위해 라마 순드라 같은 사람이 여러 명이었고, 그럼에도 운동이 순수하게 나아갔다고 말하는 것으로 충분하다.

독자들은 라마 순드라에게 손가락질하지 말기 바란다. 모든 사람은 불완전하고, 어떤 사람의 결점이 두드러질 때 그를 비난하는 경향이 있다. 그것은 옳지 못하다. 라마 순드라는 의도적으로 약해진 것이 아니다. 인간은 자신의 기질을 바꾸고 통제할 수 있지만, 없앨 수는 없다. 신은 인간에게 많은 자유를 주지 않는다. 표범이 반점을 바꿀 수 있다면, 인간은 정신 구조의 특징을 바꿀 수 있을 것이다.

라마 순드라는 도망쳤지만, 자신의 약함을 얼마나 후회했을지 누가 말할 수 있을까? 도망이야말로 후회를 보여주는 강력한 증거가 되지 않을까? 그가 부끄러워하지 않았다면 도망칠 필요가 없지 않았을까? 등록증을 받고 암흑법에 따라 감옥과 무관하게 살았을 것이다. 나아가 그는 마음먹으면 아시아부의 앞잡이가 되어 친구들을 잘못 인도하고, 정부의 마음에 드는 사람이 될 수도 있었다. 그가 자신의 약한 모습을 인도인 사회에 보여주는 것을 부끄러워하여 숨었고, 그것으로 인도인 사회에 봉사했다고 관대하게 해석할 수는 없을까?

19.《인디언 오피니언》[99]

나는 독자에게 사티아그라하 투쟁에서 채택된 내외의 모든 무기에 익숙해지기를 제안한다. 그래서 이제《인디언 오피니언》을 소개하고자 한다. 이것은 지금도 남아프리카에서 발간되는 주간지다. 남아프리

---

99)《자서전》4부 13장 참조.

카에서 인도인이 처음 인쇄소를 개설한 명예는 구자라트 출신 마단지
트 뱌바하리크 씨에게 있다. 그는 여러 가지 어려움에 직면하면서도
인쇄소를 수년간 경영한 뒤, 신문 발행을 생각했다. 그는 고 만수클랄
나자르 씨와 나에게 상의했다.

신문은 더반에서 발행되었다. 만수클랄 나자르 씨는 무급 편집인
으로 봉사했다. 신문 발행은 처음부터 적자였다. 결국 우리는 종업원
을 공동출자자로 농장을 사서 그곳에 거주시키고, 신문을 발행하기로
결정했다. 농장은 더반에서 13마일(21킬로미터) 떨어진 아름다운 언덕
에 있었다. 가장 가까운 기차역인 피닉스는 농장에서 3마일(5킬로미터)
거리였다. 신문의 이름은 처음부터 지금까지 《인디언 오피니언》이다.
처음에는 영어, 구자라트어, 힌디어, 타밀어로 발행되었다. 그러나 힌
디어판과 타밀어판은 부담이 너무나 크고, 농장에 사는 집필자와 교
열자를 구하지 못해서 발행이 중단되었다. 그래서 사티아그라하 투쟁
이 시작되었을 때 영어와 구자라트어로 신문을 발간했다.

농장 주민에는 구자라트 출신, 북인도 출신, 타밀 출신 그리고 영국
인이 있었다. 만수클랄 나자르 씨가 일찍 죽은 뒤, 편집인 자리는 영국
인 친구인 허버트 키친이 맡았다. 이어 헨리 S. L. 폴락[100]이 오랫동안
편집장을 지내고, 우리가 투옥된 동안 조지프 도크[101] 목사가 편집장

---

100) Henry S. L. Polak은 간디의 동료로, *Mahatma Gandhi*(Madras, G. A. Natesan,
1931)를 저술하여 간디를 소개했다. 그의 아내 M. G. Polak도 *Mr. Gandhi : The
Mani*(London, George Allen, 1931)를 썼다. 《자서전》 4부 16, 18, 21~23장 참조.

101) Joseph Doke는 영국의 침례교 목사. *M. K. Gandhi : An Indian Patriot in South
Africa*(London : Th London Indian Chronicle, 1909)를 저술해 서양에 간디를 소개
했다.

으로 일했다. 이 신문으로 일주일의 모든 뉴스를 훌륭하게 전할 수 있었다.

영어판은 구자라트어를 모르는 인도인에게 투쟁의 소식을 다소 전했다. 인도와 영국, 남아프리카 영국인에게는 주간지 역할을 했다. 나는 내부의 힘에 주로 의존하는 투쟁은 신문 없이도 수행될 수 있다고 믿지만,《인디언 오피니언》덕분에 인도인 사회를 쉽게 교육할 수 있었다. 또 인도인이 사는 세계 다른 지역에서 우리 운동의 소식을 전할 수 있지만, 다른 방법으로는 불가능했을 것이다. 따라서《인디언 오피니언》이 강력한 투쟁 수단이었다고 말할 수 있다.

투쟁 과정이나 투쟁의 결과 인도인 사회가 변했듯이,《인디언 오피니언》도 변했다. 처음에 우리는 광고를 받았고, 다른 인쇄 업무도 했다. 나는 그런 일은 가장 유능한 사람이 담당해야 한다는 것을 알았다. 우리가 출판을 위한 광고를 받을 때 취사선택에 어려움이 있었다. 나아가 광고를 받지 않는다고 결정해도 광고주가 인도인 사회에 지도적 입장에 있는 사람인 경우, 거절하면 문제가 되기 때문에 받아서는 안 되는 광고를 받는 일이 생긴다.

광고주가 종업원 몫이라고 주장하는 아첨은 말할 필요도 없고, 광고 주문을 받거나 대금을 회수하기 위해 유능한 종업원의 시간이 사용되었다. 이익을 얻기 위해서가 아니라 오로지 인도인 사회에 봉사하려고 신문을 발행한다면 봉사를 사회에 강요해서는 안 되고, 오직 사회가 바랄 때 봉사해야 한다고도 생각되었다. 그래서 우리의 소망은 인도인 사회 구성원이 상당수 구독자가 되어 신문이 자립하도록 지원하는 것이었다.

마지막으로 신문 발행 경비를 얻기 위해 봉사라는 명목으로 광고를 내도록 여러 상인을 설득하기보다 일반인에게 신문 구독 의무를 설득하는 것이 모든 점에서 권유하는 측이나 권유받는 측에게 좋다고 생각되었다. 이 모든 근거로 우리는 신문의 광고를 중단하고, 광고부에서 일하던 사람이 신문 지면을 개선하는 데 힘을 보태는 만족스러운 결과에 이르렀다.

인도인 사회는《인디언 오피니언》의 소유권과 그 유지의 책임을 바로 깨달았다. 활동가들은 모든 걱정에서 해방되었다. 인도인 사회가 신문을 원하는 한, 우리는 최선을 다해 신문을 간행하면 되었다. 어떤 인도인에게도《인디언 오피니언》을 구독하라고 요청하는 것이 부끄럽지 않았고, 도리어 그것이 의무라고 생각되었다. 신문의 내면적인 힘과 성격도 변해 커다란 힘이 되었다. 구독자 수는 1200~1500명이었으나 나날이 늘었다. 투쟁이 최고조에 이르렀을 때 구독자는 3500명까지 늘었다.

남아프리카에서《인디언 오피니언》을 읽을 수 있는 인도인은 최대 2만 명이다. 따라서 3000부 발행은 매우 만족스러웠다. 인도인 사회는 그때 이 신문을 자기 것으로 받아들였기 때문에 예정된 시각에 요하네스버그에 도착하지 않으면 불평하는 편지가 산더미처럼 왔다. 신문은 보통 일요일 아침에 요하네스버그에 도착했다. 내가 알기로 많은 사람들은 신문을 받자마자 구자라트어판을 처음부터 끝까지 읽었다. 한 사람이 신문을 읽으면 나머지가 그를 둘러쌌다. 혼자 구독할 여유가 없는 사람들은 공동으로 구매했다.

신문 광고를 중단한 때, 거의 같은 이유로 다른 인쇄도 중단했다. 이제 식자공들에게 여유가 생겨 책을 출판할 수 있었다. 책은 앞으로 전개할 투쟁에 도움을 주기 때문에 잘 팔렸다. 그리하여 신문과 출판 모두 투쟁에 기여했고, 사티아그라하가 인도인 사회에 뿌리내리면서 신문과 출판을 통해 사티아그라하 입장에서 대응하는 도덕적 향상이 분명하게 드러났다.

20. 이어지는 체포

우리는 앞에서 정부가 라마 순드라를 체포하고 아무 이익도 얻지 못했음을 보았다. 반면 인도인 사회의 정신이 급속히 고양되는 것을 확인했다. 아시아부 관리들은 《인디언 오피니언》을 주의 깊게 읽었다. 운동에 관한 한 비밀이 없었다. 친구든 적이든 중립이든 인도인 사회의 강점이나 약점 모두 신문에서 읽을 수 있었다. 활동가들은 운동에 아무 비밀이 없고, 어떤 나쁜 짓도 할 수 없으며, 교활하거나 이중적일 수도 없고, 용기 있는 자가 승리한다는 것을 처음부터 깨달았다.

인도인 사회는 허약이라는 병을 근절하려면 적절하게 검사되고, 철저하게 공표되어야 한다고 제안했다. 아시아부 관리들은 그것이 《인디언 오피니언》의 방침임을 알았다. 신문은 그들에게 인도인 사회의 최근 역사에 믿을 수 있는 거울이 되었다. 아시아부 관리들은 지도자 몇 명을 체포하지 않는 한 운동의 힘을 파괴할 수 없다고 생각했다.

결국 1907년 12월 크리스마스 주에, 지도자 몇 명이 경찰에 출두하라는 통지를 받았다. 이는 관리들이 예의를 갖춘 것이다. 그들은 체포

영장 대신 출두 통지를 했고, 지도자들이 자진 출두할 것이라고 확신했다. 지도자들은 1907년 12월 28일 토요일, 법정에 출두해서 법에 따라 요구된 등록증을 교부하지 않은 이유를 설명해야 했다. 그러지 않으면 일정 기간 내에 트란스발을 떠나야 했다.

그중 한 사람이 요하네스버그에 거주하는 중국인의 지도자 퀸 씨다. 요하네스버그에는 중국인이 300~400명 있었는데 상업이나 농업에 종사했다. 인도는 농업으로 유명했지만, 인도에 사는 우리는 농업에서 중국만큼 진보하지 않았다고 믿는다. 나는 미국과 다른 나라의 현대적 농업은 말할 필요도 없이 진보했지만, 아직 실험 단계라고 생각한다. 반면 중국은 인도처럼 오래된 나라이기에 인도와 중국의 비교는 대단히 교훈적이다. 나는 요하네스버그에서 중국인이 농사짓는 방법을 관찰했고, 그것에 대해 그들과 대화했다. 나는 중국인이 우리보다 똑똑하고 부지런하다는 인상을 받았다. 우리가 자주 불모지라고 방치한 토지에서 중국인은 토양을 바꾸는 방법으로 훌륭하게 작물을 재배했다.

암흑법은 중국인에게도 적용되어 그들 역시 사티아그라하 투쟁에 참가했다. 그러나 두 민족 사회의 활동은 처음부터 끝까지 섞이지 않았다. 각 사회는 독립 조직으로 활동했다. 이는 좋은 결과를 낳아, 각 사회가 자기 입장을 지키는 한 서로 도움이 되었다. 한쪽이 탈락해도 다른 쪽이 손해를 보는 원인이 되지 않았고, 함께 탈락하는 경우는 없었다. 마지막에는 지도자가 배신하는 바람에 많은 중국인이 탈락했다. 지도자가 암흑법에 굴복한 것이 아니라, 중국인 조직의 장부와 현금을 들고 도망쳤다고 들었다.

지도자가 없는 상태에서 남은 사람들은 갈등을 해소하기 어렵고, 지도자가 됨됨이를 잃을 때 실망은 더 커진다. 그러나 체포가 시작되면서 중국인의 정신도 고양되었다. 그들 중 아무도 등록증을 교부받지 않았다. 그래서 그들의 지도자 퀸 씨도 인도인과 함께 출두하도록 요구받았다. 퀸 씨는 일정 기간 매우 유익한 활동을 했다.

인도인 지도자 가운데 소개하고 싶은 사람이 최초로 구속된 탐비 나이두 씨다. 그는 모리셔스에서 태어난 타밀족이다. 그의 부모는 첸나이 주에서 모리셔스로 왔다. 그는 평범한 상인으로, 학교교육을 전혀 받지 않았다. 그러나 풍부한 경험이 그의 교사였다. 나이두는 문법상 잘못이 있어도 영어로 유창하게 말하고 글을 썼다. 타밀어도 그는 같은 방법으로 익혔다. 힌디어에 유창한 그는 텔루구어도 약간 알았지만, 그 글자는 몰랐다. 게다가 변질된 프랑스어의 일종으로 모리셔스 사투리인 크레올어도 잘 알았고, 흑인의 언어도 숙지했다.

남아프리카 인도인 중에서 그 많은 언어를 실제로 아는 사람은 드물지 않다. 수많은 사람이 그 모든 언어를 잘 안다. 그들은 대부분 노력 없이 언어를 익혔다. 외국인을 매개로 교육을 받아 두뇌가 피로하지 않고, 기억력이 뛰어나며, 외국어를 하는 사람들과 말하고 그들을 관찰해서 여러 외국어를 익혔기 때문이다. 두뇌에 부담을 주지 않고 두뇌 훈련으로 지적 능력이 자연스럽게 성장하는 것이다.

탐비 나이두가 바로 그러했다. 그는 지성이 뛰어나고 새로운 문제를 신속하게 이해했다. 그의 임기응변은 놀라웠다. 그는 인도에 가본 적 없지만, 조국에 대한 사랑은 끝이 없었다. 애국심이 온몸에 흘렀고, 강고함이 얼굴에서 드러났다. 그는 몸을 단련했고, 지치지 않는 힘이 있었다. 의장석에 앉아 사람들을 이끌 때나, 짐꾼으로 일할 때나 마찬가지로 돋보였다. 거리에서 짐을 나르는 것을 부끄러워하지 않았다. 일할 때는 밤낮이 없었다. 인도인 사회를 위해 모든 희생을 하는 데 그보다 더한 사람은 없었다.

탐비 나이두가 성급하거나 화를 내지 않았다면 이 용감한 사람은 트란스발의 카찰리아가 사망한 뒤 바로 지도자가 되었을 것이다. 트란스발 투쟁이 계속되는 동안 그의 급한 성격 때문에 문제가 생기지는 않았고, 그의 소중한 장점이 보석처럼 빛났다. 그러나 그 뒤에 분노와 성급함이 그의 장점을 가렸다고 들었다. 어쨌든 탐비 나이두라는 이름은 남아프리카 사티아그라하 역사에 영원히 남을 것이다.

법정은 각각의 경우를 별개로 다루고, 모든 피고인에게 48시간이나 7일 혹은 14일 내에 트란스발을 떠나라고 명령했다. 1908년 1월 10일이 기한이었고, 같은 날 우리는 재판을 받기 위해 법정에 불려 갔다. 우리는 아무도 항변하지 않기로 했다. 법에 따라 교부받아야 하는 등록증을 신청하지 않아서 정해진 기간에 트란스발을 떠나라는 명령에 불복종했다는 이유로 벌을 받기로 했다.

나는 짧게 진술하게 해달라고 법정에 요구했다. 허가가 내려지자 나의 재판과 나를 따른 사람들의 재판은 구별되어야 한다고 말했다. 바로 그때 프리토리아에서 동포들이 3개월 중노동과 엄청난 벌금형에 처해졌다는 연락을 받았다. 벌금을 내지 못하면 다시 3개월 중노동을 해야 한다. 동포들이 어떤 죄를 범했다면 나는 더 중한 죄를 범했으니, 나를 더 중하게 처벌해달라고 법정에 요청했다.

그러나 법정은 2개월 금고형을 선고했다. 내가 자주 변호사로 일한 그 법정에서 피고인으로 섰다는 사실에 조금은 놀랐다. 그러나 변호사보다 피고인 역할이 영광스럽다고 생각했으며, 피고인석에 들어가기를 주저하지 않았다.

법정에서는 인도인 수백 명과 동료 변호사들이 내 앞에 앉았다. 선고가 내려지자 나는 즉시 보호실로 옮겨졌고 완전히 혼자가 되었다. 경찰관이 나에게 죄수용 의자에 앉도록 요구한 뒤 문을 열고 나갔다. 나는 조금 동요했고 깊은 생각에 잠겼다. 가정, 변호사 일, 공공 집회…… 이 모든 것이 꿈처럼 지나가고, 이제 나는 죄수일 뿐이다. 두 달 동안 무슨 일이 일어날까? 두 달 모두 복역해야 할까? 사람들이 약속한 대로 많이 수감된다면 형기를 채우는 데 문제가 없을 것이다. 그러나 그들이 감옥을 채우지 못하면 두 달은 평생처럼 지루할 것이다.

이런 생각을 한 시간의 100분의 1 정도도 당시 내 마음에 스쳐 지나가지 못했다. 그것은 수치심을 주었다. 얼마나 헛된 일인가! 감옥을 궁전으로 생각해야 한다, 암흑법에 반대해서 당하는 고난은 고통이 아니라 즐거움으로 여겨야 한다, 암흑법에 저항하여 생명과 재산 등을 바치는 것은 사티아그라하의 기쁨이라고 생각해야 한다! 이 모든 인식은 어디로 사라졌는가? 이렇게 생각하면서 안정을 되찾았고, 내 실수를 비웃었다. 다른 형제들은 어떤 형을 받았고, 같은 감옥에 들어왔는지 생각했다. 그때 문을 연 경찰관이 자기를 따라오라고 했다. 그는 나를 앞세우고 호송차가 있는 곳까지 갔다. 호송차는 요하네스버그 감옥을 향해 달렸다.

감옥에서 내가 입은 옷을 벗으라고 했다. 죄수는 감옥에서 발가벗

긴다. 우리는 모두 사티아그라히로서 자존심이나 종교적 확신에 위배되지 않는 한, 감옥 규칙에 자발적으로 복종하고자 결심했다. 내가 입어야 할 옷은 매우 더러웠다. 정말 입고 싶지 않았다. 그 더러운 옷을 입어야 하는 상황을 이해하기에는 고통이 따랐다. 관리는 나의 이름과 주소를 적은 뒤 커다란 감방으로 데려갔다.

그곳에 잠시 있으니, 동료들이 웃으며 다가와서 나와 같은 형량을 받은 것과 내가 옮겨진 뒤 생긴 일에 대해 말해주었다. 나의 재판이 끝나고 흥분한 인도인이 손에 검은 깃발을 들고 행진에 참가했다는 이야기를 들었다. 경찰이 그 행진에서 몇 사람을 구타했다. 우리 모두 같은 감옥, 같은 감방에 들어왔다고 생각하니 행복했다.

감방 문은 6시에 닫혔다. 문에는 자물쇠가 없지만 튼튼했고, 벽 윗부분에 작은 통풍구가 있어서 우리는 금고에 갇힌 것처럼 느꼈다.

감옥 당국이 우리에게 라마 순드라와 같이 훌륭한 대우를 베풀지 않았다는 사실은 놀라운 것도 아니다. 그는 사티아그라히 가운데 첫 죄수였기에 감옥 당국이 어떻게 다뤄야 하는지 몰랐다. 우리 숫자는 상당히 많았고, 더 수감될 것으로 예상되었다. 우리는 흑인용 감방에 수감되었다. 남아프리카에서는 흑백 두 죄수만 인정되었다. 흑인은 니그로고, 인도인은 니그로로 분류되었다.

다음 날 아침, 우리는 징역형에 처해진 죄수가 아니면 사복 입을 권리가 있고, 그 권리를 행사하지 않으면 징역형 죄수와 같은 죄수복을 받는 것을 알았다. 우리는 죄수복을 입는 것이 적절하다고 결정하여 당국에 알렸다. 따라서 우리는 금고형에 처해진 니그로 죄수가 입는 옷을 받았다. 그러나 금고형에 처해진 니그로 죄수는 많지 않았고, 금고형을 받은 다른 인도인이 도착하자 죄수복이 부족했다! 인도인은 이 문제로 언쟁하길 원치 않았기 때문에, 징역형 죄수복을 입는 것을 받아들였다. 그 뒤에 온 사람 중에는 사복을 입고자 한 사람들이 있었다. 나는 그것이 옳지 않다고 생각했지만, 이 문제에 대해 강하게 주장하는 것도 옳지 않다고 봤다.

이틀째인가 사흘째부터 사티아그라히 죄수들이 엄청나게 도착했다. 그들은 모두 고의로 체포된 행상인이다. 남아프리카에서 흑인이든 백인이든 모든 행상인은 허가증을 취득하고, 언제나 소지하며, 경찰관이 요구하면 보여줘야 했다. 경찰관들은 거의 매일 허가증을 요구했고, 보여주지 않으면 체포했다. 우리가 체포된 뒤 인도인 사회는 감옥을 가득 채우자고 결의했다. 여기에 행상인이 앞장섰다. 그들에게 체포되기는 쉬운 일이다. 허가증을 보여주지 않으면 되기 때문이다. 사티아그라히 죄수는 일주일 만에 100명이 넘었다. 날마다 몇 명씩 도착했고, 그들이 새 소식을 가져와 매일 신문을 받는 셈이었다.

사티아그라히가 다수 체포되자, 그들은 중노동의 징역형을 선고받았다. 판사들이 인내심을 잃었거나, 우리가 짐작하듯이 정부에서 지시를 받은 탓이다. 오늘날에도 나는 인도인 사회의 추측이 옳았다고 생각한다. 처음에는 금고형이 내려지다가 투쟁이 장기화됨에 따라 여성에게도 징역형이 내려졌기 때문이다. 판사들이 동일한 명령이나 지시를 받지 않은 한, 모든 남성과 여성에게 늘 징역형을 선고한 것이 우연이라면 거의 기적이다.

요하네스버그 감옥은 금고형 죄수에게 아침 식사로 '옥수수 죽'을 제공했다. 죽에는 소금기가 없었지만, 각 죄수에게 소금이 약간 분배되었다. 점심에는 쌀과 빵 4온스(113그램), 기름 1온스(28그램)와 소금 약간, 저녁에는 옥수수 죽과 감자가 대부분인 채소 약간을 주었다. 감자는 작은 것이면 두 개, 큰 것이면 한 개였다. 그 식사는 아무도 만족하지 못했다. 밥은 부드러웠다.

우리는 감옥 의무관에게 인도 감옥에서 지급되는 향신료를 요구했다. "여기는 인도가 아니다. 죄수의 식사에서 맛은 문제가 되지 않고, 따라서 향신료는 있을 수 없다"는 엄격한 대답이 돌아왔다. 우리는 땅콩을 요구했다. 식사에 근력을 기르는 단백질이 없었기 때문이다. 의사는 "죄수들이 의학적 근거로 논의해서는 안 된다. 근력을 기르는 식사로 주 2회 옥수수 죽 대신 끓인 콩이 지급된다"고 답했다. 사람이 1주나 2주 동안 여러 가지 영양가 있는 식품을 각각 다른 시기에 섭취해서 위장이 영양소를 흡수할 수 있다면 의사의 대답이 옳다. 의사는 우리에게 편의를 제공할 의도가 없었다.

감옥 소장은 우리가 직접 요리하는 것을 허가했다. 우리는 주방장으로 탐비 나이두를 뽑았다. 그는 우리를 위해 많은 싸움을 벌였다. 채소가 충분하지 않으면 규정대로 지급하라고 요구했다. 주 2회 채소를 요리하는 날에는 두 번, 다른 날에는 한 번 우리가 요리했다. 점심에만 다른 것을 요리할 수 있었기 때문이다. 우리가 직접 요리한 뒤 식사가 조금씩 나아졌다.

그러나 우리는 이런 편의가 제공되든 안 되든, 즐겁게 형기를 마치려고 결심했다. 사티아그라히 죄수는 150명이 넘었다. 우리는 대부분 금고형 죄수였기 때문에 감방 청소 정도를 제외하고는 일할 필요가 없었다. 우리가 감옥 소장에게 일을 요구하자 그는 말했다. "제가 일을 시키면 규율 위반입니다. 그러나 청소와 같이 원하는 만큼 일할 수는 있습니다." 우리는 훈련과 같은 운동을 요구했다. 징역형을 받은 니그로 죄수도 일상적인 노동 외에 훈련하는 것을 보았기 때문이다. 감옥 소장은 답했다. "간수가 시간이 있고, 그가 여러분을 훈련한다면 반대하지 않겠습니다. 그러나 저는 그에게 여러분을 훈련하라고 명령할수 없습니다. 그는 지금 매우 바쁘기 때문입니다. 여러분이 예상외로많이 와서 그의 일이 더 많아졌습니다."

간수는 좋은 사람이고, 그에게는 소장의 그런 말로 충분했다. 그는 매일 아침 우리를 열심히 훈련했다. 우리 감방 앞의 작은 정원에서 훈련해야 했기에 회전목마처럼 되었다. 간수가 훈련을 마치고 간 뒤에 파탄 출신 동료 나와브칸이 훈련을 계속했다. 그가 훈련에서 영어를 묘하게 발음하여 우리는 웃었다. 예를 들면 '쉬어 stand at ease'를 '쉬sundlies'라고 했다! 우리는 힌두스타니어를 도저히 이해하지 못했지만, 나중에 그것이 힌두스타니어가 아니라 나와브칸의 영어라는 것을 알았다!

21. 최초의 협정

감옥에서 2주가 지났을 때 새로 들어온 사람이 인도인 지도자들이 정부와 교섭 중이라는 소식을 전했다. 2~3일 뒤 요하네스버그의 일간지 《트란스발 리더 The Transvaal Leader》 편집장 앨버트 카트라이트 씨가 면회를 왔다.

당시 발행된 요하네스버그의 모든 일간지는 금광 주인인 백인이 소유했지만, 그들의 이해관계에 영향을 미치는 문제가 아닌 한 편집장은 모든 공적 문제에 자기 견해를 자유롭게 표현할 수 있었다. 편집장은 유능하고 유명한 사람이 선발되었다. 예를 들어《데일리 스타The Daily Star》편집장은 밀너 경의 개인 비서 출신으로, 나중에《타임스》편집장 버클 씨 후임으로 영국에 갔다.

《트란스발 리더》의 앨버트 카트라이트 씨는 매우 관대한 사람이다. 그는 칼럼에서 거의 언제나 인도인의 운동을 지지했다. 그와 나는 좋은 친구가 되었다. 내가 감옥에 간 뒤 그는 스뫼츠 장군을 만났다. 스뫼츠 장군은 그의 중재를 환영했다. 카트라이트 씨가 인도인 지도자를 만났을 때 그들은 말했다. "우리는 법의 상세한 내용에 대해서 아는 바가 없습니다. 간디가 감옥에 있는 한 교섭에 대해 말할 수 없습니다. 우리는 교섭을 바라지만, 우리 사람들이 감옥에 있는 동안 정부가 그것을 바란다면 당신은 반드시 간디를 만나야 합니다. 그가 받아들인다면 우리는 인정할 것입니다."

카트라이트 씨는 나를 보러 왔고, 스뫼츠 장군이 초안을 만들었거나 인정한 교섭 사항을 제시했다. 나는 그 문서의 애매한 용어가 마음에 들지 않았지만, 한 가지를 수정하면 서명할 생각이었다. 그러나 카트라이트 씨에게 감옥 밖의 인도인이 동의해도 동료 죄수들과 상의하지 않고는 서명할 수 없다고 말했다.

초안의 내용은 인도인이 자발적으로 등록할 경우 법의 적용을 받지 않으며, 새 등록증의 세부 사항은 정부가 인도인 사회와 상의해서 결정하고, 대다수 인도인이 자발적으로 등록하면 정부는 암흑법을 폐지하며, 자발적 갱신을 합법화하기 위해 절차를 밟는다는 것이었다. 암흑법을 폐지하기 위해 정부에게 요구하는 조건이 명확하지 않았다. 그래서 나는 의문점을 해결하기 위해 필요한 변경 사항을 제안했다.

카트라이트 씨는 사소한 변경조차 반기지 않았다. "스뫼츠 장군과 나는 이 초안을 최종적인 것으로 생각합니다. 여러분이 모두 재등록한다면 암흑법은 폐지될 것이라고 확신합니다."

내가 답했다. "교섭이 되든 안 되든, 우리는 당신의 친절과 도움에 감사합니다. 나는 초안에 불필요한 변경을 제안하고자 하는 것이 아닙니다. 정부의 위신을 유지하는 말에도 반대하지 않습니다. 그러나 그 의미에 의문이 있다면, 반드시 용어 변경을 제안해야 합니다. 교섭해야 한다면 양측은 초안 변경이 필요합니다. 스뫼츠 장군은 이것이 최종안이라면서 최후통첩을 보낼 필요가 없습니다. 그는 인도인에게 암흑법이라는 권총을 쏘았습니다. 그러니 두 번째 쏘는 것으로 그가 무엇을 얻을 수 있을까요?"

카트라이트 씨는 이런 주장에 대해 아무 말도 하지 않았다. 그리고 내가 제안한 변경 사항을 스뫼츠 장군에게 전하겠다고 약속했다.

나는 동료 죄수들과 상의했다. 그들도 그 말을 좋아하지 않았지만, 스뫼츠 장군이 내가 제안한 변경 사항을 받아들인다면 교섭에 동의한다고 했다. 감옥에 새로 들어온 사람들이 외부 지도자들의 메시지를 전했다. 그들의 동의를 기다리지 말고 적절한 교섭을 받아들이라는 것이다. 나는 로잉 퀸과 탐비 나이두의 서명에 내 서명을 더한 초안을 카트라이트 씨에게 전했다.

그리고 이틀째나 사흘째인 1908년 1월 30일, 요하네스버그 경찰서장 베넌 씨가 나를 프리토리아로 데려가 스뫼츠 장군과 만나게 했다. 우리는 많은 이야기를 했다. 배넌 씨는 카트라이트 씨와 협의한 것, 내가 감옥에 들어간 뒤에도 인도인 사회가 조용한 점을 축하하면서 말했다.

"저는 여러분을 혐오할 수 없습니다. 아시다시피 저도 법정 변호사입니다. 인도 학생들을 가르치기도 했습니다. 그러나 저는 의무를 다해야 합니다. 백인은 법을 요구합니다. 그들이 대부분 보어인이 아니라 영국인임을 당신도 인정할 것입니다. 초안에 대해 당신이 제안한 변경 사항을 수용합니다. 보타 장군과도 상담했습니다. 여러분이 자발적으로 등록한다면 아시아인법을 폐지하겠다고 약속합니다. 등록을 합법화하는 법안이 만들어지면 당신이 검토하도록 사본을 보내드리겠습니다. 여러분의 심정을 존중하며, 어떤 분쟁도 없기를 바랍니다."

스뫼츠 장군이 일어섰다. 나는 그에게 물었다. "저는 어디로 가야 합니까? 다른 죄수들은 어떻게 됩니까?"

장군은 웃으며 말했다. "당신은 지금부터 자유입니다. 감옥 관리에게 전화해서 내일 아침에 다른 죄수들을 석방하라고 하겠습니다. 그러나 집회나 시위들에 참가하지는 말기 바랍니다. 정부가 곤란한 입장에 처하기 때문입니다."

나는 답했다. "안심하십시오. 집회를 위한 집회는 없을 것입니다. 그러나 교섭이 어떻게 진행되었고, 그 본질과 범위가 무엇이며, 인도인에게 어떤 책임이 부가되는지 인도인 사회에 설명하기 위해 집회를 열어야 합니다."

스뫼츠 장군이 말했다. "그런 집회라면 얼마든지 열어도 좋습니다. 제가 바라는 것을 이해하는 것으로 충분합니다."

그때가 오전 7시쯤이었다. 나는 현금이 없었다. 스뫼츠 장군의 비서가 요하네스버그로 가는 차비를 주었다. 프리토리아에 머물며 그곳의 인도인에게 교섭을 알릴 필요는 없었다. 지도자는 모두 우리의 본부인 요하네스버그에 있었다. 나는 요하네스버그로 가는 열차를 탔다.

22. 반대와 공격

오후 9시경 요하네스버그에 도착해서 의장 세드 유서프 미안에게 갔다. 그는 내가 프리토리아에 연행되었음을 알고 기다렸다. 내가 경찰 없이 혼자 온 것을 본 그와 동료들은 놀라면서 기뻐했다. 나는 빠른 시일 내에 가급적 많은 사람을 모아서 집회를 열어야 한다고 제안했다. 의장과 동료들이 동의했다. 대다수 인도인이 같은 지역에 살아서 집회를 알리는 것은 어렵지 않다. 의장이 모스크 주변에 살고, 집회는 보통 모스크 운동장에서 열렸다. 준비할 것도 거의 없었다. 연단에 등불을 켜는 것으로 충분했다. 집회는 오후 11시가 넘어서 열렸다. 통지 시간이 짧고 늦은 시각인데도 1000명 가까이 모였다.

집회를 열기 전에 참석한 지도자들에게 교섭 조건을 설명했다. 몇 사람이 반대했지만, 내 얘기를 들은 뒤 상황을 이해했다. 그러나 모두 한 가지 의문에 빠졌다. "스뫼츠 장군이 배신하면 어떻게 되는가? 암흑법이 적용되지 않는다고 해도 우리 머리 위에 다모클레스[102]의 칼처럼 걸린 것이 아닐까? 그동안 우리가 자발적으로 등록하여 암흑법에 반대하는 강력한 무기를 가졌음에도 자기 손으로 건네주는 것은 일부러 적의 수중에 떨어지는 짓이다! 참된 교섭이란 암흑법을 폐지한 뒤에 자발적으로 등록하는 것이다."

나는 이 토론이 좋았다. 사람들의 날카로운 상식과 고귀한 용기에 자부심을 느꼈고, 사티아그라히는 그들로 구성된다고 생각하면서 다음과 같이 말했다.

이는 훌륭한 주장으로 심각하게 고려되어야 합니다. 암흑법이 폐지된 뒤에 우리가 등록하는 것만큼 멋진 일은 없습니다. 그러나 나는 이것이 교섭의 본질이라고 생각하지 않습니다. 교섭은 원칙에 관한 부분을 제외하고 쌍방이 크게 양보하는 것입니다. 우리의 원칙은 암흑법에 복종하지 않고, 이의가 없어도 법에 따르지 않는 것입니다. 우리는 이 원칙을 고수해야 합니다. 정부의 원칙은 인도인이 트란스발에 밀입국하지 않도록 신체적 특징을 기재하고 양도할 수 없는 허가증을 다수 인도인이 교부받아, 백인이 안심하도록 하는 것입니다. 정부는 이 원칙을 포기할 수 없습니다.

우리는 정부의 이 원칙을 행동으로 인정해왔습니다. 따라서 저항

---

102) Damocles는 시라쿠사의 왕 디오니시우스Dionysius 1세(기원전 367~?)의 신하. 왕의 행복을 지나치게 찬양하자 왕이 그를 왕위에 앉히고, 그 머리 위에 머리카락 하나로 매단 칼을 가리켜 편안한 자리가 아님을 일깨웠다.

하고 싶어도 새로운 동기가 없는 한 저항하지 않았습니다. 우리의 투쟁은 이 원칙을 포기하는 것이 아니라, 암흑법이 인도인 사회에 부가하고자 한 오점을 제거하는 것입니다. 지금 새로운 과제를 확보하기 위해 인도인 사회에 나타난 새롭고 강력한 힘을 사용한다면, 사티아그라히의 진실에 따르지 않는 셈입니다. 따라서 공정하게 보면 이 교섭에 반대할 수 없습니다.

암흑법이 폐지되기 전에 우리의 무기를 양도해서는 안 된다는 주장에 답하기는 쉽습니다. 사티아그라히는 공포와 무관해서 상대를 믿는 것을 두려워하지 않습니다. 심지어 상대가 스무 번을 속여도 사티아그라히는 스물한 번 신뢰하고자 합니다. 인간성에 대한 절대적인 믿음이야말로 사티아그라히 신념의 핵심이기 때문입니다. 다시 정부를 믿고 정부에게 편리하도록 행동하는 것은 사티아그라히의 원칙에 대한 무지를 드러내는 것입니다.

우리가 자발적으로 등록한다고 해봅시다. 그 뒤에 정부가 우리를 배반하고 암흑법을 폐지하지 않는다면, 우리는 사티아그라하를 할 수 없습니까? 우리가 등록증을 취득해도 그들이 요구할 때 보여주지 않으면 등록증은 아무런 의미도 없습니다. 정부는 트란스발에 밀입국하는 인도인과 우리를 구별할 수 없습니다. 따라서 정부는 합법이든 위법이든 우리가 협조하지 않으면 우리를 지배할 수 없습니다. 법의 의미는 고작 이런 것입니다. 정부가 법을 통해 강제하려는 지배를 받아들이지 않으면 우리는 형벌 대상이 됩니다. 일반적으로 형벌에 대한 두려움 때문에 지배에 복종합니다.

그러나 사티아그라히는 이 점에서 인간의 일반성과 다릅니다. 규칙에 따르고자 한다면 형벌을 두려워해서가 아니라, 규칙을 인정하는 것이 공공복리의 핵심이라고 이해하고 자발적으로 따르는 것입니다. 지금 우리는 등록증에 관련해서 이런 입장에 놓였습니다. 정부가 아무리 악독해도 신뢰를 배반할 수 없습니다. 이런 입장을 만들어내는 것은 우리 자신이고, 우리만 그것을 바꿀 수 있습니다. 사티아그라하라는 무기가 있는 한 우리는 두려움 없이 자유입니다.

누가 나에게 오늘 인도인 사회에 나타난 힘이 앞으로 나타날 수 없다고 한다면, 그는 사티아그라히도 아니고 사티아그라하를 전혀 모른다고 말하겠습니다. 그것은 지금 인도인 사회에 나타난 힘이 순간적인 흥분이나 도취라는 의미입니다. 그 말이 옳다면 우리는 승리할 자격이 없습니다. 설령 승리한다고 해도 그 열매는 우리 손에서 사라질 것입니다.

정부가 암흑법을 폐지하고 그 뒤에 우리가 자발적으로 등록한다고 가정해봅시다. 이어서 정부가 다시 암흑법을 통과시켜서 강제로 등록하게 한다면, 그때 누가 정부를 저지할 수 있을까요? 지금 우리가 힘을 의심한다면 우리는 비참한 상태가 될 것입니다. 따라서 이 교섭안을 어떤 관점에서 생각해도 인도인 사회는 잃을 것이 없을 뿐만 아니라, 도리어 이익이라고 할 수 있습니다. 저는 상대가 우리의 인간성과 정의감을 이해하고 스스로 포기하거나 최소한 반대를 경감하리라 생각합니다.

나는 이렇게 반대파 한두 명을 만족시켰지만, 한밤중 집회에서 폭풍이 밀어닥치리라고는 꿈에도 생각하지 못했다. 그 집회에서 나는 교섭안을 전부 설명했다.

"이 교섭안으로 인도인 사회의 책임은 더욱 커졌습니다. 우리는 은밀하거나 불법적인 방법으로 트란스발에 어떤 인도인도 데려올 생각이 없다는 것을 보여주기 위해 자발적으로 등록해야 합니다. 등록하지 않아도 당장 처벌받지 않습니다. 그러나 등록하지 않는 것은 인도인 사회가 교섭하지 않겠다는 뜻입니다. 교섭에 동의한다는 표시로 지금 손들 필요가 있지만, 그것으로 충분하지 않습니다. 새로운 등록증 교부 준비가 끝나면 손든 사람들은 즉각 등록증을 받아야 합니다. 오늘까지 등록증을 교부받지 않도록 설득하기 위해 봉사자가 되었지만, 이번에는 등록증을 교부받도록 설득하는 봉사자가 되어주십시오. 우리가 역할을 수행한 때야말로 승리의 참된 열매를 거둘 것입니다."

내가 말을 마치자마자 어느 파탄인이 일어서서 질문했다. "이 교섭에 따라 열 손가락 지문을 찍어야 합니까?"

"어떤 점에서는 그렇고 어떤 점에서는 그렇지 않습니다. 저는 주저하지 말고 모두 지문을 찍어야 한다고 생각합니다. 그러나 지문을 찍는 것에 반대하거나 자존심이 상하는 일이라고 생각하는 사람에게 지문을 찍도록 강제해서는 안 됩니다."

"당신은 어떻습니까?"

"저는 열 손가락 지문을 찍기로 결심했습니다. 다른 사람에게 찍으라고 말하면서 저는 찍지 않을 수 없기 때문입니다."

"당신은 지금까지 열 손가락 지문에 대해 많이 썼습니다. 열 손가락 지문을 찍는 것은 범죄자뿐이라고 말한 것도 당신입니다. 이 투쟁의 핵심은 지문 문제라고 말하기도 했습니다. 그 모든 것이 오늘 당신의 태도와 일치한다고 생각합니까?"

"저는 지금도 지문에 대해 쓴 모든 것을 지킵니다. 저는 여전히 인도에서 지문 날인은 범죄인 부락에서나 행해진다고 말합니다. 암흑법에 따라 지문을 찍는 것은 물론 서명하는 것도 죄라고 말해왔고, 지금도 그렇게 말합니다. 지문 날인에 대해 강조한 것이 사실이고 옳은 일이라고 생각합니다. 우리가 지금까지 수용한 암흑법의 사소한 조항을 강조하여 인도인 사회를 설득하기보다 열 손가락 지문과 같이 중대하고 새로운 문제를 강조하는 쪽이 쉬웠고, 인도인 사회는 바로 이해했다고 생각합니다.

그러나 상황이 달라졌습니다. 어제 범죄로 여겨진 것이 오늘 새로운 상황에서는 신사의 상징이 되었습니다. 당신이 저에게 강제로 인사하게 하고 제가 그렇게 한다면 저는 사람들의 눈앞에서, 당신과 저 자신의 눈앞에서 제 품위를 떨어뜨리는 일입니다. 그러나 제가 당신을 저의 형제나 동료로 생각하여 인사한다면 저의 겸손과 신사다움이 나타날 것입니다. 이는 신의 궁전에서 저의 장부에 옳은 일로 기재될 것입니다. 제가 인도인 사회에 지문을 찍으라고 조언하는 것은 그 때문입니다."

"우리는 당신이 인도인 사회를 배신하고, 스뫼츠 장군에게 인도인 사회를 1만 5000파운드에 팔았다고 들었습니다. 우리는 지문 날인을 하지 않고, 다른 사람들이 그렇게 하도록 두지도 않겠습니다. 저의 증인 알라에게 맹세하건대, 등록에 앞장서는 사람을 죽일 것입니다."

"파탄 형제들의 기분을 이해할 수 있습니다. 저는 아무도 제가 돈을 받고 인도인 사회를 팔았다고 믿지 않는다고 확신합니다. 저는 지문을 날인하지 않겠다고 맹세한 사람에게 그것을 요구할 수 없다고 말했습니다. 파탄인이나 다른 사람들이 지문을 날인하지 않고 등록하기를 원한다면 가능한 모든 방법을 쓸 것입니다. 양심을 강요하는 폭력 없이 등록하게 하겠다고 약속합니다.

그러나 저는 현장에서 죽이겠다는 위협을 좋아하지 않습니다. 또 신의 이름으로 살인을 맹세할 수 있는 사람은 없다고 믿습니다. 당신이 화가 난 나머지 순간적으로 흥분했을 뿐이라고 생각합니다. 당신이 그 위협을 실행하든 않든 이 교섭에 책임져야 할 사람으로서, 인도인 사회의 봉사자로서 저의 명백한 의무는 지문을 날인하라고 앞장서서 말하는 것입니다. 그리고 제가 그렇게 하도록 허락해달라고 신에게 기도합니다.

죽음은 모든 인간에게 약속된 마지막입니다. 자기 형제의 손에 죽는 것은 병이나 다른 원인으로 죽는 것보다 슬픈 일이 아닐 것입니다. 그런 경우에도 제가 화내거나 살인자를 증오하지 않는다면 저의 내세는 좋은 곳일 테고, 살인자도 나중에 제가 무고했음을 알 것입니다."

이런 질문이 왜 나왔는지 설명할 필요가 있다. 암흑법에 복종한 사람들에게 증오감은 없었지만, 그들의 행동은 《인디언 오피니언》 같은 공공 언론에서 분명하고 강력한 말로 비난받았다. 따라서 암흑법에 복종한 사람들은 결코 즐겁지 못했다. 인도인 사회에서 다수가 확고한 태도를 지키고, 정부에 교섭하도록 힘을 과시한다는 것은 결코 생각하지 못했다. 그러나 벌써 150명이 넘는 사티아그라히가 감옥에 들어가고 교섭이 논의되자, 암흑법에 굴복한 사람들은 견디기 어려운 처지에 놓였다. 그중 몇 사람은 교섭을 바라지 않았고, 교섭을 파괴하고자 한 사람도 있었다.

트란스발에 사는 파탄인은 50명도 되지 않았다. 그들은 대부분 보어전쟁 때 병사로 왔다. 당시에 온 백인이나 인도인 병사처럼 파탄인도 남아프리카에 정착했다. 그들 중 몇 명은 나의 의뢰인이고, 다른 일로도 그들과 친했다. 그들은 솔직하고 순진하며 용감했다. 죽이는 것도 죽임을 당하는 것도 그들의 눈에는 일상이었고, 다른 사람에게 분노하면 공격하고 죽이기도 했다. 이와 관련해서는 아무도 용서하지 않았다. 피를 나눈 형제도 마찬가지였다.

트란스발에 사는 그들의 수는 적지만 그들끼리 싸울 때는 언제나 전원이 가담했고, 나는 그런 경우 몇 번이나 중재자로 참가했다. 특히 배신자에 대한 그들의 분노는 통제할 수 없었다. 폭력이야말로 그들이 정의를 추구하는 유일한 방법이었다. 사티아그라하 투쟁에는 파탄인 전원이 참가했다. 아무도 암흑법에 굴복하지 않았다. 그들을 유혹하기는 쉬웠다. 그들이 지문 날인에 대해 오해하도록 선동하기는 아주 쉬웠다. '내가 부패하지 않았다면 왜 그들에게 지문을 날인하라고 말하겠는가?'라고 암시하는 것만으로 그들에게 의심을 받았다.

트란스발에는 또 다른 파가 있었다. 허가증 없이 트란스발에 들어온 인도인이나, 위조 허가증으로 은밀하게 다른 사람들을 데려오고자 하는 사람들이다. 그들은 교섭이 손해라는 것을 잘 알았다. 사티아그라하 투쟁이 계속되는 한 허가증을 제시할 필요가 없고, 두려움 없이 상업을 계속할 수 있으며, 투쟁이 계속되는 한 감옥에 가는 일도 쉽게 면할 수 있었다. 따라서 그들은 투쟁이 길어질수록 좋다고 생각했고, 교섭에 반대하라고 파탄인을 부추겼다. 독자들은 파탄인이 갑자기 흥분한 이유를 이해할 것이다.

그러나 집회에서 파탄인이 제기한 질문은 아무 영향을 끼치지 못했다. 나는 교섭안에 대해 투표하자고 제안했다. 의장과 다른 지도자들은 변함이 없었다. 파탄인과 질의응답을 마치고, 의장은 교섭안을 설명한 뒤 받아들일 필요가 있다고 연설했다. 이어 사람들에게 채택 여부를 확인했다. 그곳에 있던 파탄인 몇 명을 제외하고 모두 교섭안을 지지했다.

나는 오전 2~3시쯤 집에 돌아왔다. 잠을 잘 수가 없었다. 아침 일찍 일어나서 다른 사람들을 석방하기 위해 감옥으로 가야 했다. 오전 7시에 감옥에 도착했다. 소장은 전화로 명령을 받고 나를 기다렸다. 사티아그라히 죄수들이 한 시간 만에 모두 석방되었다. 의장을 비롯한 인도인이 그들을 맞으러 왔다. 우리는 감옥에서 집회가 열리는 곳까지 행진했다. 그날과 다음 날은 회식, 교섭안에 대한 교육으로 지나갔다.

시간이 지나면서 한편으로 교섭안에 대한 오해가 풀렸지만, 다른 한편으로 오해가 깊어지기도 했다. 사람들이 선동된 주된 이유를 앞에서 살펴보았다. 그밖에 우리가 스뫼츠 장군에게 보낸 편지에도 오해의 소지가 있었다. 그래서 발생한 여러 가지 반대에 내가 집회에서 경험한 어려움은 투쟁할 때보다 컸다. 투쟁 중에는 적과 접할 때 문제가 생겼지만 언제나 쉽게 해결되었다. 그때는 내부 항쟁이나 불신이 전혀 없었고, 있다고 해도 매우 적었다.

그러나 투쟁이 끝나면 다시 내부 질투가 나타나고, 적과 다른 점이 우호적으로 해결되면 많은 사람들이 쉽게 남의 흠을 들추어낸다. 조직이 민주적이면 신분 지위에 관계없이 모든 사람의 질문에 만족스러운 답을 줘야 옳은 일이 된다. 심지어 적과 싸울 때는 친구들의 오해나 분쟁에서 가치 있는 교훈을 배울 수 없다. 적과 투쟁할 때는 일종의 도취와 의기양양함이 있다. 친구들의 오해와 반대는 이상한 현상이 되고 더 고통스럽다.

그래도 그런 경우에 사람의 진가를 알 수 있다. 그것은 나의 경험에서 예외가 없고, 그런 시련을 지날 때 마음속에서 가장 큰 이익을 만들 수 있었다고 믿는다. 투쟁할 때는 그 본질을 이해하지 못하던 많은 사람들이 교섭할 때나 교섭이 끝나면 완전히 이해했다. 파탄인 외에 심각한 반대는 없었다.

아시아부는 곧 자발적 의사에 따른 등록증 교부를 준비했다. 사티아그라히들과 협의를 거쳐 등록증의 양식이 완전히 바뀌었다.

1908년 2월 10일, 우리 가운데 몇 사람이 등록증을 받았다. 지도자들은 인도인 사회에 가급적 빨리 등록 업무를 마쳐야 할 필요성을 설득했고, 아시아부 담당관의 등록 업무를 전반적으로 감시하기 위해 첫날 등록증을 받기로 했다.

사티아그라하협회에 있는 내 사무실에 도착했을 때, 미르 알람과 그의 동료들이 밖에 서 있는 것을 보았다. 미르 알람은 오랜 고객으로, 모든 일에 나의 조언을 구했다. 트란스발의 파탄인은 풀이나 야자열매 껍질의 섬유로 매트리스를 제조하기 위해 노동자를 고용하여 좋은 가격에 판매했는데, 미르 알람도 같은 일을 했다. 그는 키가 6피트(180센티미터)가 넘고 체격이 좋았다. 오늘 나는 처음으로 그가 내 사무실 밖에 있는 것을 보았다. 눈이 마주치고 인사를 하지 않은 것도 처음이다. 내가 인사하자 그도 인사했다. 나는 평소처럼 말했다. "안녕하세요?" 그러나 오늘 그는 평소와 같이 웃지 않았다.

그의 화난 눈을 보고 문제가 있음을 깨달았다. 무슨 일이 생긴 모양이다. 사무실로 들어갔다. 의장인 유서프 미안과 친구들이 있었다. 우리는 아시아부로 출발했다. 미르 알람과 그 동료들이 우리를 따랐다.

등록 사무소는 폰 브랜디스 광장에 있었다. 내 사무실에서 1마일〔1.6킬로미터〕도 안 되었다. 그곳에 가기 위해서는 대로를 지나야 했다. 우리가 폰 브랜디스 대로를 지나자, 등록 사무소에서 3분 정도 걸리는 아노트 앤드 깁슨 상회 건물 밖에서 미르 알람이 다가와서 물었다. "어디로 갑니까?"

나는 답했다. "지문을 날인하기 위해 등록 사무소에 갑니다. 함께 가시겠다면 양손 엄지손가락 지문으로 먼저 등록증을 만들어주도록 하지요. 그 뒤에 제 것을 지문과 함께 만들고요."

그 말을 마치자마자 뒤에서 무거운 곤봉이 내 머리를 가격했다. 그 순간 나는 "오 신이여!"라고 외치며 땅바닥에 쓰러졌고, 그 뒤에 무슨 일이 벌어졌는지 모른다. 미르 알람과 그의 동료들은 나를 더 많이 걷어차고 때렸다. 유서프 미안과 탐비 나이두가 막았지만 그들도 공격을 받았다. 그 소란으로 길을 가던 백인이 모였다. 미르 알람과 그의 동료들은 도망쳤지만 백인에게 잡혔다. 그사이 경찰관이 도착하여 그들을 체포했다.

나는 J. C. 깁슨 씨 사무실로 옮겨졌다. 의식을 되찾았을 때 나에게 몸을 기울이는 도크 씨를 보았다. "기분이 어떤가요?"

"좋습니다. 이와 갈비뼈가 아프군요. 알람 씨는 어디 있습니까?"

"체포되었습니다. 다른 사람들도 함께."

"그들은 풀려나야 합니다."

"좋습니다. 그러나 당신은 여기 모르는 사람의 사무실에 누웠고, 입술과 얼굴에 상처가 심합니다. 경찰이 당신을 병원에 데려갈 테지만, 제가 있는 곳으로 오시면 저희 부부가 최대한 보살피겠습니다."

"네, 저를 데려가 주세요. 경찰의 제안이 고맙지만, 당신과 함께 가기로 했다고 전해주세요."

아시아부의 챔니 씨도 그곳에 도착했다. 나는 마차를 타고 스미트 가에 있는 그 선량한 목사의 집으로 갔다. 의사[103]가 왕진을 왔다. 그 사이 나는 챔니 씨에게 말했다. "당신 사무소에 가서 열 손가락 지문을 찍고 최초로 등록증을 받으려고 했지만 신이 허락하지 않았습니다. 그러나 서류를 가져다주시면 즉시 등록하겠습니다. 내가 누구보다 먼저 등록하게 해주시기 바랍니다."

챔니 씨가 물었다. "그렇게 급합니까? 의사가 곧 올 것입니다. 쉬고 계십시오. 모든 일이 잘될 것입니다. 다른 사람의 등록증을 교부해도 당신 이름을 처음으로 올리겠습니다."

"그러지 마십시오. 내가 살아 있고 신이 받아주신다면 최초로 등록하겠다고 맹세했습니다. 그러니 지금 서류를 가져다주십시오."

챔니 씨가 서류를 가지러 갔다.

내가 두 번째 할 일은 검찰총장에게 전보를 쳐서 미르 알람과 그 동료들이 나를 공격했다는 이유로 기소되지 않고 석방하기를 바란다고

---

103) Thwaites.

알리는 것이다. 그러나 요하네스버그의 백인이 범죄인의 형벌에 대해 간디의 견해가 어떻든 남아프리카에서는 적용될 수 없다고 주장하는 편지를 보냈다. 간디가 아무 조치를 취하지 않는다고 해도 그들이 공공 도로에서 공격했으니 공적인 범죄로 봐야 한다. 영국인 몇 명이 증언하고자 하며, 범죄인은 반드시 기소되어야 한다. 검찰총장은 이런 이유로 미르 알람과 그의 동료 한 명을 다시 구속했고, 그들은 3개월 징역형에 처해졌다. 나는 증인으로 불려 가지 않았다.

병실로 돌아오자, 챔니 씨가 나간 사이에 의사 스웨이트가 왔다. 그는 나를 진찰하고 뺨과 윗입술의 상처를 꿰맸다. 갈비뼈를 위해 약을 처방해주고, 입술을 꿰맸으니 말하지 말라고 했다. 그는 유동식으로 식사를 제한했다. 그는 상처가 심하지 않고 일주일 내에 퇴원해서 일상생활을 할 수 있지만, 두 달 정도 신체에 지나친 부담을 주어서는 안 된다고 말하고 돌아갔다.

나는 말하지 못했지만, 손을 움직일 수 있었다. 의장을 통해 인도인 사회에 발표하려고 짧은 편지를 써서 보냈다.

저는 도크 부부의 극진한 간호로 건강합니다. 곧 저의 의무를 수행하기 바랍니다.

저를 공격한 사람들은 자신이 무엇을 하는지 몰랐습니다. 그들은 제가 나쁜 짓을 한다고 생각했고, 자신이 아는 방법을 강구한 것입니다. 따라서 그들에 반대하는 아무 조치도 취하지 않기를 바랍니다.

이슬람교의 공격 때문에 힌두교도가 마음에 상처 받을 수 있습니다. 그렇다면 그들은 세계와 신에 대해 잘못을 저지르는 것입니다. 오늘 흘린 피로 두 사회가 결합되기를 기도합니다. 신에 그렇게 해줄 것입니다.

공격하든 공격하지 않든 저의 충고는 마찬가지입니다. 아시아부에 속한 대다수는 지문 날인을 해야 합니다. 참된 양심적 의심의 소유자에 대해서는 정부가 날인을 면제해줍니다. 우리가 그보다 더 많이 요구함은 우리를 아이처럼 보이게 할 것입니다.

사티아그라하 정신은 신 이외에 아무도 두려워하지 않게 합니다. 따라서 어떤 비겁한 두려움도 고상한 대다수 인도인이 자기 의무를 다하는 것을 방해할 수 없습니다. 자발적 등록에 반하는 암흑법을 폐지한다는 약속이 주어졌고, 모든 훌륭한 인도인이 정부와 식민지 당국을 최대한 돕는 것이 신성한 의무입니다.

챔니 씨가 서류를 가지고 돌아왔다. 나는 지문을 날인했지만 고통은 없었다. 그때 챔니 씨의 눈에서 눈물이 흐르는 것을 보았다. 나는 종종 그에게 반대하여 신랄한 글을 썼지만, 그는 이런 일로 인간의 마음이 얼마나 따뜻해질 수 있는지 보여주었다.

독자들은 이 모든 일이 몇 분 만에 끝났다는 것을 쉽게 상상할 수 있을 것이다. 도크 씨와 그의 선량한 부인은 내가 편히 쉴 수 있도록 배려했고, 부상 당한 뒤 나의 정신적인 활동을 보고 고통스러워했다. 그들은 그 일로 내 건강이 손상되지 않을까 걱정했다. 그들은 내 침대 주변에서 모든 사람이 떠나도록 신호를 보내고, 나에게 글 쓰는 일조차 그만두게 했다.

나는 조용히 잠들기 위해 그들의 어린 딸 올리브가 영어 찬송가 〈부드럽게 불을 비춰주세요〉[104]를 부르게 해달라고 글로 요청했다. 도크 씨는 부드러운 웃음으로 동의했다. 그는 올리브가 문 앞에서 낮은 목소리로 찬송가를 부르게 했다. 그 일에 대해 구술하는 지금, 모든 장면이 눈앞을 스쳐가고 어린 올리브의 청아한 목소리가 귀에 울린다.

나는 주제와 무관하다고 생각하는 것을 이 장에 포함해왔다. 그러나 신성한 추억 하나를 덧붙이지 않고는 이 장을 끝낼 수 없다. 도크 집안의 간호에 대해 어떻게 다 묘사할 수 있을까?

조지프 도크 씨는 침례교 목사로 당시 46세였다. 그는 남아프리카로 오기 전에 뉴질랜드에 있었다. 내가 공격당하기 6개월 전에 그는 내 사무실에 와서 명함을 건넸다. '목사'라는 호칭을 보고 그가 다른 성직자들처럼 나를 기독교로 개종시키거나, 투쟁을 포기하라고 설득하거나, 운동에 동조하기 위해 왔을 것이라고 오해했다.

도크 씨와 이야기를 나누고 얼마 안 되어 나는 오해했음을 알고 진심으로 사과했다. 그는 신문에 보도된 투쟁의 모든 사실에 정통했다. 그는 말했다. "이 투쟁에서 저를 친구로 생각해주십시오. 제가 할 수 있는 도움을 드리는 것이 종교적 의무라고 생각합니다. 예수의 삶에서 배운 것이 있다면 무거운 짐을 나누어 가볍게 하는 것입니다." 그렇게 우리는 친구가 되었고 나날이 친밀해졌다. 독자들이 앞으로 도크 씨에 대해 보겠지만, 그 집안에서 받은 친절한 간호에 대해 쓰기 전에 몇 마디 보탤 필요가 있다.

---

104) 〈Lead kindly Light〉는 John Henry Newman(1801~1890)이 1833년에 작시하고 John Bacchus Dykes(1823~1876)가 1865년에 작곡한 작품으로, 찬송가 379장에 수록되었다. 영국에서는 예배 때보다 장례나 추도회에 주로 불린다.

가족 중 한 사람이나 몇 사람이 밤낮으로 나를 간호했다. 내가 그곳에 머무는 동안 그 집은 일종의 순례지가 되었다! 모든 계급 인도인이 내 건강을 보살피고자 찾아와서 의사의 허락을 받고 나를 만났다. 더러운 옷과 먼지투성이 신발에 꾸러미를 든 가난한 행상부터 트란스발 영인협회 의장까지 다양했다. 도크 씨는 모든 사람을 응접실에서 정중히 대접했다. 내가 그 집에서 지내는 동안, 도크 씨 가족은 나를 간호하고 찾아온 사람들을 맞는 일로 모든 시간을 보냈다. 도크 씨는 밤에도 내 방에 두세 번 조용히 찾아왔다. 그 집에서 지내는 동안 그곳이 내 집이 아닌가 싶었고, 나의 가장 가까운 사람도 도크 씨 가족 이상으로 간호해주지 못하리라고 생각했다.

　독자들은 도크 씨가 인도인의 투쟁을 공공연히 지지하고, 나를 자기 집에 머무르게 한 것으로 아무런 손해도 보지 않았으리라고 생각해선 안 된다. 그는 침례교 목사로 생계를 백인의 헌금에 의존했다. 그들 모두가 관대한 견해를 편 것은 아니고, 인도인에게 일반적인 혐오감을 보이는 사람도 있었다. 그러나 도크 씨는 전혀 개의치 않았다. 나는 그를 처음 만났을 때부터 이 미묘한 문제에 대해 토론했다. 그는 말했다.

　"나의 벗이여! 예수에 대해 어떻게 생각하십니까? 신에 대한 믿음 때문에 기꺼이 십자가에 못 박힌 사람, 세계만큼 넓은 사랑을 베푼 그의 보잘것없는 신도가 저입니다. 당신은 내가 백인에게 버림받을까 두려워하지만, 예수의 신도로서 백인에게 조금이라도 모범이 되고자 한다면 나는 이 투쟁에 공공연히 참가하지 않을 수 없습니다. 그렇게 함으로써 종파가 나를 버린다고 해도 유감으로 생각하지 않습니다.

　내가 신도의 헌금에 의존해 사는 것이 사실이지만, 생계를 위해 신도와 관계를 유지한다거나, 그들이 나에게 일용할 양식을 준다고 생각하지 마십시오. 일용할 양식은 신이 주시는 것입니다. 신도는 매체에 불과합니다. 나와 신도의 관계에는 불문율이 있습니다. 나의 종교적 자유에 아무도 개입할 수 없다는 것입니다. 따라서 나에 대해서는 걱정하지 마십시오. 인도인에게 은혜를 베풀고자 하는 것이 아니라 의무로 이 투쟁에 참가하는 것입니다.

나는 이 문제에 대해 원로와 충분히 상의했습니다. 인도인에 대한 저의 관계를 인정할 수 없으면 저를 해고하고 다른 목사를 채용하라고 정중히 말씀드렸습니다. 그는 저에게 이 문제로 걱정하지 말라고 했을 뿐만 아니라 격려까지 해주었습니다. 모든 백인이 인도인을 미워한다고 생각하지 말기 바랍니다. 당신의 고난에 대한 조용한 동정을 상상할 수 없을 것입니다. 내가 그렇게 느끼고 있음에 동의하실 것입니다.”

이처럼 명백한 설명을 듣고 나는 이 문제를 다시 언급하지 않았다. 그 뒤 사티아그라하 투쟁이 계속되는 동안 도크 씨는 로디지아에서 선교하다가 사망했다. 침례교는 교회에서 추도 집회를 열고, 그 자리에 고 카찰리아 씨와 나를 포함한 인도인을 초청했다. 그들은 나에게 조사를 읽어달라고 요청했다.

나는 열흘쯤 지나 잘 움직일 수 있을 만큼 회복해서 그 친절한 가정을 떠났다. 그 이별은 나나 도크 씨 가족에게 쓰라린 일이었다.

23. 백인의 지지

이 투쟁에서 훌륭한 백인이 인도인 측에 많이 참가했기 때문에, 그들을 함께 소개해도 무방할 것이다. 그래야 이 책 뒤에 그들의 이름이 나와도 생경하지 않고, 그들을 소개하기 위해 설명을 중단할 필요가 없을 것이다. 소개하는 순서는 그들의 지원에 대한 평가나 사회적 지위에 따른 것이 아니다. 그들을 알게 된 연대순으로, 그들이 인도인을 도와준 투쟁의 단계에 따라 설명한다.

맨 처음 소개할 사람은 앨버트 웨스트 씨다.[105] 그와 인도인 사회의 관계는 투쟁 이전에 시작되었고, 나와는 더 빨랐다. 내가 요하네스버그에 사무실을 열었을 때 아내는 인도에 있었다. 독자는 내가 1903년 인도에 있다가 급한 전보를 받고 남아프리카에 온 것을 기억할 것이다. 그때 나는 1년 안에 인도로 돌아갈 예정이었다. 웨스트 씨는 요하네스버그에 있는 채식 식당에 종종 들렀다. 마침 그곳은 내가 아침과 저녁 식사를 하는 식당이라 그를 알게 되었다. 당시 그는 어느 백인과 공동으로 인쇄소를 경영했다.

1904년, 요하네스버그의 인도인 사이에 심각한 페스트가 발생했다. 당시 나는 환자들 간호에 온 힘을 기울이다 보니 식당에 가는 시간이 불규칙했다. 어쩌다 식당에 가도 사람들과 접촉하지 않으려고 다른 손님들이 오기 전에 식사를 했다. 웨스트 씨는 내가 이틀이나 보이지 않아서 걱정을 했다. 내가 환자 간호에 참여한다는 소식을 신문에

---

105) 《자서전》4부 16, 18~20, 22, 25장.

서 봤기 때문이다. 사흘째 오전 6시, 내가 나갈 준비를 하는데 웨스트 씨가 노크했다. 문을 열자 웨스트 씨가 빙긋 웃었다.

"반갑습니다. 식당에서 뵙지 못해 걱정했습니다. 제가 당신을 위해서 할 수 있는 일이 있으면 말씀해주십시오."

나는 웃으며 답했다. "환자를 간호할 수 있습니까?"

"그럼요, 기꺼이 하지요."

나는 계획을 생각하면서 말했다. "많은 사람들이 간호를 돕는 형편이라 더 어려운 일을 부탁합니다. 마단지트 씨가 여기 간호 담당자로 계셔서 《인디언 오피니언》 인쇄소를 돌볼 사람이 없습니다. 당신이 더반에 가서 인쇄소를 맡아주신다면 큰 도움이 될 것입니다. 물론 저는 좋은 조건을 제시할 수 없습니다. 월 10파운드, 이익이 나면 그 반을 드린다는 것이 전부입니다."

"정말 어려운 일이군요. 파트너에게 동의를 구하고, 미수금을 회수해야 합니다. 그러나 걱정 마십시오. 오늘 저녁에 확답을 드려도 좋을까요?"

"네, 공원에서 6시에 만나지요."

우리는 그렇게 만났다. 웨스트 씨는 파트너에게 동의를 받았다. 그는 미수금 회수를 나에게 부탁하고, 다음 날 저녁 기차를 타고 더반으로 갔다. 그는 한 달도 안 되어 인쇄소에 이익은 없고 손해뿐이라고 보고했다. 미수금이 많고 장부도 엉망이었다. 심지어 구독자의 이름과 주소 목록도 불완전했다. 다른 관리도 잘못되었다. 웨스트 씨는 이 모든 상황에 불만을 늘어놓지 않았다. 그는 이익에 관심이 없었기에 맡은 일을 포기하지는 않겠지만, 내가 장기간에 걸쳐 손실을 보상해야 한다는 것을 알려주었다.

마단지트 씨가 요하네스버그에 와서 신문 구독자를 모집하고, 인쇄소 경영에 대해 나와 상의했다. 나는 언제까지 적자를 보상해야 하는지 상세히 알고 싶었다. 마단지트는 인쇄소 사업에 경험이 없어서, 나는 처음부터 그가 전문가와 함께 일하면 좋겠다고 생각했다. 그사이에 페스트가 발생했고, 마단지트가 그런 위기에 적합한 사람이어서 그에게 간호를 맡겼다. 그때 생각지도 못한 웨스트 씨의 요청을 받고 마단지트에게 전염병과 상관없이 인쇄소에 가지 않아도 좋다고 말했다.

독자는 신문사와 인쇄소를 피닉스로 옮긴 이유를 알 것이다. 그곳에서 웨스트의 월급은 10파운드가 아니라 3파운드였다. 이 모든 변화에 웨스트가 동의했다. 나는 그만큼 생활에 대해 걱정하지 않는 사람을 본 적이 없다. 그는 종교를 공부하지 않았지만, 심성이 종교적인 사람이다. 그는 기질이 독립적이다. 자신이 생각하는 모든 것을 말하고자 했고, 솔직히 말했다. 행동은 단순했다. 우리가 처음 만났을 때 그는 미혼이었고, 나는 그가 순결하게 살아왔음을 알았다. 몇 년 뒤 그는 영국에 가서 부모를 만나고 결혼한 뒤 돌아왔다. 나의 충고에 따라 그는 아내와 장모, 미혼인 여동생을 데려왔다. 그들 모두 단순하게 살았고, 피닉스의 인도인과 친하게 지냈다.

에이다 웨스트(우리는 데비 벤이라고 불렀다)는 지금 35세로 독신이며, 지극히 순수하게 산다. 에이다의 봉사는 결코 무의미하다고 할 수 없다. 그녀는 어린아이들을 돌보고 영어를 가르치며, 공동 부엌에서 요리하고 실내를 청소하며, 장부를 정리하고 인쇄소에서 식자도 했다. 어떤 일이 닥쳐도 마다하지 않았다. 지금은 피닉스에 없다. 내가 귀국

한 뒤 인쇄소의 이익으로 그녀에게 한 푼도 줄 수 없었기 때문이다. 웨
스트의 장모는 80세가 넘었다. 그녀는 재봉에 능숙해서 모든 사람에
게 도움을 주었다. 피닉스 사람들은 그녀를 할머니라 불렀고, 자신과
깊이 관련됐다고 느꼈다. 웨스트 부인에 대해서는 말할 필요가 없다.

피닉스 사람들이 감옥에 있을 때, 웨스트 가족은 마간랄 간디와 함
께 농장 관리를 맡았다. 웨스트는 신문과 인쇄를 담당했고, 나와 다른
사람들이 없을 때 더반에서 고칼레에게 전보를 쳤다. 웨스트가 체포
되었을 때(바로 석방되었지만), 고칼레는 흥분해서 앤드루스[106]와 피어
슨[107]을 보냈다.

두 번째 소개할 사람은 리치 씨다. 그에 대해서는 앞에 썼다. 그는
사티아그라하 투쟁 전에 내 사무실에 합류했고, 나 대신 일하기 위해
법정 변호사가 되고자 영국에 갔다. 런던에 있는 남아프리카영인위원
회[108] 책임자다.

세 번째는 폴락 씨다. 웨스트와 마찬가지로 식당에서 우연히 그를
만났다. 그는《트란스발 크리틱 The Transvaal Critic》부편집장을 그만두고
《인디언 오피니언》의 편집에 참여했다. 그가 투쟁과 관련하여 인도와
영국을 여행했음을 모두 안다. 리치가 영국에 갔을 때 나는 피닉스에

---

106) Charles Freer Andrews(1871~1940)는 1904년 선교사로 인도에 와서 델리에 있는 세
   인트 스티븐 칼리지에서 가르쳤다. 선배인 동료 Sushil Rurda의 감화로 인도 민족운
   동을 이해하고 간디에게 기울었다. '가난한 사람의 벗'이라는 뜻인 Dinbandhu로 불
   렸을 정도로 가난하고 억압받은 사람들을 위해 봉사했다.《자서전》4부 14장, 5부 1,
   4, 26~27장 참조.
107) W. W. Pearson은 선교사로 인도에 와서 고칼레에게 봉사했다. 앤드루스와 함께 남
   아프리카로 파견되어 간디를 위해 봉사하다가 1923년 철도 사고로 죽었다.
108) South African British Indian Committee.

있는 폴락을 요하네스버그로 불렀다. 그는 나의 실무 연수생으로 일했고, 이어 변호사가 되었다. 그 뒤 그는 결혼했다. 인도인은 폴락 부인에 대해 잘 안다. 그녀는 투쟁하는 동안 남편에게 방해가 되지 않았을 뿐만 아니라 그를 완벽하게 지원했다. 그들은 비협력 운동에 참가하지 않지만, 여전히 최선을 다해 인도에 봉사한다.

다음은 헤르만 칼렌바흐[109] 씨다. 그 역시 투쟁 전에 알았다. 독일인인 그는 1차 세계대전이 벌어지지 않았다면 지금 인도에 있었을 것이다. 그는 강인하면서도 도량이 넓고 아이처럼 단순했다. 직업이 건축가지만 보잘것없는 일도 기꺼이 맡았다. 나는 요하네스버그 집을 나온 뒤 그와 함께 살았다. 그는 내가 일부 생활비를 내고자 하면 싫어하고, 내가 자신을 낭비벽에서 구해주었다고 말했다. 이는 사실이다. 그러나 지금은 유럽 친구들과 나의 개인적인 관계에 대해 쓸 때가 아니다. 그 뒤 우리가 요하네스버그에서 사티아그라히 죄수들과 함께 사는 방안을 생각할 때 칼렌바흐 씨는 임대료 없이 거대한 농장을 사용하도록 해주었다.

고칼레가 요하네스버그에 왔을 때 인도인 사회는 칼렌바흐 씨의 산장을 그의 숙소로 정했다. 고칼레는 그곳을 매우 좋아했다. 칼렌바흐 씨는 고칼레를 배웅하기 위해 잔지바르까지 나와 동행했다. 그는 폴락과 함께 체포되어 감옥에 갇혔다. 내가 마지막으로 남아프리카를 떠나 영국에서 고칼레와 인도에 돌아왔을 때도 칼렌바흐 씨는 동행

---

109) Hermann Kallenbach(1871~1945)는 유대계 독일인으로 건축가다. 불교에 관심을 기울이고 간디와 공동생활을 했으며, 1100에이커(445헥타르)에 이르는 땅을 톨스토이 농장에 제공했다. 《자서전》 4부 12, 27, 30, 35~37, 41, 43장 참조.

했다. 그러나 내가 인도에 돌아올 때, 그는 전쟁 때문에 나와 함께 들어오도록 허가받지 못했다. 그는 다른 독일인처럼 영국에서 구금되었다. 칼렌바흐 씨는 전쟁이 끝나자 요하네스버그에 돌아와 건축 일을 재개했다.

이번에 소개할 사람은 청순한 소녀 슐레신[110]이다. 고칼레가 그녀의 성격을 어떻게 평가했는지 말해야겠다. 그는 사람을 판단하는 능력이 탁월하다. 나는 고칼레와 델라고아 만에서 잔지바르까지 가면서 멋진 대화를 했다. 고칼레는 남아프리카에서 인도인과 백인 지도자들을 만났다. 그는 드라마 주역들의 성격을 상세하게 분석하면서, 인도인과 백인 중에서도 슐레신을 최고로 쳤다. "나는 그렇게 순수하고 임무에 충실하며 결단력이 확고한 사람을 본 적이 없습니다. 아무런 보상도 기대하지 않고 인도인의 대의를 위해 자신을 전부 희생하는 점에 놀랐을 따름입니다. 이 모든 것에 그녀의 능력과 힘까지 더한다면 그녀는 당신의 운동에 귀중한 봉사자가 될 것입니다. 다시 말하지만 당신은 그녀를 소중히 여겨야 합니다."

내 사무실에 있는 스코틀랜드 출신 속기사 딕도 헌신과 순결 그 자체였다. 나는 지금까지 살아오면서 어려운 경험을 많이 했지만, 훌륭한 인도인과 백인을 동료로 두었기에 언제나 행운이었다. 딕이 결혼하면서 내 곁을 떠나자, 칼렌바흐 씨가 슐레신을 소개해주었다. "소녀의 어머니가 나에게 부탁했습니다. 그녀는 똑똑하고 정직하지만 개구쟁이고 분방합니다. 무례하게 보일지도 모릅니다. 다스릴 수 있으면

---

110) Sonja Schlesin. 《자서전》 4부 12장 참조.

곁에 두십시오. 단순히 급료를 위해 그녀를 보내는 것은 아닙니다." 나는 유능한 속기사에게 월급 20파운드를 줄 생각이었지만, 슐레신의 능력에 대해 알지 못했다. 칼렌바흐 씨는 처음에 월급으로 6파운드를 주자고 제안했고, 나도 동의했다.

슐레신은 개구쟁이 모습을 빨리 보여주었다. 그러나 한 달도 안 되어 내 마음을 정복했다. 그녀는 밤낮 언제라도 일할 수 있었다. 그녀에게 어렵거나 불가능한 일은 없었다. 그때 그녀는 16세에 불과했지만, 솔직함과 적극적인 봉사로 나의 의뢰인이나 사티아그라히의 마음을 사로잡았다. 이 소녀는 곧 사무실뿐만 아니라 모든 운동의 도덕성을 감시하고 수호했다. 어떤 활동이나 도덕성에 대해 조금이라도 의문이 있으면 나와 자유롭게 논의했고, 이런 논의는 그녀가 이해할 때까지 이어졌다.

카찰리아 씨를 제외한 모든 지도자가 체포되었을 때, 슐레신은 거대한 기금을 관리하고 경리를 책임졌다. 그녀는 기질이 다양한 활동가들을 통제했다. 심지어 카찰리아 씨도 그녀에게 의존하며 조언을 구했다. 당시 도크 씨가 《인디언 오피니언》을 담당했다. 그러나 백발이 성성한 베테랑인 그도 슐레신의 심사를 받고 《인디언 오피니언》에 글을 실을 수 있었다! 그는 나에게 말했다. "슐레신이 없었다면 제 일을 제대로 할 수 있었을지 모르겠습니다. 저는 그녀의 도움을 충분히 평가할 수 없고, 자주 그녀에게 적절한 수정과 보충을 받았습니다." 파탄인, 파텔,[111] 계약해제 노동자, 계급이나 연령과 상관없이 모든 인도

---

111) Patel은 성이 파텔인 사람들.

인이 슐레신에게 충고를 구했으며 그 충고에 따랐다.

남아프리카에서 백인은 인도인과 같은 열차 칸에 앉아 여행하지 않았고, 특히 트란스발에서는 그것이 금지되었다. 그러나 슐레신은 다른 사티아그라히처럼 인도인을 위해 기꺼이 삼등칸에 탔고, 심지어 자신을 제지하는 승무원에게 저항했다. 나는 슐레신이 언젠가 체포될지 모른다고 두려워했지만, 그녀는 오히려 체포되기를 바랐다. 그러나 트란스발 정부는 그녀가 능력 있고 운동 '전략'에 정통하며, 사티아그라히들의 마음을 지배하는 것을 알면서도 그녀를 체포하지 않는다는 정책과 예의를 고수했다.

슐레신은 월급을 올려달라고 요구하거나 원한 적이 없다. 그녀의 형편을 알고 6파운드에서 10파운드로 인상하니 주저하면서 받았다. "더는 필요하지 않고, 필요 이상 받으면 저를 당신에게 이끈 원칙을 어기는 셈입니다." 그 말에 나는 침묵했다. 독자가 슐레신의 학벌에 대해 물을지 모르겠다. 그녀는 케이프타운대학교 중간시험에 합격하고 일등 속기사 자격 등을 땄다. 투쟁에서 해방된 뒤 대학을 졸업하고, 지금은 트란스발국립여학교의 교장으로 있다.

허버트 키친은 수정같이 순수한 영국인 전기 기사다. 보어전쟁에서 우리와 함께 활동한 그는 《인디언 오피니언》의 편집장을 지냈다. 그는 평생 브라마차리아[112]를 지켰다.

나는 앞에서 말한 사람들과 자주 밀접하게 접촉했다. 그들을 트란

---

112) Brahmacharya는 힌두교에서 말하는 삶의 네 가지 단계 가운데 첫 번째에 해당하는 학생기.

스발 백인의 지도층이라고 할 수는 없다. 그러나 그들은 엄청난 도움이 되었고, 그중에서도 호스켄 씨가 두드러졌다. 그는 남아프리카상공회의소 소장을 맡았고, 트란스발 의회 의원이었다. 독자가 알듯이 그는 사티아그라하 운동을 지지하는 백인위원회 의장이었다. 운동이 최고조에 이르렀을 때 사티아그라히와 지방정부의 직접적인 대화는 문제가 되지 않았다. 사티아그라히가 정부와 직접 교섭하지 않는다는 비협력 원칙 때문이 아니라, 정부가 법을 위반한 자와 협의하지 않았기 때문이다. 이때 백인위원회가 정부와 사티아그라히를 중재했다.

앨버트 카트라이트 씨에 대해서는 소개했다. 도크 씨와 같이 우리에게 도움을 준 찰스 필립스 목사도 있다. 그는 오랫동안 트란스발 회중파 교회 목사로 일했다. 그의 훌륭한 부인도 우리를 크게 도왔다. 세 번째 성직자는 목사직을 사임하고 블룸폰테인에서 발간되는 일간지 《더 프렌드The Friend》의 편집장이 된 듀드니 드루 목사다. 그는 백인에게 경멸을 당하면서도 신문을 통해 인도인의 대의를 지지했다. 그는 남아프리카에서 뛰어난 웅변가이기도 했다.

또 다른 자발적 지원자가 《프리토리아 뉴스The Pretoria News》 편집장 비어 스텐트 씨다. 언젠가 프리토리아 시청사에서 시장이 주재하는 가운데 인도인의 운동을 비난하고 암흑법을 지지하는 백인의 집회가 열렸다. 스텐트 씨가 인도인에게 적대적인 압도적 다수에 반대해 일어서서 의장의 명령에도 앉기를 거부했다. 백인은 손을 흔들며 그를 위협했지만 그는 부동자세로 사자처럼 오만하게 서 있었고, 결국 그 집회는 결의안을 통과시키지 못하고 흩어졌다!

그밖에도 공식적으로 조직에 가입하지 않고 우리를 도와준 많은 백인의 이름을 열거할 수 있다. 그러나 세 여성에 대해 말하는 것으로 이 장을 끝내야겠다. 홉하우스는 홉하우스 경의 딸로, 보어전쟁 때 밀너 경의 뜻을 거역하고 트란스발에 왔다. 키치너 경이 트란스발과 오렌지자유국에 세계적으로 악명 높은 '강제수용소'를 설치했을 때, 그녀는 홀로 보어 여성들 사이를 걸어가며 겁먹지 않도록 설득하고 격려했다. 그녀는 보어전쟁에 대한 영국의 정책이 옳지 않다고 믿었기 때문에 고 스테드 씨처럼 영국이 지기를 바라며 신에게 기원했다. 그렇게 보어인을 위해 봉사한 뒤, 얼마 전 부정에 저항해서 싸운 보어인이 이제는 인도인에게 부정을 저지르는 것을 알고 충격을 받았다. 보어인은 그녀를 존경하고 좋아했다. 그녀는 보타 장군과 친했고, 암흑법을 폐지하도록 보어인에게 열렬히 호소했다.

두 번째 여성은 앞[113]에서 설명한 올리브 슈라이너다. 슈라이너는 남아프리카에서 유명한 가문으로, 그녀가 결혼했을 때 남편은 아내의 이름을 써야 했다. 슈라이너 가문과 그녀의 관계가 남아프리카 백인 사이에서 잊히지 않도록 하기 위해서라고 들었다. 이는 결코 잘못된 자부심이 아니다. 그녀는 겸손하고 소박하며 학식이 있었다. 나는 그녀와 친밀한 관계를 유지했다. 그녀는 흑인 하인과 자신이 다르다고 생각하지 않았다. 《꿈》을 비롯해 많은 책을 쓴 그녀는 요리를 즐기고, 설거지와 청소를 했다. 그녀는 육체노동이 문학적 재능에 자극을 주고, 사고와 언어에 식별력과 균형감을 부여한다고 생각했다. 이 뛰어난 여성도 인도인 편에 서서 남아프리카 백인에게 엄청난 영향력을

113) 이 책 5장.

행사했다.

세 번째 여성은 몰테노다. 남아프리카 유서 깊은 가문의 노인인 그녀도 인도인을 위해 최선을 다했다.

독자는 백인의 지원이 어떤 결과를 초래했는지 궁금할 것이다. 그러나 이 장에는 그들이 지원한 실제적 결과를 이야기하지 않는다. 그들 중 몇 사람에 대해 상세히 쓴 것이 그 지원에 대한 증거다. 사티아그라하의 성격 자체가 운동의 결과는 그 운동에 포함된다는 것이었다. 사티아그라하는 자립, 자기희생, 신에 대한 믿음에 근거한다.

백인 지원자들의 이름을 거론하는 목적은 첫째, 그들에 대한 사티아그라히의 감사를 표시하기 위해서다. 그런 설명이 없다면 남아프리카 사티아그라하 역사는 불완전하다. 나는 그 완전한 명단을 만들고자 노력하지 않았지만, 특별한 설명을 위해 선택한 사람들부터 모든 지원자에 대한 인도인의 감사를 표현했다. 둘째, 나는 어떤 활동의 결과가 보이든 보이지 않든 순수한 마음으로 한 모든 활동은 결과가 좋을 수밖에 없다고 믿는다. 셋째, 참된 운동은 이렇게 순수하고 대가 없는 지원을 저절로 끌어들인다는 것을 보여주고자 노력해왔다. 나는 사티아그라하 투쟁에서 오직 진실에 충실한 것을 노력이라고 한다면, 그 외에 백인의 지원을 받기 위한 아무 노력도 없었음을 분명히 밝힌다. 운동의 고유한 힘에 백인 친구들이 이끌린 것이다.

24. 내부 분열의 심화

22장에서 우리는 내부 분열에 대해 생각해보았다. 내가 요하네스버그에서 습격당했을 때 피닉스 농장에 있던 가족은 나를 걱정했다. 그러나 그들은 피닉스에서 요하네스버그로 올 돈이 없었기에, 내가 회복된 뒤 그들을 보러 가야 했다.

나는 업무상 트란스발과 나탈을 자주 왕래했다. 나탈의 친구들이 보낸 편지를 통해 나탈에서 교섭에 대해 엄청난 오해가 있음을 알았다. 교섭을 비판하는 편지가《인디언 오피니언》에 쇄도했다. 나는 두터운 편지 다발을 받았다. 그때까지 사티아그라하 투쟁은 트란스발 인도인에게 한정되었으나, 우리는 나탈 인도인의 지지와 동정을 받아야 했다. 트란스발 투쟁은 단순히 지역에서 벌어진 사건이 아니었고, 트란스발 인도인은 남아프리카의 모든 인도인을 위해 투쟁했다. 나는 더반에 가서 그곳에 퍼진 오해를 불식해야 했고, 마침내 더반에 갈 기회를 잡았다.

더반에서 인도인의 공공 집회가 열렸다. 그 전에 몇 친구가 나에게 그 집회에서 공격당할지 모르니 가지 말거나 안전 대책을 마련해야 한다고 경고했다. 나에게는 모두 불가능했다. 주인이 하인을 부르는데 두려워서 가지 않는다면 하인이라는 이름을 포기하는 것이다. 또 주인의 처벌을 두려워한다면 하인이라고 할 수 없다. 대중에게 봉사하는 것은 칼끝을 걷는 것과 같다. 하인이 칭찬받을 만하다면 비난받는 얼굴로 도망가지 않을 것이다. 나는 정해진 시간에 그 집회에 갔다. 교섭이 어떻게 진행되었는지 설명하고, 청중의 질문에 답했다.

집회는 저녁 8시에 열렸다. 집회가 거의 끝나갈 무렵, 파탄인 한 사람이 거대한 막대기를 들고 단상으로 달려왔다. 동시에 불이 꺼졌다. 나는 바로 사태를 이해했다. 세드 다우드 무함마드 의장은 의장석 탁자에 올라가 사람들을 설득하려고 노력했다. 단상에 있던 몇 사람이 나를 지키려고 둘러쌌다. 공격을 두려워한 친구들은 만일의 경우에 대비하고 있었다. 그중 한 사람은 공포탄을 쏘았다. 그사이에 분위기를 눈치 챈 파르시 루스톰지가 재빨리 경찰서에 가서 알렉산더 서장에게 알렸다. 서장이 경찰관들을 보냈다. 경찰이 나를 군중 속으로 안내해 파르시 루스톰지의 집에 도착했다.

다음 날 아침, 파르시 루스톰지는 더반에 사는 파탄인을 모아 나에 대한 모든 불만을 직접 말하라고 요구했다. 나는 그들을 설득하려고 노력했지만 소용없었다. 그들은 내가 공동체를 배신했다는 선입관에 빠졌다. 그 독이 제거되지 않는 한, 그들을 설득하기란 불가능했다. 의심이라는 질병은 토론이나 설명으로 치료될 수 없다.

나는 그날 더반을 떠나 피닉스로 갔다. 전날 나를 지켜준 친구들이 함께 피닉스로 가겠다고 했다. 나는 말했다. "제가 싫다는데도 가신다면 막을 수는 없습니다. 그러나 피닉스는 정글입니다. 그곳에 사는 우리가 여러분에게 식사조차 제공하지 못한다면 어떻게 하시겠습니까?" 친구 중 한 사람이 답했다. "아무 문제가 없습니다. 우리는 자신을 지킬 수 있습니다. 호위하는 우리가 당신의 창고를 약탈한다면 누가 우리를 막겠습니까?" 이런 농담을 하면서 피닉스에 도착했다.

이 자칭 호위대의 지도자는 권투 선수로, 인도인 사이에서 유명한 나탈 태생 타밀인 잭 무덜리다. 그와 동료들은 흑백을 가리지 않고 남아프리카에서 그의 복싱 상대가 될 사람은 없다고 믿었다. 나는 남아프리카에 오랫동안 살면서 비가 오지 않는 한 집 밖에서 자는 버릇이 있었다. 그때도 그 버릇을 고치려고 하지 않았다. 자칭 호위대는 밤새 나를 지키려고 했다. 나는 그들을 놀리려고 했지만, 그들이 있어서 안심했을 정도로 허약했다. 호위대가 없었다면 쉽게 잠들 수 있었을지 의문이다. 조금이라도 소음이 들리면 놀랐다.

나는 신에 대한 믿음이 확고부동하다고 믿었다. 죽음이란 삶에서 큰 변화에 불과하고, 언제든 기꺼이 맞아들일 준비가 되었다고 수년간 믿어왔다. 죽음에 대한 공포를 포함한 모든 공포를 마음에서 없애려고 무척 노력했다. 그러나 오랫동안 헤어져 지낸 친구와 만나 크게 기뻐하듯이, 죽음과 만날 일을 생각하며 기뻐하지 못한 기억이 내 생에 몇 번이나 있었다. 강해지고자 아무리 노력해도 여전히 약한 모습일 뿐이고, 머리에 머문 지식은 어려운 삶의 경험에 아무 도움이 되지 못한다. 나아가 외부의 지원을 받으면 내부의 힘을 대부분 잃는다. 사티아그라히는 언제나 그런 유혹에서 자신을 지켜야 한다.

피닉스에서 나는 한 가지 일을 했다. 교섭에 대한 오해를 풀기 위해 글을 많이 썼다. 그중에는 《인디언 오피니언》에 쓴 가상 대화도 있다. 나는 교섭에 대해 내가 들어온 의문과 반론을 상세히 검토했다. 나는 그 대화가 좋은 결과를 낳았다고 믿는다. 트란스발 인도인이 교섭에 대해 계속 오해했다면 비참한 결과를 낳았겠지만, 오해는 오래가지 않았다. 교섭을 받아들일까, 거부할까 하는 문제는 오로지 트란스발 인도인에게 해당되었다. 그들도 나 자신이나 그들의 지도자, 봉사자들과 마찬가지로 시험에 놓였다.

결국 자발적으로 등록하지 않은 인도인은 거의 없었다. 등록 신청이 쇄도해서 담당 공무원이 격무에 시달렸고, 인도인은 빠른 시간에 교섭에 대한 자신의 몫을 충족했다. 정부도 이를 인정하지 않을 수 없었고, 내가 보기에 오해는 과격하지만 그 범위는 제한적이었다. 파탄인 몇 명이 법을 폭력적으로 주물렀을 때 엄청난 소동이 벌어졌다. 그러나 그런 소동을 분석해보면 바닥도 없고 일시적이라는 것을 알 수 있다. 폭력은 지금도 힘이 있고, 우리는 그것에 무기력하기 쉽다. 그러나 냉정하게 생각해보면 신경과민에는 이유가 있다.

미르 알람과 그 동료들이 습격으로 내 몸에 상처를 내는 데 그치지 않고 나를 죽였다고 상상해보라. 인도인 사회가 동요하지 않고 습격 외에 다른 방법이 없다는 것을 안 이들을 용서했다고 상상해보라. 인도인 사회는 손해 보기는커녕 그 고상한 태도로 큰 이익을 얻었을 것이다. 모든 오해는 사라지고, 미르 알람과 그 일당은 자신들의 방식이 잘못되었음을 깨달았다. 나에게는 사티아그라하, 즉 자신의 진실에 충실하게 행동하는 가운데 생각지도 못한 죽음에 직면하는 것 이상으로 좋은 일이 생길 수 없다.

위에서 설명한 논의는 사티아그라하 운동과 같은 투쟁에 적용된다. 거기에는 증오가 없고, 자립심이 유일한 수단이며, 기대하고 상대의 얼굴을 보지 않고, 지도자나 추종자도 없으며, 모두 지도자고 추종자며, 아무리 뛰어난 투쟁가가 죽어도 투쟁이 오히려 강화된다.

이것이 사티아그라하의 순수하고 본질적인 성격이지만 현실에서는 볼 수 없다. 우리 모두 증오를 버리지는 않기 때문이다. 실제로 사티아그라하의 비밀을 모두 이해하지 못하고, 다수가 아무 생각 없이 소수를 추종하는 경향이 있다. 나아가 톨스토이가 말했듯이, 트란스발의 실험은 사티아그라하 원칙을 대중이나 집단에 처음 적용한 시도다. 나는 순수한 대중 사티아그라하의 역사적 선례를 알지 못한다. 나의 역사 지식은 한정적이어서 이 문제에 대한 단정적인 의견을 말할 수 없다. 사실상 우리는 그런 역사적 선례와 관계가 없다. 사티아그라하의 원칙을 받아들인다면, 밤이 낮에 이어지듯이 내가 앞에서 설명한 결과가 원칙에 포함되었음을 알 것이다.

실천이 어렵거나 불가능하다고 해서 가치 있는 힘을 갖추는 것을 물리칠 수 없다. 야만적인 폭력은 수천 년 동안 세계를 지배하는 요소가 되었다. 인류는 그 고통스러운 결과를 수확하면서 직접 눈으로 보았다. 미래에 어떤 좋은 것이 오리라고 기대하기 어렵다. 빛이 어둠에서 나온다면 사랑은 증오에서 나올 것이다.

25. 스뫼츠 장군의 배신(?)

독자들은 앞에서 내부 분열에 대해 보았다. 나는 그 부분에서 나 자신의 이야기만 할 수밖에 없었다. 사티아그라하에 대한 나의 어려움은 사티아그라히들에게도 마찬가지이기 때문이다. 이제 외부 상황으로 눈을 돌리자.

나는 이 장의 제목을 붙이면서 부끄러웠는데, 앞으로 쓰는 내용에 대해서도 그렇다. 인간성의 왜곡을 다뤄야 하기 때문이다. 스뫼츠 장군은 1908년 당시 남아프리카에서 가장 뛰어난 지도자였고, 지금은 대영제국뿐만 아니라 세계적으로 높은 지위를 차지하는 정치인이다. 나는 그의 거대한 능력을 의심하지 않는다. 그는 유능한 장군이자 행정가며 법률가다. 많은 정치인이 남아프리카에 오갔지만 1907년부터 지금까지 남아프리카 정부의 고삐를 쥔 사람은 스뫼츠 장군이고, 여전히 그는 유일한 지위에 있다.

내가 남아프리카를 떠난 지 9년이 지났다. 남아프리카 사람들이 지금 그를 어떤 별명으로 부르는지 모른다. 그의 세례명은 얀이고, 남아프리카에서는 그를 '슬림 야니'라고 불렀다. 많은 영국인 친구들이 스뫼츠 장군을 조심하라고 조언했다. 매우 똑똑하고 교활한 사람으로 그의 말은 그 자신만 이해할 수 있고, 대립하는 양자가 각각 유리하게 해석할 수 있도록 말하기 때문이라고 했다. 적당한 때가 오면 양자의 해석을 모두 뒤집고 새로운 해석을 내놓고 실행하는데, 교묘한 논법으로 그것을 뒷받침하여 양자는 스뫼츠 장군이 옳다고 생각한다는 것이다.

이 장에서 나는 그런 사건에 대해 서술하려고 한다. 그 사건이 생겼을 때 스뫼츠 장군이 우리를 배신했다고 믿고 말했다. 지금도 인도인 사회 입장에서 볼 때 배신이라고 생각한다. 그러나 이 장의 제목 뒤에 의문부호를 붙인 이유는 장군의 행동이 의도적인 배신이 아닐지 모르기 때문이다. 의도적이지 않다면 배신이라고 할 수 없다. 1913~1914년 스뫼츠 장군과 나의 일은 괴로운 것이 아니었고, 과거 일을 더욱 공평하게 볼 수 있는 지금 생각해도 그렇다. 1908년 인도인에 대한 장군의 태도가 의도적인 배신이 아니었음은 분명하다.

이 부분을 길게 이야기하는 것은 스뫼츠 장군을 공정하게 다루기 위해서다. 또 그의 이름과 관련하여 '배신'이라는 말을 사용한 것을 변호하고, 이 장에서 내가 말하고자 하는 것을 변호하기 위해서다.

앞 장에서 보았듯이 인도인은 트란스발 정부가 만족할 만큼 자발적으로 등록했다. 이제 정부는 암흑법을 폐지해야 했다. 그랬다면 사티아그라하 투쟁은 끝났을 것이다. 이는 트란스발에 있는 반인도인법이 모두 폐지되거나, 인도인의 모든 고난이 제거된다는 의미는 아니다. 그렇게 되기 위해 인도인은 합법적 운동을 계속해야 했다. 사티아그라하는 오로지 암흑법이라는 새롭고 불길한 구름을 사라지게 하는 데 향해 있었다. 인도인이 암흑법을 받아들인다면 모욕을 당하고, 처음에는 트란스발에서, 이어 남아프리카에서 결국 추방될 것이다.

그러나 스뫼츠 장군은 암흑법을 폐지하는 대신 새로운 조치를 취했다. 그는 암흑법을 유지하고, 자발적으로 등록하여 취득한 허가증을 합법으로 만드는 입법 조치를 취했다. 그리고 그 법에 의해 정부가 정한 날짜까지 발행된 허가증을 소지한 자에게는 암흑법이 적용되지 않고, 아시아인 등록을 위한 새 규정이 더해졌다. 그 결과 목적이 같은 두 법률이 공존하고, 새로 입국하는 인도인이나 새로 등록하는 인도인도 암흑법에 복종해야 하는 상황이 되었다.

나는 그 법안을 읽고 깜짝 놀랐다. 인도인 사회에 어떻게 말해야 할지 몰랐다. 한밤의 집회에서 나를 강하게 비판한 파탄 친구들에게는 너무나 좋은 구실이다. 그러나 그로 인해 사티아그라하에 대한 신념이 더 강해졌다고 말하지 않을 수 없다. 나는 위원회를 열어 그들에게 새로운 상황을 설명했다. 몇 사람은 나를 비웃으며 말했다.

"보세요, 우리가 종종 말했지요. 당신은 쉽게 속고, 사람들의 말을 잘 믿는다고. 그것이 당신 개인의 문제라면 상관없지만, 공적인 문제라면 인도인 사회가 피해를 봅니다. 이제 사람들을 움직이게 하기 전과 같은 정신을 불러일으키는 어렵습니다. 당신은 우리 인도인이 어떤 사람들인지 아십니까? 인도인의 일시적 열정은 물결 속에서 취해져야 합니다. 당신이 현재의 파도를 무시한다면 도리가 없습니다."

이렇게 비웃는 말에 역겨움은 없었다. 다른 때도 그런 말을 듣곤 했다. 나는 웃으며 답했다.

"네, 여러분이 말한 것은 저의 일부입니다. 하지만 속은 것이 아니라 믿음이고, 동료를 믿는 것은 우리의 의무입니다. 그것이 저의 결점이라고 해도 저의 장점과 마찬가지로 대해주셔야 합니다. 저는 인도인 사회의 열정이 거품이라고 생각하지 않습니다. 여러분이나 저나 모두 인도인 사회의 구성원임을 기억해야 합니다. 저의 열정을 그렇게 규정한다면 모욕이라고 생각합니다. 저는 여러분이 형성하고자 하는 일반적 규범에 여러분 자신은 예외라는 점을 너무나 중시한다고 생각합니다. 여러분이 그렇지 않고, 다른 사람들이 여러분만큼 우유부단하다고 생각하신다면 여러분은 인도인 사회를 모욕하는 것입니다.

우리가 하는 것과 같은 거대한 투쟁에서는 언제나 밀물과 썰물이 반복됩니다. 상대방을 아무리 분명하게 이해한다고 해도 상대방이 배반하고자 한다면 누가 저지하겠습니까? 나에게 약속어음을 가지고 온 사람이 이 위원회 대부분입니다. 서류에 서명한 사람들보다 분명하고 확신을 주는 사람이 또 어디에 있겠습니까? 그럼에도 소송이 제기되어야 한다면 그들은 재판에 맞서서 방어를 위한 모든 증거를 제출할 것입니다. 결국 오랜 시간에 걸쳐 실행에 엄청난 어려움이 따르는 판결이 내려지고 압수영장이 발부됩니다. 그런 불상사가 되풀이되지 않는다고 누가 보증하겠습니까?

저는 우리에게 닥친 문제를 참고 해결하라고 충고합니다. 우리가 다시 투쟁해야 한다면 무엇을 할 수 있는지, 즉 타인의 행동을 생각하지 않고 사티아그라히가 스스로 무엇을 할 수 있는지 생각해야 합니다. 저는 우리가 자신에게 참된 인간이라면 다른 사람들도 그렇다고 생각합니다. 그래서 약해지는 경향이 있다면, 우리를 보고 강해질 수 있을 것입니다."

나는 이 말로 투쟁의 재개에 대해 선의로 의심한 사람들을 충분히 이해시켰다고 믿는다. 이 무렵 카찰리아 씨는 열정적으로 전선에 나섰다. 그는 모든 문제점에 숙고한 의견을 몇 마디로 표명하고, 그것을 시종일관 지켰다. 나는 그가 허약함을 보이거나 최종 결과에 대해 의심한 경우를 기억할 수 없다.

유서프 미안이 풍랑 속에서도 지도적 입장에 설 수 없는 때가 다가왔다. 우리는 한뜻으로 카찰리아를 지도자로 맞아들였다. 그는 마지막까지 자신이 책임질 자리에서 떠나지 않았다. 그는 아무도 이겨낼 수 없는 고난을 두려워하지 않고 인내했다. 투쟁이 전개되면서 어떤 사람들에게는 감옥행이 아주 쉬운 일이자, 멋진 휴식이 되었다. 그러나 감옥 밖에서 모든 것을 상세히 검토하고 벌어질 상황에 대해 준비하며, 많은 사람을 설득하는 것은 더욱 어려운 문제였다.

나중에 백인 채권자들이 카찰리아에게 올가미를 씌웠다. 수많은 인도 상인의 상업은 전적으로 백인 상점에 의존해왔다. 백인 상점은 수

십만 루피 상품을 담보 없이 개인 보증으로 팔았다. 백인이 인도 상인을 그렇게 신뢰하는 것은 인도인 상업의 일반적 정의를 보여주는 훌륭한 증거다. 카찰리아도 많은 백인 상점과 신용으로 거래했다. 그들은 직접적이든 간접적이든 정부의 사주에 따라 카찰리아에게 바로 지불하라고 요구했다. 그들은 카찰리아에게 사티아그라하 운동에서 떠난다면 즉각 지불을 강요하지 않겠다고 했다. 그렇게 하지 않는다면 언제라도 구속될 것이고, 그러면 돈을 받지 못할 수도 있으니 즉각 현금으로 지불해야 한다고 했다.

카찰리아는 자신이 인도인 투쟁에 참가하는 것은 상업과 무관한 개인사라고 용감하게 답했다. 그는 자신의 종교, 인도인 사회의 명예, 자존심이 그 투쟁과 연결된다고 생각했다. 그는 백인이 자신에게 허용한 신용거래에 감사하면서도 그에 대해 어떤 부당한 중요성도 부여하지 않았다. 그들의 돈은 완벽하게 안전하고, 자신이 살아 있는 한 어떤 대가를 치르더라도 완전히 지불한다고 말했다. 그러나 자신에게 무슨 일이 생기면 장부와 상품은 그들의 처분에 맡긴다고 했다.

그는 채권자들이 과거처럼 자신을 믿어주기 바랐다. 이는 공정한 주장이었다. 카찰리아의 결연한 태도는 백인 상점이 그를 신용하는 새로운 이유가 되었지만, 그때는 카찰리아의 말이 백인에게 영향을 미치지 못했다. 우리는 잠든 사람을 깨울 수 있어도 잠든 체하는 사람은 깨울 수 없다. 마찬가지 상태인 백인 상인은 카찰리아를 부당하게 압박했다. 그러나 그들의 대금은 안전했다.

1909년 1월 22일, 내 사무실에서 채권자 회의가 열렸다. 내가 채권자들에게 카찰리아를 위협한 이유는 정치적인 것으로, 상인에게는 무가치한 것이라고 말하자 그들은 화를 냈다. 나는 그들에게 카찰리아 세드의 대차대조표를 보여주고 완벽한 회수가 가능함을 증명했다. 나아가 채권자들이 그 거래를 제삼자에게 팔고자 한다면 카찰리아는 상품과 장부를 인도할 것이다. 그렇게 하지 않으면 채권자들은 카찰리아 상점에서 재고품을 원가로 거래하고, 그래도 만족하지 못하는 부분이 있으면 장부를 인계한다고 했다.

백인 상인에게는 손해 볼 것이 없는 제안이다. 나는 과거에 엄청난 압력을 받는 몇몇 의뢰인을 위해 채권자들과 그런 거래를 한 경험이 많다. 그러나 이번에는 상인들이 공정성을 추구하지 않았다. 그들은 카찰리아를 굴복시키고자 했다. 카찰리아는 굴복하지 않았고, 결국 파산절차가 진행되었다. 그는 책임을 넘는 부동산 자산이 있었음에도 파산자가 되었다.

이 파산은 그에게 오히려 명예가 되었다. 파산이 인도인 사회에서 그의 명성을 드높였고, 모두 그의 강직함과 용기를 찬양했다. 그런 영웅주의는 드문 것이다. 일반인은 불명예가 어떻게 명예가 되는지 이해할 수 없었지만, 카찰리아는 이를 한순간에 알았다. 많은 상인이 오로지 파산에 대한 두려움 때문에 암흑법에 복종했다. 카찰리아도 원한다면 파산을 면할 수 있었다. 투쟁에서 떠나는 것도 한 가지 방법이지만 그는 그렇게 하지 않았다. 그는 인도인 친구들에게 돈을 빌릴 수도 있었다. 그들은 위기에 빠진 카찰리아를 기꺼이 도와주려고 했을 것이다. 그러나 그런 방법으로 상점을 구제했다면 불명예가 되었을 것이다.

그는 언젠가 감옥에 갈지 모르는 위험을 모든 사티아그라히와 공유

했다. 따라서 그가 어떤 사티아그라히에게 돈을 빌려 백인 채권자에게 지불해도 적절한 일이 되지 못했다. 그의 친구 중에는 암흑법에 굴복한 사람이 있고, 그들이 도와줄 수도 있었다. 실제로 그들 중 한두 사람이 도우려고 했다. 그러나 그들에게 도움을 받는 것은 암흑법에 굴복하는 것이 현명하다는 생각과 마찬가지다. 그래서 그는 도움을 받지 않겠다고 결심했다.

나아가 우리는 카찰리아가 파산을 신청한다면 그의 파산은 다른 사람에게도 방패가 된다고 생각했다. 채권자는 파산 시 대부분 잃기 때문이다. 절반을 회수할 수 있다면 만족하고, 75퍼센트를 회수할 수 있다면 전부 회수한 것과 마찬가지로 본다. 남아프리카 거래에서 일반적으로 대상은 6.25퍼센트가 아니라 25퍼센트 이익을 얻기 때문이다. 75퍼센트 회수가 가능하다면 거래는 손실이 없는 것이다. 그러나 파산은 전액 회수가 불가능하므로 어떤 채권자도 채무자를 파산시키고자 하지 않는다.

카찰리아의 파산은 백인 상인에게 그들의 채무자인 다른 사티아그라히 상인에 대한 위협을 중지하는 역할을 했다. 사실 그렇게 되었다. 백인은 카찰리아가 투쟁을 포기하거나 100퍼센트 현금으로 지불하기를 바랐다. 그들은 두 가지 중 어느 것도 달성하지 못했고, 결과는 그들이 기대한 것과 정반대였다. 파산을 환영한 명예로운 인도 상인의 최초 사례를 본 백인 상인은 아연해서 그 뒤로 조용해졌다. 채권자들은 1년 이내에 카찰리아 세드의 재고품으로 100퍼센트 회수했고, 파산한 채무자의 재산에서 채권자들이 100퍼센트 회수한 것은 내가 아는 한 남아프리카에서 처음 있는 일이었다.

그 결과 백인 상인 사이에서 카찰리아 세드에 대한 존경심이 높아졌고, 그들은 투쟁 중에도 카찰리아에게 필요한 만큼 신용거래를 하자고 제안했다. 카찰리아는 나날이 힘이 세졌고, 투쟁의 본질을 이해했다. 지금 투쟁이 얼마나 오래갈지 아무도 말할 수 없다. 따라서 우리는 파산절차 뒤에 세드는 투쟁 중에 장기 거래를 하지 않고, 나날의 양식을 얻을 수 있을 만큼 거래하는 데 제한한다고 결정했다. 그는 백인 상인의 제안을 받아들이지 않았다.

독자들은 카찰리아 세드의 이 모든 사건이 위에서 언급한 위원회 뒤에 금방 생긴 것이 아님을 알겠지만, 나는 여기서 함께 서술하는 것이 적절하다고 생각한다. 연대순으로 보면 카찰리아는 1908년 9월 10일 두 번째 투쟁이 개시되고 나서 의장이 되었고, 5개월 뒤 파산선고가 있었다.

위원회 결정으로 돌아가자. 그 회의가 끝나고 나는 스뫼츠 장군에게 새로운 법안이 협정을 위반했다고 쓰고, 협정 후 일주일도 안 되어 리치몬드 연설에서 다음과 같이 말한 점에 대해 주의를 환기한 편지를 보냈다. "인도인의 두 번째 주장은 그 법의 폐지 이전에는 등록하지 않는다는 것입니다.[114] (……) 모든 인도인이 등록하지 않는 한 그 법은 폐지되지 않습니다." 정치인은 그들을 어렵게 만드는 문제에 답하지 않고, 설령 답한다고 해도 빙 둘러서 말한다. 스뫼츠 장군은 그런

---

114) 원서에는 이 부분에 "그는 그들에게 등록하지 않는 아시아인이 한 사람이라도 있는 한 법을 폐지하지 않겠다고 말했다"는 문장이 있으나 번역에서는 제외했다. 문맥상 맞지 않기 때문이다. 간디의 구술을 급하게 받아쓴 탓에 생긴 혼란으로 추측된다.

기술에 노련한 대가다. 당신이 그에게 아무리 자주 편지를 보내고 그를 비판하는 연설을 해도, 그가 대답할 생각이 없으면 아무것도 끌어낼 수 없다. 편지를 받으면 답장을 해야 한다는 신사의 예법도 스뫼츠 장군과는 무관했다. 그래서 나는 어떤 만족스러운 답도 받지 못했다.

나는 우리 사이의 조정자인 앨버트 카트라이트를 만났다. 그는 엄청난 충격을 받고 외쳤다. "정말 그를 이해할 수 없습니다. 나는 그가 아시아인법 폐지를 약속한 것을 분명히 기억합니다. 최선을 다하겠지만, 당신도 알다시피 그가 한번 결심하면 움직일 수 없습니다. 신문 기사 역시 그에게는 아무것도 아닙니다. 그래서 아무런 도움이 되지 못할까 두렵습니다." 나는 호스켄 씨도 만났다. 그는 스뫼츠 장군에게 편지를 보냈으나, 불만족스러운 답장을 받았을 뿐이다.

나는 《인디언 오피니언》에 〈배신〉이라는 글을 썼지만, 그 대단한 장군에게 무슨 의미가 있을까? 철학자나 냉혈한 같은 사람에게는 아무리 통렬한 비판도 소용없다. 그들은 자기 길을 갈 뿐이기 때문이다. 두 가지 호칭 가운데 어느 것이 스뫼츠 장군에게 적합한지 나는 모른다. 그의 태도에는 일종의 철학이 있음을 인정하지 않을 수 없다. 우리 사이에 편지가 오가고 내 글이 여러 신문에 실리는 동안, 나는 그를 냉혹하다고 생각했다.

그러나 이는 투쟁의 초기인 2년째 벌어진 일이고, 투쟁이 8년이나 이어지는 동안 나는 그를 여러 번 만났다. 계속되는 대화에서 나는 스뫼츠 장군의 교활함에 대한 남아프리카의 일반적인 믿음이 공정하지 않을 수도 있다고 종종 느꼈다. 두 가지는 분명하다. 첫째, 그는 정치에 대한 몇 가지 비도덕이지 않은 원칙이 있다. 둘째, 그의 정치에는

기회가 있으면 교활함이 진실을 왜곡할 여지가 있다.[115]

26. 투쟁 재개

우리는 한편으로 스뫼츠 장군이 협정 조항을 지키도록 노력하면서, 다른 한편으로 인도인 사회를 '교육'하는 데 열중했다. 우리는 여러 곳에서 많은 사람들이 투쟁을 재개하고 감옥에 들어갈 각오가 되었음을 알았다. 정부에 보낸 편지에 여러 곳에서 집회가 열렸음을 설명했다. 《인디언 오피니언》에 매주 일지를 실어 인도인 사회에 충분히 알렸고, 자발적 등록의 임박한 실패도 경고했다. 결국 암흑법이 폐지되지 않으면 등록증을 불태워야 한다고 요구했고, 정부에게 인도인 사회가 아무런 두려움 없이 감옥에 갈 용의가 있음을 알렸다. 등록증을 불태우기 위해 여러 곳에서 등록증을 모았다.

앞 장에서 말한 법안을 정부가 통과시키고자 하여 입법 회의가 열렸다. 그곳에 인도인 청원서를 보냈지만 소용없었다. 결국 사티아그라히들은 정부에 '최후통첩'을 보냈다. 그 말은 사티아그라히가 아니라 스뫼츠 장군의 말이었다. 즉 그가 인도인 사회의 결의를 알리는 편지 스타일을 그런 말로 선택했다. 그는 말했다. "정부에게 이런 위협을 가하는 자들은 정부의 힘을 모른다. 유감스럽게도 선동자 몇 사람이 가난한 인도인을 선동하고 있다. 그 유혹에 넘어가면 빈민은 파멸할 것

---

115) 스뫼츠가 철학자이기도 한 점을 간디가 알았는지 모르지만, 스뫼츠의 전체론적 holistic 철학은 묘하게 간디의 철학과도 관련되는 점이 흥미롭다.

이다." 신문 기자들이 이 사건을 보도하자, 트란스발 의회의 많은 의원들이 '최후통첩'에 분노하고 스뫼츠 장군이 제출한 법안을 전원 일치로 통과시켰다.

'최후통첩'을 요약하면 다음과 같다.

인도인 사회와 스뫼츠 장군의 협정의 명백한 문제점은, 인도인이 자발적으로 등록증을 취득한다면 등록을 유효하게 만드는 법안을 입법 회의에 제출하고 아시아인법을 폐지한다는 것이었다. 정부가 만족할 정도로 인도인이 자발적으로 등록했음은 잘 알려졌다. 따라서 아시아인법은 폐지해야 한다. 인도인 사회는 이에 대해 스뫼츠 장군에게 많은 편지를 보냈고, 공정성을 확보하기 위해 합법적 수단을 사용했으나, 지금까지 노력은 열매를 맺지 못했다.

입법 회의에서 법안이 통과될 때, 인도인 사회에 널리 퍼진 불만을 정부에 전하는 것은 지도자들의 의무다. 협정에 따라 아시아인법이 폐지되지 않는다면, 그리고 그렇게 하겠다는 정부의 결정이 특정일 이전에 인도인에게 통지되지 않는다면, 인도인이 모은 등록증은 모두 불태울 것이다. 그 결과를 인도인이 겸허하고 확고하게 받아들인다는 것을 유감스럽게 생각한다.

이 편지가 '최후통첩'이 된 원인 가운데 하나는 답변 기한이 정해진 점이다. 다른 원인은 백인이 일반적으로 인도인을 야만적 민족으로 믿었다는 점이다. 백인이 인도인을 대등하게 보았다면 그 편지를 예의 바른 것으로 보고, 편지 내용을 진지하게 고려했을 것이다. 그러나 백인이 인도인을 야만이라고 믿은 것은, 인도인이 그런 편지를 쓸 충분한 이유가 되었다.

인도인 사회에는 두 가지 선택지가 있었다. 하나는 야만이라고 인정하여 억압받으며 살아가는 것, 다른 하나는 야만이라는 것을 거부하는 수단을 적극적으로 취하는 것이다. 편지는 후자의 첫 단계에 해당한다. 편지 배후에 그런 수단을 취한다는 확고한 결의가 없다면 편지는 무례한 것이라고 할 수 있고, 인도인은 사리 분별을 못 하는 어리석은 민족임을 증명했을 것이다.

독자는 사티아그라하 서약을 한 1906년, 야만을 부정하는 수단을 취한 것이라고 지적할지 모른다. 그렇다면 편지에는 새로운 점이 없고, 내가 그 편지를 중시하고 인도인이 야만임을 부정한 것이 그 편지부터라고 하는 데도 문제가 있을 수 있다. 어떤 점에서는 옳은 말이기도 하다. 그러나 좀더 깊이 생각해보면 거부는 결의를 표명한 편지에서 시작되었다. 사티아그라하 서약은 우연히 생겨났고, 이어진 투옥은 불가피한 결과였음을 기억해야 한다.

인도인 사회의 명성은 의식하지 못하는 가운데 높아졌다. 그 편지가 쓰였을 때 충분한 인식과 높은 위신을 주장하려는 의도가 있었다. 지금도 목표는 암흑법의 폐지다. 그러나 사용하는 언어의 문체, 운동 방법 등이 달라졌다. 노예가 주인에게 인사하고 친구가 친구에게 인사할 때, 같은 인사지만 둘 사이에는 엄청난 상위 세계가 있다. 공정한 관찰자라면 노예와 친구임을 즉각 알아차린다.

편지를 보낼 때 우리 사이에는 엄청난 논의가 있었다. 기한을 정하고 회답을 요구하는 것이 예의에 어긋나지 않는가? 정부가 우리 요구를 받아들이려다가 이 편지 때문에 태도가 굳어져 거부하는 것은 아닐까? 정부에게 인도인 사회의 결의를 간접적으로 전하는 것으로 충분하지 않은가?

우리는 이 모든 의견을 충분히 고려한 뒤에 바르고 적당한 일을 해야 한다고 전원 일치로 결정했다. 무례하다고 비난받을 위험과, 정부가 부여해야 하는 것을 부당한 분노로 부여하지 않으려는 위험을 무릅써야 했다. 우리가 어떤 일을 해도 어떤 의미로도 인간으로서 열등하다는 것을 인정하지 않는다면, 우리가 기약 없는 고통을 당해도 인내하는 능력이 있다고 믿는다면, 우리는 정당하게 바로 나가는 방식을 택해야 한다.

그때 취해진 조치가 새롭고 특색 있는 것임을 독자는 이해할 것이다. 그 반향은 의회와 백인 사회에서 나타났다. 어떤 사람들은 인도인의 용기를 찬양했고, 다른 사람들은 분노하고 인도인의 교만에 적절한 형벌을 가해야 한다고 요구했다. 양쪽 모두 인도인 행동의 새로움을 인정했다. 사티아그라하 운동이 개시되었을 때도 너무나 새로운 것이어서 소란이 생겼지만, 그 편지는 더 큰 소란을 불러일으켰다. 원인은 분명하다. 사티아그라하가 시작될 때 아무도 인도인의 힘을 알지 못했기에 그런 편지나 언동은 부적절했다. 그러나 지금은 인도인 사회가 시련을 당하고 있다. 인도인 사회에는 사회적 위험에 맞서는 고난을 견뎌낼 힘이 있다는 것을 모두 알았다. 따라서 '최후통첩'의 언어는 자연적 성장의 빛 속에서 나타났고, 그 상황에 부적절한 것이 아니었다.

27. 증명서 태우기

'최후통첩'은 새로운 아시아인법이 의회를 통과하는 날에 끝났다. 기한이 끝나고 두 시간 뒤에 등록증을 소각하는 공적 의식을 행하기 위한 모임이 소집되었다. 사티아그라하위원회는 정부에서 전혀 예상하지 못한 호의적인 답이 온다고 해도 집회는 무의미한 것이 아니라고 생각했다. 집회장에서 정부의 호의적인 결정이 공표될 수 있기 때문이다.

그러나 위원회는 정부가 '최후통첩'에 결코 답하지 않을 것이라고 믿었다. 우리는 집회장에 일찍 도착했다. 그리고 정부가 전보로 답을 준다면 즉각 집회장에 도착하도록 준비했다. 집회는 1908년 8월 16일 오후 4시, 요하네스버그의 하미디아 모스크 운동장에서 열렸다. 운동장은 인도인으로 만원이었다. 남아프리카 흑인은 네 발이 달린 철제 솥에 음식을 준비했다. 등록증을 불태우기 위해 인도인 상점에서 구할 수 있는 가장 큰 솥을 운동장 구석 연단에 놓았다.

집회가 시작되자 봉사자 한 사람이 자전거를 타고 정부 측 전보를 가져왔다. 인도인 사회의 결정에 유감을 표시하고, 정부의 결정을 변경할 수 없다는 내용이었다. 사람들에게 읽어주자 모두 환영했다. 정부가 '최후통첩'의 요구를 받아들였다면 인도인 사회가 등록증 소각이라는 경사스러운 기회를 놓쳐버리는 것처럼 기뻐했다. 정부의 답변을 환영한 청중 각자를 자극한 동기에 대한 지식 없이 그 감정을 적절하다거나 부적절하다고 단정 지을 수는 없다. 그러나 이 환영이 집회의 열정에 대한 행복한 사인이라고 말할 수는 있다. 이제 인도인은 자기 힘을 어느 정도 의식했다.

집회가 시작되었다. 의장이 주의를 환기하고 모든 상황을 설명했다. 적절한 결의가 채택되었다. 나는 교섭의 여러 단계에 대해 상세히 설명한 뒤 말했다.

"자신의 등록증을 불태우기 위해 제출한 사람들 중에 돌려받고자 하는 사람이 있으면 지금 그렇게 합시다. 등록증 소각은 범죄가 되지 않고, 감옥에 가고자 하는 사람을 가둘 수도 없습니다. 우리는 등록증을 불태움으로써 암흑법에 복종하지 않겠다는 엄숙한 결의를 선언하고, 등록증을 제시하는 권리조차 행사하고 싶지 않다는 결의를 표명하는 것입니다. 오늘 등록증 소각 의식에 참가한 사람들이 내일 등록증을 다시 받을 수 있지만, 그런 비열한 행위를 하고자 하는 사람이나 시련의 시기에 자기 힘을 의심하는 사람에게는 등록증을 돌려받을 시간이 있습니다. 지금 등록증을 돌려받는 것을 부끄러워할 필요는 전혀 없습니다. 그렇게 하는 것도 일종의 용기입니다.

그러나 그 뒤에 등록증 사본을 받는 것은 인도인 사회의 가장 큰 수치이자 불명예입니다. 나아가 이것은 장기화할 투쟁임을 알아야 합니다. 우리는 몇 사람이 행진 대열에서 이탈한 것을 압니다. 남은 사람들의 짐이 그만큼 더 무거워졌습니다. 저는 이 모든 것을 충분히 고려하여 오늘 용기를 내야 한다고 조언합니다."

나의 연설 도중에도 "우리는 등록증 반납을 원하지 않는다, 그것을 불태워라" 하는 소리를 들었다. 마지막으로 결의에 반대하는 사람들은 앞으로 나오라고 했지만 아무도 일어나지 않았다. 미르 알람도 그 집회에 참석했다. 그는 나를 공격한 것은 잘못이라고 말했다. 그리고 청중에게 엄청난 즐거움이 되도록 예전 등록증을 제출했다. 그는 자발적으로 등록증을 취득하지 않았기 때문이다. 나는 그의 손을 힘주어 잡으며 그에게 어떤 분노도 품은 적이 없음을 확신시켰다.

위원회는 2000개가 넘는 등록증을 모았다. 그것을 솥에 넣고 석유를 부은 뒤 유서프 미안이 불을 붙였다. 등록증이 불타는 동안 사람들의 박수 소리가 운동장에 울렸다. 아직 등록증을 가지고 있던 사람들이 연단에 던졌고, 화염 속에 사라졌다. 마지막 순간에 등록증을 던진 이유를 묻자, 그것이 적절하고 사람들에게 더 큰 영향을 준다고 답한 사람도 있었다. 다른 사람들은 용기가 없었고, 결국은 등록증을 불태우지 않으리라고 생각했다고 정직하게 인정했다. 그러나 소각하는 장면을 보고 등록증을 가지고 있을 수 없었고, 우리의 운명은 자기 운명이기도 하다는 생각에서 포기했다고 했다.

그 집회에 영자 신문 기자들이 왔다. 그들은 모든 장면에 깊은 인상을 받고, 신문에 집회를 상세히 보도했다. 런던의《데일리 메일Daily Mail》요하네스버그 주재 기자도 집회 기사를 썼다. 그는 인도인의 등록증 소각을 보스턴차사건[116]과 비교했다. 무력한 인도인 1만 3000명과 이에 강력히 대처하는 트란스발 정부라는 남아프리카 상황과, 모든 점에서 탁월한 아메리카 백인과 그들에 대처하는 대영제국의 전능을 비교하면 적당한 비유다.

인도인의 유일한 무기는 정당한 대의와 신에 대한 믿음이었다. 이

---

116) Boston Tea Party는 아메리카의 영국인이 영국에서 수입된 차 상자를 보스턴 항구의 바다에 던지고, 영국에 종속하지 않는다고 결의한 사건이다. 1773년 미국독립전쟁의 계기가 되었다.

무기가 경건한 사람들에게 충분하고 강력한 것임을 의심할 수 없지만, 일반인의 눈에 비무장 1만 3000명 인도인이 무장한 아메리카 백인에 비해 의미 있는 존재가 아님은 분명했다. 신은 약자의 힘이다. 그래서 세상이 그들을 멸시하는 것이 현실이다.

28. 새 문제 제기에 대한 비난

스뫼츠 장군은 암흑법을 통과시킨 입법 의회의 같은 회기 중에 트란스발 이민 제한법안(1907년의 법률 15호)을 제출했다. 표면상으로 일반 적용이라고 했지만, 주로 인도인이 대상이었다. 그 법은 나탈에서 시행된 유사한 법의 노선을 일반적으로 따른 것이었으나, 금지된 이민을 해석하면서 교육 테스트를 받았지만 아시아인법 아래 등록하기 부적절한 자도 포함한다는 조항이 있었다. 그래서 인도인은 혼자 새로 입국할 수 없도록 간접적으로 법정했다.

이에 대한 반대는 인도인 사회에 가장 중요한 일이 되었지만, 그것을 사티아그라하 투쟁에 포함하느냐 여부가 문제였다. 인도인 사회는 언제 어떤 문제에 대해 할 것인가에 아무 구속도 받지 않았다. 규범은 인도인 사회의 견식과 능력뿐이었다. 어떤 사람이 언제나 사티아그라하를 한다면 그것은 억지(두라그라하)가 될 것이다. 이처럼 자신의 능력을 고려하지 않고 사티아그라하라는 무기를 사용한 뒤 패배하면 자기 이름을 더럽힐 뿐만 아니라, 그의 어리석음으로 사티아그라하라의 무기도 더러워질 것이다.

사티아그라하위원회는 인도인 사회의 사티아그라하는 암흑법에 적용될 뿐이고, 암흑법이 폐지되면 내가 앞에서 말한 이민 제한법의 독은 자연스럽게 없어진다고 이해했다. 암흑법 폐지를 당연한 것이라고 해도 이민 제한법에 대한 조치나 운동은 필요하지 않다고 인도인 사회가 손을 놓고 있다면, 새로운 인도인 이민에 적용될 전면 금지를 받아들이는 셈이다. 따라서 우리는 이민 제한법에 반대해야 했고, 이 것도 사티아그라하 운동에 포함할지 검토해야 했다.

인도인 사회는 사티아그라하 진행 중에 그들의 권리에 대한 새로운 공격이 있으면 사티아그라하에 포함하는 것이 의무라고 생각했다. 그들이 그렇게 하고자 강하게 느끼지 않았다면 그것은 전혀 다른 문제다. 지도자들은 능력이 없거나 부족하다고 해서 이민 제한법을 그대로 두어서는 안 되고, 이 법도 사티아그라하 투쟁에 분명히 포함해야 한다는 결론에 이르렀다.

정부와 그 문제에 대한 서신 교환이 시작되었다. 우리는 스뫼츠 장군이 법률 개정에 동의하도록 만들기는커녕 그가 인도인 사회, 실제로 나를 모략중상하는 새로운 수단을 갖게 했다. 스뫼츠 장군은 인도인 사회를 공공연히 지원하는 백인보다 많은 백인이 개인적으로 우리에게 동조한다는 사실을 잘 알았다. 장군이 가능하면 그것을 없애버리려야 한다고 생각한 것은 당연하다.

장군은 새로운 문제로 나를 비난했다. 그리고 우리의 지원자들에게 그들이 자기처럼 나에 대해 모른다고 말하고 썼다. 장군은 조금이라도 양보하면 내가 엄청난 것을 요구하기 때문에 아시아인법을 폐지할 수 없다고 했다. 사티아그라하가 시작되었을 때, 그는 새로운 이민

자에 대한 문제는 전혀 없었다고도 했다. 그는 새로이 입국하려는 인도인을 저지하기 위한 법률을 제정하고자 하면, 내가 사티아그라하로 위협하려고 했다고 주장했다. 그는 이런 '교활함'을 참을 수 없었다. 장군은 내가 최악의 행동을 한다고 해도, 모든 인도인을 파멸해도 법률을 개정할 수 없고, 트란스발 정부도 인도인에 대한 정책을 포기할 수 없다고 했다. 나아가 이런 정당한 태도로 그들은 모든 백인의 지지를 받아야 한다고 주장했다.

이런 주장이 부당하고 반도덕적임을 조금만 생각해봐도 알 수 있다. 이민 제한법이 성립하지 않았을 때, 나와 인도인 사회가 어떻게 반대할 수 있었을까? 스뫼츠 장군은 나의 '교활함'을 경험했다고 말했지만, 그 주장을 뒷받침하는 예를 한 가지도 들지 못했다. 그 정도로 오래 남아프리카에 체류하면서 교활한 적이 있었는지 전혀 기억할 수 없다. 평생 교활하게 살지 않았다고 주저 없이 말할 수 있다. 교활함은 도덕적으로 나쁜데다, 정치적으로 득이 된다고 믿지 않는다. 따라서 실용적인 견지에서도 그 효용을 인정하지 않았다.

나는 자기변호를 할 필요도 없다. 이 책의 독자 앞에서 내 입으로 변호하는 것 자체가 부끄럽다. 독자들이 내가 교활한 인간이 아니라는 것을 모른다고 해도 자기변호로 증명할 수는 없다. 왜 수많은 어려움을 무릅쓰고 사티아그라하 투쟁을 해야 했는지 독자들이 상상하고, 인도인 사회가 도덕의 바르고 좁은 길을 조금이라도 벗어났다고 해도 투쟁이 어떤 위기에 빠졌을지 독자들이 이해하게 하는 것이 이 몇 줄을 쓰는 목적이다.

줄꾼이 높이 20피트[6미터]에 펼쳐진 줄 위를 균형 잡고 건너갈 때,

줄에 시선을 집중해야 한다. 조금이라도 시선을 돌리면 줄꾼은 목숨을 잃는다. 남아프리카에서 8년간 벌인 사티아그라하 운동을 통해 경험이 나에게 가르쳐준 것은, 사티아그라히는 가능하면 줄꾼 이상으로 집중해야 한다는 점이다. 스뫼츠 장군은 나를 비난했지만, 친구들은 나에 대해 잘 알기 때문에 장군의 바람은 역효과를 냈다. 그들은 나나 우리의 투쟁을 포기하기는커녕 더 열렬히 지원했고, 나중에 인도인은 이민 제한법을 사티아그라하에 포함하지 않았다면 엄청난 고난을 당했으리라는 것을 이해했다.

나의 경험은 진보 법칙 하나가 모든 정당한 투쟁에 적용된다는 것을 가르쳐주었다. 그러나 사티아그라하의 경우 그 법칙은 원리가 되었다. 강가 강에 많은 지류가 합류하여 하구에 이르면 강폭이 대단히 넓어져서 좌우 강변이 보이지 않고, 뱃사공은 강이 끝나고 바다가 시작되는 지점을 알 수 없다. 마찬가지로 사티아그라하 투쟁이 진행되면서 그 흐름을 돕는 수많은 요소가 들어왔고, 그것이 낳는 결과도 계속 늘었다. 그것은 불가피한 일이고, 사티아그라하의 첫째 원칙과 밀접하게 관련되었다. 사티아그라하에서는 최소한이 동시에 최대한이고, 최소한에서 끌어낼 여지가 전혀 없으며, 후퇴의 문제도 없고, 진보가 유일하게 가능한 움직임이기 때문이다.

다른 투쟁은 설령 그것이 순수하다고 해도 요구 항목에서 장래의 축소를 인정하기 위해 약간 높게 잡는 것을 전제하기 때문에, 진보 법칙을 예외 없이 적용할 수 있을지 의문이다. 나는 사티아그라하처럼 최소한이 최대한이라면 진보 법칙이 어떻게 적용되는지 설명해야 한다. 발전을 추구하여 강가 강이 흐름을 멈추지 않는다. 사티아그라히도 칼날과 같이 날카로운 자신의 길을 떠나지 않는다. 그러나 강가의 흐름이 앞으로 나아감에 따라 지류가 자연스럽게 합류하듯이, 사티아그라하라는 강가도 마찬가지다.

이민 제한법이 사티아그라하에 포함되자, 사티아그라하 원칙에 무지한 몇몇 인도인은 트란스발의 모든 반인도인법을 그 대상으로 삼아야 한다고 주장했다. 나아가 다른 사람들은 트란스발 투쟁 중에 나탈, 케이프 식민지, 오렌지자유국 등에서도 남아프리카의 모든 반인도인법에 사티아그라하를 해야 한다고 말했다. 이 두 주장은 한 가지 원칙을 위반했다. 나는 사티아그라하를 시작할 때 우리가 보지 못한 상황을 지금 와서 호기라고 생각해 받아들이는 것은 정직하지 못하다고 분명히 말했다. 우리가 아무리 강하다고 해도 이런 요구를 받아들이면 현재의 투쟁은 끝내야 한다. 우리가 이 원칙을 고수하지 않는다면 승리 대신 그 노선에 관한 모든 것을 잃을 뿐만 아니라, 우리에게 호의적이던 동정심까지 상실할 것이다.

이와 반대로 사티아그라하가 진행되는 동안 적대자가 새로운 어려움을 만들어낸다면 그것은 자동적으로 사티아그라하의 대상이 된다. 사티아그라히는 자기 목표를 향해 나아가는 과정에서 만나게 되는 새로운 어려움을, 사티아그라하를 포기하지 않고는 무시할 수 없다. 적대자는 사티아그라히가 아니다—사티아그라하에 대항하는 사티아그라히는 있을 수 없다—따라서 적대자는 최소한이나 최대한의 제한에 구속되지 않는다. 적대자가 새로운 쟁점을 불러일으켜 사티아그라히를 위협하고자 하면 그렇게 노력할 수 있다. 그러나 사티아그라히는 모든 공포를 버리기 때문에 적대자가 새로운 어려움을 만들어내면 그것에 저항하고, 그것이 모든 어려움을 무릅쓰고 자신을 도와준다고 믿는다. 따라서 사티아그라하 투쟁이 오래 진행되면(즉 적대자가 오래 끌면) 적대자에게는 손실뿐이고, 사티아그라히는 더욱 이익을 얻는다. 이 법칙에 근거한 다른 예는 이 투쟁의 후기 역사에서 볼 것이다.

29. 소라브지 샤푸르지 아다자니아

이민 제한법이 사티아그라하에 포함되자, 교육받은 새로운 이민자가 트란스발에 입국할 권리를 사티아그라히가 테스트해야 했다. 위원회는 이 테스트가 보통 인도인에게 적용되어서는 안 된다고 결정했다. 새로운 이민 제한법에는 입국 금지 정의 조항이 네 가지 있었다. 인도인 사회는 그 조항을 받아들였으나, 그 조항에 위배되지 않는 인도인을 트란스발에 입국시켜 감옥에 보내려고 생각했다. 우리는 사티아그라하가 진보된 자기 억제의 씨앗에 포함된 힘이라는 것을 보여줘야 했다.

이민 제한법에 새로 입국하고자 하는 사람은 유럽 언어 중 하나를 알아야 한다는 내용이 있었다. 위원회는 트란스발에 산 적이 없고 영어를 아는 인도인을 입국시켜야 한다고 생각했다. 자발적으로 신청한 인도인 청년 가운데 소라브지 샤푸르지 아다자니아가 선발되었다.

소라브지는 파르시다. 남아프리카 전역에 파르시는 100명이 넘지 않았을 것이다. 나는 파르시에 대해 인도에서 말한 것과 같은 의견을 남아프리카에서도 견지했다. 전 세계에 파르시는 10만 명이 넘지 않는다. 그렇게 작은 공동체가 자신의 높은 평가와 종교를 유지하고, 자선의 측면에서 어떤 공동체의 추종도 불허한 자질에 대해 충분히 증명할 수 있다.

소라브지는 순수한 황금으로 증명되었다. 나는 그가 투쟁에 참여했을 때 그에 대해 조금 알았다. 사티아그라하 참가를 의뢰한 그의 편지는 좋은 인상을 남겼다. 나는 파르시의 훌륭한 자질을 사랑하지만, 그들 공동체의 단점은 지금도 알지 못한다. 그래서 소라브지가 어려운 상황에도 자기 입장을 견지할지 의문이었다. 하지만 나는 상대방이 행동으로 의심을 씻어낼 때까지 의심을 중시하지 않는 버릇이 있다. 나는 편지에서 표명한 결의를 믿고 그를 위원회에 추천했으며, 결국 소라브지는 최상의 사티아그라히임을 스스로 증명했다. 그는 감옥에서 오래 지낸 사티아그라히 가운데 한 사람일 뿐만 아니라, 투쟁에 대해 깊이 연구했기 때문에 그의 견해는 모든 사람이 존중하고 귀 기울였다. 그의 충고는 언제나 듬직하고 지혜로우며, 자애롭고 신중했다. 그는 서서히 의견을 만들었지만, 한번 말한 것은 바꾸지 않았다. 그는 인도인이자 파르시였으나, 편협한 종파주의에서 완전히 벗어났다.

투쟁이 끝나고 메타 박사가 장학금을 제안했다. 훌륭한 사티아그라히를 영국으로 보내 변호사로 만들기 위해서였다. 내가 그 선발을 맡았다. 적절한 후보자가 2~3명 있었지만, 성숙한 판단력과 지혜 측면에서 소라브지가 적임자라고 느꼈다. 그가 영국에서 공부하고 남아프리카로 돌아와서 나의 역할을 맡아 공동체를 위해 봉사하기 바랐다.

소라브지는 인도인 사회의 축복을 받으며 영국으로 가서 법정 변호사가 되었다. 그는 남아프리카에서 고칼레를 만난 적이 있고, 영국에서는 그와 더욱 가까워졌다. 소라브지는 고칼레의 마음을 사로잡았다. 고칼레는 소라브지에게 인도로 돌아가 인도사회봉사자협회에 가입하라고 했다. 소라브지는 특히 학생들 사이에서 인기가 높았다. 그는 모든 이들과 슬픔을 나누고자 했고, 영국의 사치와 허식에 아무런 영향을 받지 않았다.

그가 영국에 갔을 때 30세쯤이었으나 영어는 거의 몰랐다. 인간의 인내력에는 어떤 어려움도 소용이 없다. 소라브지는 학생으로 순수하게 살았고, 변호사 시험에 합격했다. 내가 공부할 때는 시험이 비교적 쉬웠지만, 지금 변호사는 더 열심히 공부해야 한다. 소라브지는 좌절하지 않았다. 영국에서 야전 의무대가 만들어졌을 때 그는 발기인 가운데 한 사람이었고, 마지막까지 그 일을 했다. 그 부대도 사티아그라하를 해야 했다. 대다수 구성원이 탈락했지만, 그는 굴복하지 않은 사람들의 선두에 섰다. 그 부대의 사티아그라하도 승리했음을 말하는 것으로 그 이야기는 건너뛰자.

소라브지는 영국에서 법정 변호사가 된 뒤 요하네스버그로 돌아와 사회봉사와 변호사 업무를 시작했다. 내가 남아프리카에서 받은 편지는 소라브지에 대한 찬양으로 가득했다. "그는 늘 소박하고 허례와 무관합니다. 그는 빈민이든 부자든 사람들과 잘 지냅니다." 그러나 신은 자비로운 만큼 잔인하다. 소라브지는 그가 새롭게 사랑하게 된 인도인들이 슬퍼하는 것을 뒤로하고 급성 폐결핵에 걸려 몇 달 만에 죽었다! 신은 짧은 기간에 인도인 사회에서 뛰어난 카찰리아와 소라브지를 앗아갔다. 두 사람 가운데 한 사람을 고르라면 나는 선택할 수 없을 것이다. 두 사람은 각 분야에서 최고였다. 소라브지가 좋은 인도인이

자 파르시였듯이, 카찰리아도 좋은 인도인이자 이슬람교도였다.

소라브지는 트란스발 정부에 통지하고 이민 제한법 아래 그 나라에 머물 권리를 시험하고자 트란스발에 들어갔다. 정부는 그에 대한 준비가 전혀 없었고, 소라브지를 어떻게 해야 할지 즉각 결정하지 못했다. 그는 공공연히 국경을 넘어 트란스발로 들어갔다. 입국 심사관은 그를 알았다. 소라브지는 시험 삼아 트란스발에 들어간다고 말하고, 영어 시험을 보게 하거나 기꺼이 체포해달라고 요청했다. 입국 심사관은 소라브지가 영어를 잘하는 것을 알기 때문에 문제가 없다고 답했다. 그는 체포에 대한 지시를 받지 않았다. 소라브지는 입국했고, 정부가 원한다면 그가 간 곳에서 체포할 수 있었을 것이다.

소라브지는 요하네스버그에 도착했고, 우리는 그를 진심으로 환영했다. 그가 볼크스루스트 역에서 조금이라도 더 나가도록 정부가 허용하리라고는 아무도 예상하지 못했다. 우리가 신중하게 아무 두려움 없이 행동에 옮기면 정부는 우리에게 반대하지 않는 일이 자주 발생했다. 그 원인은 첫째, 정부의 성격에 있다. 정부의 어떤 관리도 모든 주제에 대해 미리 생각하고 대책을 강구할 정도로 자기가 맡은 일을 중시하지 않는다. 둘째, 관리는 처리해야 할 일이 많아 주의력이 분산된다. 셋째, 관리는 권력에 도취되어 어떤 운동에 당국이 대처하는 것은 아이들 놀이에 가깝다고 생각하고 주의하지 않는 경향이 있다.

반면 활동가는 자신의 이상과 목표에 도달하는 수단을 알고, 명확한 계획이 있다면 실천하기 위해 완전히 준비할 것이고, 그의 일이 밤낮 그의 생각이 될 것이다. 따라서 결단에 대한 옳은 행동을 한다면 그는 언제나 정부보다 앞선다. 많은 운동이 실패하는 원인은 정부 권력이 강해서가 아니라, 지도자에게 이런 자질이 결여되었기 때문이다.

요컨대 소라브지는 정부의 태만이나 자신의 신중한 계획으로 요하네스버그에 도착했다. 이 경우 입국 심사관은 자기 의무에 아무 생각이 없었거나, 그 점에 대해 상부의 지시를 받지 못했을 것이다. 소라브지가 요하네스버그에 도착한 상황은 인도인의 의기를 높였고, 젊은이중에는 정부가 패배했으며 조만간 교섭하리라 생각한 사람들도 있었다. 그러나 그들은 곧 실수를 깨달았다. 심지어 그들은 협정이 성립하기까지 많은 젊은이의 희생이 필요하다는 점도 깨달았다.

소라브지는 요하네스버그 경찰서장에게 자신이 도착했음을 알리고, 영어에 대한 일반적인 지식이 있으니 새로운 이민 제한법 아래서도 트란스발에 머물 권리가 있다고 주장했다. 이 편지에 아무 답변도 없다가, 며칠 뒤 소환장이 왔다.

1908년 7월 8일, 소라브지의 재판이 열렸다. 법원은 인도인 관중으로 만원이었다. 재판이 시작되기 전에 인도인 집회가 열렸다. 그 자리에서 소라브지는 전투적인 연설을 했다. 승리하기까지 몇 번 감옥에가야 한다고 해도 각오가 되었고, 어떤 고난이 닥쳐도 인내하겠다고 말했다. 나는 그가 인도인 사회에 자랑거리가 되리라고 확신했다.

치안판사는 적법절차에 따라 재판을 진행했다. 나는 소라브지를 변호했고, 소환장에 몇 가지 문제가 있으므로 각하되어야 한다고 주장했다. 검사도 반론했지만, 다음 날 법정은 나의 주장을 받아들여 소환장을 각하했다!

그다음 날인 10일, 치안판사는 소라브지에게 7일 이내에 트란스발을 떠나라고 명했다. 소라브지는 법원의 명령이 내려진 뒤 J. A. G. 버

238

넌 경찰서장에게 자신은 떠나지 않을 것이라고 통지했다. 그는 20일에 다시 법정에 출두해야 했고, 치안판사의 명령에 불복한 죄로 1개월 징역형을 선고받았다. 그러나 정부는 그 지역 인도인을 구속하지 않았다. 체포할수록 인도인의 의기가 높아진다는 것을 알았기 때문이다. 게다가 몇몇 경우에는 법적인 문제로 인도인이 불기소 처분을 받았고, 이것도 인도인 사회의 의기를 높였다.

정부는 입법부를 통해 원하는 법을 제정했다. 많은 인도인이 등록증을 불태웠지만, 등록에 의해 거주권이 있음을 증명했다. 정부는 인도인을 투옥하기 위해 기소해도 아무런 이익이 없다고 생각했다. 정부가 침묵한다면 배출구가 힘을 상실할 것이므로 활동가들의 열기는 자연히 줄어들리라고 여겼다. 그러나 그들은 주인을 무시했다. 인도인은 곧 고갈될 정부의 인내를 시험하기 위해 새로운 조치를 취했다.

30. 세드 다우드 마호메트 등의 투쟁 개시

정부가 인도인 사회에 아무런 조치도 취하지 않으면서 지치게 만들 생각이라고 보고, 인도인 사회는 다른 수단을 강구하지 않을 수 없었다. 고난을 이기는 힘이 있는 한 사티아그라히는 지치지 않는다. 인도인은 정부의 계산이 잘못되었음을 증명했다.

트란스발 거주권이 있는 인도인이 오래전부터 나탈에 살았다. 그들은 상업을 위해 트란스발에 들어갈 필요가 없었으나, 인도인 사회는 그들에게 입국할 자격이 있다고 생각했다. 그들도 영어를 조금은 알았다. 게다가 소라브지와 마찬가지로 교육받은 인도인을 입국시켜도 사티아그라하 원칙에는 위반되지 않았다. 우리는 두 부류 인도인을 입국시키자고 결정했다. 과거 트란스발에 살던 인도인과 영어 교육을 받은 사람들이다.

세드 다우드 마호메트와 파르시 루스톰지는 대상大商이고, 서렌드라 메드와 프라그지 칸두바이 데사이, 라탄시 물지 소다, 하릴랄 간디 등은 '교육받은' 사람들이다. 다우드 세드는 아내가 위독한데도 참가했다.

나탈인도인국민회의 의장인 세드 다우드 마호메트는 오래전 남아프리카에 온 인도 상인 가운데 한 사람으로, 수라트 출신 수니파 보라다. 나는 남아프리카 인도인 중에서 그처럼 기민한 사람을 본 적이 없다. 그의 이해력은 탁월했다. 문자 교육을 받지 못했지만 영어와 네덜란드어가 유창하고, 백인 상인과 거래에도 탁월했다. 그의 관대함은 널리 알려졌다. 날마다 50명 정도가 그와 식사했다. 인도인 기부자 중에서도 상위에 속했다.

그에게는 보석 같은 아들이 있었다. 그 아이는 수정처럼 순수했다. 다우드 세드는 그 아이의 성격 형성에 방해되는 일은 하지 않았다. 아버지가 아들을 존경했다고 해도 과언이 아니다. 그는 자기 결점이 아이에게 나타나지 않기를 바랐고, 교육을 위해 아이를 영국으로 보냈다. 그러나 다우드 세드는 젊은 시절에 그 보석 같은 아들을 잃었다. 결핵이 후센을 데려갔다. 이는 결코 치유될 수 없는 상처다. 인도인이 그에게 품은 희망이 그의 죽음과 함께 사라졌다. 성실 그 자체였던 후센에게 힌두교와 이슬람교는 좌우의 눈이었다. 심지어 다우드 세드는 지금 우리와 함께 있지 않다. 죽음의 신이 그 손에 두지 않는 사람이 누구인가?

파르시 루스톰지는 독자에게 소개했다. 이 '아시아인 침략'에 참여한 다른 친구들의 이름은 지금 내가 다른 기록을 검토하지 않고 쓰기 때문에 빠뜨릴지도 모르니 양해하기 바란다. 나는 이름을 영원한 것으로 만들고자 이 글을 쓰는 것이 아니라 사티아그라하의 비밀을 설명하기 위해, 그것이 어떻게 성공했고 그 길에 어떤 장애가 있었으며 그것을 어떻게 제거했는지 쓰고 있다. 내가 이름을 거론하는 경우에도 그 목적은 남아프리카에서 교육받지 않은 사람들이 어느 정도 행동력을 보여주었는지, 힌두교도나 이슬람교도, 파르시, 기독교도 등이 그곳에서 얼마나 조화롭게 일했는지, 상인이나 교육받은 사람들과 같이 어떻게 자기 의무를 수행했는지 알리기 위해서다. 높은 업적을 쌓은 사람이 설명되는 경우, 찬양은 그의 공적에 주어진다.

다우드 세드가 사티아그라하 '군대'와 함께 트란스발 국경에 도착했을 때, 정부는 그를 만나고자 했다. 그만한 사람을 입국하게 두면 정부는 조롱당할 테니 그들을 체포해야 했다. 그들은 체포되었고, 1908년 8월 18일에 치안판사 앞에 끌려갔다. 판사는 그들에게 7일 내에 트란스발을 떠나라고 명령했다. 물론 그들은 그 명령에 불복해 28일 프리토리아에서 다시 체포되었고, 재판 없이 추방되었다. 그들은 31일 다시 트란스발에 들어갔고, 9월 8일에 벌금 50파운드나 3개월 징역형에 처해졌다. 그들은 즐겁게 감옥행을 선택했다.

트란스발 인도인의 의기는 더욱 높아졌다. 나탈에서 지원하러 온 동포들을 석방시키지 못한다면 그들은 감옥에 가는 길을 함께하지 않을 수 없었다. 그들은 감옥에 가는 방법을 찾았다. 그들의 바람을 이루는 길은 여러 가지가 있었다. 인도인이 등록증을 제시하지 못하면 거래 허가증을 받지 못하고, 허가증 없이 거래하면 범죄가 되었다. 나아가 나탈에서 트란스발로 들어가려면 반드시 등록증을 제시해야 하고, 제시하지 못하면 체포되었다. 등록증은 불태웠으니 방법은 분명하다. 인도인은 두 가지 수단을 택했다. 어떤 인도인은 허가증 없이 행상을 시작했고, 다른 인도인은 트란스발로 들어가면서 등록증을 제시하지 못해 체포되었다.

투쟁이 전개되었다. 모든 사람이 시련을 겪었다. 나탈에서 다른 인도인이 세드 다우드 마호메트의 선례를 따랐다. 요하네스버그에서도 많은 사람이 체포되었다. 원하는 사람은 구속되는 상황이 벌어졌다. 감옥이 가득 차고, 나탈에서 온 '침입자들'은 3개월 금고형, 트란스발 행상은 4일에서 3개월까지 금고형을 받았다.

그렇게 체포된 사람들 중에 우리의 '이맘 사혜브'[117] 이맘 압둘 카다르 바바지르가 있다. 그는 허가증 없이 행상을 했다는 이유로 체포되어 1908년 7월 21일, 4일 징역형에 처해졌다. 그는 건강이 무척 나빠서 사람들은 그가 체포되었다는 소식을 듣고 웃었다. 몇 사람이 나에게 그가 인도인 사회의 평판을 나쁘게 할 수도 있으니 데려가지 말라고 말했다. 나는 이 경고를 무시했다. 그의 건강을 판단하는 것은 내 일이 아니다.

그는 맨발로 걷지 않고, 사치품을 좋아하며, 말레이인 아내가 있고,

---

117) Imam Saheb는 도사導師라는 뜻이다.

집에 멋진 가구를 들여놓았으며, 말을 타고 다녔다. 그 모든 것이 사실이지만 그의 마음을 누가 알겠는가? 그는 석방된 뒤 다시 감옥에 갔고, 그곳에서 모범수로 지냈으며, 중노동 뒤에 식사를 했다. 그는 집에서 날마다 새로운 그릇에 맛있는 음식을 먹었으나, 감옥에서 옥수수죽을 먹으면서도 신에게 감사했다. 그는 패배하지 않았을 뿐만 아니라, 소박하게 생활하는 습관을 들였다. 죄수로서 그는 돌을 쪼개고 청소했으며, 다른 죄수들과 같은 줄에 섰다. 피닉스 아슈람에서 그는 물을 펐고, 심지어 인쇄소에서 식자도 했다. 피닉스 아슈람에서는 누구나 식자 기술을 익혀야 했다. 이맘 사헤브는 능력을 최대한 발휘해 식자를 익혔다. 지금 그는 인도에서 봉사한다.

많은 사람이 감옥에서 그런 자기 정화를 경험했다.

케임브리지대학교 출신 법정 변호사 조지프 로예폰은 나탈의 계약 노동자 부모 사이에서 태어났으나, 완벽하게 백인 스타일로 생활했다. 반드시 발을 씻고 맨발로 기도하는 이맘 사헤브와 달리 로예폰은 집 안에서도 맨발로 걷지 않았다. 변호사 일을 그만두고 채소 상자를 든 그는 허가증이 없는 행상으로 체포되었다. 그도 감옥 생활을 했다. 그러나 로예폰은 "내가 삼등칸으로 여행해야 하는가?"라고 물었다. 나는 "당신이 일등칸이나 이등칸으로 여행한다면 다른 사람에게 삼등칸에 타라고 요구할 수 있겠습니까? 감옥에서 누가 당신을 법정 변호사로 알겠습니까?"라고 답했고, 그것은 그를 만족시키기에 충분했다.

16세 청년 몇 명이 감옥에 들어왔다. 모한랄 만지 겔라니는 심지어 14세였다.

감옥 당국자는 인도인을 괴롭히기 위해 온갖 수단을 동원했다. 돌을 부수라고 시켰고, 그들은 알라나 라마 이름을 입에 올리면서 돌을 부수었다. 저수지를 파고, 곡괭이로 자갈 마당을 팠다. 그들의 손은 노동으로 딱딱해졌다. 몇 명은 참을 수 없는 고통 때문에 기절하기도 했지만, 아무도 좌절하지 않았다.

감옥에서 언쟁이나 질투가 없었다고 생각할 수는 없다. 식사가 언쟁의 끝없는 소재였지만, 우리는 음식에 대한 언쟁조차 피했다.

나도 다시 체포되었다. 한때 볼크스루스트 감옥에는 인도인 죄수가 75명 있었다. 우리는 음식을 직접 요리했다. 음식 보급에 대한 분쟁을 오로지 내가 조정할 수 있었기 때문에 나는 요리사가 되었다. 동료들은 나에 대한 사랑 때문에 반쯤 조리한 설탕 없는 옥수수 죽을 불평 없이 먹었다.

정부는 나를 다른 죄수들과 격리하면 우리를 징벌하는 것이라고 생각했다. 그들은 나를 프리토리아 감옥에 데려가서 독방에 가두었다. 나는 하루에 두 번 운동하러 밖에 나갔다. 프리토리아 감옥에서는 볼크스루스트와 달리 인도인에게 기름을 주지 않았다. 그러나 감옥에서 겪은 고난에 대해 말하고 싶지 않다. 궁금하다면 남아프리카 감옥 생활의 경험에 대한 설명[118]에서 읽을 수 있기 때문이다.

인도인은 좌절하지 않았고 정부는 곤혹스러웠다. 도대체 얼마나 많은 인도인을 가둬야 하는가? 그것은 엄청난 낭비다. 정부는 상황에 대처하는 다른 수단을 강구했다.

---

118) 〈나의 감옥 체험〉(Maro jelno anubhav, Navajivan prakashan Mandir, Amdavad-14).

244

31. 국외 추방

그 불쾌한 법에는 세 가지 형벌이 있었다. 벌금, 금고, 국외 추방이다. 법원에 세 가지 형벌을 동시에 부과하는 권한이 있었고, 모든 치안판사에게 형벌을 최대한 부과하는 권한이 부여되었다. 첫째, 국외 추방은 트란스발 국경을 넘어 나탈, 오렌지자유국, 포르투갈령 동아프리카 경계까지 '죄수'를 끌고 가서 그곳에 버리는 것이다. 예를 들어 나탈 쪽에서 온 인도인을 볼크스루스트 역 경계까지 끌고 가서 버린다. 이런 추방은 약간 불편할 뿐 간단하고, 인도인을 낙담시키기는커녕 의기를 앙양했다.

트란스발 정부는 인도인을 괴롭히는 새로운 수단을 찾아야 했다. 감옥은 만원이었다. 정부는 인도인이 본국으로 추방된다면 사기가 완전히 떨어져서 항복할 것이라고 생각했다. 이런 믿음에는 어느 정도 근거가 있어서 정부는 많은 인도인을 본국으로 추방했다. 추방된 사람들은 본국으로 가는 동안 엄청난 고통을 겪었다. 식사도 정부가 지급하는 것뿐이고, 본국에 도착할 때까지 갑판에서 지내는 신세였다. 게다가 그들 중에는 남아프리카에 토지를 비롯한 재산과 사업이 있는 경우가 있었고, 가족도 그곳에 있었다. 반면에 빚을 진 사람도 있었다. 많은 사람이 모든 것을 잃고 파산하기를 원하지는 않았다.

그럼에도 대다수 사람들은 여전히 확고했다. 약해져서 법정 체포를 피한 사람도 많았지만, 불태운 등록증을 다시 교부받을 정도로 약해지지는 않았다. 물론 몇 사람은 공포 때문에 다시 교부받기도 했다.

용감한 사람들의 수는 결코 무시할 수 있는 것이 아니었다. 그들은 너무나 용감해서 웃으며 교수대에 오를 정도였다고 나는 믿는다. 그들은 생명 이상으로 재산에 무관심했다.

그러나 인도로 추방된 사람들은 신념 하나로 운동에 참가한, 가난하고 순박한 민중이 대부분이었다. 이런 억압은 너무나 무서운 것이어서 참기 어려웠다. 그들을 도울 방법을 찾기 어려웠다. 우리의 기금은 조금밖에 없었고, 우리가 금전적인 도움을 주면 투쟁은 완전히 패배할 위험이 있었다. 금전적 욕구에서 운동에 참가하고자 한 사람들이 있었을지 모르지만 그들은 허용되지 않았다. 그런 이기적 희망으로 참가한 사람들에 의해 운동이 파괴될 수도 있기 때문이다. 그러나 추방된 이들을 동정하고 돕는 것은 우리의 의무라고 느꼈다.

나는 돈으로 할 수 없는 것을 동료 의식, 친절한 말과 시선이 할 수 있음을 경험으로 알았다. 금전욕이 많은 사람이라도 동정심 없이 타인에게서 부를 얻으면, 돈을 낸 사람을 결국 버린다. 이와 반대로 사랑에 정복당한 사람은 자신에게 사랑을 준 사람과 함께 어떤 고난도 이길 수 있다.

따라서 우리는 국외로 추방된 이들에게 할 수 있는 모든 친절을 베풀고자 결심했다. 우리는 인도에서 그들을 위해 적절한 준비를 하겠다고 약속해 그들을 안심시켰다. 독자는 그들이 대부분 계약노동자고, 인도에 친척이 없음을 기억해야 한다. 심지어 몇 사람은 남아프리카에서 태어났고, 모든 이에게 인도는 외국과 같았다. 이처럼 무력한 사람들을 인도로 보내서 방치하는 것은 참으로 잔인한 짓이다. 우리는 인도에서 그들을 위해 적절히 준비할 것임을 확신시켰다.

그러나 이것으로 충분하지 않았다. 추방된 자들은 그들의 동료이자 안내자를 보내지 않는 한 안심할 수 없었다. 처음 추방된 자들을 태운 배가 몇 시간 안에 출발할 예정이었다. 사람을 선택할 시간이 충분하지 않았다. 나는 동료 P. K. 나이두에게 물었다.

"이 가난한 형제들과 인도까지 동행하겠습니까?"

"물론입니다."

"그런데 증기선이 곧 출발합니다."

"그렇지요."

"옷이나 음식은 어떻게 하지요?"

"옷은 지금 입은 것으로 충분하고, 음식은 배에서 얻겠습니다."

이는 놀라운 일이었다. 우리는 파르시 루스톰지의 집에서 대화했다. 나는 그곳에서 옷 여러 벌과 모포를 주고 나이두를 보냈다.

"도중에 조심하시고 이 형제들을 돌봐주십시오. 무엇보다 이들의 안녕을 보살피고, 그 뒤에 당신을 돌보세요. 나는 첸나이의 슈리 나테산에게 전보를 칠 것입니다. 당신은 그의 지시에 따라야 합니다."

"제가 참된 병사임을 증명하도록 노력하겠습니다." 나이두는 이렇게 말하고 항구로 떠났다. 나는 이런 투사가 있는 한 승리는 분명하다고 혼잣말했다. 나이두는 남아프리카에서 태어났고, 인도에 가본 적이 없었다. 나는 그에게 슈리 나테산에게 보내는 추천서를 주고 전보를 쳤다.

슈리 나테산은 당시 해외에 있는 인도인의 불만을 연구하고 지원한 학자로, 체계적으로 수집한 정보에 근거해서 집필했다. 나는 그와 정기적으로 편지를 교환했다. 추방된 자들이 첸나이에 도착하자, 슈리 나테산은 그들을 전면적으로 도왔다. 나이두 같은 유능한 사람이 있기 때문에 나태산도 추방된 자들 사이에서 일을 더 쉽게 할 수 있었다. 그는 모금 활동을 했고, 그들이 한시라도 추방당했다고 느끼지 않도록 애썼다.

트란스발 정부의 국외 추방은 잔인하고 불법적인 일이었다. 사람들은 정부가 종종 고의로 법을 어긴다는 것을 몰랐다. 비상사태에는 새로운 법률을 만들 시간이 없다. 따라서 정부는 법을 어기고 원하는 것을 한 뒤에 새로운 법률을 만들거나, 정부가 법을 위반한 사실을 사람들이 잊게 만든다.

인도인이 지방정부의 이런 불법에 저항하는 운동을 시작했다. 인도에서도 반대 운동을 펼쳤다. 트란스발 정부에게는 가난한 인도인을 국외 추방하는 것이 더 어려워졌다. 인도인은 가능한 법적 수단을 모두 강구했고, 국외 추방에 성공적으로 항의했다. 그 결과 정부는 인도로 추방하는 것을 중지했다.

그러나 추방 정책이 사티아그라히 '군대'에 영향을 미치지 않은 것은 아니다. 인도로 추방된다는 공포에서 모두 벗어나지는 못했다. 많은 사람이 떠나고 참된 전사들이 남았다.

인도인 사회의 정신을 파괴하기 위해 정부가 취한 조치는 이것뿐만 아니다. 앞 장에서 말했듯이 정부는 사티아그라히 죄수를 억압하기 위한 수단을 강구하여 돌 부수기를 포함한 방법이 동원되었다. 그러나 그것이 전부가 아니다. 처음에는 죄수들이 모두 함께였다. 이제 정부는 그들을 분리하는 정책을 채택하고, 모든 감옥에서 잔혹한 대우를 실시했다. 트란스발의 겨울은 지독히 추워서 아침에 일하는 동안 두 손이 거의 얼었다. 그들 중 몇 명은 아무도 갈 수 없고 볼 수 없는 도로 캠프에 갇혔다.

18세 사티아그라히 스와미 나가판은 감옥 규칙을 준수하고 주어진 일을 열심히 했다. 그는 이른 아침 도로에 나가서 일하다가 양측 폐렴에 걸려 1909년 7월 7일 석방된 뒤에 죽었다. 동료들은 그가 항상 투쟁에 대해 생각했고, 마지막까지 투쟁만 생각했다고 말했다. 그는 감옥에 온 것을 후회하지 않았고, 친구를 껴안듯이 나라를 위해 죽음을 껴안았다. 우리의 기준에 따르면 나가판은 '문맹'이다. 그는 영어와 줄루어를 경험으로 익혔다. 그는 영어를 조금 쓰기도 했지만 교육받은 사람이 아니다. 그러나 어려움에도 굴하지 않는 정신, 인내심, 애국심, 죽음에 이르기까지 굳은 결의를 보면, 그밖에 그에게서 얻고자 하는 것은 없다. 고학력자들이 전혀 참가하지 않았어도 사티아그라하 운동은 성공적으로 계속되었지만, 나가판 같은 병사가 없이 가능했을까?

나가판이 감옥에서 학대를 받아 죽었다면, 1910년 10월 16일 나라야나스와미가 죽은 원인은 국외 추방의 고통으로 증명되었다. 인도인 사회는 여전히 움직이지 않았고, 기가 약한 사람들이 운동에서 빠져나갔을 뿐이다. 약자들도 최선을 다했으니 그들을 경멸하지 말자. 앞서 나가는 자들은 뒤에 남은 자들을 경멸하고, 자신들이야말로 용감하다고 생각하는 경향이 있다. 사실은 그 반대 경우도 있다. 50루피도 낼 수 있는 사람이 25루피를 내고 5루피밖에 없는 사람이 그 전부를 낸다면, 후자가 5배 이상 내는 사람보다 관대한 기부자로 간주되어야 한다. 그러나 25루피를 낸 사람은 5루피를 낸 사람보다 우월하다는 잘못된 생각으로 우쭐댄다.

마찬가지로 기가 약해 뒤떨어진 사람이 최선을 다한다면, 그는 약자를 뒤에 남기면서도 모든 영혼을 행진에 바치지 않는 사람보다 뛰어나다. 따라서 자신에게는 너무나 격렬하여 뒤처진 사람도 사회에 공헌했다. 이제 우리의 인내와 용기가 더 필요한 시기가 왔다. 그러나 트란스발의 인도인은 후퇴하지 않았다. 자기 위치를 지키는 영웅들은 자신에게 요구된 봉사에도 마찬가지였다.

그래서 시련이 나날이 커졌고, 인도인에게는 더 엄혹해졌다. 인도인 사회가 힘을 보여주면서 정부는 더 폭력적으로 변했다. 흉악범이나 정부가 특히 굴복시키고자 하는 죄수를 수감하기 위한 특별 감옥이 언제나 존재한다. 트란스발에도 있었다. 그중 하나가 딥클루프 기결수 감옥이다. 그곳에는 잔혹한 간수가 있고, 죄수에게 가혹한 노동을 강요했다.

인도인은 자신에게 부과된 작업을 성공적으로 수행했다. 그러나 그들은 작업을 하면서도 간수에게 당하는 모욕은 참지 않아 단식 파업에 들어갔다. 그들은 간수를 전출시키거나 자신들을 다른 감옥으로 보내주지 않는 한, 식사하지 않겠다고 엄숙하게 선언했다. 이것은 완벽하게 합법적인 파업이다. 파업자들은 정직했고, 숨어서 음식을 먹으려고 하지 않았다.

독자는 이런 문제로 인도에서 일어날 수 있는 사례와 같은 공적 선동의 여지가 트란스발에는 거의 없었다는 것을 기억해야 한다. 게다가 트란스발의 감옥 규칙은 엄격했다. 외부인은 이런 경우에 죄수를 면회할 수도 없었다. 사티아그라히가 감옥에 들어가면 거의 모든 일을 스스로 해야 했다. 투쟁은 가난한 사람들의 것이고, 가난한 사람들의 방식으로 진행되었다. 이런 파업자들의 서약은 엄청난 위험을 수

반했다. 그러나 그들은 움직이지 않았고, 7일간 단식한 끝에 다른 감옥으로 옮기는 데 성공했다. 당시에는 단식 파업이 드물었기 때문에, 그 사티아그라히들은 죄수로서 특별한 명예를 지켰다(1910년 11월).

32. 제2의 대표단

사티아그라히는 이처럼 감옥에 갇히거나 국외로 추방되었다. 어느 경우나 증감의 폭이 있지만, 양측 모두 조금씩 약해졌다. 정부는 사티아그라히를 감옥에 보내도 신념이 강한 사티아그라히를 굴복시킬 수 없음을 알았다. 국외 추방은 비난으로 돌아올 뿐이었다. 정부는 재판에서도 패소했다. 인도인도 강력하게 투쟁하고자 하지 않았다. 그런 목적을 위한 사티아그라히의 수도 충분하지 않았다. 두려워하는 인도인도 있었고, 완전한 패배주의자도 있었다. 신념이 강한 사티아그라히를 바보로 보기도 했다. 그러나 그 '바보'는 자신이 현명하다고 생각하고, 신과 자신의 대의를 증진하고자 선택한 수단이 정당하다는 것을 믿었다. 나아가 위대한 것은 진실이고, 마지막에는 진실이 승리한다고 확신했다.

그동안 남아프리카의 정치는 계속 변했다. 보어인과 영국인은 남아프리카의 여러 식민지에서 연합하여 더 높은 지위를 확보하고자 했다. 헤르초크 장군은 영국과 완전히 단절하고자 했지만, 다른 지도자들은 대영제국과 명목상 관계 유지를 선호했다. 영국인은 전면적 이탈에 동의하지 않았고, 영국 의회를 통해서 높은 지위를 확보할 수 있다고 생각했다. 남아프리카의 보어인과 영국인은 대표단을 영국에 보내서 남아프리카 문제를 영국 내각에 제출하자고 결정했다.

인도인은 식민지 연합이 성립한다면 자신들의 입장은 현재보다 나빠질 것이라고 생각했다. 모든 식민지에서는 언제나 인도인을 억압하려고 했다. 따라서 반인도 세력이 연합하면 인도인에 대한 억압이 더 커질 것이 분명했다. 영국인과 보어인 사자들이 으르렁거리는 가운데 인도인의 작은 목소리는 거의 들리지 않는 모양이지만, 인도인은 거리 하나라도 정복되지 않고 남도록 영국에 다시 대표단을 보내기로 결심했다. 이번 대표단에는 나와 함께 포르반다르 출신 메만 신사 세드 하지 하비브가 선발되었다. 그는 트란스발에서 오랫동안 장사를 하여 경험이 풍부하고, 영어 교육을 받지 않았지만 영어와 네덜란드어, 줄루어, 기타 언어를 쉽게 익혔다. 그는 사티아그라히에 공감했으나 완전한 사티아그라히는 아니었다.

우리를 영국에 실어다줄 S. S. 커닐워스 캐슬 호는 1909년 6월 23일, 케이프타운에서 떠났다. 남아프리카의 유명한 정치인 메리먼 씨가 우리와 같은 배를 탔다. 그는 식민지 통일을 위해 영국으로 가는 길이었다. 스뫼츠 장군과 다른 사람들은 영국에 도착한 상태였다. 그 무렵 나탈의 특별한 고난과 관련된 인도인 대표단이 만들어져 영국을 방문했다.

당시 크루 경이 식민지 장관이고, 몰리 경이 인도 담당 장관이었다. 많은 토론을 하고 많은 사람을 만났다. 만날 수 있는 경우라면 신문 편집인, 상원과 하원 의원을 모두 만났다. 앰프실 경은 우리에게 무한한 도움을 주었다. 그는 메리먼 씨와 보타 장군 등을 만났고, 마지막에는 장군의 메시지를 가져왔다.

"보타 장군은 당신의 기분을 이해하고, 몇 가지 요구를 받아들일 생각입니다. 그러나 아시아인법 폐지나 이민 제한법 수정, 법률상 인종차별 철폐는 거부합니다. 장군에게 인종차별 유지는 원칙 문제고, 설령 그가 없애려고 해도 남아프리카 백인이 말을 듣지 않을 것입니다. 스뫼츠 장군도 보타 장군과 마찬가지 생각입니다. 이것이 그들의 마지막 의견이고 제안입니다. 이 이상을 요구한다면 당신이나 당신 동포는 어려워질 뿐입니다. 따라서 당신이 무엇을 하든지 보아 지도자들의 이런 태도를 고려하시기 바랍니다. 보타 장군은 이를 당신에게 전하고, 당신의 책임에 대한 생각을 보여달라고 말했습니다."

이 메시지를 전하고 앰프실 경이 말했다. "아시다시피 보타 장군은 당신의 실제 요구를 받아들였습니다. 현실적으로 우리는 언제나 타협해야 합니다. 원하는 것을 전부 가질 수는 없습니다. 당신에게 이 제안에 응하라고 강력하게 충고합니다. 원칙을 위해 싸우고자 한다면 그 뒤에 싸우십시오. 당신과 세드는 이를 검토하고 언제라도 답을 주시기 바랍니다."

내가 세드를 보자 그가 말했다. "교섭을 위해 보타 장군의 제안을 받아들인다고 말씀해주십시오. 그가 그렇게 양보한다면 지금 만족하고, 뒤에 원칙을 위해서 싸우겠습니다. 나는 인도인 사회가 고통 받기를 원하지 않습니다. 제가 대표하는 집단은 인도인 사회의 다수파고 경제적으로 강력합니다."

나는 세드의 말을 통역한 뒤, 사티아그라히를 대표하여 말했다.

"당신의 수고에 깊이 감사합니다. 내 동료가 숫자나 경제적으로 더 강력한 입장을 대변한다고 말한 것은 옳습니다. 내가 대변하는 인도인은 상대적으로 가난하고 숫자도 적지만, 그들은 죽음을 각오하고 있습니다. 그들은 현실적인 구제뿐만 아니라 원칙을 위해 싸웁니다. 하나를 포기해야 한다면 그들은 현실적인 구제를 포기하고 원칙을 위해 싸울 것입니다. 우리는 보타 장군의 권력에 대해 알지만, 우리의 서약에 더 무게를 두고 있습니다. 따라서 우리는 그 서약을 지키기 위해 최악의 사태에도 기꺼이 맞설 것입니다. 우리는 숭고한 결의를 지킨다면 신이 그것을 성취하게 해주리라 믿고 인내합니다.

저는 당신의 입장을 충분히 이해합니다. 우리를 위해 큰일을 하셨습니다. 지금 당신이 사티아그라히 몇 명에 대한 지원을 그만둔다고 해도 나쁘게 생각하지 않습니다. 당신의 은혜를 잊지 않을 것입니다. 그러나 우리가 당신의 제안을 받아들이지 못하는 것을 양해해주시리라 믿습니다. 당신은 보타 장군에게 세드와 제가 그의 제안을 어떻게 받아들였는지 분명히 말씀해주시고, 사티아그라히가 비록 소수지만 그들의 서약을 지킬 것이고, 고난을 이기는 우리의 힘이 마지막에는 장군의 마음을 부드럽게 만들어 아시아인법을 폐지하게 할 것이라고 전해주십시오."

앰프실 경이 답했다.

"제가 당신을 포기한다고 생각하지 말기 바랍니다. 저도 신사로서 역할을 해야 합니다. 영국인은 임무를 바로 포기하지 않습니다. 당신의 투쟁은 정당하고, 깨끗한 무기로 싸우고 있습니다. 제가 어떻게 당신을 포기하겠습니까? 그러나 당신은 저의 미묘한 입장을 알 것입니다. 고통은 당신에게 부과되고 있습니다. 교섭의 여지가 있다면 응하도록 조언하는 것이 저의 의무지만, 당신이 원칙을 위해 어떤 고통도 인내하고자 한다면 저는 당신을 저지할 수 없을 뿐 아니라 축하해야 합니다. 저는 계속 당신 위원회의 의장을 맡고, 최대한 당신을 도울 것입니다. 제가 하원의 젊은 의원이다 보니 영향력이 크지 않지만, 작은 힘이라도 당신을 위해 최선을 다할 것임을 믿어도 좋습니다."

우리는 용기를 주는 이 말에 기뻤다.

독자는 이 대화에서 놀라운 측면을 파악했을지 모른다. 앞에서 말했듯이 세드 하지 하비브와 나는 의견이 달랐다. 그럼에도 우리 사이에는 우정과 믿음이 있었고, 그는 나를 통해 자기 의견을 전하는 것을 주저하지 않았다. 그는 내가 앰프실 경에게 자기 말을 정확하게 전달했다고 믿었다.

여기서 이 장과 직접 관련되지 않은 이야기로 이 장을 끝내고자 한다. 나는 영국에 머무는 동안 인도인 아나키스트와 자주 이야기했다. 나는 그들의 주장을 논파하고 그들과 의견이 같은 남아프리카 인도인의 어려움을 해결할 필요성이 있다고 여겨 남아프리카로 돌아오는 S. S. 킬도난 캐슬 호에서 소책자 《인도의 자치 Hindu Swarāj》를 쓰고 (1909년 11월), 곧 《인디언 오피니언》에 발표했다.

나는 그 중요한 부분에 대해 앰프실 경과 상의했다. 내가 나의 관점을 숨겨 그의 이름을 잘못 이용했고, 남아프리카에서 나의 일에 대한 그의 지원을 부당하게 이용했다고 그가 한순간이라도 오해하지 않도록 하기 위해서다. 앰프실 경과 나의 대화는 언제나 기억에 남았다. 그는 가족 중에 병든 사람이 있었음에도 나를 만나고자 했다. 그는 《인도의 자치》에서 밝힌 나의 견해에 동의하지 않았지만 우리의 투쟁을 마지막까지 지원했고, 우리의 관계는 변하지 않았다.

33. 톨스토이 농장 1 [119)]

영국에서 돌아온 대표단은 좋은 소식을 전하지 못했다. 그러나 나는 앰프실 경과 나눈 대화에서 인도인 사회가 어떤 결론을 이끌어낼지 걱정하지 않았다. 나는 마지막까지 우리와 함께할 사람이 누구인지 알았다. 사티아그라하에 대한 나의 생각은 더 성숙해졌고, 나는 그 보편성과 탁월성을 깨달았다. 따라서 나는 완전히 평온했다. 《인도의 자치》는 사티아그라하의 숭고함을 보여주기 위해 쓴 책이자, 나의 믿음에 대한 참된 척도를 보여준 책이다. 나는 우리 편 전사들 숫자에 무관해졌다.

그러나 재정의 걱정에서는 벗어나지 못했다. 기금 없이는 장기간 투쟁하기 어려웠다. 당시에는 돈 없이 투쟁할 수 있고, 돈이 올바른 투쟁을 망치는 경우가 많으며, 신은 사티아그라하나 해탈 추구자[*]에게 필요 이상을 주지 않는다는 것을 지금처럼 분명히 알지 못했다. 그러나 신은 그때도 나를 버리지 않고 낙담의 구렁텅이에서 일으켜 세웠다. 한편으로 우리는 남아프리카로 상륙해 인도인 사회에 성공하지

---

119) 33~35장을 보완하는 것이 《자서전》 4부 27, 30~36장이다.
* (원주) mumukshu. 데사이는 이를 '영원한 도시를 향한 순례자'라고 풀이한다.

못했다고 보고해야 했지만, 다른 한편으로는 신은 자금 부족에서 벗어나게 해주었다. 나는 케이프타운에 도착하자마자 영국에서 온 전보를 받았다. 라탄지 잠셋지 타타 씨(뒤에 경)가 사티아그라하 기금에 2만 5000루피를 냈다는 내용이었다. 이는 당장 필요한 것보다 훨씬 많은 금액이었고, 우리는 활동을 개시했다.

그러나 그 자금은—혹은 더 큰 기부금이 있었다고 해도—사티아그라하 투쟁, 즉 자기 정화와 자기 의존을 주된 내용으로 하는 진실을 위한 싸움을 가능하게 하지 못했다. 사티아그라하 투쟁은 인격이라는 자본 없이는 불가능하다. 화려한 궁전도 그 안에 사는 사람이 없으면 폐허로 보이듯이, 재산이 아무리 많아도 인격이 없는 사람은 폐인이다. 사티아그라히는 투쟁이 얼마나 오래 계속될지 아무도 말할 수 없음을 알았다.

한편으로 보타 장군과 스뫼츠 장군이 손바닥만 한 땅도 포기하지 않는다고 결심하고, 다른 한편으로 몇 안 되는 사티아그라히가 목숨을 걸고 투쟁한다고 맹세했다. 그야말로 개미와 코끼리의 싸움이다. 코끼리가 한 발자국을 디디면 수많은 개미가 짓밟힌다. 사티아그라히는 사티아그라하가 얼마나 걸릴지 짐작할 수 없었다. 1년이 걸리든, 더 오래 걸리든 그들에게는 투쟁 자체가 승리였다. 싸움은 투옥이나 국외 추방을 뜻했다.

그러나 그사이 가족은 어떻게 되는가? 언제라도 감옥에 갈 사람을 채용하려는 사람은 없다. 석방된 뒤 자기 앞가림이나 가족 부양을 어떻게 해야 하는가? 어디에 살고, 집세는 누가 내주는가? 심지어 사티아그라히가 일용할 양식이 없어 고통스러워한다면 면제될 수 있을 것

257

이다. 이 세상에 가족을 굶기면서 훌륭한 투쟁에 참가하려는 사람이 얼마나 되겠는가.

지금까지 수감자 가족을 위해 필요에 따라 매달 현금이 지급되었다. 모두 일정한 액수를 지급한 것은 아니다. 가족이 다섯 명인 사티아그라히를 독신 사티아그라히와 같이 취급할 수도 없다. 그렇다고 우리 '군대'에 독신자만 채용할 수도 없는 일이다. 일반적인 원칙은 그들의 필요에 최소한을 제시하게 하고, 그에 따라 믿음으로 지급한다는 것이다. 문제가 생길 여지는 얼마든지 있었다. 교활한 사람들은 이득을 취하고자 했다. 정직하지만 특별한 스타일로 사는 데 익숙한 사람들은 그 스타일을 유지할 만한 원조를 기대했다. 이런 식으로는 운동이 장기간 계속될 수 없었다. 자격 있는 사람을 불공정하게 대할 위험, 자격 없는 자에게 부당한 이익이 주어질 위험이 언제나 있었다.

이 문제를 해결하는 유일한 방법은 모든 가족을 한곳에 모아 공동체의 구성원이 되도록 하는 것이다. 그러면 사기나 불공정이 없어질 것이다. 공공 기금은 대폭 절약되고, 사티아그라히 가족은 다른 사람들과 소박하고 조화롭게 살도록 훈련될 수 있다. 다양한 지역과 종교에 속하는 인도인이 함께 사는 기회도 된다.

그러나 이런 상황에 적합한 장소가 어디 있는가? 도시에 산다면 작은 일에 구애되어 큰일을 소홀히 하고 터무니없는 것을 받아들일 수 있다. 집세가 식비만큼 들 테고, 도시의 다양한 유혹 속에 소박하게 살기란 쉽지 않을 것이다. 게다가 도시에서는 많은 가족이 자기 집에서 유용한 작업을 하기에 적합한 장소를 찾기 어려울 것이다. 따라서 도시와 가깝지도 멀지도 않은 장소를 선택해야 했다.

물론《인디언 오피니언》을 발행하고 농작물도 약간 재배한 피닉스가 있었다. 피닉스는 다른 점도 매우 편리하지만, 요하네스버그에서 300마일(480킬로미터)이나 떨어져 그곳에 가려면 30시간이 걸린다. 그 거리에서 가족을 데려오고 데려가기란 어렵고 돈이 많이 든다. 사티아그라히 가족이 그렇게 먼 곳으로 떠나려 하지 않았고, 찬성한다 해도 그들을 보내거나 석방된 사람들을 맞는 것이 불가능해 보였다.

그 장소는 트란스발의 요하네스버그 부근에 있어야 했다. 독자가 아는 칼렌바흐 씨가 1100에이커(445헥타르)나 되는 땅을 사서 무상으로 사티아그라히에게 제공했다(1910년 5월 30일). 그곳에는 과실나무가 1000그루 가까이 있고, 언덕 밑에는 5~6명이 살 만한 집이 있었다. 물은 우물 두 개와 샘에서 공급되었다. 농장에서 가장 가까운 롤리 역이 1마일(1.6킬로미터), 요하네스버그는 21마일(34킬로미터) 거리다. 우리는 이 농장에 집을 짓고, 사티아그라히 가족을 불러 정착하게 했다.

34. 톨스토이 농장 2

농장에는 오렌지와 살구, 자두가 많아 사티아그라히는 그 열매를 먹고도 남았다. 우리가 사는 곳에서 500야드(460미터) 거리에 샘이 있어, 물은 막대에 양동이를 매달아 운반했다.

우리는 집안일을 위해서 하인을 두지 않고, 농사나 건설 작업에도 가급적 하인을 쓰지 않아야 한다고 주장했다. 요리부터 청소까지 모든 일은 우리 손으로 해야 했다. 가족을 위한 주거에 처음부터 남녀가 따로 살아야 한다고 결정했다. 따라서 집은 각각 거리를 두고 지었다. 당시에는 여자 10명과 남자 60명을 위한 집이면 충분하다고 생각했다. 그리고 칼렌바흐 씨가 지낼 집과 학교, 목수와 제화공 등을 위한 작업장을 지었다.

그곳에 온 사람들은 구자라트와 타밀나두, 안드라프라데시, 북인도 출신이고, 힌두교도와 이슬람교도, 파르시, 기독교인이다. 젊은이가 40명 정도고, 노인이 2~3명, 부인 5명, 아이들 20~30명 가운데 4~5명이 여자아이다.

기독교인과 다른 여성이 육식을 했다. 칼렌바흐 씨와 나는 농장에서 육식을 없애는 것이 바람직하다고 생각했다. 그러나 우리가 그 문제에 아무런 가책을 느끼지 않고 어린 시절부터 육식을 해왔으며, 재난을 당해서 이곳에 온 사람들에게 일시적이라도 육식을 포기하라고 요구할 수 있을까? 그렇다고 육식을 계속 제공한다면 생활비가 많이 들지 않는가? 육식에 길들여진 사람에게는 반드시 육식을 제공해야 하는가? 그런 경우 얼마나 많은 부엌을 따로 지어야 하는가? 이 문제에 대한 나의 의무는 무엇인가?

나는 그동안 이런 가족에게 돈을 지원하는 방법으로 육식을 도왔다. 육식자는 지원하지 않는다는 규칙을 만든다면, 나는 채식주의자들과 사티아그라하 투쟁을 해야 한다. 이는 모든 인도인 계급을 위해 운동을 조직해야 한다는 것과 모순이다. 이런 상황에서 나의 의무를 깨닫는 데 오래 걸리지 않았다. 기독교도나 이슬람교도 형제들이 육식을 원한다면 제공해야 한다. 그들이 이 농장에 오는 것을 거부하기란 절대적으로 불가능하다.

그러나 사상이 있는 곳에 신도 있다. 이슬람교도 친구들은 나에게 채식 부엌을 만들도록 허용했다. 이제 나는 남편이나 자식이 감옥에 있는 기독교도 자매들과 의견을 조율해야 했다. 투옥 중인 기독교도 친구들과 나는 종종 친밀한 관계를 맺었다. 그들은 같은 경우에 채식 하는 데 동의했다. 그러나 그들이 없는 동안 그 가족과 친밀한 관계를 맺는 것은 이번이 처음이다. 나는 그 자매들에게 공동 거주의 불편함, 자금 부족, 육식에 대한 생각을 말했다. 동시에 그들이 원한다면 고기 도 지급하겠다고 약속했다. 자매들은 고기를 먹지 않겠다고 기꺼이 동의했고, 요리는 그들이 담당하기로 했다. 나와 다른 남자들이 그들 을 도왔다.

내 앞에서는 사소한 언쟁이 없어졌다. 음식은 가장 단순한 것으로 결정되었다. 요리의 가짓수나 식사 시간이 정해졌다. 부엌은 하나뿐이 고, 모두 한 줄로 식사를 했다. 모든 사람이 자기 식기를 씻고, 공동 식 기는 여러 집단이 교대로 씻는다. 사티아그라히는 톨스토이 농장에서 오랫동안 살았지만, 남자든 여자든 고기를 요구한 사람은 아무도 없 었다. 술, 담배 등도 완전히 금지되었다.

앞에서 말했듯이 집을 짓는 일도 가능한 한 우리 힘으로 하고자 했 다. 물론 우리의 건축사는 칼렌바흐 씨다. 그는 백인 석공을 불렀다. 구자라트 출신 목수 나라얀다스 다마니아가 자원봉사를 했고, 값싸게 일하는 다른 목수도 데려왔다. 이주자들은 비숙련공으로 연장을 사용 하지 않는 일을 주로 했다. 우리 중에는 몸을 잘 움직여 놀라울 정도로 일하는 사람도 있었다. 목수 일의 태반은 비하리라는 사티아그라히가 했다. 사자처럼 용감한 탐비 나이두가 위생과 장보기를 담당했고, 그는 이를 위해 요하네스버그에 가야 했다.

프라그지 칸두바이 데사이는 평생 불편하게 산 적이 없지만, 여기서는 엄청난 추위와 뜨거운 태양과 지독한 비를 견뎌야 했다. 우리는 집을 짓는 두 달가량을 텐트에서 살았다. 건물은 모두 골함석으로 지어, 세우는 데 오래 걸리지 않았다. 필요한 목재도 기성품으로 확보했다. 우리가 할 일은 자로 재고 자르는 것뿐이었다. 문과 창문도 많지 않았다. 그래서 많은 건물을 그처럼 짧은 시간에 세웠다. 그러나 이 모든 노동은 프라그지의 몸에 엄청난 부담이었다. 농장의 노동이 감옥의 노동보다 고된 것이 분명했다. 어느 날 그는 피로와 무더위로 기절했다. 그러나 그는 포기할 사람이 아니었다. 그는 몸을 완벽하게 단련해서 결국 우리 가운데 최고 일꾼이 되었다.

조지프 로예폰은 법정 변호사지만 그 점을 전혀 자랑하지 않았다. 그는 고된 일을 할 수 없었다. 기차에서 짐을 내려 차에 옮기는 것도 힘들었지만, 그는 최선을 다해 일했다. 톨스토이 농장에서는 허약한 사람도 강해졌고, 모든 이에게 노동은 강장제임을 증명했다.

여러 가지 일로 모두 요하네스버그에 가야 했다. 아이들은 그곳에 가서 놀기 좋아했다. 나도 일 때문에 그곳에 가야 했다. 우리는 작은 공동체를 위한 공공 업무에 한해서 기차 삼등칸으로 그곳에 갈 수 있다는 규칙을 만들었다. 놀러 갈 때는 집에서 만든 도시락을 가지고 걸어가야 했다. 도시에서 음식을 사 먹어서는 안 되었다. 이처럼 엄격한 규칙을 정하지 않았다면 농장 생활로 절약한 돈을 철도 운임이나 도시 소풍에 소비했을 것이다.

도시락도 밀기울을 제거하지 않은 밀가루로 집에서 구운 빵, 집에서 만든 땅콩버터와 마멀레이드로 가장 소박한 것이었다. 우리는 가루를 만들기 위해 철제 맷돌을 샀다. 땅콩버터는 볶은 땅콩을 갈아서 만들었는데, 가격이 보통 버터보다 4분의 1이었다. 오렌지는 농장에 많았다. 우리는 농장에서 우유를 거의 사용하지 않고, 보통 농축 우유를 사용했다.

요하네스버그 여행 이야기로 돌아가자. 우리는 주 1~2회 요하네스버그에 걸어가서 그날 돌아왔다. 편도 21마일(34킬로미터) 여행이었다. 도보 여행 규칙으로 수백 루피를 절약했고, 걷는 사람에게도 큰 이익이었다. 몇 사람은 걷는 습관을 새로 익혔다. 일반적으로 오전 2시에 일어나 2시 반에 출발했다. 그러면 7시쯤 요하네스버그에 도착했다. 최단 시간 기록은 4시간 18분이다.

독자는 이 규칙이 이주자에게 엄청난 부담이 되었을 거라고 생각하지 말기 바란다. 이주자들은 도리어 이 규칙을 즐겁게 받아들였다. 강제로 했다면 한 사람도 받아들이지 못했을 것이다. 가장 어린 젊은이들은 농장 일과 도시 심부름을 즐겼다. 그들이 일하는 동안 못된 장난을 즐기는 것을 방지하기는 어려웠다. 기꺼이 일하는 것 외에 다른 일이 부과되지 않았고, 나는 그렇게 한 일이 질적으로나 양적으로 충분하지 못했다고 생각하지 않는다.

우리의 위생 시설에 대해 한두 마디 해도 좋을 것이다. 이주자가 많았지만 농장에는 쓰레기나 오물이 없었다. 모든 쓰레기는 구덩이를 깊이 파고 매립했다. 길에 물을 버리는 것은 금지되었다. 하수는 양동이에 모아 나무에 부었다. 음식물 쓰레기와 채소 찌꺼기는 거름으로 사용했다. 집 부근에 가로세로 1피트(30센티미터), 깊이 0.5피트(15센티미터) 구덩이를 파서 분뇨를 저장하고, 그 위에 파낸 흙을 덮어서 냄새가 나지 않게 했다. 거기에는 파리도 없었다. 아무도 그곳에 분뇨를 묻으리라고 생각하지 못했다.

우리는 그렇게 불쾌함을 제거했을 뿐만 아니라, 그것을 거름으로 만들었다. 분뇨를 적절하게 이용하면 수십만 루피에 해당하는 비료를 확보하고, 여러 가지 질병도 예방할 수 있었다. 우리는 배설의 악습으로 성스러운 강변을 더럽히고 파리의 서식처로 만들며, 범죄적인 부주의로 노출된 분뇨 위에 산 파리 때문에 목욕으로 깨끗해진 몸을 더럽힌다. 작은 삽 하나는 거대한 오염에서 구제하는 도구다. 길에 분뇨를 버리고 코를 풀고 침을 뱉는 것은 신과 인간에 대한 범죄고, 타인을 배려하지 않는 행동이다. 숲 속에 사는 사람이라도 분뇨를 덮지 않으면 중벌에 처해져야 한다.

우리 앞에 놓인 과제는 농장을 근면의 땅으로 만들고 돈을 절약하며, 결국 가족을 자립하게 만드는 것이었다. 그 목표에 이른다면 우리는 트란스발 정부와 언제까지 싸울 수 있다. 우리는 신발을 위해 돈을 약간 사용했다. 발은 땀으로 젖어 붇기 때문에 뜨거운 기후에서 신발 사용은 유해하다. 트란스발에서는 인도처럼 양말은 필요 없지만, 발을 가시나 돌에서 보호해야 한다. 따라서 샌들 만드는 기술을 배우고자 결심했다.

파인타운 부근 마리안힐에 이런 일을 하는 트라피스트라는 독일 가톨릭 수도원이 있었다. 카렌바흐 씨가 그곳에 가서 샌들 만드는 기술을 배웠다. 그는 나에게 기술을 가르쳐주었고, 다시 내가 다른 사람들에게 가르쳤다. 많은 젊은이가 샌들 만드는 기술을 배웠고, 우리는 친구들에게 샌들을 팔았다. 수많은 제자가 기술적으로 나를 능가했다.

그다음 소개된 수공업은 목공이다. 우리는 마을을 세우기 위해 벤치부터 상자까지 필요한 모든 것을 스스로 만들었다. 앞에 소개한 친절한 목수가 여러 달 동안 우리를 도와주었다. 칼렌바흐 씨는 목공 부문 책임자로서 언제나 빈틈없고 노련했다.

젊은이들과 아이들은 학교가 필요했다. 이는 우리에게 가장 어려운 일이고, 마지막까지 이 문제에 완전히 성공하지 못했다. 가르치는 일은 거의 칼렌바흐 씨와 내가 맡았다. 두 사람은 물론 학생들도 아침 노동으로 지쳐서 학교는 오후에 열었다. 따라서 학생은 물론 선생도 자주 졸았다. 우리는 눈에 물을 끼얹기도 하고 학생들과 놀면서 잠을 깨우려고 노력했지만, 효과가 별로 없었다. 몸은 휴식이 필요했고 거부하지 않았다. 그러나 그것은 우리의 많은 어려움 중에서 아주 작은 것이었다. 졸음에도 수업은 계속되었기 때문이다.

구자라트어, 타밀어, 텔루구어를 사용하는 학생들을 어떻게 가르칠 수 있을까? 나는 세 가지 말을 수업의 도구로 삼고 싶었다. 나는 타밀어를 조금 알지만 텔루구어는 몰랐다. 이런 상황에서 교사는 무엇을 할 수 있을까? 몇몇 학생을 교사로 삼고자 노력했으나, 그 실험은 성공하지 못했다. 프라그지의 봉사도 필요했다. 학생 몇 명은 소동을 일으키고 게을렀으며, 책을 멀리했다. 그런 학생이 교사의 말을 들을 리 없었다. 게다가 우리 수업은 규칙적일 수가 없었다. 칼렌바흐 씨나 나는 일이 생기면 요하네스버그에 가야 했다.

종교교육은 또 다른 난제였다. 나는 힌두교도에게 코란[120]을, 파르시에게 아베스타[121]를 가르치고 싶었다. 그곳에 코자[122] 소년이 있었는데, 그의 아버지가 나에게 코자의 작은 경전을 가르쳐달라고 했다. 나는 이슬람교와 조로아스터교에 관한 문헌을 수집하고, 나의 관점에서 힌두교의 근본 교리를 작성했다. 그것이 내 아이들을 위한 일인지, 톨스토이 농장 사람들을 위한 일인지는 잊어버렸다.

그것이 지금 나에게 있다면 정신적 진보의 증거로 삼을 것이다. 그러나 내 생애에서 그런 것을 버리거나 태운 일이 많다. 가지고 있을 필요가 없다거나 내 활동 영역을 넘는다고 느끼면 서류를 파기했다. 그 모든 것을 간직하기 부담스럽고 돈도 들기 때문에 후회하지 않는다. 캐비닛이나 상자에 보관했어야 하는데, 이는 가난을 맹세한 자에게 있을 수 없는 일이다.

그러나 이 교육 실험은 쓸데없는 일이 아니었다. 아이들은 편협에서 벗어났고, 각자의 종교와 관습에 대한 관용의 태도를 배웠다. 그들은 피를 나눈 형제처럼 함께 사는 법도 배웠다. 봉사의 교훈과 예의, 근면도 배웠다. 지금도 톨스토이 농장 아이들 몇 명의 소식을 듣지만, 그들이 받은 교육이 무용지물이 아니었다고 확신한다. 비록 완벽하지 못했지만 사려 깊고 종교적인 실험이었으며, 톨스토이 농장의 가장 멋진 추억에 속한 일이었고, 교육 실험의 추억은 무엇보다 멋졌다.

---

120) Koran은 이슬람교의 경전.

121) Avestā는 고대 페르시아 조로아스터교의 경전.

122) Khoja는 이슬람교 시아파 중 이스마일파의 하나. 펀자브와 구자라트에서 유력한 상인 계층을 배출했다.

그 추억에 대해서 이야기하려면 다른 장이 필요하다.

35. 톨스토이 농장 3

이 장에서 나는 톨스토이 농장의 여러 가지 추억을 말하고자 한다. 관련되지 않을 수 있어 독자의 관용을 바란다.

내가 담당한 이질적인 수업, 즉 7~20세 청소년과 12~13세 소녀들의 수업을 담당한 교사는 지금까지 없었을 것이다. 거칠고 난폭한 소년도 있었다.

이렇게 모인 집단에게 무엇을 가르쳐야 했을까? 모든 학생을 어떻게 가르쳐야 했을까? 그들에게 어떤 언어로 말해야 했을까? 타밀과 텔루구 아이들은 그들의 언어나 영어, 네덜란드어를 조금 할 수 있었다. 나는 두 반으로 나누어 구자라트반에는 구자라트어, 나머지 반에는 영어를 사용했다. 수업 시간에는 흥미로운 이야기를 말하거나 읽히고, 아이들이 친하게 지내며 우정과 봉사 정신을 기르도록 이끌었다. 역사와 지리에 대한 일반 지식과 산수, 글쓰기를 가르치고, 기도를 위해 찬송가도 가르쳤다. 타밀 아이들도 참가시키려고 노력했다.

소년 소녀들은 자유롭게 만났다. 톨스토이 농장의 공학 실험은 두려움이 전혀 없는 유형이었다. 내가 톨스토이 농장에서 부여한 자유를 지금 아이들에게 주고 수업할 용기는 없다. 당시 내 마음이 지금보다 순수했다고 종종 느낀다. 그것이 나의 무지 때문인지는 모르겠다. 그 뒤 쓰라린 경험을 했고 정말 혼이 났다. 내가 순수하다고 생각한 사람들이 타락했음을 알았다. 내 마음 깊숙이 악마의 뿌리가 있고 비겁해졌음을 보았다.

나는 실험을 두려워하지 않는다. 그 실험으로 해를 끼친 것이 없음을 내 양심이 증언한다. 그러나 뜨거운 우유에 입을 덴 아이가 찬 우유를 후후 불어가면서 마시듯, 나의 태도 역시 지나친 걱정이다.

사람은 타인에게 신앙이나 용기를 빌릴 수 없다. 《바가바드기타》에서 말하듯이 의심하는 자는 파멸하게 마련이다.[123] 톨스토이 농장에서 나의 신앙과 용기는 최고조에 이르렀다. 다시 그런 경지에 이르게 해달라고 신에게 빌었지만, 신은 아직 들어주지 않고 있다! 신의 하얀 옥좌 앞에는 그런 탄원자가 아주 많기 때문이다. 유일하게 위로가 되는 것은 무수한 탄원자가 있듯이 신에게 무수한 귀가 있다는 점이다. 그래서 나는 신을 완전히 믿는다. 신은 내가 그런 은총에 적합한 사람이 될 때 나의 기원을 들어주리라고 생각한다.

나는 말썽을 일으키는 소년들과 순수한 소녀들을 같은 곳에서 동시에 목욕하게 했다. 나의 사티아그라하 이념에 익숙한 아이들에게 자제의 의무를 충분히 설명했다. 그들에 대한 나의 사랑은 어머니의 사랑과 같다고 생각했고, 아이들도 그러했다. 독자는 부엌에서 조금 떨어진 샘을 기억할 것이다. 목욕을 위해 아이들을 만나게 하고, 그들이 순수하기를 기대한 것은 얼마나 어리석은 일인가? 어머니의 눈이 딸을 뒤쫓듯이, 나의 눈은 소녀들을 뒤쫓았다. 모든 소년 소녀가 목욕할 시간은 정해졌다. 그들 사이에는 안심이 있었고 한 몸이 되었다. 고독

---

123) 《바가바드기타》, 4부 40장.

은 언제나 제외되었다. 일반적으로 나도 같은 시간에 그 샘에 있었다.

우리는 모두 지붕이 없는 베란다에서 잤다. 소년 소녀들은 내 곁에 누웠다. 두 침대 사이에는 3피트[90센티미터] 정도 거리가 있었다. 침대를 놓는 위치는 주의 깊게 결정되었지만, 사악한 마음이 있는 경우 그런 주의도 무의미할 수 있다. 나는 오로지 신이 소년 소녀의 명예를 지켜주었음을 안다. 나는 소년 소녀들이 아무런 해를 끼치지 않고 함께 살 수 있다는 신념에서 그 실험을 했고, 그 일은 부모들이 나를 전적으로 믿어주었기에 가능했다.

어느 날 어떤 젊은이가 두 소녀를 놀렸다고 아이들이 알려주었다. 나는 깜짝 놀랐다. 조사해보니 사실이었다. 젊은이를 나무랐지만, 그것으로 충분하지 않았다. 나는 어떤 악마의 눈도 그들에게 향하지 않도록 하는 경고로, 아무도 그들의 순결을 범하지 않도록 모든 소녀에게 주는 교훈으로 두 소녀의 신체에 어떤 표시를 하고자 했다. 라마가 멀리 있었지만 정욕에 사로잡힌 라바나는 시타의 몸에 손을 댈 수 없었다.[124]

소녀들이 안전하다는 이유로 타인이 소녀들을 봐도 욕정에 사로잡히지 않을 어떤 표시를 해야 하는가? 이 물음에 나는 밤을 꼬박 샜다. 아침에 나는 소녀들에게 긴 머리를 잘라도 되는지 물었다. 우리는 농장에서 타인의 머리를 자르고 면도를 했다. 그래서 가위와 이발기가 있었다. 처음에 소녀들은 내 말을 들으려고 하지 않았다. 나는 그 전에 연상의 부인들에게 상황을 설명했다. 그들도 내 제안을 받아들이려고

---

124) 〈람차리트마나스Rāmcharitmānas〉 5부에 나오는 장면.

하지 않았지만, 내 의도는 충분히 이해하고 결국 나를 도와주었다. 그들은 모두 품위 있는 소녀들이다! 그중 한 사람은 지금 살아 있지 않다! 매우 똑똑하고 지적이었다. 다른 한 사람은 살아 있고 가정주부다. 그들은 결국 이해했고, 지금 그 사건을 설명하는 이 손으로 즉시 그들의 머리를 잘랐다.

그 뒤 수업에서 나의 절차에 대해 분석하고 설명했다. 결과는 아주 좋았다. 나는 그런 놀림에 대해 다시 들은 적이 없다. 문제가 된 소녀들은 어떤 경우에도 잃은 것이 없었다. 그들이 무엇을 얻었는지는 신이 알 뿐이다. 나는 그 젊은이가 이 사건을 지금도 기억하고 죄짓지 말기를 바란다.

이런 실험을 기록하는 것은 모방을 위해서가 아니다. 모방하는 교사가 있다면 큰 위험을 무릅써야 할 것이다. 이 실험에 대해 말한 것은 인간이 어떤 상황에서 어디까지 갈 수 있는지 보여주고, 사티아그라하의 순수성을 강조하기 위해서다. 순수성이야말로 승리를 보장한다. 이 실험을 시작하기 전에 교사는 아이들에게 부모가 되어야 하고, 어떤 결과도 감수해야 하며, 가장 힘든 속죄만이 그에게 적합할 수 있다.

나의 행위가 농장 모든 주민의 생활양식에 영향을 미치지는 못했다. 우리는 생활비를 최대한 절약하고자 했기 때문에 의복도 바꿨다. 남아프리카 도시에서 사티아그라히를 포함한 인도 남성의 복장은 유럽식이었다. 농장에서는 그런 정교한 옷이 필요 없었다. 우리는 모두 노동자였기에 유럽식 노동자 옷을 입었다. 죄수복을 모방해서 거친 푸른 옷감으로 만든 값싼 기성복 바지와 셔츠였다. 여성들이 모두 재봉을 잘해서 옷을 만들었다.

식사는 주식이 쌀과 달,[125] 채소, 로티[126]고, 종종 죽이 더해졌다. 이 모든 것을 한 접시에 담았다. 쟁반이 아니라 감옥에서 죄수들이 사용하는 사발 같은 것이었다. 나무 숟가락은 농장에서 우리가 만들었다. 하루 세끼 식사를 했다. 오전 6시에 직접 만든 빵과 밀차,* 11시에 밥과 달과 채소, 오후 5시 30분에 밀죽과 우유 혹은 빵과 밀차를 먹었다. 저녁 식사 후 7시나 7시 30분에 기도하고 찬송가를 불렀으며, 종종 《라마야나》나 이슬람 책의 낭독을 들었다. 찬송가는 영어와 힌디어, 구자라트어로 불렀다. 가끔은 세 언어를 각각 혹은 한 가지 언어로 찬송가를 불렀다. 오후 9시면 모두 잤다.

농장에서는 많은 사람들이 에카다시[127] 단식을 지켰다. 단식 경험이 풍부한 슈리 P. K. 코트발이 우리와 함께했고, 몇 명은 그의 차투르마스[128]를 따랐다. 그사이에 라마단[129]도 찾아왔다. 우리 중에는 이

---

125) dhal은 렌틸콩과 향료를 사용한 인도 요리.

126) roti는 이스트를 넣지 않은 인도 빵.

* (영역자 주) 차, 커피, 코코아를 대체하는 해가 없고 영양가 있는 것은 다음과 같이 만들 수 있다. 심지어 커피 감식가도 커피와 이 대체물의 맛이 어떻게 다른지 모른다. 잘 씻은 밀을 검붉어질 때까지 볶은 뒤 커피처럼 가루로 만든다. 그 가루를 컵에 한 스푼 넣고, 끓는 물을 붓는다. 되도록이면 그것을 불 위에 1분 정도 끓이고, 그냥 마시거나 필요한 경우 우유와 설탕을 타서 마신다. 지은이가 건강에 대해 구자라트어로 쓴 책, 5장(김남주 옮김,《마음을 다스리는 간디의 건강 철학Gandhi's Health Guide》, 뜨란, 2000, 121쪽).《인디언 오피니언》, 1913년 3월 8일자.

127) Ekadashi는 '11일째'라는 뜻. 힌두교도는 달이 찼다가 기우는 11일째를 거룩한 날이라 보고 단식을 한다.

128) Chaturmas는 '4개월'이라는 뜻. 우기 4개월 동안 단식을 한다.

129) Ramaḍān. 이슬람력 9월 라마단에는 해가 뜨고 질 때까지 단식을 하는데, 물도 마시

슬람교도 청년이 있었다. 우리는 그들이 라마단을 지키도록 격려해야 한다고 생각했다. 그래서 아침 일찍 그리고 저녁에 식사를 준비했고, 저녁에는 그들을 위해 죽을 만들었다. 물론 고기는 없었고, 아무도 요구하지 않았다. 우리는 이슬람 청년들과 함께하기 위해 저녁 한 끼만 먹었다. 우리는 규칙적으로 해가 지기 전에 저녁 식사를 했기 때문에, 이슬람 청년들이 식사를 시작할 때 다른 사람들은 식사를 마친다는 것이 다를 뿐이었다.

그들은 매우 예의 발라 단식을 하면서도 아무에게나 시비 걸지 않았고, 이슬람교도가 아닌 아이들이 단식에 협조하여 좋은 인상을 주었다. 나는 힌두교도나 이슬람교도 사이에 종교로 다툼이나 분열이 생긴 것을 기억하지 못한다. 모두 자기 종교를 철저히 지키면서도 다른 종교를 존중하고, 각자 종교를 지키는 데 협조했다.

우리는 도시의 편한 생활에서 멀리 떨어져 있었음에도 질병의 공격에 당연한 설비조차 갖추지 못했다. 당시 나는 아이들의 순수를 믿듯이, 질병에 대한 자연치료를 믿었다. 우리가 소박하게 산다면 질병이 없고, 설령 있어도 이겨낼 자신이 있다고 생각했다. 내가 건강에 대해 쓴 소책자[130]는 당시의 실험과 신앙을 보여준 기록이다. 나는 병에 걸리지 않는다고 믿을 만큼 자신감이 있었다. 물이나 흙의 요법, 단식이나 식사 조절로 모든 병을 치료할 수 있다고 믿었다. 농장에서 병자가 생겼을 때 약을 먹거나 의사를 부른 적은 한 번도 없다. 천식과 기침으

지 않는다.

130) 《인디언 오피니언》에 연재된 〈건강에 관한 일반 지식Arogy vishe gnyan〉.

로 고생하는 북인도 출신 70세 노인이 있었지만, 나는 식사 조절과 물요법으로 그를 치료했다. 그러나 지금 나는 그런 용기가 없다. 큰 병을 두 번 겪고 그런 실험을 할 자격을 잃었다고 생각한다.

우리가 농장에 살 때 고칼레가 남아프리카에 왔다. 그의 여행에 대한 설명은 다른 장이 필요하지만, 반은 즐겁고 반은 쓰라린 추억으로 여기서 설명하겠다. 독자는 우리의 생활에 대해 상당히 알고 있다. 농장에는 침대가 없었지만, 우리는 고칼레를 위해서 하나 빌렸다. 농장에는 사생활을 보장할 만한 방도 없었다. 앉을 수 있는 데는 학교의 벤치가 전부였다. 그럼에도 허약한 그를 농장에 초대하지 않을 수 없었다. 고칼레 역시 농장을 보지 않을 수 없었다.

나는 어리석게도 그가 하룻밤의 불편을 견디고, 역에서 농장까지 1.5마일(2.4킬로미터)을 걸을 수 있으리라고 생각했다. 나는 그 전에 고칼레에게 물어보았고, 그는 나에 대한 지나친 믿음으로 아무 생각 없이 동의했다. 운 나쁘게도 그날은 비가 왔지만, 갑자기 특별한 조치를 취할 수 없었다. 나의 무지로 그를 성가시게 한 것을 잊을 수 없다. 그로서는 참기 어려운 일이었고, 결국 감기에 걸렸다.

우리는 그를 부엌과 식탁으로 안내할 수도 없었다. 고칼레는 칼렌바흐 씨 방에 머물렀다. 그의 식사는 부엌에서 방으로 가져가는 동안 식어버렸다. 나와 코트발이 그를 위해 특별한 수프와 빵을 만들었지만, 뜨거운 상태로 대접할 수는 없었다. 우리는 최선을 다했다. 고칼레는 아무 말도 하지 않았지만, 그의 표정을 보고 내가 얼마나 바보 같은 짓을 했는지 알았다. 그는 우리가 모두 바닥에서 자는 것을 알고 침대를 치우고 바닥에 침구를 깔게 했다. 그날 밤은 온통 후회뿐이었다.

고칼레는 내 눈에 나쁘게 보이는 습관이 있었다. 그는 기다리는 하인 외에 아무도 허용하지 않았다. 이번 여행에 그는 하인을 동반하지 않았다. 칼렌바흐 씨와 나는 그의 다리를 주물러주려고 했다. 그러나 그는 우리가 손을 대는 것조차 거부하고, 반은 농으로 반은 화를 내며 말했다.

"당신들은 마치 어려운 일을 하려고 태어났고, 저 같은 사람은 당신들의 봉사를 받아야 한다고 생각하는 듯이 보입니다. 오늘 이런 당신들의 과격주의에 따른 죄를 받아야 합니다. 제게 손대지 마세요. 당신들은 생리적 욕구를 위해 멀리 가면서도 나를 위해서는 방에 변기를 준비해야 한다고 생각하시지요? 저는 어떤 불편도 견디겠지만, 당신들의 자부심은 꺾을 것입니다."

이 말은 우리에게 천둥 번개와 같았고, 나와 칼렌바흐 씨를 무척 슬프게 했다. 이 말을 하는 동안 고칼레의 얼굴에 옅은 웃음이 있었다는 점이 유일한 위안이었다.

크리슈나는 종종 아르주나가 '그의 위대함을 모르고 그의 사랑에 무심한 점'에 크게 고통 받지만, 곧 그 일을 잊었다.[131] 고칼레는 우리가 자신에게 봉사하는 것을 거부했지만, 우리가 봉사하려는 뜻은 기억했다. 그가 몸바사에서 보낸 친절한 편지는 지금도 가슴에 남는다. 그는 모든 것을 즐겁게 참았고, 마지막까지 우리가 할 수 있는 봉사를 받지 않았다. 그는 우리 손으로 만든 식사와 도움을 받아야 했지만 그

---

131) 《바가바드기타》, 11부 41장.

렇게 하지 않았다.

다음 날, 고칼레는 자신과 우리에게 휴식을 허용하지 않았다. 내가 책으로 내고자 한 그의 연설집을 모두 교정했다. 그는 집필할 때 여기 저기 걸어가면서 생각하는 버릇이 있었다. 그는 짧은 편지를 한 통 써야 했고, 나는 그가 금방 쓸 것이라고 생각했다. 그러나 그렇지 않았다. 내가 그 점을 이야기하자, 그는 설교로조 말했다.

"당신은 나의 생활 방식을 모릅니다. 나는 아무리 작은 일도 서두르지 않습니다. 그것에 대해 생각하고, 그 주제를 고민합니다. 이어 주제에 적합한 말을 신중히 생각하고 나서 쓰기 시작합니다. 모든 사람들이 저처럼 한다면 얼마나 많은 시간을 절약할 수 있을까요? 지금 국민은 자신을 압도하는 반밖에 익지 않은 생각에서 벗어날 것입니다."

톨스토이 농장의 추억이 고칼레가 방문한 때를 서술하지 않고는 불완전하듯이, 칼렌바흐 씨의 성격과 행동에 대한 서술도 마찬가지다. 그가 우리와 함께 산 것은 참으로 놀라운 일이다. 고칼레는 평범한 일에 이끌리는 사람이 아니지만, 칼렌바흐 삶의 혁명적 변화에 강하게 이끌렸다. 칼렌바흐 씨는 사치 속에서 자랐고, 가난이 무엇인지 몰랐다. 사실 방종이 그의 종교였다. 그는 인생의 모든 즐거움을 누렸고, 돈으로 살 수 있는 안락을 추구하는 데 망설이지 않았다.

그런 사람이 톨스토이 농장에서 살고, 인도인 이주민 가운데 한 사람이 되는 것은 예삿일이 아니다. 이는 인도인에게 무척 기쁘고 놀라운 일이었다. 백인 중에는 그를 바보나 광인으로 부르는 사람도 있었지만, 다른 사람들은 그의 절제 정신을 존경했다. 칼렌바흐 씨는 절제를 고통으로 느끼지 않았다. 사실상 그는 과거 인생의 쾌락을 누릴 때보다 많이 절제를 누렸다. 소박한 삶의 행복에 대해 말하면서 그는 완전히 몰입했고, 그의 말을 들은 사람들도 일시적으로 그 행복을 누리고 싶은 유혹에 빠졌다.

그는 아이들은 물론 어른들에게도 아주 친절해서, 사람들이 그를 잠시만 떠나도 삶의 공허를 느낄 정도였다. 칼렌바흐 씨는 과실나무를 무척 좋아해서 정원 일을 자기 일로 삼았다. 매일 아침 아이들과 어른들을 불러서 과실나무를 돌보았다. 그들에게 열심히 일하도록 했지만, 낙천적 기질과 웃는 얼굴 덕분에 그와 함께 일하는 것을 모두 좋아했다. 사람들이 매일 오전 2시에 일어나 톨스토이 농장에서 요하네스버그로 걸어갈 때, 그는 항상 그들 속에 있었다.

칼렌바흐 씨와 나는 종교에 대해서 종종 이야기했다. 비폭력이나 사랑, 진실과 같은 근본적인 요소가 주제였다. 내가 뱀을 비롯한 동물을 죽이는 것은 범죄라고 말했을 때, 칼렌바흐 씨는 나의 백인 친구들과 마찬가지로 놀랐다. 그러나 결국은 추상적인 원리로 그 진실을 받아들였다. 그와 친밀하게 지낸 초기부터 칼렌바흐 씨는 지적으로 수용한 모든 원칙을 실천하는 것이 정당한 의무라고 생각했기에, 한순간도 주저하지 않고 그의 삶에 순간적인 변화를 초래할 수 있었다.

칼렌바흐 씨는 뱀을 죽이는 것이 정당하지 않다면, 그들과 우정을 나눠야 한다고 생각했다. 그는 먼저 특별한 파충류를 구별하기 위해 뱀에 대한 책을 수집했다. 그는 모든 뱀에 독이 있는 것은 아니고, 그중 몇몇은 들의 작물을 보호한다는 것을 읽었다. 그는 우리에게 뱀의 종류를 식별하는 법을 가르쳤고, 농장에서 발견된 거대한 코브라를 키웠다. 칼렌바흐 씨는 날마다 손으로 먹이를 주었다.

나는 친절하게 말했다. "당신은 순수한 마음으로 이 모든 일을 하지만, 코브라는 당신의 우정을 분명히 알지 못합니다. 당신의 우정에는 공포가 있기 때문입니다. 코브라를 자유롭게 놓아둔다면 당신도 저도 그것과 놀 용기가 없습니다. 우리가 진심으로 기르고 싶은 것은 그런 용기입니다. 따라서 코브라 사육에 우정이 있지만 사랑은 없습니다. 우리는 코브라를 식별할 수 있어야 합니다. 우리는 동물이 누군가가 그들을 사랑하는지 두려워하는지 한순간에 알아본다는 것을 매일 경험합니다. 게다가 당신은 코브라가 독사라고 생각하지 않고, 그 행동이나 습성을 알기 위해 우리에 가둬왔습니다. 이것은 일종의 도락이지 참된 우정 관계가 아닙니다."

칼렌바흐 씨는 나의 주장을 이해했지만, 코브라를 당장 풀어줄 마음은 아니었다. 나는 그에게 어떤 압력도 가하지 않았다. 나도 코브라의 생활에 흥미가 있었고, 아이들은 무척 좋아했다. 아무도 코브라를 괴롭히지 않았지만, 코브라는 도망갈 방법을 찾고 있었다. 우리 문이 열린 상태였는지 코브라가 열었는지 모르지만, 며칠 뒤 칼렌바흐 씨가 빈 우리를 발견했다. 칼렌바흐 씨와 나는 기뻤다. 이 사육 실험으로 뱀은 우리 대화에 자주 등장하는 주제가 되었다.

칼렌바흐 씨는 가난한 장애인 알브레히트를 농장에 데려왔다. 그는 등이 굽어 지팡이를 짚지 않으면 걷지도 못했다. 그는 용기 있고 교육받은 사람이라 심각한 문제에 깊은 관심을 보였다. 그도 인도인 이주민 가운데 한 사람이 되어 농장 구성원들과 자유롭게 지냈다. 그는 두려움 없이 뱀과 놀기 시작했다. 그는 작은 뱀을 잡아 손바닥 위에서 가지고 놀았다. 톨스토이 농장 생활이 길어졌다면 알브레히트의 모험이 어떻게 끝났을지는 신만이 알 뿐이다.

이런 실험 결과 다른 사람들만큼 뱀을 두려워하지는 않았지만, 농장 모든 사람이 독사를 두려워하지 않았다거나 뱀을 죽이는 것이 완전히 금지되었다고 말할 수는 없다. 어떤 행위에 폭력이나 죄가 있다는 확신은 하나다. 그 확신에 따라 행동하는 힘은 별개다. 뱀을 두려워하고 자기 생명을 포기하지 않는 사람은 비상사태에 뱀을 죽일 수밖에 없다. 나는 농장에서 그런 사건이 일어난 것을 기억한다.

독자가 알듯이 농장에는 뱀이 많았다. 우리가 그곳에 왔을 때 아무도 살지 않았고, 토지는 오랫동안 방치되었다. 어느 날 칼렌바흐 씨가 지내는 방에서 뱀 한 마리가 발견되었다. 뱀은 쫓거나 잡을 수 없는 곳에 있었다. 한 학생이 그것을 보고, 나를 불러서 어떻게 해야 하는지 물었다. 죽이라는 허가를 바란 것이다. 허가 없이도 죽일 수 있었으나, 학생이나 다른 사람들은 보통 나에게 묻는다. 학생에게 뱀을 죽이라고 허용하는 것이 나의 의무라고 생각하여 그렇게 했다. 이 장을 쓰는 지금도 그렇게 한 것이 나쁘다고 생각하지 않는다. 나는 손으로 독사를 잡거나 이주민의 공포를 제거할 용기가 없고, 지금도 그런 용기를 키우지 못했다.

농장에는 사티아그라히들이 늘었다가 줄었다가 했다. 감옥에 들어가는 사람도 있고, 나오는 사람도 있다. 언젠가 사티아그라히 두 사람이 농장에 왔다. 치안판사가 자진 출두 서약으로 두 사람을 석방한 것이다. 그들은 다음 날 법정에 출두해야 하는데, 이야기에 빠져서 마지막 열차 시간을 놓쳤다. 두 사람 다 젊고 근육질이었다. 그들은 달렸고, 우리 중 몇 사람도 그들을 배웅하고자 함께 달렸다. 달려가는 도중에 기차가 도착하며 울리는 기적을 들었다. 우리는 출발을 뜻하는 두 번째 기적이 울릴 때 역 입구에 닿았다. 두 젊은이는 계속 속도를 냈고, 나는 그들 뒤에 처졌다. 기차가 출발했다. 다행히 역장이 그들이 달려오는 것을 보고 기차를 멈췄다. 그들이 무사히 기차를 타고, 나는 역장에게 진심으로 감사했다.

이 사건에서 두 가지 논점이 생겨났다. 첫째 사티아그라히들이 투옥되고 약속을 지키려는 열의, 둘째 사티아그라히와 지방 관리들의 따뜻한 관계. 젊은이들이 기차를 놓쳤다면 법정에 출두하지 못했을 것이다. 그들에게는 보석 보증인이 필요 없었고, 법원에 보석금을 걸 필요도 없었다. 그들은 인격적 신뢰로 석방되었다. 사티아그라히들은 그 정도로 명성이 높았고, 스스로 투옥되고자 했기 때문에 치안판사들은 보석금을 요구할 필요가 없다고 생각했다. 젊은이들이 기차를 놓쳐서는 안 된다는 걱정에 바람처럼 빠르게 달린 것도 그 때문이다.

사티아그라하 투쟁이 시작되었을 때 관리들의 학대가 심했고, 간수들이 엄격한 곳도 있었다. 그러나 투쟁이 진행되면서 관리들은 차차 부드러워졌고, 경우에 따라 완전히 부드러워지기도 했다. 우리와 오랫동안 접촉한 간수는 앞에서 언급한 역장처럼 우리를 도와주기도 했다. 사티아그라히가 편해지고자 관리에게 어떤 형태로든 뒷돈을 주었을 거라고 생각해서는 안 된다. 사티아그라히는 부당한 편의를 돈으로 살 생각을 하지 않았다.

그러나 적법하게 주어진 편의는 기꺼이 받았고, 사티아그라히는 여러 곳에서 그런 편의를 향유했다. 역장이 호의적이지 않다면 규칙을 내걸고 여러 가지 방법으로 손님을 괴롭힐 수 있다. 그런 학대에 불만은 있을 수 없다. 반면 관리가 호의적이라면 규칙을 어기지 않고도 많은 편의를 제공할 수 있다. 우리는 농장과 가까운 롤리 역의 역장에게 그런 편의를 제공받았다. 사티아그라히의 예의와 인내, 자기 수난 덕분이다.

여기서 무관한 사건 하나를 서술해야겠다. 나는 최근 35년 동안 종교와 경제와 건강의 관점에서 식사에 대한 실험을 즐겨왔다. 식사 개선에 대한 편애는 지금도 마찬가지다. 내 주위 사람들도 자연스럽게 실험의 영향을 받았다. 나는 흙과 물에 의존하는 자연요법으로 병을 치료하는 실험도 병행했다. 변호사 일을 할 때 의뢰인들과 나는 가족 같았다. 의뢰인들은 나와 희로애락을 함께했다. 그중 몇 사람은 나의 자연치료 실험에 대해 알고 조언을 구했다.

이런 환자들이 종종 톨스토이 농장에 왔다. 루타반은 북인도에서 계약노동자로 온 노인이다. 그는 70세로 오랫동안 천식을 앓았다. 그는 바이디아[132]가 처방한 가루약을 계속 복용했다. 당시 나는 자연요법의 효과를 무한 신뢰했다. 루타반에게 농장에 살면서 내가 제시하는 조건을 모두 지킨다면, 그에 대한 치료가 아니라 나의 실험을 해보겠다고 했다. 그는 내가 말한 조건을 수락했다.

그중 하나는 흡연을 포기하는 일이었다. 나는 그에게 24시간 단식

---

132) vaidya는 인도의 전통 의학인 아유베다를 전공한 의사를 지칭하는 말.

을 지시했다. 매일 정오 햇빛 속에서 퀴네 목욕[133] 으로 시작했다. 당시 남아프리카의 기후는 그다지 뜨겁지 않았다. 그는 밥과 올리브유 약간, 꿀과 함께 죽, 가끔씩 오렌지, 다른 때 포도와 밀차를 먹었다. 소금과 향신료는 전혀 사용하지 않았다.

루타반은 내가 잠자는 건물 방에서 잤다. 침구는 모포 두 장이 전부로, 하나는 깔고 하나는 덮었다. 그리고 나무 베개를 사용했다. 일주일이 지났다. 루타반의 몸에 힘이 생기기 시작했다. 천식과 기침이 조금씩 약해졌지만, 밤이 되면 심해졌다. 나는 그가 은밀히 흡연을 한다고 의심했고, 정말 그런지 물어보았다. 루타반은 아니라고 했다. 이틀이 지나도 진척이 없었다. 그래서 루타반을 은밀히 조사하고자 결심했다. 그곳에는 뱀이 많아서 칼렌바흐 씨는 나에게 손전등을 주고, 자기도 하나 가졌다. 나는 언제나 손전등을 옆에 두고 잠들었다.

어느 날 밤, 나는 깨어서 누워 있기로 결심했다. 나의 침구는 문 옆 베란다 위에 있었다. 루타반은 안에서 잠들었지만 역시 문 옆에 있었다. 그는 한밤중에 기침을 했다. 담배에 불을 붙이고 피우기 시작했다. 나는 천천히 그의 침구로 다가가 손전등을 켰다. 그가 모든 것을 알고 신경이 날카로워졌다. 루타반은 흡연을 멈추고 일어서서 내 발을 잡고 말했다. "큰 잘못을 저질렀습니다. 다시는 담배를 피우지 않겠습니다. 당신을 속였습니다. 용서해주십시오." 그는 거의 울먹였다.

나는 그를 달래고, 금연은 그를 위한 것이라고 말했다. 나의 예측으로는 기침이 완치되어야 하는데 여전히 고통 받는 것을 알고, 그가 은

---

133) 독일의 생리학자 빌헬름 퀴네Wilhelm Kühne가 고안한 목욕법.

밀하게 담배를 피운다고 의심했다. 루타반은 흡연을 포기했다. 2~3일 안에 천식과 기침이 덜해졌고, 한 달 만에 완치되었다. 그는 활력을 완전히 되찾아 우리를 떠났다.

두 살배기 역장 아들이 장티푸스에 걸렸다. 역장도 나의 치료법을 잘 알아서 조언을 구했다. 첫날은 음식을 전혀 주지 않았고, 이튿날부터 바나나 반쪽을 올리브유 한 스푼, 오렌지주스 몇 방울과 함께 으깨서 주었다. 밤에는 찬 진흙으로 배에 찜질을 했다. 이때도 치료는 성공했다. 의사의 진단이 잘못되었거나 장티푸스가 아닐 수도 있다.

나는 농장에서 그런 실험을 여러 번 했다. 실패한 기억은 한 번도 없다. 그러나 지금은 같은 실험을 할 용기가 없다. 장티푸스 환자에게 바나나와 올리브유를 주는 것만으로 몸이 떨린다. 나는 1918년 인도에서 이질에 걸렸는데, 그 치료에 실패했다. 지금도 남아프리카에서 잘된 치료가 인도에서는 성공하지 못한 것이 자신감 결여 때문인지, 기후 때문인지 알 수 없다.

그러나 자연요법과 톨스토이 농장의 소박한 생활이 최소한 20만~30만 루피를 절약하게 했음을 안다. 이주민은 서로 같은 가족 구성원으로 바라보았고, 사티아그라히는 피난처를 찾았으며, 부정직하거나 위선의 여지가 적었고, 밀은 독보리와 구별되었다. 지금까지 상세히 말한 식사 실험은 건강의 관점에서 진행되었다. 그러나 나 자신에게 가장 중요하고 순수한 정신적인 실험을 했다.

나는 채식주의자로서 우유를 먹을 권리가 있는가라는 질문에 대해 깊이 생각하고 광범하게 읽었다. 그러나 농장에 살 때 책인가 신문을 읽었는데, 콜카타에서 암소의 마지막 우유 한 방울을 짜내기 위해 비

282

인간적으로 다룬다는 내용이었다. 거기에는 푸카phuka라는 잔인하고 끔찍한 과정이 서술되었다. 칼렌바흐 씨와 우유를 먹을 필요성에 대해 토론한 적이 있다. 그 토론 과정에서 이 끔찍한 사례를 들려주고 우유를 포기하는 데서 오는 몇 가지 정신적 이익을 지적한 뒤, 가능하면 우유를 포기하는 것이 바람직하다고 했다.

칼렌바흐 씨는 용감한 사람이어서 바로 우유를 먹지 않는 실험을 시작했다. 그는 내가 말한 것을 완전히 믿었다. 그날부터 우리는 우유를 포기했다. 결국 우리의 식사를 신선한 말린 과일로 제한하고, 모든 조리된 음식을 중단했다. 여기서 그 실험 과정이나 결과에 대해 말하지는 않겠지만, 5년 동안 과일만 먹어도 체력이 약해지거나 병에 걸리지 않았다는 것은 말해두고 싶다.

게다가 그동안 육체노동을 할 힘이 충분했고, 하루에 55마일(90킬로미터)을 걸었으며, 하루 40마일(65킬로미터) 여행은 보통이었다. 나는 이 실험이 훌륭한 정신적 결과를 낳았다고 굳게 믿는다. 과일 식사를 어느 정도 조정해야 했던 것을 언제나 유감으로 생각한다. 정치적 문제에서 벗어날 수 있다면, 이 나이에 위험을 무릅쓰고라도 그 정신적 가능성을 다시 탐구해보고 싶다. 의사와 바이디아에게 정신적 관점이 결여되어 나의 길에 장애가 된다.

이제 나는 이 장을 즐겁고 중요한 추억으로 끝내야 한다. 그 위험한 실험은 자기 정화가 핵심인 투쟁에서 진행될 수 있었다. 톨스토이 농장은 최종적 투쟁을 위한 정신적 정화와 고행의 장이 되었다. 톨스토이 농장이 없었다면 투쟁이 8년간 계속될 수 있었을지, 거대한 기금을 확보할 수 있었을지, 투쟁의 최종 단계에 참가한 수많은 사람이 그 속에서 자기 역할을 할 수 있었을지 의문이다. 톨스토이 농장은 주목의 대상이 아니었지만, 사람들에게 공적인 공감을 부여했다.

인도인은 하고 싶지 않은 일, 고생이라고 생각하는 일을 톨스토이 농장 사람들이 해주었다고 생각했다. 1913년 대규모 투쟁이 재개되었을 때, 그런 공적 신임은 투쟁에 큰 자산이 되었다. 그런 자산이 낳은 이윤은 계산할 수 없고, 언제 이윤을 얻는지 아무도 말할 수 없다. 그러나 나는 반드시 이윤을 얻는다는 것을 의심하지 않으며, 아무도 의심하지 않기 바란다.

36. 고칼레의 방문

톨스토이 농장에서 사티아그라히는 단조로운 생활을 했고, 미래가 어떻든 자기 운명을 받아들이고자 했다. 그들은 투쟁이 언제 끝날지 몰랐고, 걱정도 하지 않았다. 그들은 한 가지 서약 아래 살았다. 즉 암흑법에 복종하지 않고, 그 결과 아무리 어려운 상황에 처해도 이겨내는 것이다. 전사에게는 싸움 자체가 승리다. 그는 그 속에서 즐겁기 때문이다. 그리고 싸움은 자기 수중에 있으므로 승부나 희로애락은 전사 자신에게 의존한다고 믿는다. 《바가바드기타》의 말로 바꾸면 전사에게 즐거움과 괴로움, 승리와 패배는 같다.

사티아그라히 한두 명이 가끔씩 감옥에 갔다. 그러나 감옥에 갈 기회가 없어지자, 농장의 외부 활동을 관찰한 사람들은 농장에 사티아그라히가 산다거나 그들이 투쟁을 준비한다고 믿기 어려웠다. 농장을 방문하는 무신론자가 친구라면 우리를 동정하고, 비판자라면 우리를 비난한다. 그는 "이 사람들은 게으르게 성장하여 이 격리된 장소에서 나태의 빵을 먹는다. 그들은 감옥에 가는 일이 역겨워져서, 번잡한 도시 생활에서 도망쳐 이 멋진 정원에서 즐긴다"고 말할지 모른다. 이런 비판자들에게 누가 사티아그라히는 도덕률을 범하는 것으로 감옥에 갈 수 없다고 설득할 수 있을까? 그의 평화로움과 자제력이 '전쟁'을 준비하는 것이라고 누가 설득할 수 있을까? 그래서 사티아그라히는 인간적인 도움을 구하는 생각조차 버리고 단지 신에게 의존한다고 누가 설득할 수 있을까?

마지막으로 아무도 예상하지 못하거나, 신이 보내준 것 같은 사건이 발생했다. 마찬가지로 생각조차 못한 지원이 도착했다. 전혀 예상하지 못한 시련이 찾아왔고, 결국 세계가 이해한 외적인 승리도 달성되었다.

나는 고칼레와 다른 지도자들에게 남아프리카를 방문하여 그곳 인도 이주민의 조건을 연구해달라고 요구했다. 그러면서도 정말 누가 올까 의심했다. 리치 씨는 인도 지도자가 남아프리카를 방문하도록 하려고 노력했다. 그러나 투쟁이 정체 단계일 때 누가 감히 가고자 하겠는가? 1911년 고칼레는 영국에 있었다. 그는 남아프리카 투쟁에 대해 연구했다. 그는 인도 입법 회의의 논의를 주도했고, 나탈을 위한 계약노동 모집을 금지하는 결의안(1910년 2월 25일)을 제출하고 통과시켰다. 그동안 나는 그와 편지를 교환했다. 고칼레는 인도 담당 장관과 협의했고, 남아프리카를 방문하여 모든 사실과 문제를 직접 연구하겠다는 의향을 전달했다. 장관은 그의 의향을 받아들였다. 고칼레는 나에게 보낸 편지에서 6주 일정으로 여행 계획을 세워달라고 했고, 남아프리카를 떠나야 할 날짜를 일러주었다.

우리는 정말 기뻤다. 그동안 남아프리카에는 인도인 지도자가 오지 않았고, 인도인이 이민 간 다른 곳에도 방문한 적이 없었다. 우리는 고칼레와 같이 위대한 지도자의 방문이 얼마나 중요한지 이해했다. 총독조차 지금까지 받지 못한 영예로 고칼레를 환영하고, 그를 남아프리카의 주요 도시로 데려가자고 결정했다. 사티아그라히와 다른 인도인은 모두 즐겁게 거대한 환영 준비에 참여했다. 환영 축전에는 백인도 초대되었고, 거의 모든 장소에 백인이 참가했다. 우리는 가능하면 시청사에서 공공 집회가 열려야 하고, 각지의 시장이 의장이 되어야 한다고 결정했다. 우리는 철도 당국의 허가를 얻어 중요한 역을 장식했다. 그런 허가는 일반적으로 나지 않는데, 우리의 거대한 환영 준비가 좋은 인상을 주었고 당국도 그 문제를 배려하려고 했다. 우리는 요하네스버그에서 파크 역을 장식하는 데 보름이나 걸렸다. 칼렌바흐 씨가 디자인한 환영문을 만들었기 때문이다.

고칼레는 남아프리카의 상황을 영국에서 미리 맛보았다. 인도 담당 장관은 남아프리카연방 정부에 고칼레의 지위와 제국 내의 입장 등을 통지했다. 그러나 누가 그를 위해 배표를 끊고 좋은 선실을 예약하려고 생각하겠는가? 고칼레는 건강이 좋지 못해서 어느 정도 사생활이 보장되는 안락한 선실이 필요했다. 기선회사의 간부가 그런 선실은 없다고 했다. 이에 대해 인도부에 연락한 사람이 고칼레인지, 그의 친구들인지 나는 정확하게 기억하지 못한다. 인도부의 편지가 회사 간부에게 왔고, 그 전에는 아무에게도 주어지지 않은 최고 선실이 고칼레에게 주어졌다!

시작의 고통이 좋은 결과를 맺었다. 선장은 고칼레를 정중하게 대접하라는 지시를 받았고, 그는 남아프리카까지 행복하고 평화로운 여행을 했다. 고칼레는 신중한 만큼 쾌활하고 유머가 있는 사람이다. 그는 배 위의 다양한 오락과 놀이에 참가했고, 승객 사이에서 유명해졌다. 연방 정부는 그가 프리토리아에 머물 때 호의를 베풀고, 공용 특별열차를 제공하겠다고 제안했다. 그는 나와 상의한 뒤 그 제안을 받아들였다.

1912년 10월 22일, 고칼레가 케이프타운에 상륙했다. 그는 내가 상상한 것 이상으로 건강이 좋지 않았다. 그는 특별한 식사를 했고, 피로를 이기지 못했다. 내가 세운 계획은 그에게 무리여서 가능한 한 변경했다. 변경이 불가능하면 고칼레는 위험을 무릅쓰고 모든 일정을 진행하고자 했다. 나는 그와 상의하지 않고 지나친 계획을 세운 어리석음을 깊이 후회했다. 몇 가지를 변경했지만, 대부분 원래 계획대로 진행했다.

나는 그에게 절대적인 사생활이 필요하다는 것을 예상하지 못했고, 그것을 확보하기도 어려웠다. 그러나 나는 병들고 나이 많은 사람을 좋아하고 그들을 모시는 데 능숙하기 때문에, 나의 어리석음을 알자마자 고칼레에게 최대한 사생활과 평화를 보장할 수 있도록 모든 조치를 취했다.

나는 여행 전반에 그의 비서 역할을 했다. 칼렌바흐 씨를 포함한 자원봉사자들이 언제나 깨어 있어서, 고칼레가 필요한 경우 불편이나 고통이 없었다고 생각한다.

우리는 케이프타운에서 거대한 집회를 해야 했다. 앞에서 슈라이너가에 대해 말했다. 그 유명한 가문의 어른이자 장로인 W. P. 슈라이너에게 의장이 되어달라고 부탁했고, 그는 기꺼이 승낙했다. 수많은 인도인과 백인이 참가한 집회가 열렸다. 슈라이너 씨는 멋진 말로 고칼레를 환영했고, 남아프리카 인도인에 대한 공감을 표현했다. 고칼레의 연설은 간결하고 사려 깊고 결연해서 인도인을 즐겁게 하고, 백인을 매혹했다. 그는 남아프리카에 상륙한 날부터 여러 민족의 마음을 사로잡았다.

케이프타운에서 요하네스버그까지 기차로 이틀이 걸렸다. 트란스발이 전장이었다. 케이프타운 국경을 넘어 처음 도착하는 트란스발의 큰 역이 클럭스도르프다. 그곳에도 인도인이 많이 살았다. 고칼레는 클럭스도르프에서 열린 모임에 참석했다. 포체프스트룸과 크루거스도르프 사이의 역, 클럭스도르프와 요하네스버그 사이의 역에서도 마찬가지다. 그는 특별열차로 클럭스도르프를 떠났다. 각지의 시장이 집회를 주도했고, 어느 역에서도 한두 시간 이상 머물지 못했다.

기차는 요하네스버그에 정확하게 도착했다. 플랫폼에는 행사를 위한 연단이 설치되고 멋진 카펫이 깔렸다. 여러 백인과 요하네스버그 시장 엘리스 씨가 참석했다. 시장은 고칼레가 그곳에 머무는 동안 자신의 차를 제공했다. 역에서 고칼레를 위한 인사말을 했다. 모든 곳에서 인사말이 있었다. 요하네스버그의 인사말은 로디지아 티크 목재에 끼운 랜드 금광에서 발굴한 하트 모양 순금에 조각되었다. 판에는 인도와 실론[134]의 지도가 새겨졌고, 두 황금판에는 각각 타지마할과 인도 풍경이 새겨졌다. 인도 풍경은 나무판에도 새겨졌다.

고칼레를 소개하고 인사말과 답사가 이어졌으며, 다시 인사말을 하는 데 20분이 걸렸다. 고칼레는 5분 정도로 짧게 연설했다. 자원봉사자들은 훌륭하게 질서를 지키도록 했고, 플랫폼에는 예상한 사람들 이상 오지 않았다. 소음도 없었다. 밖에 사람들이 많았지만, 출입에는 아무런 지장이 없었다.

고칼레는 칼렌바흐 씨의 멋진 산장에 묵었다. 그곳은 요하네스버그에서 5마일(8킬로미터) 떨어진 언덕에 있었다. 고칼레는 아름답고 조용하며, 소박하면서도 예술적인 그 집을 좋아했다. 모든 방문자를 맞이하기 위해 시내에 특별 사무실이 마련되었다. 그곳에는 방이 세 개 있는데, 고칼레가 사용하는 방과 응접실, 손님의 대합실이다. 그는 도시의 유명 인사를 개인적으로 만났다. 고칼레에게 백인 지도자의 관점을 이해시키기 위한 사적인 만남도 있었다.

그밖에도 백인 약 150명을 포함해 400명이 초청된 연회가 그에게 경의를 표하기 위해 열렸다. 인도인은 1기니[135] 입장권으로 참가할 수 있었다. 그 돈으로 연회비를 충당했다. 메뉴는 완전히 채식이고 술은 없었다. 음식은 모두 자원봉사자가 만들었다. 여기서 그 모든 것을 말하기는 어렵다. 남아프리카 힌두교도와 이슬람교도는 부정不淨 같은 제약을 모르고 함께 식사한다. 그러나 채식주의자는 고기를 먹지 않

---

134) 스리랑카의 옛 이름.

135) 1971년 십진법으로 이행하기 전까지 사례금 등으로 사용되었다. 1기니는 21실링.

는다. 몇몇 인도인은 기독교인이고 나는 그들과도 친하게 지냈다. 대다수 기독교인은 계약노동자의 자녀로, 호텔에서 서빙이나 웨이터로 일했다. 그들의 도움을 받아 많은 사람을 위한 15가지 음식을 준비할 수 있었다. 수많은 인도인과 같은 탁자에서 술 없이 순수한 채식을 한다는 것은 남아프리카 백인에게 새롭고 놀라운 경험이었다. 그 세 가지는 대다수 사람에게 새로운 것이지만, 두 가지는 모든 이에게 새로운 경험이었다.

고칼레는 이 연회에서 남아프리카 방문 기간 중 가장 길고 중요한 연설을 했다. 그는 이 연설을 준비하면서 우리를 시험했다. 그는 평생 지역 사람들의 관점을 무시하지 않고 가능한 한 그것과 합치되도록 노력했다고 말하며, 나의 관점에서 하고 싶은 말이 무엇인지 물었다. 나는 그것을 종이에 썼다. 그것은 길지도 짧지도 않아야 하고, 중요한 사항을 생략해서는 안 된다. 설령 그가 내 원고를 전혀 이용하지 않아도 마음이 상해서는 안 된다.

고칼레는 내 원고를 전혀 사용하지 않았다고 할 수 있다. 그와 같이 영어에 숙달한 사람이 내 말을 사용하리라고 기대할 수 없다. 그는 나의 생각도 택하지 않았다. 그러나 그는 내 생각이 중요함을 인정했기 때문에 그가 어떤 형태로든 내 생각을 그의 말에 사용한 것이 당연하다고 생각한다. 그의 사고방식이 그러했기 때문에 우리 생각을 받아들였는지, 아닌지 아무도 말할 수 없다. 나는 그의 연설을 모두 들었다. 그러나 그가 어떤 생각을 표현하지 않았는지, 어떤 형용사를 생략했는지 생각한 적은 없다. 그가 명석하고 확고하고 겸허하게 발언한 것은 항상 노력하고 진실에 헌신한 결과다.

우리는 요하네스버그에서 인도인 대중 집회도 열어야 했다. 나는 언제나 모어母語나 인도 공통어인 힌디어로 말해야 한다고 주장했다. 이 주장으로 남아프리카의 밀접한 관계를 쉽게 형성할 수 있었다. 그래서 고칼레도 인도인에게는 힌디어로 말하기 바랐다. 나는 이 문제에 대한 고칼레의 견해를 알고 있었다. 그는 힌디어가 불완전하기 때문에 마라티어나 영어로 말하고자 했다. 남아프리카에서 마라티어로 말하는 것은 부자연스럽다. 그가 마라티어로 말하면 구자라트나 북인도 출신 청중을 위해 힌디어로 번역해야 했기 때문이다. 그렇다면 영어로 말해도 무방하지 않을까?

다행스럽게도 나는 그가 마라티어로 연설하는 것을 받아들일 수 있는 경우를 알았다. 요하네스버그에는 콩칸 출신 이슬람교도가 많지만, 마하라슈트라 출신 힌두교도도 소수 있었다. 그들은 모두 고칼레가 마라티어로 말하는 것을 듣고 싶어 했다. 나는 고칼레에게 마라티어로 연설하면 그들이 매우 좋아할 것이고, 내가 힌디어로 통역하겠다고 말했다. 그는 크게 웃으며 말했다. "당신의 힌디어 실력을 잘 알고 진심으로 축하합니다. 그러나 지금 당신은 마라티어를 힌디어로 통역하겠다고 하십니다. 그 정도로 깊은 마라티어 지식을 어디에서 배웠습니까?"

내가 답했다. "힌디어에 대한 저의 진실은 마라티어에도 마찬가지입니다. 저는 마라티어를 한 마디도 못 합니다. 그러나 제가 아는 주제에 대해 당신이 마라티어로 말하면 대의를 반드시 알 것입니다. 어떤 경우에도 잘못 통역하지 않을 것입니다. 마라티어를 잘하고 훌륭하게 통역할 사람을 붙일 수도 있지만, 당신이 허락하지 않을 것입니다. 그러니 저에게 맡기고 마라티어로 말하십시오. 저도 콩칸 출신 친구들과 마찬가지로 당신의 마라티어 연설을 듣고 싶습니다." 고칼레가 말했다. "당신은 언제나 멋대로 하는군요. 그러지요."

그는 잔지바르까지 그런 집회에서 언제나 마라티어로 말했고, 나는 그가 특별히 임명한 통역자로 일했다. 고칼레가 완전히 문법적인 영어로 말하기보다 문법적으로 불완전한 힌디어라도 가급적 모어로 말하는 것이 바람직하다는 내 생각을 알았는지 모른다. 그러나 그가 오로지 나를 기쁘게 하기 위해 마라티어로 연설했음을 안다. 연설한 뒤 실험 결과에 만족한 것을 보았다. 고칼레는 원칙에 관한 문제가 아닌 한, 추종자들을 기쁘게 하는 것이 좋은 일임을 여러 번 보여주었다.

37. 고칼레의 방문(계속)

고칼레는 요하네스버그에 이어 나탈과 프리토리아를 방문했다. 프리토리아에서는 연방 정부의 초대로 트란스발호텔에 머물렀다. 그는 그곳에서 보타 장군과 스뫼츠 장군을 포함한 정부 인사를 만났다. 고칼레에게 하루의 모든 약속을 아침 일찍 혹은 전날 저녁에 알려주는 것이 나의 일상 업무였다.

각료들과 면담은 중요했다. 나는 고칼레와 함께 가지 않고, 함께 가자고 할 수도 없다고 서로 약속했다. 내가 동석하면 고칼레와 각료 사이에 일종의 벽이 생길 수 있고, 각료들이 나 자신을 포함한 지역 인도인의 실수로 생각하는 문제에 대해 주저하지 않고 말하기 어려울 수 있기 때문이다. 나아가 그들이 하고자 하는 미래 정책을 쉽게 설명하지 못할 수도 있다.

고칼레는 혼자 가야 했고, 이는 그에게 커다란 책임을 부과했다. 남아프리카에 책임 있는 인도인 지도자가 없는 상황에서 고칼레가 부주의로 어떤 사실을 오해하거나, 각료들이 말한 새로운 사실에 대해 답할 수 없거나, 인도인을 대표해서 무엇을 받아들여야 하는 경우, 어떻게 하면 좋은지 문제가 되었다. 그러나 고칼레는 이 문제를 즉시 해결했다. 그는 나에게 남아프리카 인도인의 역사와 인도인이 앞으로 어떻게 하려고 하는지를 요약해달라고 요청했다. 그런 '요약' 밖에서 어떤 문제가 제기되면 자신은 모른다고 답할 테니 걱정하지 말라고 했다.

나는 요약을 준비하고, 그는 그것을 읽으면 되었다. 18년이 넘는 기간 동안 4개 식민지의 인도인 역사를 10~20쪽으로 설명하는 것은 불가능한 일이고, 고칼레가 그것을 볼 시간도 없다는 점이 문제였다. 그 글을 읽은 뒤 그가 우리에게 질문할 내용이 많을 수도 있었다. 그러나 그는 기억력이 뛰어나고 무척 근면했다. 고칼레는 자신은 물론 남들도 밤새게 해서 모든 논점을 완벽하게 파악하고, 내용을 이해했다는 것을 확신하기 위해 다시 검토했다. 마지막에 그는 만족했다. 나는 아무런 두려움이 없었다.

고칼레와 각료들의 면담은 두 시간 가까이 계속되었다. 돌아와서 그가 말했다. "당신은 1년 이내에 인도로 돌아와야 합니다. 모든 것이 결정되었습니다. 암흑법이 폐지되고, 이민 제한법에서 인종차별이 철폐됩니다. 3파운드 세금도 폐지됩니다."

내가 답했다. "당신은 저만큼 그들을 모릅니다. 저도 낙관주의자이기 때문에 당신의 낙관주의를 좋아하지만, 그들이 지금까지 여러 번 약속을 지키지 않았기 때문에 당신처럼 이 문제에 희망적일 수는 없습니다. 그러나 저는 두렵지 않습니다. 각료들에게 그 정도 약속을 얻어낸 것으로 충분합니다. 나의 의무는 필요하다면 싸우고, 우리가 옳은 투쟁을 한다는 것을 보여주는 것입니다. 당신에게 준 약속은 우리의 요구가 정의롭다는 것을 증명하고, 우리의 투쟁 정신을 배가할 것입니다. 그러나 저는 더 많은 인도인이 감옥에 가기 전에, 1년 안에 인도로 돌아갈 수 있다고 생각하지 않습니다."

고칼레가 말했다. "제가 당신에게 말한 것은 바뀌지 않습니다. 암흑법이 폐지되고, 3파운드 세금도 철폐된다고 보타 장군이 약속했습니다. 당신은 1년 내에 인도로 돌아와야 합니다. 어떤 변명도 듣고 싶지 않습니다."

고칼레는 나탈을 방문하는 동안 더반, 피터마리츠버그 등의 백인과 친해졌다. 그는 킴벌리에서 다이아몬드 광산을 시찰했고, 더반에서는 환영위원회가 준비한 공식 만찬에 참석해 많은 백인을 만났다. 이처럼 인도인과 백인의 마음을 사로잡은 고칼레는 1912년 11월 17일, 남아프리카를 떠났다. 나와 칼렌바흐 씨는 잔지바르까지 동행했다. 우리는 배에서 그를 위한 음식을 준비했다. 인도로 돌아가는 길에 델라고아 만, 이냠바느, 잔지바르 등에서 환영을 받았다.

배에서 나눈 대화는 인도나 조국에 대한 우리의 의무에 한정되었다. 그의 말에는 따뜻한 마음과 진실, 애국심이 묻어났다. 그가 배에서 놀이에 참여한 것도 애국심에서 비롯되었고, 탁월함 역시 그의 목표임을 나는 알았다. 우리는 배에서 가슴속 이야기를 했다. 그는 나에게 인도에서 활동하도록 준비하라고 했다. 그는 인도 지도자들의 성격에 대해 분석했는데, 그 분석은 매우 날카로워서 나중에 그들을 개인적으로 경험했을 때 고칼레의 평가가 전혀 다르지 않음을 알았다.

여기서 다룰 수 있는 고칼레의 남아프리카 여행과 관련된 아름다운 추억이 많다. 그러나 그것들이 사티아그라하의 역사와 무관하기 때문에 펜을 놓을 수밖에 없다. 잔지바르에서 이별은 나와 칼렌바흐 씨에게 쓰라린 일이었다. 나와 칼렌바흐 씨는 사람이 아무리 친밀한 관계로 살아도 언젠가 끝나는 것을 이해하고, 고칼레의 예언대로 우리 모두 1년 내에 인도로 갈 수 있기를 희망했다.

그 희망은 이루어지지 않았지만, 고칼레의 남아프리카 방문은 우리의 결의를 더욱 강하게 했다. 그 방문의 잠재적 중요성과 필요성은 투쟁이 재개되었을 때 더욱 잘 이해되었다. 고칼레가 남아프리카를 방문하지 않았다면, 각료들과 면담하지 않았다면, 우리는 3파운드 세금 철폐를 투쟁 목표로 삼지 않았을 것이다.

사티아그라하 투쟁이 암흑법 폐지로 끝났다면 3파운드 세금 철폐에 대한 투쟁을 하고, 인도인은 이전보다 큰 고난을 이겨내야 할 뿐만 아니라, 새롭게 운동을 전개하고자 했을지 의문이다. 이 세금을 철폐하는 것은 자유로운 신분이 된 인도인의 의무였다. 세금 철폐를 위해 청원을 비롯한 모든 합법적 수단을 취했지만 허사였다. 그 세금은 1895년부터 부과되었다.

그러나 아무리 극악무도한 악이라도 오랫동안 계속되면 사람들은 익숙해지고, 그것에 저항하는 일이 의무라는 생각을 하기 어려워지며, 그것이 전적으로 나쁘다고 세상을 설득하기도 어려워진다. 고칼레에게 한 약속은 사티아그라히의 길을 분명하게 해주었다. 정부가 약속한 세금을 철폐하지 않으면 그것이 투쟁을 계속할 핵심적인 이유가 된다. 바로 그렇게 되었다. 정부는 1년 내에 3파운드 세금을 철폐하지 않았을 뿐만 아니라, 그것을 완전히 없앨 수 없다고 선언했다.

그래서 고칼레의 방문은 3파운드 세금을 사티아그라하로 철폐하는 것에 대해 우리를 도왔고, 그는 남아프리카 문제의 전문가가 되었다. 남아프리카와 관련한 그의 발언은 중요해졌고, 그는 남아프리카 인도인에 대한 개인적 지식으로 인도가 무엇을 해야 하는지 이해하고 설명할 수 있었다. 투쟁이 재개되었을 때 인도에서 사티아그라하 지원금이 쇄도했고, 하딘지[136] 경은 사티아그라히에게 '깊고 불타는 공감'을 표현하여 격려했다. 앤드루스 씨와 피어슨 씨가 인도에서 남아프리카로 왔다. 이 모든 일은 고칼레가 방문하지 않았다면 불가능했을 것이다.

각료들의 약속 위반과 그 결과가 다음 장의 주제다.

38. 약속 위반

인도인은 사티아그라하 투쟁을 전개하는 동안 원칙에 위반되는 행

---

136) Charles Hardinge(1858~1944)는 영국의 외교관이자 정치가. 1910~1916년 인도 총독을 지냈다.

동을 하지 않으려고 매우 조심했다. 정부에게서 불법적 이익을 취하면 안 된다는 것도 항상 기억했다. 예를 들어 암흑법은 트란스발 인도인에게 적용되었기 때문에 트란스발 인도인만 그 투쟁에 참가하도록 했다. 나탈이나 케이프 식민지 등에서는 사람을 모집하지 않았고, 외부의 신청도 거절했다. 투쟁의 기한은 문제가 된 법률이 철폐될 때까지다.

백인이나 인도인은 그런 제한을 이해하지 못했다. 초기 단계부터 여기저기서 투쟁 대상인 암흑법 외 여러 가지 불만에 대한 요구가 나왔다. 나는 그들에게 투쟁을 그렇게 확대하는 것은 진실에 반하는 일이고, 오로지 진실을 따르고자 하는 운동에서 생각할 수 없는 일이라고 인내심을 가지고 설명했다. 전사는 순수한 싸움에서 처음 정한 목표를 넘지 않는다. 투쟁 중에 그들의 힘이 더욱 커진다고 해도 그렇다. 반대로 어떤 목표를 위해 싸운다고 할 때, 시간이 지나면서 전력이 약해진다고 해도 목표를 포기할 수 없다. 이런 원칙은 남아프리카에서 완전히 지켜졌다.

투쟁 초기 단계에서 인도인 사회의 힘에 근거한 목표가 설정되었으나―앞에서 보았듯이 그 힘은 나중에 우리 기대에 부응하지 못했지만―남은 소수 사티아그라히는 그것을 포기할 수 없었다. 이런 싸움은 비교적 쉽지만, 힘이 커져도 목표를 확대하지 않는 것은 어렵다. 자제력이 더욱 필요하기 때문이다. 이런 유혹이 남아프리카 곳곳에서 생겨났지만 굴복한 적은 없다. 나는 종종 사티아그라히에게는 후퇴할 수도 전진할 수도 없으며, 증감의 여지도 없는 한 가지 목표가 있을 뿐이라고 말했다. 인간이 자신을 위해 한 가지 기준을 정하면, 세상은 그에게 그 기준을 적용하고자 한다. 사티아그라히가 이 멋진 원칙을 따른다는 것을 알면 정부는 사티아그라히의 행동을 자신에게 정한 기준에 비추어 판단하기 시작했고, 사티아그라히가 원칙을 위반했다는 이유로 몇 번이나 비난했다.

암흑법 이후 새로운 반인도인법이 제정된다면 그것 역시 사티아그라하 투쟁에 포함되어야 한다는 것을 아이들도 이해할 수 있다. 새로 입국하는 인도인에게 새로운 제한이 부과되었으므로 당연히 투쟁의 목표에 포함되었다. 정부는 새로운 문제를 유발했다고 비난했으나, 이는 부당한 비난이다. 새로 입국하는 인도인에게 과거에 없던 제한이 부과된다면 우리에게는 그들을 운동에 참가시킬 권리가 있고, 앞[137])에서 보았듯이 소라브지가 입국한 것도 그 때문이다. 정부는 이런 상황을 참지 못했으나, 나는 공정한 입장에 있는 사람들에게 그 처지의 타당성을 설명했다.

고칼레가 남아프리카를 떠난 뒤 이런 문제가 다시 생겼다. 고칼레는 3파운드 세금이 1년 이내에 없어지고, 연방의회 다음 회기에 3파운드 세금 철폐 법안이 제출되리라고 생각했다. 그러나 스뫼츠 장군은 의회에서 나탈 백인이 3파운드 세금 철폐에 반대하므로 남아프리카연방 정부는 철폐 법안을 제출할 수 없다고 선언했다. 실제로 그런 일은 있을 수 없었다. 연방의회는 4개 식민지로 구성되기 때문에 나탈 출신 의원들의 말이 통할 리 없었다. 스뫼츠 장군은 내각을 대신하여 필요한 법안을 제출하고, 최후까지 심의에 맡겨야 했다. 그는 전혀 그

---

137) 이 책 29장.

렇게 하지 않았고, 우리는 이 극악무도한 조세를 '전쟁'의 목표에 넣을 좋은 기회를 쉽게 확보했다.

여기에는 두 가지 이유가 있었다. 첫째, 투쟁 중에 정부가 약속한 것을 위반한 경우 그것을 사티아그라하에 자연스럽게 포함한다. 둘째, 고칼레 같은 인도 대표와 약속한 것을 위반한 데 따른 모욕은 그뿐만 아니라 인도에 대한 모욕이고, 도저히 허용할 수 없는 것이다. 첫째 이유뿐이었다면, 사티아그라히의 힘이 없었다면, 3파운드 세금 철폐를 위해 사티아그라하라는 무기 사용을 중단할 수 있었을지 모른다. 그러나 모국에 대한 모욕은 참을 수 없었다. 우리는 3파운드 세금 철폐를 투쟁에 포함하는 것이 사티아그라히의 의무라고 생각했다. 3파운드 세금 철폐가 투쟁에 더해지면 계약노동자도 투쟁에 참가할 기회가 된다. 독자는 지금까지 그들이 투쟁 밖에 있었음을 주목해야 한다. 한편으로 투쟁의 책임이 무거워졌고, 다른 한편으로 우리의 전쟁을 위한 '전사'들이 늘어났다.

계약노동자들 사이에서는 지금까지 사티아그라하 투쟁이 별로 화제가 되지 않았다. 그들은 사티아그라하 교육을 받은 적이 거의 없고, 문자를 모르기 때문에 《인디언 오피니언》 같은 신문도 읽을 수 없었다. 그래도 이 가난한 사람들은 사티아그라하를 날카롭게 관찰해 왔고, 그 운동을 이해했다. 그중 몇 명은 투쟁에 참가할 수 없는 것을 유감으로 생각했다. 그러나 연방 각료들이 약속을 어겼을 때, 나아가 3파운드 세금 철폐가 투쟁의 목표에 포함되었을 때, 그들 중 누가 투쟁에 참가할지 나는 전혀 알 수 없었다.

나는 약속 위반에 대해 고칼레에게 편지를 썼다. 그는 매우 괴로워했다. 나는 그에게 우리가 죽을 때까지 싸워 트란스발 정부가 3파운드 세금을 폐지하게 할 것임을 확신시켰다. 그러나 내가 1년 내에 귀국한다는 생각은 포기해야 하고, 언제 갈 수 있을지 모른다고 했다. 고칼레는 통계학자다. 그는 나에게 우리 평화군의 최소와 최대 규모를 전사들의 이름과 함께 알려달라고 했다. 나는 최대 65~66명, 최소 16명의 이름을 보내고, 그 정도 숫자로 인도의 경제적 지원을 기대할 수 없다고 알렸다. 그리고 우리 걱정은 하지 말고, 그의 몸에 지나친 부담을 주지 말라고 부탁했다.

그가 남아프리카에서 뭄바이로 돌아간 뒤, 허약하다는 비난이 쏟아진 것을 신문을 통해 알았다. 우리에게 돈을 보내기 위해 모금 활동을 하지 말기 바랐지만, 그의 답은 확고했다. "당신이 남아프리카에서 하는 일을 의무라고 생각하듯이, 인도에 있는 우리도 의무에 대해 생각합니다. 우리가 무엇을 해야 할지 말해달라고 하지는 않겠습니다. 우리는 그곳의 사정을 알고 싶을 뿐이고, 우리가 무엇을 해야 할지 당신의 조언을 구하지는 않습니다." 나는 고칼레의 마음을 이해했다. 그 뒤 이에 대해 한 마디도 하지 않았다. 그는 이 편지에서 나를 위로하고 경고했다. 고칼레는 약속 위반으로 투쟁이 장기화될 것을 두려워했다. 그리고 얼마 안 되는 사람들이 언제까지 무자비한 연방 정부에 대항할 수 있을지 의문을 제기했다.

우리는 남아프리카에서 준비를 시작했다. 이번 투쟁에서는 편히 앉아 있을 수 없었다. 장기간 구속된다고도 생각했다. 톨스토이 농장을 닫기로 했다. 남자들이 출옥하자 몇 가족이 집으로 돌아갔다. 남은 사람들은 대부분 피닉스 농장에 살던 사람들이다. 그래서 앞으로 사티아그라하 운동 본부를 피닉스 농장으로 정했다. 피닉스를 본부로 정한 다른 이유는 3파운드 세금 철폐 투쟁에 계약노동자들이 참가한다면 나탈 쪽이 더 편리하기 때문이다.

투쟁 준비를 할 때, 새로운 장해가 찾아왔다. 그래서 여성도 투쟁에 참가할 기회가 생겼다. 지금까지 용감한 여성 몇 명이 투쟁에 참가하고자 했다. 사티아그라히들이 면허증 없이 행상을 해서 감옥에 갔을 때, 그 아내들도 감옥에 가기를 원했다. 그러나 당시 우리는 여성을 외국 감옥에 보내는 것이 적절하지 않다고 생각했다. 나는 여성을 감옥에 보낼 이유를 몰랐고, 그럴 용기도 없었다. 남성에게 적용되는 법률을 철폐하는 데 여성을 희생시키는 것은 남성의 체면을 손상하는 일로 여겨지기도 했다. 그런데 여성을 모욕하는 사건이 일어났다. 이제 여성을 희생시키는 것이 부적절하지 않다고 생각했다.

39. 결혼이 결혼이 아니게 될 때

신이 인도인의 승리를 위해 자료를 모으는 것처럼, 남아프리카 백인의 불의를 분명하게 보여주려는 것처럼, 아무도 상상할 수 없는 사건이 터졌다. 수많은 기혼 남성이 인도에서 남아프리카로 왔는데, 그중 몇 명은 남아프리카에서 결혼 계약을 했다. 인도에는 일반적인 결혼 등록법은 없고, 종교적 의례로 효력을 부여하기에 충분했다. 같은 관행이 남아프리카 인도인에게도 적용되어야 했다. 인도인이 지난

40년간 남아프리카에 살았지만, 인도의 여러 종교 의례에 따라 거행된 결혼의 효력이 문제가 된 적은 없었다.

그러나 1913년 3월 14일, 케이프 대법원의 설 판사가 남아프리카에서는 기독교 의례에 따라 거행되고 결혼 등록법에 따라 등록된 경우를 제외한 모든 결혼은 법적 결혼이 아니라는 판결을 내렸다. 이 끔찍한 판결로 힌두교나 이슬람교, 조로아스터교 의례에 따라 거행된 모든 결혼은 한순간 남아프리카에서 무효가 되었다. 남아프리카의 수많은 인도인 기혼 여성이 그 남편의 아내에서 첩의 지위로 떨어졌으며, 그들의 자녀는 부모의 재산을 상속받을 권리를 빼앗겼다. 이는 남성뿐만 아니라 여성에게도 참을 수 없는 상황이어서 남아프리카의 인도인은 분개했다.

나는 평소에 하던 대로 정부에 편지를 썼다. 정부가 설 판사의 판결에 동의하는지, 그 판결이 옳다고 본다면 법률이 옳지 못하니 정부는 그 법률을 고쳐 인도에서 당사자의 종교적 관습에 따라 거행되고 합법적으로 인정된 인도인 결혼의 효력을 인정할지 묻는 내용이었다. 정부는 경청하지 않았고, 나의 요구에 따를 수도 없었다.

사티아그라하협회는 설 판사의 판결에 상고할지 검토하는 모임을 열었고, 이런 문제에 상고는 적절하지 않다는 결론을 내렸다. 상고한다면 정부가 해야 하고, 정부가 바란다면 인도인이 상고할 수 있지만, 그 경우 정부는 검찰총장을 통해 공식적으로 인도인의 입장을 지지해야 한다. 그런 조건 없이 상고하는 것은 힌두교도나 이슬람교도 인도인 결혼의 위법성을 감수하는 일이 될 수 있다. 심지어 상고한 뒤에 패소하면 사티아그라하를 해야 한다. 그런 상황에서는 어떤 모욕도 참고, 상고하지 않는 것이 최선으로 보였다.

위기가 찾아왔다. 경사스러운 날이나 시각을 기다릴 수 없는 시기였다. 여성들이 모욕을 당했기에 도저히 참을 수 없었다. 우리는 전사의 수에 관계없이 확고한 사티아그라하를 시작하기로 결심했다. 이제 여성이 투쟁에 참가하는 것을 막을 수 없을 뿐만 아니라, 남성과 함께 전선에 참가하도록 요청하기로 결정했다.

먼저 톨스토이 농장에 살던 자매들을 초청했다. 그들은 투쟁에 참가하기를 간절히 원했다. 나는 그들에게 투쟁에 참가해서 당할 수 있는 모든 위험에 대해 설명해주었다. 식사, 의복, 개인행동의 제약을 참아야 한다고도 설명했다. 감옥에서 해야 하는 중노동, 간수에게 당하는 모욕에 대해서도 경고했다. 자매들은 무척 용감해서 아무것도 두려워하지 않았다. 그중 한 사람은 임신 중이었고, 여섯 명은 어린아이를 안고 있었다. 그러나 그들 모두 참가하고자 했고, 나는 막을 수 없었다. 한 사람을 빼고 모두 타밀 출신이다. 그들의 이름은 다음과 같다.

1. 탐비 나이두 부인 2. N. 필레이 부인 3. K. 무루가사 필레이 부인 4. A. 페루말 나이두 부인 5. P. K. 나이두 부인 6. K. 친나스와미 필레이 부인 7. N. S. 필레이 부인 8. R. A. 무달링감 부인 9. 바바니 다얄 부인 10. 미나치 필레이 11. 바이쿰 무루가사 필레이.

죄를 짓고 감옥에 가기는 쉽지만, 무고한 사람이 감옥에 가기는 어렵다. 범죄자는 체포되지 않으려고 하기 때문에 경찰이 그를 쫓아 체포한다. 그러나 자기 의지로 체포되고자 하는 무고한 사람을 경찰은 체포할 수밖에 없다. 그 자매들의 첫 시도는 실패했다. 그들은 베레니 깅에서 허가증 없이 입국했으나 체포되지 않았다. 면허증 없이 행상도 했지만 경찰은 여전히 그들을 무시했다. 이제 어떻게 해야 체포될까 하는 것이 문제였다. 체포되고자 하는 남자는 많지 않았지만, 체포되고자 하는 사람은 쉽게 체포되지 못했다.

마지막 방법을 실행하기로 결심했는데, 그것은 우리 기대에 완전히 부응했다. 나는 결정적인 시기에 피닉스의 모든 주민을 희생시키고자 생각했다. 그것은 진실의 신에 대한 나의 마지막 제물이었다. 피닉스 주민은 대부분 나와 가까운 동료이자 친척이다. 《인디언 오피니언》발간에 필요한 소수와 16세 이하 아이를 제외한 모든 사람을 감옥에 보낸다는 생각이었다. 그 상황에서 가능한 최대 희생이었다.

고칼레에게 적어 보낸 마지막 16명이 피닉스 주민 중 선구자들이다. 그들이 트란스발 국경을 넘고, 허가증이 없다는 이유로 체포되었다. 우리 의도를 미리 알리면 정부가 체포하지 않을지 몰라서, 몇몇 친구 외에는 알리지 않았다. 국경을 넘을 때 경찰이 이름과 주소를 묻는데, 이번에는 그 정보를 주지 않는다는 계획을 세웠다. 이름과 주소를 밝히면 경찰이 나의 동료임을 알고 체포하지 않을 것이기 때문이다. 경찰에게 이름과 주소를 알리지 않는 것도 범죄다. 피닉스 그룹이 트란스발에 들어가고, 같은 전술로 트란스발에 입국하고자 노력한 자매들이 나탈에 들어갔다. 허가증 없이 나탈에서 트란스발로 들어가는 것이 범죄인 것처럼, 트란스발에서 나탈로 들어가는 것도 범죄다.

그 자매들이 나탈에 들어가 체포된다면 다행이다. 그러나 체포되지 않는다면 나탈의 거대한 탄광 중심인 뉴캐슬에 가서 인도인 계약 노동자들에게 파업하라고 충고하기로 했다. 그 자매들의 모어는 타밀어고, 힌디어도 약간 할 줄 알았다. 탄광 노동자는 대부분 첸나이 출신으로 타밀어나 텔루구어를 사용하고, 북인도 출신도 많다. 노동자들이 자매들의 호소에 파업한다면, 정부는 노동자들과 그녀들을 체포할 것이다. 그래서 노동자들을 고양할 수 있다. 이것이 내가 트란스발 자매들에게 알린 전술이다.

나는 피닉스로 가서 계획을 설명했다. 먼저 그곳에 사는 자매들과 상담했다. 나는 여성을 감옥에 보내는 조치에는 심각한 위험이 따른다는 것을 알았다. 피닉스 자매들은 대부분 구자라트어를 사용하고, 트란스발 자매들과 같은 훈련이나 경험이 전혀 없었다. 게다가 대부분 나와 관련되어 오로지 나의 영향력 때문에 감옥에 가고자 했다. 나중에 그들이 위기에 직면하여 겁을 먹거나 감옥에서 견디지 못하면 내가 사죄해야 할지도 몰랐다. 이는 나에게 엄청난 충격일 뿐만 아니라, 운동에도 심각한 손해를 끼치는 일이다.

나는 이 문제를 아내에게 말하지 않기로 했다. 아내는 나의 어떤 제안도 거부할 수 없기 때문이다. 아내가 하겠다고 하면 어느 정도 가치를 인정해야 할지 말할 수 없다. 이런 심각한 문제에 아내가 스스로 행동하고자 하면 받아들일 수밖에 없고, 그녀가 하지 않는다고 해도 불쾌하게 생각해서는 안 된다는 것을 알기 때문이다. 나는 제안을 받아들여 감옥에 가고자 하는 다른 자매들에게 말했다. 그들은 어떤 고난도 이겨내고 형기를 마치겠다고 약속했다.

아내가 그녀들과 나의 대화를 엿듣고 말했다. "이에 대해 저에게 말하지 않아 유감입니다. 저에게 감옥에 갈 수 없는 어떤 약점이 있습니까? 당신이 다른 사람들에게 바라는 길을 저도 원합니다."

내가 답했다. "당신에게 상처를 주고 싶지 않습니다. 당신을 믿지 못해서가 아닙니다. 당신이 감옥에 간다면 나는 매우 기쁘겠지만, 저의 요구로 감옥에 갔다고 생각하기는 싫습니다. 이런 일은 자기 힘과 용기로 해야 합니다. 내가 요구하면 당신은 감옥에 가고자 했을 것입니다. 나중에 당신이 법정에 서서 떨거나 감옥의 고통에 무서워해도 당신을 책망할 수 없지만, 제가 어떻게 견딜 수 있겠습니까? 제가 당신을 어떻게 받아들이고, 세상에 어떻게 얼굴을 들겠습니까? 이런 두려움 때문에 당신에게 말하지 못한 것입니다."

아내가 말했다. "제가 감옥에서 견디지 못하고 나온다면 받아주지 마십시오. 당신이 견디고 자식들이 견디는데, 왜 제가 못 할 것이라고 생각하십니까? 나는 반드시 이 투쟁에 참가하겠습니다."

내가 말했다. "그러면 당신도 참가시키지요. 당신은 제가 말하는 조건도 알고, 나의 성격도 아시지요. 이 문제를 충분히 생각해서 운동에 참가하지 않는다는 신중한 결론에 이르면 얼마든지 그렇게 하세요. 지금 결심을 바꾼다고 해도 부끄러워할 필요가 없습니다."

"더 생각할 것이 없습니다. 저는 결심했습니다." 그녀가 말했다.

나는 다른 주민에게도 스스로 결심하도록 했다. 투쟁이 장기든 단기든, 피닉스 농장이 번성하든 없어지든, 그들이 감옥에서 건강하든 병들든 아무도 후퇴할 수 없다는 조건을 되풀이하여 여러 가지 방법으로 설득했다. 모두 각오했다. 피닉스 밖에서 온 사람은 루스톰지 지반지 고르코두가 유일했다. 그에게는 모든 것을 숨길 수 없었다. 모두 작은 아버지[138]라고 다정하게 부른 그는 뒤에 남고자 하는 사람이 아니다. 그는 감옥에 갔다 왔지만, 다시 가고자 했다. '침략' 부대원은 다음과 같다.

1. 카스투르바이 간디 부인 2. 자야쿤바르 마닐랄 독터 부인 3. 카시 차간랄 간디 부인 4. 산토크 마간랄 간디 부인 5. 파르시 루스톰지 지반지 고르코두 부인 6. 차간랄 쿠샬찬드 간디 7. 라브지바이 마니바이 파텔 8. 마간바이 하리바이 파텔 9. 솔로몬 로예픈 10. 라주 고빈두 11. 람다스 모한다스 간디 12. 시브푸잔 바다리 13. V. 고빈다라줄루 14. 쿠푸스와미 문라이트 무달리아 15. 고쿨다스 한스라즈 16. 레바 샨카르 라탄시 소다.

그 경과는 다음 장에서 설명하자.

40. 감옥의 여성

이 '침략자'들이 국경을 넘어 허가증 없이 트란스발에 들어간 것은 감옥에 가기 위해서다. 그들의 이름을 본 독자가 알 수 있듯이, 그들 중 몇 명의 신분이 알려지면 체포하지 않을 수도 있었다. 나도 그런 적이 있다. 나는 두세 번이나 체포되었지만, 그 뒤 국경에서 석방되었다.

---

138) Kakaji.

그 일을 아무도 몰랐고, 신문에도 실리지 않았다. 게다가 그들의 이름을 경찰에게 알리지 말고 법원에서 밝히라는 지시가 내려졌다.

경찰은 이런 사건에 익숙했다. 인도인은 감옥행에 익숙해진 뒤, 경찰을 놀리기 위해 종종 이름을 숨겼다. 그래서 피닉스 사람들의 행동에도 경찰은 이상하게 생각하지 않았다. 그들은 체포되었고, 재판을 받아 3개월 징역형에 처해졌다(1913년 9월 23일).

트란스발에서 실망한 자매들이 나탈에 들어갔지만, 허가증이 없다는 이유로 체포되지는 않았다. 그들은 뉴캐슬로 가서 계획에 따라 일했다. 그들의 영향은 들풀처럼 번졌다. 3파운드 세금에 대한 비참한 이야기가 사람들의 마음을 급속히 움직여 파업에 돌입했다. 나는 전보로 그 소식을 들었고, 기쁜 만큼 당황했다. 나는 무엇을 해야 하는가? 이 엄청난 각성에 준비가 되지 않았다. 내 앞에 벌어진 일에 대응하게 할 사람도, 자금도 없었다. 그러나 내 의무를 분명히 깨달았다. 뉴캐슬에 가서 내가 할 수 있는 일을 해야 했다. 즉시 그곳으로 떠났다.

이제 정부는 용감한 트란스발 자매들이 자유롭게 행동하도록 내버려둘 수 없었다. 그들도 3개월 징역형을 선고받고, 피닉스 사람들과 같은 감옥에 수감되었다(1913년 10월 21일).

이 사건은 남아프리카 인도인뿐만 아니라 모국 사람들의 마음에도 깊은 영향을 주었다. 페로제샤 경은 그때까지 관심이 없었다. 그는 1901년, 나에게 남아프리카에 가지 말라고 강력하게 충고했다. 그는 인도가 자유를 확보하지 못하는 한 바다 건너 이민자를 위해서 할 일이 없다고 주장했다. 사티아그라하 운동도 초기에는 그에게 아무런 인상을 주지 못했다. 그러나 감옥의 여성은 그에게 영향을 미쳤다. 그는 뭄바이 시청사 연설에서 일반 죄수와 함께 감옥에 있는 여성을 생각하면 피가 끓고, 인도가 이 문제에 더는 침묵할 수 없다고 말했다.

여성의 용기는 말로 다할 수 없다! 모두 피터마리츠버그 감옥에 수감되었고, 엄청난 학대를 당했다. 식사는 최악이었고, 세탁을 해야 했다. 형기가 거의 끝날 때까지 외부 식사 반입이 허용되지 않았다. 어느 자매가 종교를 이유로 특별한 식사를 요구했다. 감옥 당국은 엄청난 어려움 뒤에 그 식사를 허용했지만, 너무나 비인간적인 식사가 주어졌다. 그녀는 특히 올리브유가 필요했다. 나중에 겨우 얻었는데, 오래되어 악취가 났다. 자기 비용으로 사려고 해도 감옥은 호텔이 아니라는 답을 들었고, 그녀는 주어진 음식을 먹어야 했다. 그 자매가 석방되었을 때 뼈만 앙상했고, 엄청난 노력 끝에 생명을 구할 수 있었다.

다른 사람은 치명적인 열 때문에 석방되었으나, 며칠 뒤에 죽었다 (1914년 2월 22일). 그녀는 요하네스버그 출신 16세 소녀 발리암마 R. 무누스와미 무달리아다. 내가 보았을 때 그녀는 침대에 누워 있었다. 키가 커서 그 여윈 몸을 바라보기도 끔찍했다.

"발리암마, 감옥에 간 것을 후회하지 않니?"

"후회라고요? 지금도 체포되면 다시 감옥에 갈 수 있어요."

"그러다가 죽는다면?"

"상관없어요. 조국을 위해 죽는 것을 좋아하지 않는 사람이 있겠어요?"

며칠 뒤 발리암마는 우리와 함께 있지 못했으나, 불멸의 이름을 남겼다. 여러 곳에서 추모 집회가 열렸고, 인도인은 그녀의 숭고한 희생을 기념하기 위해 '발리암마 홀'을 세우기로 결의했다. 불행히도 그 결의는 지금까지 실천되지 못하고 있다. 어려움이 많았다. 인도인 사회는 내부 분열로 찢어졌다. 중심 활동가는 계속 떠났다. 그러나 돌과 모르타르로 홀이 세워지지 않아도 발리암마의 봉사는 불멸이다. 그녀는 자기 손으로 봉사의 사원을 세웠고, 그 숭고한 이미지는 지금도 수많은 사람의 마음속에 있다. 인도가 존속하는 한 남아프리카 사티아그라하 역사에 발리암마라는 이름은 살아 숨 쉴 것이다.

이런 자매의 희생은 절대적으로 순수한 희생이었다. 그들은 법률 용어를 전혀 모르고, 인도에 대해서도 몰랐다. 그들의 애국심은 오로지 신앙에 근거했다. 몇 사람은 문자를 모르고, 신문도 읽지 못했다. 그러나 그들은 인도인의 명예를 향한 운명적인 바람이 불었고, 감옥행은 분노의 포효이며, 자기 가슴 밑바닥에서 바친 희생은 가장 순수한 것임을 알았다. 그런 마음으로 기도하는 사람은 언제나 신을 받아들인다. 희생은 오직 순수함으로 열매를 맺는다. 신은 인간의 헌신에 목마르다. 신은 미망인이 이기적 목적 없이 바친 한 푼을 좋아하고, 백배로 보상한다.

세파에 시달리지 않은 수다마는 쌀 한 줌을 바치지만, 그 작은 공물은 오랜 세월의 빈곤과 기아를 끝냈다. 많은 사람의 투옥은 결실을 맺지 못했지만, 순수한 영혼이 바친 희생은 결실 없이 끝나지 않았다. 남아프리카에서 누구의 희생이 신에게 받아들여져 열매를 맺었는지 아무도 말할 수 없다. 그러나 우리는 발리암마의 희생이 열매를 맺었고, 다른 자매들의 희생도 그러했음을 알고 있다.

조국과 인류를 위한 봉사에 수많은 영혼이 자신을 바쳤고, 지금도 바치며, 앞으로 바칠 것이다. 이는 누가 순수한지 아무도 모르기 때문에 사물의 본성이라고 할 수 있다. 그러나 사티아그라히는 그중 한 사람이라도 수정처럼 순수하다면, 그의 희생이 결실을 맺기에 충분하다는 것을 안다. 세계는 진실의 힘에 의존한다. 거짓을 뜻하는 아사티아[139]는 비존재를 의미하고, 진실을 뜻하는 사티아[140]는 존재를 의미한다. 거짓이 비존재인 이상 승리할 리 없다. 존재는 없어질 수 없으므로 진실은 존재한다. 이것이 사티아그라하의 무기다.

41. 노동자의 물결

여성의 투옥은 뉴캐슬 광산 노동자에게 엄청난 영향을 미쳤다. 그들은 연장을 버리고 무리 지어 시내로 들어갔다. 나는 그 소식을 듣자마자 뉴캐슬로 갔다.

노동자는 집이 없었다. 광산주는 그들을 위해 집을 짓고, 도로에 등을 달고, 물을 공급했다. 그 결과 노동자는 완전히 종속되었다. 툴시다스가 말했듯이 종속된 사람은 꿈속에서도 행복을 바랄 수 없다.[141]

파업 노동자들은 나를 만나 엄청난 불만을 이야기했다. 광산주가 전기와 수도를 끊었다고 말하는 사람도 있고, 방에서 자기 소지품을 던졌다고 말하는 사람도 있었다. 파탄 출신 사이야드 이브라힘은 등

---

139) asatya.

140) satya.

141) 툴시다스, 《람 차리트 마나스Rām Carit Mānas》, 1부 101~103장. 종속된 사람은 여성이지만, 간디는 확대해석했다.

을 보여주면서 말했다. "여기를 보세요, 나를 얼마나 심하게 때렸는지. 당신 때문에 그 깡패를 봐주었어요. 그것이 당신의 명령이니까요. 파탄 사람은 때리기는 해도 맞지는 않아요."

"잘하셨어요, 형제. 저는 그런 행동이 순수한 용기라고 봅니다. 당신 같은 분들 덕분에 우리는 승리할 것입니다." 내가 답했다.

나는 그를 축복했지만, 이렇게 당하는 사람이 많다면 파업은 계속될 수 없으리라고 생각했다. 구타를 제외해도 광산주에 대한 노동자의 불만이 많았다. 파업 참가자에게 전기와 수도 공급을 중단하는 것에 대한 불만이 정당한가 하는 문제는 제외하더라도, 사람들은 왜 이런 상태에서 살아가는가? 나는 해결책을 찾아야 했다. 아니면 사람들이 지루한 기다림 뒤에 직장에 돌아가기보다 패배를 인정하고 바로 직장에 돌아가는 것이 낫지 않은가 싶었다. 그러나 사람들은 그런 말을 듣고 싶어 하지 않았다. 나는 노동자에게 가능한 방법은 광산주가 마련한 집을 떠나 순례자처럼 나서는 것뿐이라고 했다.

노동자는 수십 명이 아니라 수백 명 단위였고, 금방 수천 명이 되었다. 계속 늘어나는 사람들을 위해 어떻게 의식주를 마련할까? 나는 인도에 금전적 지원을 요구하고 싶지 않았다. 나중에 인도에서 돈이 강물처럼 쇄도했지만, 그때는 아니다. 인도 상인은 너무나 겁먹어서 나를 공적으로 도울 준비가 전혀 되지 않았다. 그들은 광산주를 비롯한 백인 상인과 거래했기 때문이다. 내가 뉴캐슬에 갈 때마다 그들 집에서 머물렀지만, 이제 그들을 곤란하게 만들 수 있어 다른 곳에서 자기로 했다.

앞에서 말했듯이 트란스발 자매들은 대부분 타밀인이다. 그들은 뉴캐슬의 D. 라자루스 씨 집에 머물렀다. 그는 중산층 기독교도 타밀인으로, 방이 2~3개인 집과 작은 땅이 있었다. 나도 그의 가족과 함께 머물기로 했다. 그들은 나를 관대하게 받아들였다. 가난한 사람에게는 두려움이 없다. 라자루스 씨는 계약노동자 가정에 속하고, 그와 그 가족은 3파운드 세금을 내야 했다. 계약노동자의 고통을 분명히 알기 때문에 그들을 깊이 동정했다. 그들이 나를 집에 맞아들이기는 쉬운 일이 아니다. 나를 받아들이면 그들은 경제적으로 파멸하거나 감옥에 갈 수도 있다. 그런 상황을 각오하는 유복한 상인은 거의 없었다. 나는 그들과 나 자신의 한계를 이해하고, 그들과 가능한 한 떨어져 있어야 했다.

가난한 라자루스는 임금을 잃을지도 모르는데 참았다. 감옥에 갈지 몰라도 걱정하지 않았지만, 자기보다 가난한 계약노동자의 고난을 어떻게 참았을까? 그는 자기 집에 머무르는 트란스발 자매들이 계약노동자의 지원을 받고 와서 감옥에 가는 것을 보았다. 그도 그 노동자에 대한 의무를 빚졌다고 생각하여 나를 받아들인 것이다. 그는 나에게 숙소를 제공할 뿐만 아니라, 자기 모든 것을 대의에 바쳤다. 내가 머무르자 그곳은 순례자의 거처가 되었다. 수많은 사람이 출입했고, 그의 땅은 언제나 사람들로 만원이었다. 부엌의 불은 밤낮 꺼지지 않았다. 라자루스 부인은 하루 종일 노예처럼 일하면서도 남편처럼 항상 웃음을 머금었다.

그러나 라자루스가 노동자 수백 명을 먹일 수는 없었다. 나는 노동자들에게 파업이 오래 이어질 테니 그들의 주인이 제공한 집을 떠나라고 했다. 그들은 반드시 소지품을 팔고, 나머지는 거처에 남겨야 했다. 광산주는 그들의 소지품에 손대지 않겠지만, 분풀이하려고 소지품을 거리로 내던진다 해도 그 정도는 각오해야 했다. 그들이 나에게 올 때, 옷과 모포 외에 아무것도 가져와서는 안 되었다.

나는 파업이 계속되고 그들이 감옥 밖에 있는 동안 함께 살면서 식사하겠다고 약속했다. 그들이 이런 조건에서 지낸다면 파업을 계속하여 승리할 수 있었다. 이런 행동 노선을 철저히 지킬 용기가 없는 사람은 직장으로 돌아가야 했다. 그렇게 직장에 복귀하는 사람을 경멸하거나 혐오해서는 안 되었다. 이런 조건을 거부한 사람은 아무도 없었다. 내가 그 조건을 전한 날부터 순례자의 행렬이 이어졌다. 그들은 '집을 소유한 생활에서 벗어난 집 없는 사람'으로 아내나 아이들과 함께 옷 보따리를 이었다.

나는 그들에게 집을 마련해줄 방법이 없었다. 그들 머리 위에 있는 지붕은 하늘뿐이다. 다행히 기후가 좋아, 비가 오거나 춥지 않았다. 나는 상인계급이 우리를 먹이리라고 확신했다. 뉴캐슬 상인들이 취사도구와 쌀, 달을 제공했다. 다른 곳에서도 쌀과 달, 채소, 향신료 등이 쇄도했다. 기부는 내가 기대한 것보다 훨씬 많았다. 모두 감옥행을 각오하지는 않아도 대의에 공감했고, 최선을 다해 자기 몫을 했다.

아무것도 줄 수 없는 사람들은 자원봉사를 했다. 이런 애매하고 교육받지 못한 사람들을 돌보기 위해 지적 자원봉사자가 필요했다. 그들은 무한한 도움을 주었고, 그들 중 상당수도 구속되었다. 그래서 모두 자신이 할 수 있는 일을 했고, 가는 길을 쉽게 만들어주었다.

수많은 사람이 모였고, 그 수는 계속 늘어났다. 실업 상태에 있는 그들을 한곳에 두고 돌보는 것은 불가능하지 않아도 위험한 일이다. 그들은 일반적으로 위생에 무지했다. 그들 중에는 살인이나 절도, 간통 같은 범죄로 감옥에 다녀온 사람도 있다. 그러나 나는 파업자의 도덕성을 앉아서 판단하기에 적절하지 않다고 생각했다. 염소와 양을 구별하는 것은 어리석은 일이다.

내가 할 일은 파업을 지도하는 것뿐이다. 다른 개혁 운동의 여지는 없었다. 야영지의 도덕을 지키는 것은 나의 의무지만, 각 파업자의 이력을 따지는 것은 나의 의무가 아니다. 그런 이질적인 다수가 아무 일도 하지 않고 한곳에 있다면 범죄가 생길 수 있다. 놀랍게도 우리는 아무 사건 없이 이곳에서 며칠을 보냈다. 그들이 사태의 중대함을 완전히 이해했듯이 모두 조용했다.

나는 한 가지 방법을 생각해냈다. 이 '군대'를 트란스발에 반드시 데려가, 피닉스의 16명처럼 안전하게 감옥에 들어가도록 하는 것이다. 이들을 몇 명씩 나눠 각각 국경을 넘도록 해야 한다. 그러나 그것을 실천하는 데 긴 시간이 필요하고, 소수 단위로 감옥에 들어가는 것은 대중운동의 정상적 효과를 낳지 못하기 때문에 이 생각을 포기했다.

이 '군대'는 5000명쯤이다. 나는 이 많은 사람의 기찻삯을 지불할 돈이 없으니 이들이 모두 기차로 갈 수는 없다. 이들이 기차로 간다면 나에게 이들의 도덕성을 시험할 방법이 없다. 트란스발 국경은 뉴캐슬에서 36마일(58킬로미터) 떨어졌다. 나탈과 트란스발의 국경 마을은 각각 찰스타운과 볼크스루스트다. 결국 나는 걸어가기로 결정했다. 나는 처자를 거느린 노동자들과 상의했고, 그중 몇 명은 머뭇거렸다. 마음을 다지는 것 외에 다른 대안이 없었고, 원하면 탄광으로 돌아가도 좋다고 말했다. 그러나 아무도 그런 자유를 누리고자 하지 않았다. 다리가 불편한 사람은 기차로 보내기로 결정했다.

가능한 사람은 모두 찰스타운까지 걸어갈 준비를 했다. 마침내 그렇게 되자 모두 기뻐했다. 노동자들은 그 결정이 가난한 라자루스와 그 가족에게 조금이나마 위안이 된다는 것을 알았다. 뉴캐슬의 백인은 페스트 발병을 두려워해서 그 예방을 위한 모든 조치를 취했다. 우리가 피닉스로 움직여서 그들에게 마음의 평화를 주었고, 그들이 우리에게 부과할 법한 성가신 조치도 면할 수 있었다.

도보 행진을 준비하는 동안 나는 광산주들과의 만남에 초대받아 더반으로 갔다. 그 회의와 이어지는 사건은 다음 장에서 설명하자.

42. 회의와 그 후

광산주들에게 초대를 받고 더반으로 갔다. 나는 그들이 파업에 어느 정도 영향을 받았다고 생각했지만, 회의에서 대단한 결과를 기대하지는 않았다. 그러나 사티아그라히의 겸손에는 한계가 없다. 분쟁을 해결할 기회가 있으면 결코 간과하지 않고, 비겁하다는 소리를 들어도 신경 쓰지 않는다. 믿음에서 비롯된 힘이 있는 사람은 다른 사람에게 멸시받아도 신경 쓰지 않는다. 그는 오로지 내적인 힘에 의존한다. 따라서 그는 모든 이에게 친절하고, 자신의 대의에 호의적인 여론을 환기한다.

나는 광산주들의 초대를 환영했고, 그들을 만났을 때 열정적인 분위기를 느꼈다. 그들의 대표는 사정을 설명하려는 내 말을 듣는 대신 따지기 시작했다. 나는 적절하게 답했다.

"파업을 끝내는 것은 여러분입니다."

"우리는 관리가 아닙니다." 그가 답했다.

"당신들은 관리가 아니지만 합의할 수 있습니다. 당신들은 노동자를 위해 싸울 수 있습니다. 당신들이 3파운드 세금을 철폐하라고 하면 정부가 거부하지 않을 것입니다. 당신들은 그 문제에 대해 백인 의견을 교육할 수도 있습니다."

"그러나 3파운드 세금과 파업이 무슨 상관이 있습니까? 노동자가 광산주에게 불만이 있다면, 적절하게 고칠 수 있도록 당신이 그들에게 말씀해주십시오."

"저는 노동자에게 파업 외에 다른 무기가 있는지 모릅니다. 3파운드 세금도 노동자들이 자신을 위해 일하기 바라지만 자유인으로 일하기는 바라지 않는 광산주의 이익 때문에 부과된 것입니다. 따라서 3파운드 세금을 폐지하기 위한 노동자 파업이라면, 그것이 광산주에게 부적절하거나 부정의하다고 생각하지 않습니다."

"그러면 당신은 노동자에게 일자리로 돌아가라고 충고하지 않겠습니까?"

"그렇게 할 수 없습니다."

"그 결과가 어떨지 아십니까?"

"압니다. 저의 책임을 충분히 알고 있습니다."

"그렇지요, 당신은 잃을 것이 없습니다. 그러나 당신이 그들을 잘못 인도해서 야기한 손해를 보상하시겠습니까?"

"노동자는 심사숙고한 뒤 자신에게 생길 손실을 충분히 알고 파업에 들어갔습니다. 저는 자존심을 잃는 것보다 큰 손해는 없다고 생각하며, 노동자가 이 근본 원칙을 인식한 것에 만족합니다."

이런 식으로 이야기가 이어졌다. 그 대화를 전부 기억하지 못해 내가 기억하는 논점을 짧게 기록했다. 나는 광산주들이 정부와 교섭했기 때문에 자신이 약하다는 것을 이해했음을 알았다.

더반에 다녀오는 동안 파업과 파업자의 평화적 행동이 철도 차장이나 다른 사람들에게 특별한 인상을 주었음을 알았다. 나는 평소처럼 삼등칸에서 여행했으나, 차장과 다른 관리들이 나를 둘러싸고 여러 가지 질문을 하며 성공을 빌어주었다. 그들은 나에게 여러 가지 사소한 편의를 제공하고자 했다. 그들과 관계는 순수하게 유지했다. 한 가지 편의를 위해서도 그들을 유인하려고 하지 않았다. 그들이 자발적으로 친절을 베풀면 기뻤지만, 친절을 사기 위해 노력하지 않았다. 관리들은 가난하고 무지한 노동자들이 놀라운 견고함을 보여주는 데 놀랐다. 견고함과 용기는 적에게도 깊은 인상을 남기게 마련이다.

나는 뉴캐슬로 돌아왔다. 노동자들은 여전히 사방에서 쏟아져 나왔다. 나는 '군대'에 상황을 명확하게 설명하고, 원한다면 지금이라도 직장에 돌아갈 수 있다고 말했다. 그들에게 광산주의 위협과 장래의 위험에 대해 설명했다. 투쟁이 언제 끝날지 아무도 말해줄 수 없음을 지적했다. 감옥에서 당할 수 있는 고통에 대해서도 설명했지만, 그들은 동요하지 않았다. 그들은 내가 곁에서 싸우는 한 좌절하지 않겠다고 아무 두려움 없이 답하고, 고통에는 이력이 났으니 걱정하지 말라고 했다.

318

이제 우리가 행진하는 일만 남았다. 1913년 10월 28일 저녁, 노동 자들은 다음 날 아침 일찍 행진한다고 발표했다. 행진 중 지켜야 할 수 칙도 설명했다. 5000~6000명을 통제하는 것은 쉬운 일이 아니다. 나 는 그들이 몇 명인지 정확히 모르고, 이름과 주소도 몰랐다. 머물기로 선택한 사람들이 그 정도인 점에 만족했을 뿐이다.

나는 각 '병사'에게 하루 식량으로 빵 1.5파운드〔680그램〕와 설탕 1온 스〔30그램〕밖에 줄 여유가 없었다. 도중에 인도 상인에게 좀 더 많이 얻 고자 계획했다. 그러나 내가 실패하면 그들은 빵과 설탕만 먹어야 한 다. 보어전쟁과 줄루족의 '반란' 경험이 이번에 큰 도움이 되었다. 옷 을 필요 이상 갖지 않는 것이 '침략자'의 수칙이다. 행진 도중 다른 사 람의 재물에 손대서는 안 된다. 백인 관리나 민간인에게 욕설을 듣거 나 구타를 당해도 참고 견뎌야 한다. 경찰이 그들을 체포하고자 하면 기꺼이 체포당해야 한다. 내가 구속되어도 행진은 계속되어야 한다. 나는 이 모든 것을 설명하고, 나 대신 '군대'를 성공적으로 인도할 사 람들의 이름을 발표했다.

사람들은 지시를 이해했다. 우리는 안전하게 찰스타운에 도착했다. 그곳에서 상인들이 큰 도움을 주었다. 그들의 집을 사용하고, 모스크 운동장에서 식사를 준비하게 해주었다. 행진 중 지급된 식량이 바닥 이 나서 필요해진 조리 도구도 상인들이 마련해주었다. 쌀을 비롯해 필요한 것도 받았고, 상인들은 자기 몫을 충분히 했다.

찰스타운은 인구 1000명 정도 되는 마을이다. 순례자 수천 명이 머 물 집이 없었다. 여성과 아이들만 집에서 자고, 나머지는 야영을 했다.

찰스타운에서 머물 때 추억은 달콤하고도 씁쓸했다. 즐거운 기억은 위생부와 지역 위생관 브리스코 박사에 대한 것이다. 그는 사람들이 별안간 많아진 데 놀랐지만 아무 조치도 취하지 않고, 나에게 몇 가지 제안을 하며 돕겠다고 했다. 백인이 주의하는 세 가지, 즉 깨끗한 물 공급과 도로 청소, 화장실 청소에 대해 우리는 주의하지 않았다. 브리스코 박사는 길에 물을 버리지 말고, 아무 데서나 소변을 보지 말며, 쓰레기를 버리지 말도록 감시해달라고 요구했다. 나아가 자신이 말한 장소에 사람들을 두고, 내가 그 지역을 청결히 하는 책임을 져야 한다고 했다. 나는 그의 제안에 감사하고 그대로 실천했다.

인도인에게 그 수칙을 지키도록 하기는 매우 어려웠다. 그러나 순례자와 동료들이 도와주었다. 나는 봉사자들이 진정으로 봉사하고 사람들에게 명령하지 않으면 많은 일이 가능하다는 것을 오랜 경험으로 알았다. 봉사자가 노동을 하면 다른 사람들도 노동을 한다. 이번에도 그런 경험을 했다. 동료들과 나는 미루지 않고 청소하고, 분뇨를 치웠다. 그러자 다른 사람들도 열심히 일했다. 솔선수범하지 않고 다른 사람에게 명령하는 것은 좋은 일이 아니다. 모두 지도자가 되어 다른 사람에게 명령한다면 아무 일도 할 수 없다. 그러나 지도자가 스스로 하인이 되면 아무도 지도자라고 주장할 수 없다.

동료 중에서 칼렌바흐 씨가 찰스타운에 있었다. 슐레신도 마찬가지다. 그녀의 근면과 정확함, 정직은 아무리 칭찬해도 지나치지 않다. 인도인 중에서는 고 슈리 P. K. 나이두와 슈리 앨버트 크리스토퍼를 기억한다. 다른 사람들도 열심히 일하고 많은 도움을 주었다.

식사는 밥과 달이었다. 채소가 많지만 시간과 조리 도구가 없어서 달과 섞었다. 부엌은 24시간 쉬지 않았다. 배고픈 사람이 언제나 올 수 있기 때문이다. 뉴캐슬에서는 노동자들이 머물지 않았다. 모두 어디로 갈지 알았고, 광산을 떠나 찰스타운으로 갔다.

사람들의 인내심과 지구력에 대해 생각하면 신의 위대함에 압도된다. 나는 주방장이었다. 달에 물이 많은 경우도 있고, 이상하게 요리된 적도 있었다. 채소나 밥이 가끔 잘못되기도 했다. 나는 그런 음식을 즐겁게 먹는 사람들을 어디에서도 본 적이 없다. 한편 남아프리카 감옥에서는 고등교육을 받았다는 자들이 식사량이 적거나, 음식이 잘못 요리되거나, 조금 늦게 지급되면 화내는 것을 보았다.

음식을 나르는 것은 만드는 것보다 어려웠다. 그 책임자도 나였다. 요리가 잘되었는지 아닌지에 대한 책임은 나에게 있었다. 음식이 적고 사람이 많으면 배분할 양을 줄여야 하는데, 그 책임도 내 몫이었다. 나는 자매들이 음식을 적게 받았을 때 화난 표정을 보이다가도, 금방 내가 선택한 일의 감사함을 이해한 뒤 웃음으로 바뀐 것을 잊을 수 없다. 나는 말했다. "어쩔 수 없습니다. 음식은 적고 사람이 많으니 똑같이 나눠야 합니다." 그들은 형편을 이해했고 웃음으로 답했다.

지금까지 즐거운 기억을 말했다. 즐겁지 않은 기억은 조금이라도 여가가 생기면 사람들이 말다툼을 한 것이다. 더 나쁜 것은 간통이다. 사람들이 많아 남녀를 격리할 수가 없었다. 동물적 본능은 수치를 몰랐다. 그런 일이 생기면 나는 바로 현장에 갔다. 그들은 수치를 당하고 격리되었다. 그러나 내가 모르고 지나친 일이 얼마나 많았는지 누가 말할 수 있겠는가?

이 문제에 대해 더 말할 필요가 없다. 나는 모든 일이 완벽하지 않았으며, 그런 일로 아무도 반항하지 않았음을 보여주기 위해 그 이야기를 끄집어냈다. 나는 야만적이고 도덕 명령을 잘 지키지 않는 사람도 좋은 환경에서는 훌륭하게 처신하는 것을 보아왔고, 그 진실을 아는 것이야말로 본질적이고 유익한 일이라고 생각한다.

43. 국경을 넘어

1913년 11월 초, 우리는 국경에 도착했다. 먼저 두 가지 사실을 설명할 필요가 있다. 뉴캐슬에서 트란스발 자매들이 수감되자, 더반의 바이 파트마 매타브는 평화로울 수가 없었다. 그녀는 어머니 하니파 바이, 일곱 살배기 아들과 함께 수감되고자 볼크스루스트로 왔다. 정부는 어머니와 딸을 체포했지만, 아들은 체포하지 않았다. 정부는 파트마 바이의 지문을 채취하려고 노력했으나, 그녀는 아무 두려움 없이 거부했다. 결국 그녀와 어머니는 3개월 징역형을 받았다(1913년 10월 13일).

그때 노동자 파업이 절정에 이르렀다. 광산 지역과 찰스타운 사이에서 남녀 모두 참가했다. 그들 중 두 여성이 아기를 안고 있었는데, 한 아기가 행진 중 감기에 걸려 죽고, 다른 아기는 강을 건널 때 어머니 품에서 떨어져 익사했다. 그러나 용감한 어머니들은 슬퍼하지 않고 계속 행진했다. 그중 한 사람이 말했다. "아무리 슬퍼도 우리에게 돌아오지 못할 아이들을 위해 슬퍼해서는 안 됩니다. 산 자에게 맡겨진 일을 해야 합니다." 나는 가난한 사람들에게서 그처럼 조용한 영웅주의와 순수한 믿음, 유용한 지혜를 자주 보았다.

찰스타운의 남녀들은 강인한 정신으로 엄격한 의무를 지켰다. 우리를 국경 마을에 오게 한 것은 평화가 아니기 때문이다. 평화를 원한다면 내면에서 찾아야 했다. 외면적으로 '여기에는 평화가 없다'는 말이 어디에나 있었다. 그러나 미라 바이 같은 신도가 즐거운 평정심으로 독배를 입술로 가져간 것은 바로 이 태풍 속이다. 소크라테스가 어두운 감방에서 조용히 죽음을 맞고, 평화는 자기 내부에서 찾아야 한다는 이념으로 그의 친구들과 우리를 이끈 것이다.

이런 불가피한 평화에서 사티아그라하 부대는 내일 아침은 어떻게 될까 하는 걱정을 버리고 야영을 했다.

나는 정부에 편지를 보내 우리는 주거 목적으로 트란스발에 입국하려는 것이 아니며, 각료의 약속 위반에 효과적으로 대항하고 우리의 자존심 상실에 실망했음을 보여주기 위해서라고 주장했다. 정부가 우리를 이곳 찰스타운에서 체포한다면 우리는 모든 걱정에서 벗어날 것이다. 그러나 그들이 체포하지 않고 우리 중 트란스발에 은밀하게 입국하는 사람이 있다면, 그 책임은 우리에게 없을 것이다.

우리 운동에는 비밀이 없다. 아무도 개인적 이익을 얻고자 하지 않는다. 우리는 트란스발에 은밀하게 들어가기를 바라지 않는다. 그러나 우리는 수천 명에 이르는 사람들에 대처해야 하고, 사랑 외에 아무 속박도 없는 곳에서 개인적 행동에 책임질 수 없다. 마지막으로 3파운드 세금을 폐지한다면 파업은 중단되고, 계약노동자들은 직장에 복귀할 것임을 약속했다. 노동자들에게 우리의 나머지 불만에 대항하기 위해 일반적 투쟁에 참가하라고 요청하지 않을 것이기 때문이다.

따라서 정부가 언제 우리를 체포할지 불확실한 상황이고, 정확히 아는 사람이 없었다. 우리는 그런 위기 속에서 며칠 동안 정부의 답변을 기다렸지만, 우편배달은 하루에 1~2회뿐이었다. 우리는 정부가 체포하지 않는다면 즉시 찰스타운을 떠나 트란스발에 들어가기로 결정했다. 도중에 체포되지 않는다면 '평화군'은 하루 20~24마일〔32~39킬로미터〕 행진을 8일간 계속하여 톨스토이 농장에 도착하고, 투쟁이 끝날 때까지 그곳에서 일할 계획이었다.

칼렌바흐 씨가 모든 준비를 했다. 순례자들의 도움을 받아 진흙으로 집을 지을 생각이었다. 집을 지을 때까지 노인과 장애자는 작은 텐트에서 지내고, 건강한 사람들은 야영을 하기로 했다. 유일한 장애는 우기가 닥치는 것으로, 우기에는 모든 사람에게 피난처가 필요했다. 그러나 칼렌바흐 씨는 다양한 방법으로 용기 있게 그 문제를 해결했다.

우리는 행진을 위해 여러 가지 준비를 했다. 찰스타운의 선량한 위생관 브리스코 박사는 우리를 위해 작은 약상자를 준비하고, 나 같은 일반인도 사용할 수 있는 도구를 주었다. 순례자에게는 교통수단이 없기에 약상자를 직접 운반해야 했다. 그래서 우리는 꼭 필요한 약품을 챙겼다. 약품은 동시에 100명도 치료할 수 없는 정도지만, 그것은 문제가 되지 않았다. 우리는 매일 마을 부근에서 야영하고 부족한 약을 받을 수 있기 때문이다. 병자나 장애인은 행진하지 않고 도중의 마을에 남기로 했다.

음식은 빵과 설탕뿐이지만, 8일간 행진하는 데 충분한 빵을 보급하기는 어려웠다. 이 문제에 유일한 해결책은 누군가 때마다 빵을 공급해주는 것이다. 그러나 누가 우리에게 빵을 줄까? 인도인 빵집은 아무 데도 없었다. 어느 마을에서도 빵집을 찾을 수 없었다. 빵은 대부분 도시에서 공급했다. 따라서 빵은 빵집에서 공급되어야 했고, 약속된 역에 기차로 배달되어야 했다.

볼크스루스트는 규모가 찰스타운의 약 두 배였고, 백인이 운영하는 대형 빵집이 공급 계약을 흔쾌히 체결했다. 빵집에서는 우리의 어려운 사정을 고려해서 시장가격보다 높은 값을 요구하지 않고 맛있는 빵을 공급해주었다. 빵은 정확한 시간에 기차로 배달되었고, 백인 철도원은 배달에 주의를 다했으며 특별한 편의도 제공했다. 그들은 우리가 적대감이 없고, 아무에게도 해를 끼치지 않으며, 오직 자기 고통으로 구제받고자 한다는 것을 알았다. 그래서 우리 주변의 분위기는 순수했다. 모든 인류에게 존재하지만 지금은 잠자는 사랑이 행동으로 꽃피었다. 우리가 기독교도든, 유대인이든, 힌두교도든, 이슬람교도든, 다른 무엇이든 모두 형제임을 깨달았다.

행진을 위한 준비가 끝났을 때, 나는 합의를 위해 새로운 노력을 했다. 편지나 전보는 보냈으니 모욕적인 답을 받을 위험을 무릅쓰고 전화하기로 작정했다. 나는 프리토리아에 있는 스뫼츠 장군에게 전화를 걸었고, 그의 비서를 불러 말했다.

"스뫼츠 장군에게 행진을 위한 준비를 마쳤다고 전해주십시오. 볼크스루스트의 백인이 흥분해서 우리의 생명조차 범할 것 같습니다. 그들은 분명히 그렇게 위협하고 있습니다. 장군도 그런 불상사가 생기기를 원하지 않을 것입니다. 그가 3파운드 세금을 철폐한다고 약속하면 행진을 중단하겠습니다. 법률을 어기기 위해 법률을 어기려고 하는 것이 아니라, 어쩔 수 없기 때문입니다. 장군은 이런 작은 요청조차 받아들일 수 없습니까?"

30초 뒤에 답이 왔다. "장군은 당신과 관계를 바라지 않습니다. 하고 싶은 대로 하시지요." 전화는 끊겼다.

충분히 예상한 결과지만, 이 정도로 무뚝뚝할지는 몰랐다. 나는 더예의 있는 답을 기대했다. 사티아그라하 조직 이후 장군과 나의 정치적 관계는 벌써 6년 동안 계속되었기 때문이다. 그러나 예의에 어긋나는 답을 들었다고 해서 의기소침하지는 않았다. 내가 취할 바르고 좁은 길은 분명했다. 다음 날(1913년 11월 6일) 정해진 시각(오전 6시 30분), 우리는 기도하고 신의 이름으로 행진을 시작했다. 순례자는 남성 2037명, 여성 127명, 어린이 57명이었다.

44. 거대한 행진

순례자 행렬은 약속한 시간에 정확히 출발했다. 찰스타운에서 1마일(1.6킬로미터) 떨어진 곳에 흐르는 작은 내를 건너면 볼크스루스트나 트란스발에 들어가는 것이었다. 맞은편에 기마경찰대가 있었다. 나는 '군대'에 신호하면 내를 건너라고 말한 뒤 경찰대에게 갔다. 내가 그들과 말하는 동안 순례자들이 갑자기 달려서 국경을 건넜다. 경찰이 그들을 포위했으나, 밀어닥치는 대중을 통제하기는 쉽지 않았다. 경찰은 우리를 체포할 의도가 없었다. 나는 순례자들이 조용히 대열을 갖추도록 했다. 몇 분 만에 질서가 잡혔고, 트란스발로 가는 행진이 시작되었다.

이틀 전, 볼크스루스트의 백인은 집회를 열어 인도인에게 모든 위협을 가했다. 몇 사람은 인도인이 트란스발로 들어오면 사살하겠다고 했다. 칼렌바흐 씨가 그들을 달래기 위해 집회에 참석했다. 그러나 백인은 그의 말을 듣지 않았고, 몇 사람은 그를 때리려고 일어섰다. 칼렌바흐 씨는 운동으로 단련된 사람이고, 샌도에게 직접 훈련을 받기도 해서 그를 위협하기란 쉽지 않았다. 한 백인이 결투를 신청하자 그가 답했다.

"저는 평화의 종교를 받아들였기 때문에 도전에 응할 수 없습니다. 저를 공격하려면 하십시오. 그러나 이 모임에서 하고 싶은 말을 계속하겠습니다. 여러분은 모든 백인의 참석을 공적으로 요청했습니다. 제가 여기에 온 이유는 모든 백인이 당신처럼 죄 없는 사람을 죽이려고 하지 않는다는 것을 알리고 싶어서입니다. 저는 백인 가운데 한 사람으로서 인도인에 대한 당신의 비난은 잘못된 것임을 밝힙니다. 당신이 그들이 하리라고 생각하는 것을 인도인은 바라지 않습니다. 인도인은 당신의 지배자 지위에 도전하려고 하지 않습니다. 그들은 당신과 싸우고자 하지 않으며, 나라를 인도인으로 채우려고 하지도 않습니다. 그들은 순수하고 소박한 정의를 추구할 뿐입니다.

그들이 트란스발에 입국하고자 하는 것은 그곳에 정착하기 위해서가 아니라, 그들에게 부과된 불의한 세금에 대항하는 시위에 불과합니다. 그들은 용기 있는 사람들입니다. 그들은 당신의 인격이나 재산을 해치지 않고, 싸우지도 않으며, 당신이 사격을 해도 트란스발에 들어올 것입니다. 당신의 총알이나 창이 두려워 물러설 사람들이 아닙니다. 그들은 화합을 원합니다. 자기 고통으로 여러분의 마음과 화합할 것입니다. 제가 말하고자 하는 것은 이뿐입니다. 제가 여러분에게 말한 것은 봉사라고 생각합니다. 잘못을 저지르지 않도록 주의하시기 빕니다."

칼렌바흐 씨는 말을 마치고 자리에 앉았다. 청중은 부끄러워했다. 칼렌바흐 씨에게 도전한 자는 그의 친구가 되었다.

우리는 이 모임에 대해 듣고 볼크스루스트의 백인이 일으킬 소동에 대비했다. 국경에 모인 경찰은 소동에 대비한 것일 수도 있다. 그들이 어떻게 하든 우리 행렬은 조용히 그곳을 지나쳤다. 어떤 백인이 도발하고자 했다는 기억도 없다. 모두 이 새로운 광경을 보려고 밖으로 나왔다. 그들 중 몇 명에게는 우호적으로 보였다.

첫날, 볼크스루스트에서 8마일[13킬로미터] 떨어진 팜퍼드에 머물기로 했다. 우리는 오후 5시쯤 그곳에 도착했다. 순례자들은 빵과 설탕으로 식사하고 야외에 누웠다. 몇 명이 찬송가를 부르는 동안 이야기하는 사람들도 있었다. 여성 중에는 행진으로 완전히 피로해진 사람들도 있었다. 그들은 아기를 안고 행진했지만, 더 갈 수 없었다. 예고한 대로 나는 여성들을 어느 착한 인도 상인 집에 머물게 했다. 그 상인은 우리가 그곳에 가면 그들을 톨스토이 농장에 데려다주고, 우리가 체포되면 그들의 집에 데려다주기로 약속했다.

밤이 되자 모든 소음이 그쳤고, 잠들려고 할 때 발소리가 들렸다. 나는 손전등을 든 백인을 보았다. 그것이 무엇을 뜻하는지 알았지만, 아무 대비도 할 수 없었다. 경찰관이 말했다.

"체포 영장을 가지고 왔습니다. 당신을 체포하고자 합니다."

"언제요?" 내가 물었다.

"곧."

"어디로 가지요?"

"먼저 가까운 역으로 갔다가, 기차를 타고 볼크스루스트로 갑니다."

"아무에게도 알리지 않고 가겠지만, 동료에게 몇 가지 지시를 해야 합니다."

"그렇게 하세요."

나는 곁에서 자는 P. K. 나이두를 깨웠다. 그에게 상황을 말하고, 아침이 될 때까지 순례자들을 깨우지 말라고 부탁했다. 아침이 되면 그들은 예정대로 행진해야 한다고, 해 뜨기 전에 행진을 시작할 테니 휴식과 식사 시간이 되면 나의 체포 소식을 전하라고 했다. 도중에 누가 나에 대해 물으면 알려줘도 무방하고 순례자를 체포하려고 하면 체포 당해야 하지만, 그렇지 않으면 계획에 따라 행진해야 한다고 말했다. 나이두는 전혀 두려워하지 않았다. 나는 그가 체포될 경우 해야 할 일도 말했다. 그때 칼렌바흐 씨도 볼크스루스트에 있었다.

나는 경찰관과 함께 나갔다. 그리고 다음 날 아침, 볼크스루스트로 가는 기차를 탔다. 나는 볼크스루스트 법정에 출두했지만, 검사가 증거 준비가 되지 않았다고 14일까지 유치 연기를 요청했다. 재판은 연기되었다. 나는 보석을 신청했다. 재판이 연기되는 동안 내가 함께 있던 남성 2000명, 여성 122명, 어린이 50명을 목적지에 보내고 돌아와 법정에 출두할 수 있기 때문이다. 검사는 보석 신청에 반대했지만, 치안판사는 어떻게 할 수 없었다. 사형에 처해질 정도로 중죄가 아닌 이상 모든 피고인은 보석을 신청할 권리가 있고, 나도 그런 권리를 박탈당하지 않았기 때문이다. 그는 나를 보석금 50파운드로 풀어주었다.

칼렌바흐 씨가 자동차를 준비해 즉시 '침략자들'에게 돌아가도록 했다. 《트란스발 리더》특파원이 동행하고자 해서 허락했다. 그는 그 재판과 여행, 순례자들과 만남에 대해 생생히 보도했다. 순례자들은 나를 열렬히 맞아주었고, 기쁨에 취하게 했다. 칼렌바흐 씨는 볼크스 루스트로 돌아갔다. 찰스타운에 머무르는 인도인과 새롭게 오는 인도 인을 돌봐야 했기 때문이다.

우리는 행진을 계속했지만, 정부는 나를 자유 상태로 두려고 하지 않았다. 11월 8일(보석 후 이튿날), 나는 스탠더턴에서 다시 체포되었다. 그곳은 비교적 큰 도시다. 그곳에서 나는 이상하게 체포되었다. 나는 순례자들에게 빵을 주고 있었다. 그곳 상인들이 우리에게 마멀레이드 통조림을 주어 평소보다 시간이 걸렸다. 그동안 치안판사가 내 곁에 왔다. 그는 배식이 끝나기를 기다렸다가 나를 한쪽으로 불렀다. 그가 웃으며 말했다.

"당신은 저의 죄수입니다."

"저의 신분이 올라간 것 같군요. 경찰관 대신 판사께서 오셨으니 말 이지요. 바로 재판할 모양이네요."

"함께 갑시다. 법정은 개정 중입니다."

나는 순례자들에게 행진을 계속하라고 요청하고 판사와 함께 떠났 다. 법정에 도착해서 동료 다섯 명도 체포된 것을 알았다. P. K. 나이두, 비하릴랄 마하라즈, 람나라얀 신하, 하구 나라수, 라힘칸이었다.

나는 볼크스루스트 법정과 같은 이유로 재판 연기와 보석을 신청했 다. 이번에도 검사는 강력하게 반대했지만 보석금 50파운드로 석방되 었고, 재판은 21일 연기되었다. 인도 상인들이 마차를 끌고 왔고, 나는 다시 순례자들에게 돌아갔다. 그들은 어렵게 3마일(4.8킬로미터)을 행진했다. 우리는 이제 톨스토이 농장에 도착하지 않을까 생각했다. 그러나 그렇지 못했다. 침략자들이 나의 체포에 익숙해진 것은 작은 일이 아니었다. 다섯 동료는 감옥에 있었다.

45. 모두 감옥으로

이제 우리는 요하네스버그 가까이 왔다. 독자들은 우리 행진이 8일 여정이었음을 기억할 것이다. 우리는 계획에 따라 정확하게 행진했고, 4일을 남겨두었다. 그러나 우리 의기가 높아질수록 정부는 인도인 침략자들에 대처할 방안을 마련하느라 부심했다. 우리가 목표에 도달한 뒤 체포한다면 정부는 허약하고 무능하다는 비난을 면치 못할 것이다. 체포할 거라면 그 시기는 우리가 약속한 곳에 도착하기 전이어야 했다.

정부는 내가 체포되어도 순례자들이 실망하거나 놀라지 않고, 평화가 파괴되지 않았음을 알았다. 그들이 소동을 일으켰다면 정부는 총기를 사용할 명분이 생겼을 것이다. 스뫼츠 장군에게는 우리의 강인함과 평화로움이야말로 골칫거리여서 다음과 같은 말을 자주 한 모양이다. "평화로운 사람들을 얼마나 오래 괴롭힐까? 자발적으로 죽는 사람을 어떻게 죽일 수 있나?"

죽음을 환영하는 사람을 죽이는 데 유쾌한 자극은 없다. 따라서 병사는 적을 생포하기 좋아한다. 쥐가 고양이를 겁내서 도망가지 않는다면 고양이는 다른 먹이를 찾아야 한다. 모든 양이 사자 옆에 누워 있다면 사자는 양을 잡아먹는 것을 포기해야 한다. 사자가 저항하지 않으면 위대한 사냥꾼은 사자 사냥을 포기할 것이다. 우리의 승리는 비폭력과 결단이라는 두 가지 결합에 있었다.

고칼레가 전보를 보냈다. 폴락이 인도로 와서 인도 총독부와 제국 정부에게 남아프리카 상황을 설명하는 데 힘을 보태기 바란다는 내용이었다. 폴락은 어디서나 유용한 사람이다. 그의 기질 덕분이다. 그는 무슨 일을 맡아도 열중했다. 우리는 그를 인도에 보낼 준비를 했다. 나는 폴락에게 인도로 가라고 편지를 썼다. 그는 나를 직접 만나 완전한 정보를 얻지 않고는 갈 수 없으니, 행진 중에 만나자고 했다. 나는 체포당할 위험을 무릅쓴다면 오라고 전보를 쳤다. 전사는 필요한 위험에 주저하지 않는다. 정부가 전원을 체포하고자 하면 체포된다는 것이 투쟁의 목적이었다. 그리고 정부가 체포하고자 하지 않는 망설임을 극복할 때까지 체포되기 위해 직접적이고 도덕적인 노력을 해야 한다. 폴락은 체포될 위험을 무릅쓰고 오는 것을 선택했다.

폴락 씨는 11월 9일, 스탠더턴과 그레이링스테드 사이의 테크워스에서 우리와 합류했다. 우리는 협의를 계속하여 오후 3시쯤 거의 결론에 이르렀다. 폴락과 나는 순례단의 선두에서 걸어갔다. 다른 동료들도 우리의 대화를 들었다. 폴락은 저녁에 더반으로 가는 기차를 탈 예정이었다. 그러나 신은 언제나 인간이 계획을 실행하도록 허용하지는 않는다. 라마도 즉위식 당일, 숲으로 가야 했다. 우리가 이야기하는 동안 이륜마차가 다가와서 멈췄다. 트란스발 출입국 관리소장 챔니 씨와 경찰관이 내렸다. 그들은 나를 조금 떨어진 곳으로 데려가서 말했다. "당신을 체포합니다."

결국 나는 4일간 세 번이나 체포되었다.

"행진하는 사람들은 어떻게 할 것입니까?" 내가 물었다.

"나중에 조치할 것입니다." 그들이 답했다.

나는 폴락에게 순례자들과 함께 가도록 부탁했다. 경찰관은 순례자들에게 나의 체포 사실을 알리는 것만 허용했다. 내가 그들에게 평화를 유지하라는 말을 하자, 경찰관이 가로막았다.

"당신은 지금 죄수이니 연설할 수 없습니다."

나는 내 지위를 이해했지만, 이해할 필요는 없었다. 경찰관은 나의 말을 막자마자 운전사에게 전속력으로 달릴 것을 지시했다. 한순간 순례자들이 보이지 않았다.

경찰관은 당시 내가 지배자임을 알았다. 그래서 우리의 비폭력을 믿고 그 황폐한 초원에서 혼자 인도인 2000명에 맞선 것이다. 그는 우편으로 소환장을 보내도 내가 출두하리라는 것을 알았다. 그런 상황에서 내가 죄수라는 사실을 환기할 필요는 없었다. 내가 순례자들에게 전하고자 한 충고는 정부의 목표에도 도움이 되는 것이었다. 경찰관이 자신의 덧없는 권위를 행사할 기회를 어떻게 포기하겠는가? 그럼에도 나는 그보다 많은 관리들이 우리를 잘 이해해주었다고 말하지 않을 수 없다. 그들은 우리에게 체포는 구속이나 고난이 아니라는 것뿐만 아니라, 그것을 우리가 자유로 가는 문으로 환영했음도 알았다. 그래서 우리에게 모든 합법적 자유를 허용했고, 효율적이고 신속한 체포를 위해 우리의 도움을 받았으며, 그것에 감사했다. 여기서 독자는 두 가지 좋은 예를 볼 것이다.

나는 그레이링스테드에 갔다가, 밸푸어를 거쳐 하이델베르그로 이송되어 밤을 보냈다.

폴락이 이끄는 순례자들은 행진하다가 그레이링스테드에서 밤을 지냈다. 그들은 세드 아마드 무함마드 카찰리아와 세드 아마드 바야트를 만났다. 그들은 행진하는 사람 모두를 체포할 준비가 끝났음을 알았다. 폴락은 순례자 체포에 대한 책임이 끝나면, 하루 늦게라도 더반에 도착하여 인도로 가는 기선을 탈 수 있겠다고 생각했다.

그러나 신의 의지는 달랐다. 11월 10일 오전 9시경 순례자들이 밸푸어에 도착하자, 그들을 체포하여 이송하기 위한 특별열차가 역에 들어왔다. 순례자들은 완강했다. 그들은 간디를 불러달라고, 간디가 말하면 체포되어 기차를 타겠다고 약속했다. 이는 잘못된 태도다. 그런 태도를 포기하지 않으면 모든 계획은 수포로 돌아가고, 운동은 후퇴할 것이다. 순례자들은 왜 감옥에 가는데 나를 원했을까? 병사들이 지휘자를 선택하거나, 그들 중 한 사람에게 복종하겠다는 것은 바보 같은 짓이다.

챔니 씨는 폴락과 카찰리아 세드에게 순례자를 체포하기 위해 도와달라고 부탁했다. 그들은 순례자에게 상황을 설명하기 어려웠다. 그들은 순례자에게 감옥이 여러분의 목적지고, 체포하고자 하는 정부의 행동에 감사해야 한다고 말했다. 그렇게 해야 사티아그라히의 높은 인격을 보여주고, 투쟁을 승리로 이끌 수 있다. 그들은 어떤 절차도 간디의 허락을 받을 수 없음을 반드시 알아야 한다. 순례자들은 이해하고 평화롭게 기차를 탔다.

한편 나는 다시 치안판사 앞에 섰다. 순례자들과 떨어진 뒤에 생긴 일을 나는 전혀 몰랐고, 다시 보석을 신청했다. 앞의 두 법정에서 보석이 인정되었고, 목표에 이를 시간이 다 되었다고 말했다. 나는 정부가 순례자들을 체포하거나, 그들이 톨스토이 농장에 있는 모습을 보게 해달라고 요청했다. 치안판사는 요청을 거부했지만, 정부에 내 의사를 전하겠다고 약속했다. 나는 던디로 이송되었다. 계약노동자들을 나탈에서 떠나도록 유도했다는 죄로 던디 법정에서 기소되었기 때문이다.

폴락 씨는 밸푸어에서 체포되지 않았을 뿐만 아니라, 순례자들의 체포를 도왔기 때문에 정부 당국의 감사를 받았다. 심지어 챔니 씨는 그를 체포할 의도가 없다고 말했다. 그러나 그것은 챔니의 생각이거나, 당시 그가 아는 정부 의견에 불과했다. 정부의 의견은 언제나 달라졌다. 결국 정부는 폴락을 인도에 가게 해서는 안 되고, 인도인을 위해 가장 열심히 일한 칼렌바흐 씨와 함께 체포해야 한다고 결정했다. 폴락은 찰스타운에서 열차를 기다리다가 체포되었다. 칼렌바흐 씨도 체포되었고, 그들은 볼크스루스트 감옥에 수감되었다.

나는 11월 11일 던디에서 재판을 받고, 9개월 징역형에 처해졌다. 볼크스루스트에서 두 번째 재판을 받아야 했다. 트란스발 입국이 금지된 사람들을 도왔다는 죄명이었다. 그래서 11월 13일, 던디에서 볼크스루스트로 이송되었다. 그곳 감옥에서 칼렌바흐와 폴락을 만났다.

11월 14일, 볼크스루스트 법정에 출두했다. 그 재판의 백미는 내가 크롬드라이에서 한 일에 대해 직접 증언했다는 것이다. 경찰은 증인을 찾기 어려워 나의 도움을 청했다. 법정은 피고인이 죄를 인정했다는 이유만으로 유죄판결을 내릴 수 없다.

내 경우는 그렇다고 해도 칼렌바흐 씨와 폴락 씨에 대해서는 누가 증언할까? 증언이 없으면 유죄판결은 불가능하다. 당장 그들의 죄에 대한 증인을 찾기도 어려웠다. 칼렌바흐 씨는 순례자들과 함께 있고 싶어서 죄를 인정하고자 했다. 그러나 폴락 씨는 인도에 가야 했다. 그때는 일부러 감옥에 간 것이 아니다. 세 사람이 상의한 끝에 "폴락 씨가 유죄인가?"라는 질문에는 아무 대답도 하지 않기로 결정했다.

칼렌바흐 씨와 폴락 씨에 대한 증언에 내가 나섰다. 우리는 재판이 길어지는 것을 바라지 않았다. 그래서 각 재판이 하루에 끝나도록 최선을 다했다. 나의 재판은 14일, 칼렌바흐의 재판은 15일, 폴락의 재판은 17일에 끝났다. 우리 모두 3개월 금고형을 받았다. 우리는 볼크스루스트 감옥에서 함께 살 수 있다고 생각했다. 그러나 정부는 그것을 허용하지 않았다.

그동안 우리는 볼크스루스트 감옥에서 행복한 며칠을 보냈다. 그곳에는 매일 새로운 죄수가 들어왔고, 우리에게 밖의 소식을 전해주었다. 사티아그라히 죄수 중에 75세 정도 된 하르밧신이라는 노인이 있었다. 그는 탄광에서 일하지 않았고, 계약노동 기한도 몇 년 전에 끝났기 때문에 파업에 참가하지 않았다. 내가 체포된 뒤 인도인의 의기는 더 높아졌고, 많은 사람들이 나탈에서 트란스발로 들어가 체포되었다. 하르밧신도 그중 한 명이다.

나는 그에게 물었다. "감옥 생활이 어떤가요? 저는 당신처럼 나이든 분을 감옥에 초대하지 않았습니다."

그가 답했다. "제가 어떻게 오지 않을 수 있습니까? 당신과 당신 부인, 심지어 당신 아이들이 우리를 위해 감옥에 가는데……."

"그러나 당신은 감옥 생활의 고통을 이겨낼 수 없습니다. 감옥을 떠나세요. 석방해드릴까요?"

"아닙니다, 감옥을 떠나지 않겠습니다. 언젠가 죽겠지요. 내가 감옥에서 죽으면 얼마나 행복할까요!"

그 결단을 흔들고자 노력한 것은 나를 위해서가 아니었다. 아무리 노력해도 그 결단은 흔들리지 않았다. 교육받은 적이 없는 현자에게 나는 고개를 숙였다. 하르밧신은 1914년 1월 5일, 더반 감옥에서 죽었다. 그의 시신은 인도인 수백 명이 참석한 가운데 엄청난 명예와 함께 힌두 의례에 따라 화장되었다. 사티아그라하 투쟁에는 수많은 하르밧신이 있었다. 그러나 감옥에서 죽는다는 위대한 행운은 그에게 주어졌을 뿐이다. 그는 남아프리카 사티아그라하 역사에 명예롭게 남았다.

정부는 이처럼 감옥에 애착이 강한 사람을 좋아하지 않았다. 석방된 사람들이 내 말을 외부로 전하는 것도 좋아하지 않았다. 그래서 그들은 칼렌바흐와 폴락, 나를 떼어놓기로 결정했다. 특히 나를 인도인이 와서 볼 수 없는 곳에 두기로 했다. 나는 오렌지자유국 수도 블룸폰테인의 감옥에 이송되었다. 그곳에 사는 인도인은 50명이 되지 않았고, 모두 호텔에서 웨이터로 일했다. 나는 그곳에서 유일한 인도인 죄수고, 나머지는 백인과 흑인이었다. 나는 그 일로 괴롭지 않았고 도리어 환영했다. 이제는 볼 필요도 들을 필요도 없고, 새로운 경험을 하는 것이 좋았다. 게다가 나는 오랫동안 공부할 시간이 없었고, 특히 1893년부터 그랬다. 그래서 1년간 아무런 방해 없이 공부한다는 생각에 즐거웠다.

블룸폰테인 감옥에 도착하자 원하던 대로 독방에 갇혔다. 많이 불편했지만 참을 수 있었고, 그것을 서술하여 독자를 번거롭게 하고 싶지 않다. 그러나 감옥의 의사를 친구로 사귀었다는 말은 해야겠다. 간수는 오로지 자기 권위를 생각하지만, 의사는 죄수의 권리를 지켜주고자 한다. 당시 나는 순수한 과식果食주의자였다. 우유나 기름, 곡류도 먹지 않았다. 바나나, 토마토, 볶지 않은 땅콩, 라임, 올리브유만 먹었다. 그중 하나라도 부패하면 아무것도 먹지 못했다. 의사는 아몬드, 호두, 브라질너트를 추가했다. 그는 나에게 제공되는 모든 것을 조사했다. 내가 들어간 독방의 환기가 나빠서 문을 열어두도록 최선을 다했지만 헛일이었다. 간수가 문을 열어두면 사직하겠다고 위협했다.

간수는 나쁜 사람이 아니지만, 정해진 생활을 하는 사람이었다. 그는 고집이 센 죄수도 다뤄야 했다. 나와 같이 부드러운 죄수에게 호의를 베풀면 다른 죄수들이 간수 위에 설 위험이 있었다. 나는 간수의 입장을 충분히 이해했고, 의사와 간수 사이에 내 문제에 관한 분쟁이 생기면 간수 편을 들었다. 간수는 경험이 풍부하고 직선적인 사람으로, 모든 것을 명확하게 생각했다.

칼렌바흐 씨는 프리토리아 감옥으로, 폴락 씨는 저미스턴 감옥으로 이송되었다. 그러나 정부의 조치는 소용이 없었다. 정부는 바다의 물결을 대걸레로 막으려고 노력하는 파팅턴 부인[142] 같았다. 나탈의 인도인은 확실히 깨어나서 어떤 권력도 그들을 억누를 수 없었다.

---

142) 1824년 데번 주 시드머스가 폭풍우로 침수되었을 때 Partington 부인이 대걸레로 싸운 고사.

46. 시금석

보석 감정사는 금을 시금석으로 취급한다. 그 순수함에 만족하지 못하면 불에 넣고 두들겨서 불순물을 제거하고 순수한 금만 남긴다. 남아프리카의 인도인도 비슷한 시련을 겪었다. 그들은 모든 시험 단계를 거쳐 상처 없이 나타났을 때, 불속을 통과하고 두들겨져서 높은 순도를 갖췄다.

순례자들은 특별열차로 이송되었다. 소풍이 아니라 불속을 통과하는 시련을 위해서다. 정부는 도중에 식사 준비조차 배려하지 않았고, 그들은 나탈에 도착하자마자 기소되어 감옥으로 직행했다. 우리는 많은 것을 기대하고 원했다. 정부는 노동자 수천 명을 수감하기 위해 추가 지출을 해야 했는데, 이는 인도인의 손에 놀아나는 것처럼 보였다. 그동안 탄광은 문을 닫았다. 이 상태가 장기간 계속되면 정부는 3파운드 세금을 폐지하지 않을 수 없다.

정부는 새로운 계획을 세웠다. 탄광 주위에 철망을 두르고, 탄광을 던디와 뉴캐슬 감옥의 지소라고 선포했다. 그리고 광산주의 백인 관리들을 간수로 임명했다. 이런 방법으로 노동자들이 포기한 작업을 강제하여, 탄광은 작업을 재개했다. 고용 관계와 노예제도의 차이는 피고용인이 자리를 떠나면 민사소송의 대상이 될 뿐이지만, 주인을 떠난 노예는 강제로 돌아와야 한다는 점이다. 이제 노동자들은 순수하고 단순하게 노예가 된 것이다.

그러나 그것으로 충분하지 않았다. 노동자들은 용감하여 탄광 노동을 거부했고, 그 결과 야만적으로 구타를 당했다. 갑자기 간부가 된 흥악한 남자들은 노동자를 발로 차고 욕을 퍼붓는 등 악행을 일삼았지만, 전혀 기록되지 않았다. 가난한 노동자는 모든 고난을 참았다. 이런 학대는 인도에 있는 고칼레에게 전보로 알려졌다. 고칼레는 하루라도 상세한 소식을 듣지 못하면 재촉했다. 당시 그는 심각한 병에 걸려 병상에 있으면서도 그 소식을 널리 전했다. 고칼레는 남아프리카 문제를 자신이 담당한다고 주장하면서 밤낮 그 일에 몰두했다. 결국 인도 전역에서 여론이 들끓었다. 남아프리카 문제는 가장 중요한 문제로 떠올랐다.

하딘지 경이 첸나이에서 유명한 연설을 한 것이 바로 그때다(1913년 12월).[143] 이 연설은 남아프리카와 영국에서도 큰 반향을 일으켰다. 인도 총독은 대영제국의 다른 식민지를 공공연히 비판하지 않는데도 하딘지 경은 남아프리카연방 정부를 날카롭게 비판했을 뿐만 아니라, 사티아그라히의 행동을 전면적으로 옹호했고, 부정하고 부당한 입법에 대한 그들의 시민 불복종을 지지했다. 영국에서 그의 행동을 비판하는 사람들이 있었지만, 그는 전혀 후회하지 않고 자신의 발언이 옳다고 주장했다. 하딘지 경의 견고함은 매우 좋은 영향을 주었다.

탄광에 갇힌 이 용감하지만 불행한 노동자들을 잠시 떠나서, 나탈의 다른 지역 상황을 살펴보자. 탄광은 나탈 북서부 지역에 있었지만, 인도인 노동자가 가장 많은 곳은 북부와 남부 해안가였다. 나는 피닉스와 베룰럼, 통가트 등 북부 해안 노동자들과 매우 친했고, 그들 중

---

143) 정확한 날짜는 1913년 11월 24일이다.

다수는 보어전쟁 때 나와 함께했다. 나는 더반에서 이시펑고와 움진 토에 이르는 남부 해안 노동자들과 친하게 만나지는 못했지만, 그중에 협력자가 몇 명 있었다.

그러나 파업과 구속의 소식이 모든 지역에 전광석화처럼 퍼지고, 별안간 남부와 북부 해안에서 전혀 기대하지 못한 노동자 수천 명이 왔다. 그들 중 몇 명은 투쟁이 장기화되고, 아무도 그들을 먹여주지 않으리라는 생각에 가재도구를 팔았다. 내가 감옥에 갔을 때, 동료들에게 노동자들이 더는 파업에 참가해서는 안 된다고 경고했다. 나는 우리가 오로지 탄광 노동자들의 도움으로 승리하기를 희망했다. 6만 명이 모두 파업에 참가한다면 그들을 유지하기 어렵다. 우리에게는 그 많은 사람을 행진하게 할 수단이 없었다. 그들을 통제할 사람도, 먹일 돈도 없었다. 나아가 그 많은 사람들이 있으면 평화에 위배되는 행동을 방지하기도 어렵다.

그러나 수문이 열리자 엄청난 홍수를 저지할 수 없었다. 노동자들이 사방팔방에서 자발적으로 나왔고, 여러 곳에서 그들을 돌보기 위한 자원봉사자들이 나타났다.

정부는 피와 철의 정책을 택했다. 단순 폭력으로 노동자 파업을 저지했다. 수많은 기병대가 파업자를 추적해서 일자리로 복귀시켰다. 노동자들이 조금이라도 소동을 일으키면 발포로 대응했다. 노동자 무리가 직장 복귀 시도에 저항했다. 그들 중에는 돌을 던지는 사람도 있었다. 정부가 발포하여 많은 사람이 다쳤고, 죽은 사람도 있었다. 그러나 노동자는 의기소침하지 않았다. 자원봉사자들이 베룰럼 부근에서 어렵게 파업을 저지했다. 그러나 모든 노동자가 직장에 복귀하지는 않왔다. 몇 명은 두려움으로 숨었다.

여기서 한 가지 사건을 기록해둘 가치가 있다. 베룰럼에서 많은 노동자가 직장을 이탈하고, 당국의 온갖 노력에도 돌아가지 않았다. 부하들과 함께 현장에 있던 루킨 장군이 발포 명령을 내렸다. 고 파르시 루스톰지의 아들 소라브지는 그때 열여덟 살이었는데, 더반에서 그곳으로 왔다. 그는 장군이 탄 말의 고삐를 당기며 소리쳤다. "발포 명령을 내려서는 안 됩니다. 제가 책임지고 사람들이 직장에 평화롭게 복귀하도록 하겠습니다." 루킨 장군은 청년의 용기에 매료되어 그가 사랑의 방법으로 노력할 시간을 주었다. 소라브지가 사람들을 설득하자, 그들은 이해하고 직장에 복귀했다. 한 청년의 판단력과 용기, 사랑으로 유혈 참사를 예방했다.

독자는 해안의 파업 노동자들에게 정부가 취한 행동과 발포가 불법적인 것임을 이해해야 한다. 적절한 절차 없이 트란스발에 들어갔기 때문에 구속된 탄광 노동자에 관한 정부의 절차는 합법적으로 보이기도 했다. 그러나 북부와 남부 해안에서 벌어진 파업은 법이 아니라 정부 당국에 의해 범죄로 취급되었다. 결국 권력이 법의 자리를 차지했다. 영국 법에 왕은 나쁜 짓을 하지 않는다는 격언이 있다. 권력의 편의가 법이라는 의미다. 이 논의는 모든 정부에 마찬가지로 적용된다. 그리고 법을 거론하면 반대는 없어진다. 종종 일반법의 엄수 자체가 반대할 여지를 준다. 공익임을 서약하는 정권에 부과된 구속이 정권을 무너뜨리면 그 구속을 무시하는 것이 의무이자 분별이다. 그러나 그런 기회는 거의 없다. 정권이 자주 한계를 넘으면 공익을 위한 것이 될 수 없다.

남아프리카에서는 정부가 자의적으로 행동할 이유가 전혀 없다. 노동자는 오래전부터 파업권을 향유해왔다. 정부는 파업자들이 소란을 피우지 않는다는 것을 안다. 파업의 최대 요구는 3파운드 세금 철폐였다. 평화적인 사람에게는 평화적인 방법으로 대응해야 한다. 게다가 남아프리카 당국은 공익이 아니라 백인의 배타적인 이익을 위해서 인도인에게 적대적인 입장을 취했기 때문이다. 정부의 편향적이고 무절제한 행동은 적절하지 않으며, 허용될 수 없는 것이었다.

내가 보기에 남아프리카에는 권력이 악용되었을 뿐이다. 권력을 악용해도 목적은 달성될 수 없었다. 그런 방법은 가끔 일시적으로 성공하기도 했지만, 영속적인 해결은 아니었다. 남아프리카에서 3파운드 세금을 유지하기 위해 불법이 행해졌으나, 그 법은 6개월 안에 철폐되었다. 이처럼 고통은 종종 즐거움을 주기도 한다. 남아프리카 인도인의 고통은 어디에서나 들을 수 있었다.

나는 기계에서 모든 부품이 그 역할을 하듯이, 인간의 움직임에서도 모든 구성원이 그 역할을 수행한다고 믿는다. 그리고 녹이나 오물등이 기계의 움직임을 멈추듯이, 몇 가지 요소가 운동을 저지한다. 우리는 신의 도구에 불과하기 때문에 무엇이 우리를 전진시키고 후퇴시키는지 모른다. 그러므로 우리는 수단이라는 것을 아는 데 만족한다. 그것이 순수하다면 우리는 두려움 없이 안심하고 살 수 있다.

나는 이 투쟁에서 투사들의 고통이 심해질수록, 고난을 당한 사람들의 무죄가 명확해질수록 투쟁이 끝날 때가 가까워진다는 것을 알았다. 또 이처럼 순수한 비무장·비폭력 투쟁에서 꼭 필요할 때 사람이나 돈, 필수품 등 생각지도 못한 지원이 오는 것을 보았다. 내가 지금까지 모르는 수많은 자원봉사자가 도와주러 왔다. 그들은 자기 눈에도 보이지 않는 봉사를 했다. 아무도 그들에게 관심을 두지 않았고, 증명서로 보답하려고 하지도 않았다. 그들 중 몇 명은 심지어 자신이 무명인 것도 몰랐고, 값을 매길 수 없을 정도로 소중한, 기억되지 않는 사랑의 행위가, 그것을 기록하는 천사의 불면증에서 벗어나지 않았다는 것도 몰랐다.

남아프리카 인도인은 시련을 성공적으로 이겨냈다. 그들은 불 속에 뛰어들었지만, 상처 없이 밖으로 나왔다. 투쟁이 어떻게 종결되었는지 다음 장에서 상세히 보자.

47. 종결의 시작

독자가 보아왔듯이 인도인은 조용한 힘을 가능한 한, 기대 이상으로 행사했다. 이런 수동적 저항자는 대부분 아무 희망도 없는 가난한 사람이었다. 독자는 피닉스 농장의 책임 있는 활동가가 2~3명을 제외하고 모두 감옥에 있었음을 기억할 것이다. 피닉스 농장 밖의 활동가는 고 세드 아마드 무함마드 카찰리아가 있었고, 농장 안에는 웨스트 씨, 웨스트, 마간랄 간디가 있었다. 카찰리아 세드는 전반을 감독했다. 슐레신은 트란스발의 모든 경리를 담당하고, 국경을 넘은 인도인을 돌봤다. 웨스트 씨는 영어판《인디언 오피니언》발행, 고칼레와 전보를 주고받는 일을 담당했다. 이런 시기에 정세는 순간적으로 변했기 때문에 우편은 문제가 되지 않았다. 전보도 편지보다 짧지 않았다. 그 미묘한 책임을 웨스트 씨가 졌다.

이제 피닉스는 탄광 지역의 뉴캐슬처럼 북부 해안 파업자들의 중심이 되었다. 수많은 사람들이 충고를 듣기 위해서, 피난처를 찾아서 그곳에 왔다. 따라서 정부의 주목을 받았고, 주변의 백인은 화를 냈다. 피닉스 주변에 사는 것은 상당히 위험해졌지만, 그래도 아이들은 용기 있게 위험한 일을 했다. 그동안 웨스트가 체포되었지만, 그를 체포할 이유는 전혀 없었다. 우리가 알기로 웨스트와 마간랄 간디는 체포되고자 노력하지 않았을 뿐만 아니라, 가급적 체포될 일을 피해야 했다. 따라서 웨스트는 정부가 그를 체포할 구실을 주지 않아야 했다. 그러나 정부는 사티아그라히의 편의를 알지 못했고, 신경을 거슬리는 자유를 누리는 사람을 구속할 기회를 기다릴 필요도 없었다. 권력자가 바라면 기회가 되었다.

고칼레는 웨스트가 체포되었다는 소식을 전보로 듣자마자, 인도에서 유능한 사람을 보내고자 했다. 남아프리카의 사티아그라히를 지원하는 집회가 라호르에서 열렸을 때, C. F. 앤드루스 씨는 가진 돈을 모두 냈다. 그때부터 고칼레는 앤드루스를 주목했다. 그는 웨스트가 체포되었다는 소식을 듣자마자 앤드루스에게 전보를 쳐서, 즉시 남아프리카로 가달라고 했다. 앤드루스는 그렇게 하겠다고 답했다. 그가 좋아하는 친구 피어슨도 함께 가겠다고 했다. 두 사람은 가장 빠른 표를 구해서 남아프리카로 출발했다.

그러나 투쟁은 거의 끝나갔다. 연방 정부는 무고한 사람 수천 명을 감옥에 둘 힘이 없었다. 인도 총독도 참지 못했다. 전 세계가 스뫼츠

345

장군이 어떻게 할지 지켜보았다. 이제 연방 정부는 그런 경우에 모든 정부가 일반적으로 하는 일을 했다. 아무 조사도 필요 없었다. 연방 정부가 행한 부정은 모든 이에게 알려졌다. 스뫼츠 장군도 시정되어야 할 불의가 있음을 알았지만, 그는 입에 쥐를 물고 뱉지도 삼키지도 못하는 뱀과 같은 입장이었다.[144] 그는 정의를 행해야 하지만, 그 힘을 잃었다. 남아프리카 백인에게 3파운드 세금 폐지는 물론, 다른 개혁도 하지 않겠다고 말했기 때문이다. 그런데 이제 3파운드 세금을 철폐하고, 다른 구제 입법도 할 입장에 처했음을 알았다.

여론을 두려워하는 정부는 곤란한 상황에서 벗어나기 위해 언제나 조사위원회를 임명한다. 위원회는 처음부터 결론을 알기 때문에 명목상의 조사만 했다. 위원회가 권고안을 내고 정부는 그것을 받아들여 권고를 이행한다는 가정 아래, 정부가 처음에 거부한 정의를 부여하는 것이 관례다. 스뫼츠 장군은 3인으로 구성된 위원회를 임명했다. 인도인 사회는 조사위원회에 대한 요구가 인정되지 않는 한, 거부한다고 서약했다.

그 요구는 첫째 사티아그라히 죄수들이 석방되어야 하고, 둘째 인도인을 대표해서 최소 한 명이 위원회에 들어가야 한다는 것이다. 첫째 요구는 위원회 자체에 의해 어느 정도 받아들여졌다. 그래서 "가능한 한 조사를 철저히 하기 위해" 칼렌바흐 씨와 폴락 씨, 그리고 내가 무조건 석방되어야 한다고 정부에 권고했다. 정부는 이 권고를 받아

---

144) 삼키면 한센병에 걸리고 토하면 시력을 상실한다는 인도의 민간 속설로, 딜레마를 뜻한다.

들여 세 사람을 6주간 수감한 뒤 동시에 석방했다(1913년 12월 21일). 체포된 웨스트도 재판 없이 석방되었다.

이 모든 일이 앤드루스와 피어슨이 도착하기 전에 벌어졌다. 그래서 나는 그들이 더반에 상륙한 것을 환영했다. 그들은 남아프리카로 오는 중에 벌어진 사건을 전혀 몰랐기 때문에 나를 보고 놀라고 기뻐했다. 고상한 두 영국인을 처음 만난 것이다.

우리 세 사람 모두 우리의 석방에 실망했다. 우리는 바깥소식을 전혀 몰랐다. 위원회 소식은 놀라웠지만, 우리는 어떤 형태로든 위원회에 협조할 수 없음을 알았다. 우리는 인도인이 위원회 대표를 적어도 한 명 지명해야 한다고 생각했다. 우리 세 사람은 더반에 가서 1913년 11월 21일, 스뫼츠 장군에게 편지를 썼다.

우리는 위원회 임명을 환영하지만, 거기에 에슬런과 와일리 씨가 포함된 것에 강력하게 반대합니다. 개인적인 감정은 없습니다. 그들은 유능하고 유명한 시민입니다. 그러나 그들은 종종 인도인에 대한 반감을 표현했고, 무의식중에 인도인에게 불의를 행할 수 있습니다. 인간은 기질을 즉시 바꿀 수 없습니다. 그 두 사람의 본래 성격이 갑자기 달라질 수 있다는 가정은 자연의 법칙에 반하는 것입니다. 그러나 우리는 그들의 제명을 바라지 않습니다.

우리가 제안하는 것은 첫째, 위원회에 중립적인 인물을 추가하는 것입니다. 이를 위해 우리는 제임스 로즈 이네스 경과 W. P. 슈라이너 씨를 추천합니다. 두 사람 모두 공정하기로 유명합니다. 둘째, 우리는 모든 사티아그라히를 석방하라고 요구합니다. 그러지 않으면 우리가 감옥 밖에 있기 어렵습니다. 이제 사티아그라히를 감옥에 둘 이유가 없습니다. 셋째, 우리가 조사위원회에서 증언하는 경우 계약노동자들이 광산과 공장으로 돌아갈 수 있도록 허용되어야 합니다. 이 요청이 거부된다면 우리는 감옥에 갈 수단을 찾아야 합니다.

스뫼츠 장군은 다른 위원을 임명하는 것은 거부하고, 위원회는 어떤 정당이 아니라 오로지 정부를 위해 임명되었다고 했다. 12월 24일, 이 답을 듣고 우리는 감옥에 가는 것 외에 대안이 없었다. 우리는 감옥에 갈 준비를 하고, 1914년 1월 1일 투옥을 위해 더반에서 행진을 시작한다고 발표했다.

그러나 스뫼츠 장군의 답에는 내가 편지를 쓰게 한 문장이 있었다. "우리는 공정하고 사법적인 위원회를 임명했고, 임명하면서 인도인은 물론 광산주나 사탕수수 농장주와도 상의하지 않았습니다." 나는 장군에게 사적으로 편지를 썼다. 정부가 이 일을 정당하게 처리하고자 하면, 직접 만나서 몇 가지 사실을 제시하고 싶다는 내용이었다. 스뫼츠 장군이 승낙하는 답이 와서 행진은 며칠간 연기되었다.

고칼레는 새로운 행진을 고려한다는 소식을 듣고 긴 전보를 보냈다. 우리의 그런 발걸음은 하딘지 경과 자신의 입장을 곤란하게 만든다면서, 그 행진을 포기하고 조사위원회에서 증언하여 돕기를 강력하게 조언했다.

우리는 궁지에 빠졌다. 인도인 사회는 위원이 추가되지 않으면 위원회를 거부한다고 서약했다. 하딘지 경이 불쾌해하거나 고칼레가 괴로워한다고 우리가 어떻게 맹세를 어길 수 있는가? 앤드루스 씨는 고칼레의 기분이나 건강 상태, 우리의 결정이 준 타격을 고려해야 한다고 제안했다. 그러나 이런 고려는 내 마음에서 없어질 수 없었다. 지도자들은 위원회에 위원이 추가되지 않는 한, 반드시 거부해야 한다는 결론에 이르렀다. 그래서 100파운드 정도를 들여 고칼레에게 긴 전보를 보냈다. 앤드루스도 동의했다. 전보의 내용은 다음과 같다.

우리는 당신의 아픔을 충분히 이해합니다. 그리고 어떤 희생을 치러도 당신의 충고에 따르고자 합니다. 하딘지 경의 지원은 매우 소중하고, 우리는 끝까지 지원받고자 합니다. 그러나 우리 입장을 이해해주시기 바랍니다. 그것은 수천 명이 어떤 예외도 있을 수 없는 서약을 한 문제입니다. 우리의 모든 투쟁은 서약의 기초 위에 있습니다. 우리의 서약을 강제하는 힘이 없다면 오늘 우리 중 다수는 탈락했을 것입니다. 수천 명이 한 서약에 다시 물을 끼얹는다면 도덕에 따른 구속은 없어질 것입니다. 서약은 완전하고 성숙한 숙고 뒤에 나타나고, 거기에 부도덕한 것은 있을 수 없습니다. 공동체는 스스로 거부할 불문의 권리가 있습니다. 우리는 당신도 이런 서약을 깨뜨려서는 안 되고, 절대 침해되지 않고 엄수되어야 한다고 조언하기를 바랍니다.

이 전보를 하딘지 경에게 보여주십시오. 곤란한 입장에 처하지 않기를 바랍니다. 우리는 우리의 증인인 신과 함께 유일한 지원자로 삼은 신의 도움으로 이 투쟁을 시작했습니다. 우리는 원로들과 훌륭한 사람들의 원조를 바라며, 그것을 받으면 기뻐할 것입니다. 그러나 그런 도움이 있든 없든 서약은 엄수되어야 한다고 생각합니다. 우리는 이런 엄수에 당신의 도움과 축복을 바랍니다.

이 전보가 고칼레의 건강을 악화하는 데 영향을 미쳤으나, 그는 전보다 큰 열정으로 우리를 도와주었다. 고칼레는 이 문제에 대해 하딘지 경에게 전보를 쳤고, 우리 입장을 옹호했다. 하딘지 경 역시 태도를 바꾸지 않았다.

나는 앤드루스와 함께 프리토리아로 갔다. 바로 그때, 연방 철도 백인 노동자의 파업이 벌어졌다. 이 일로 정부는 궁지에 몰렸다. 나는 이 행운의 시기에 인도인 행진을 시작하라는 요청을 받았다. 그러나 나는 인도인은 그런 식으로 파업 노동자를 도울 수 없고, 정부를 곤란하게 해서는 안 되며, 인도인의 투쟁은 전적으로 다르게 이해되어야 한다고 선언했다. 우리가 행진을 하더라도 철도 분쟁이 끝나고 시작해야 한다.

이런 결정은 깊은 인상을 주어, 로이터통신이 이 소식을 영국으로 타전했다. 앰프실 경이 영국에서 축하 전보를 보냈다. 남아프리카의 영국인 친구들도 우리 결정에 감사했다. 스뫼츠 장군의 비서 한 사람이 농담으로 말했다.

"저는 당신들을 좋아하지 않고 도울 생각을 한 적도 없지만, 제가 어떻게 할까요? 당신은 우리가 필요할 때 돕고 있습니다. 우리가 어떻게 하면 당신에게 타격을 줄 수 있을까요? 나는 종종 당신이 영국인 파업자처럼 폭력을 행사하기 바랍니다. 그러면 우리는 즉시 당신을 어떻게 처분해야 할지 알 텐데……. 그러나 당신은 적에게도 피해를 주지 않을 것입니다. 당신은 자기 고통으로 승리하기를 바라고, 예의와 자선에 대한 당신의 한계를 넘지 않습니다. 그러면 우리는 아무것도 할 수 없습니다." 스뫼츠 장군도 유사한 느낌을 표현했다.

이것이 사티아그라히의 예절과 겸허를 보여준 첫 사례가 아님을 독자에게 말하지 않을 수 없다. 북부 해안에서 인도인 노동자가 파업했을 때, 잘린 사탕수수 줄기를 공장에 운반하여 빻지 않으면 마운트에지콤베 농장주들이 엄청난 손해를 볼 상황이었다. 그래서 인도인 1200명이 그 일을 마치고 돌아와 동료들에게 합류했다. 더반 시의 인도인 노동자가 파업했을 때, 위생국에 고용된 사람이나 병원의 환자 도우미는 즐겁게 직장에 복귀했다. 위생국이나 입원 환자를 돕는 사람이 없다면 도시에 질병이 발생할 수도 있고, 환자는 간호 받지 못할 수도 있다. 그런 결과를 바라는 사티아그라히는 없다. 따라서 그런 노동자는 파업에서 제외되었다. 사티아그라히는 모든 조치에서 상대 측 사정을 배려해야 한다.

나는 이처럼 예의를 지킨 사례가 여러 곳에 보이지 않는 영향을 미치는 것을 보았다. 이에 따라 인도인의 위신은 높아지고, 화해에 적절한 분위기가 형성되었다.

48. 잠정 협정

앤드루스 씨와 나는 프리토리아에 갔다. 같은 시각에 하딘지 경이 특별 기선으로 파견한 벤저민 로버트슨 경이 도착했다. 그러나 우리는 그를 기다리지 못하고 스뫼츠 장군이 정한 날, 프리토리아에 도착해야 했다. 그가 도착하기를 기다려야 할 이유는 없었다. 최종 결과는 오로지 우리의 힘에 달렸기 때문이다.

앤드루스 씨와 나는 프리토리아에 도착했다. 그러나 스뫼츠 장군과 회견은 나 혼자 해야 했다. 장군은 철도 파업으로 바빴다. 파업이 심각해서 연방 정부는 계엄령을 선포했다. 백인 노동자는 임금 인상을 요구했을 뿐만 아니라, 정권을 탈취하고자 했다. 장군과 첫 회견은 매우 짧았다. 그의 태도는 위대한 행진을 시작한 과거와 달리 거만하지 않았다. 그때 장군은 나와 많은 이야기를 하려고 하지 않았다. 사티아그라하의 위협은 그때나 지금이나 마찬가지지만, 당시 그는 교섭을 거부했다. 반면 이제는 나와 협의하고자 했다.

인도인은 자신들의 이익을 대변하는 사람이 위원회에 포함되어야 한다고 요구했다. 그러나 이 부분에 대한 스뫼츠 장군의 태도는 확고했다.

"그렇게 할 수는 없습니다. 정부의 위신을 떨어뜨릴 수 있고, 원하는 개혁도 이행할 수 없기 때문입니다. 당신은 정부 측 사람인 에슬런 씨가 정부의 개혁 의지에 동조하고 있음을 이해해야 합니다. 와일리 대령은 나탈에서 유명한 사람으로, 인도인을 혐오한다고 여겨집니다. 따라서 그가 3파운드 세금 폐지에 동의한다면 정부는 일을 쉽게 할 수 있습니다. 복잡한 문제가 많아서 여유가 없습니다. 그래서 인도인 문제를 해결하려고 합니다. 당신의 요구를 모두 받아들이자고 결정했지만, 조사위원회의 권고 없이는 불가능합니다.

저는 당신의 입장도 이해합니다. 위원회에 참석하는 인도인 대표가 없는 한, 증언하지 않는다고 엄숙하게 서약했습니다. 당신이 증언하지 않아도 무방하지만, 증언하려는 사람을 방해하는 어떤 선전도 조직해서는 안 됩니다. 또 그동안 사티아그라하는 연기되어야 합니다. 그렇게 함으로써 당신은 이익을 얻고, 저에게도 휴식을 준다고 믿습니다. 당신들은 인도인 파업자가 학대를 당했다고 주장하지만, 당신이 증언하지 않기 때문에 그것을 증명할 수 없습니다. 이 점을 생각하시기 바랍니다."

스뫼츠 장군의 제안에 전반적으로 호의적이라는 느낌을 받았다. 우리는 병사들과 간수들이 파업자를 학대한 점에 항의했지만, 위원회를 거부함으로써 우리 주장을 증명할 수 없다는 점이 문제였다. 인도인 사이에서도 의견이 달랐다. 어떤 사람들은 병사들에 대한 인도인의 비난은 증명되어야 한다고 주장했다. 따라서 위원회에 증거를 제시할 수 없다면, 인도인 사회가 가진 증거를 공표하여 명예훼손으로 기소되도록 도전해야 한다는 제안도 있었다.

나는 이 주장에 반대했다. 조사위원회가 정부에 호의적이지 않은 결정을 할 가능성은 거의 없다. 명예훼손으로 기소하는 사실을 공표하면 인도인 사회는 끝없는 곤란에 빠질 것이고, 그 결과는 학대가 있었음을 증명했다는 만족감뿐이다. 나는 변호사로서 명예훼손을 야기하는 진술의 진실을 증명하기 어렵다는 점을 잘 알았다.

가장 중요한 논점은 사티아그라히는 고난을 이겨내야 한다는 것이다. 심지어 사티아그라하가 시작되기 전에도 사티아그라히는 죽음에 이르는 고통을 이겨내야 한다는 것을 알았고, 그런 고통을 이겨내겠다고 각오했다. 그러면 여러 가지 고난을 당했다고 일부러 증명할 필요는 없다. 사티아그라하에 보복하려는 마음이 있어서는 안 되고, 사티아그라히가 수난당한 사실을 증명하기에 특별한 어려움이 있을 때는 평정을 유지하는 것이 최선이었다. 사티아그라히는 오로지 본질을

353

위해 싸운다. 가장 본질적인 것은 악법을 폐지하거나 적절하게 개정하는 것이고, 그것이 가능해지면 다른 문제로 고민할 필요는 없다. 나아가 사티아그라히의 침묵은 악법에 저항할 때 교섭에 도움이 될 것이다. 나는 이런 논의로 대다수 반대파를 설득할 수 있었다. 우리는 학대에 대한 우리의 주장을 증명하지 않기로 결정했다.

49. 편지 교환

스뫼츠 장군과 내가 주고받은 편지는 몇 차례 회견 결과로 맺은 협정에 관한 내용이다. 1914년 1월 21일 내가 쓴 편지의 요지는 다음과 같다.

우리는 위원회에 증거를 제출하는 데 양심의 가책을 느꼈습니다. 당신은 이런 가책에 감사하고 명예롭게 보지만, 당신의 결심을 바꿀 수는 없습니다. 당신이 인도인과 협의한다는 원칙을 받아들였으니 저는 동포에게 어떤 선전으로도 위원회의 일을 방해하지 말고, 소극적 저항을 재개하거나 위원회의 결과 혹은 다음 회기 입법에 매달려 정부를 곤란하게 만들지 않도록 충고할 것입니다. 나아가 인도 총독이 파견한 벤저민 로버트슨 경을 우리가 도울 수도 있습니다.

나탈에서 인도인 파업이 진행되는 가운데 학대가 있었다는 우리의 주장에 대해, 그것과 관련되어 아무 일도 하지 않는다는 엄숙한 선언에 따라 위원회를 통해 그것을 증명하는 길은 막혔습니다. 우리는 사티아그라히로서 개인적 악행에 대한 원한을 가급적 제거하고자 노력합니다. 그러나 우리의 침묵이 오해받지 않기 위해 제가 당신에게 문제가 된 주장에 대해 위원회에 제시할 증거가 거의 없기 때문이 아니라는 것과 우리 의도를 알아달라고 요청해도 좋겠습니까?

나아가 우리가 사티아그라하를 연기하는 지금, 사티아그라히 죄수를 석방해야 합니다.

여기서 우리가 추구해야 할 논점을 반복해도 좋겠습니다.

1. 3파운드 세금 철폐.
2. 힌두교나 이슬람교 등 종교 의례에 따라 축복 받은 결혼의 합법화.
3. 교육받은 인도인의 입국.
4. 오렌지자유국에 관련된 보증의 개혁.
5. 인도인의 기득권과 그들에게 특별한 영향을 미치는 현행법의 올바른 운영 보증.

당신이 저의 제안을 호의적으로 받아들이면, 이 편지에서 말한 것을 동포에게 조언하겠습니다.

같은 날 스뫼츠 장군이 보낸 답신의 요점은 다음과 같다.

당신이 위원회에 출두할 수 없어서 유감이지만 이해합니다. 당신이 다른 법정에서 명예훼손 소송을 제기함에 따라 옛 상처를 들추려고 하지 않는 동기도 압니다. 정부는 인도인 파업자에 대한 학대 행위를 부인합니다. 그러나 당신이 그런 주장을 지지하기 위해 증거를 제시하지 않는 한, 정부가 관리들의 행위를 옹호하는 반증을 취합하는 것도 아무 의미가 없습니다. 정부는 당신의 편지가 도착하기 전에 사티아그라히 죄수 석방에 필요한 조치를 취했습니다. 정부는 당신이 편지 마지막에 요약한 불만에 대해 위원회의 권고가 있기까지 아무 조치도 취하지 않을 것입니다.

이처럼 편지를 교환하기 전에, 앤드루스 씨와 나는 종종 스뫼츠 장군을 만났다. 그사이 벤저민 로버트슨 경이 프리토리아에 도착했다. 그는 평판이 좋은 관리로, 고칼레의 추천장을 가져왔다. 그러나 그도 영국 관리에게 흔한 약점이 있었다. 그는 프리토리아에 도착하자마자 인도인 사회를 분열시키고 사티아그라히를 위협했다. 프리토리아에서 그를 처음 만났을 때 좋은 인상을 받지 못했다. 위협하는 전보를 받은 것을 그에게 말했다. 나는 다른 사람과 마찬가지로 그를 솔직하고 직선적으로 대했고, 우리는 친구가 되었다. 관리들은 자신에게 애완견처럼 복종하는 사람을 위협하는 경향이 있지만, 나는 옳은 사람을 위협하지 않을 것이다.

그렇게 하여 우리는 잠정적 협정에 도달했고, 사티아그라하는 마지막으로 연기되었다. 많은 영국 친구들이 기뻐하고, 최종 타결을 위한 도움을 약속했다. 인도인이 그 협정을 받아들이기는 어려웠다. 높아진 열기를 가라앉히는 것을 아무도 원하지 않을 것이다. 게다가 누가 스뫼츠 장군을 믿을 수 있을까? 어떤 사람들은 1908년 협정을 떠올리며 말했다.

"스뫼츠 장군은 우리를 속인 적이 있습니다. 새로운 문제를 제기한다고 당신을 몇 번이나 비난했습니다. 그리고 인도인 사회에 끝없는 고통을 주었습니다. 그럼에도 당신은 그를 믿어서는 안 된다는 교훈을 배우지 못했으니 안타까운 일입니다. 그가 다시 배반하면 당신은 이번에도 사티아그라하를 하자고 할 것입니다. 그때 누가 당신 말을 듣겠습니까? 사람들이 항상 감옥에 가고, 실패를 각오해야 한다는 것이 있을 수 있는 일일까요? 스뫼츠 장군과 합의하는 것은 그가 정말 선물을 줄 때 한 번으로 족합니다. 그의 확인을 받을 필요는 없습니다. 약속을 하고 바로 어기는 사람을 얼마나 더 믿어야 합니까?"

그런 주장이 여러 곳에서 나왔음을 알기에 크게 놀라지는 않았다. 사티아그라히가 아무리 자주 배신을 당해도 약속을 믿을 수 없는 명백한 이유가 없는 한, 적이라 해도 신뢰한다. 사티아그라히에게는 고통도 쾌락과 같다. 따라서 그는 근거 없는 고통을 두려워해서 오도되지 않는다. 반면 그는 자신의 힘을 믿고, 상대가 속이고자 해도 걱정하지 않으며, 아무리 자주 속아도 믿고, 그럼으로써 진리의 힘을 강화하며, 승리에 가까워진다고 믿는다.

여러 곳에서 집회가 열려 협정을 받아들이도록 설득할 수 있었다. 이제 인도인은 사티아그라하 정신을 더 잘 이해했다. 그 협정의 중개자이자 증인이 앤드루스 씨다. 그리고 인도 정부를 대표한 벤저민 로버트슨 경이 있다. 그래서 협정이 이행되지 않을 가능성은 최소였다. 반대로 내가 협정에 완강히 반대했다면 인도인을 기소하는 사유가 되었을 것이다. 그리고 6개월 뒤에 확보할 승리에 여러 가지 장애가 따랐을 것이다.

산스크리트어에 "관용은 용기 있는 사람의 장신구다"라는 속담이 있다. 사티아그라히는 어느 때, 누구에 대해서도 잘못을 찾으려고 하지 않는 풍부한 경험에서 그런 말이 나왔다. 불신은 약하다는 증거다. 사티아그라하는 모든 허약함을 추방하기에 적을 멸하지 않고, 적의 적대에 승리하여 불신은 확실하게 없어진다.

인도인이 협정을 지지하자, 우리는 연방 의회가 개회하기만 기다렸다. 그사이 위원회는 활동을 계속했다. 인도인을 위해서는 극소수 증인이 위원회에 출두해 증언을 했다. 이는 당시 사티아그라히가 인도인 사회에 미친 영향력을 가장 잘 보여주는 것이다. 벤저민 로버트슨 경은 많은 인도인을 증인으로 세우고자 노력했으나, 사티아그라하에 격렬하게 반대한 소수를 세운 것을 제외하고는 실패했다.

위원회를 거부한 것은 나쁜 영향을 끼치지 않았다. 위원회는 단기간 활동했고, 보고서도 바로 발간되었다. 위원회는 인도인의 비협력을 강하게 비판하고 병사들의 학대 행위에 대한 비난을 각하했지만, 인도인 사회의 모든 요구를 지체 없이 받아들여야 한다고 권고했다. 예를 들어 3파운드 세금 철폐, 인도인 결혼의 합법화, 기타 사소한 양보를 해야 한다는 것이다. 그리하여 스뫼츠 장군이 말했듯이 위원회의 보고서는 인도인에게 유리했다.

앤드루스 씨는 영국으로 떠났고, 벤저민 로버트슨 경은 인도로 돌아갔다. 우리는 위원회의 권고를 이행하기 위해 필요한 입법이 제정된다는 약속을 받았다. 그것이 어떤 법률이고, 어떻게 제정되었는지는 다음 장에서 다루자.

50. 투쟁의 끝

정부는 위원회 보고서가 발간된 뒤 연방 정부 관보에 인도인과 오랜 분쟁을 끝내는 인도인 구제 법안을 게재했다. 나는 즉시 연방의회가 있는 케이프타운으로 갔다. 법안에는 9개 조가 있었다. 《영 인디아》와 같은 크기의 종이 두 장 분량이다.

1부는 인도인 결혼 문제를 다루었고, 인도에서 합법적으로 치른 결혼은 남아프리카에서도 유효하다는 내용이다. 그러나 한 사람 이상과 결혼하는 경우는 예외로, 한 여성만 남아프리카에서 합법적 아내로 인정되었다. 2부는 계약노동자로 왔다가 자유인이 된 인도인이 해마다 납입해야 하는 3파운드 세금을 철폐한다는 내용이다. 3부는 나탈에 사는 인도인이 지문을 날인한 거주 증명서는 신분이 확인되면 소지자의 입국을 보증하는 결정적 증거가 된다는 내용이다. 연방의회에서 이 법안을 둘러싸고 오랫동안 즐거운 토론이 벌어졌다.

인도인 구제 법안에서 다루지 않은 행정적 문제는 스뫼츠 장군과 나의 편지로 해결되었다. 예를 들어 교육받은 인도인이 케이프 식민지에 입국하는 권리 보장, 남아프리카 입국 '특별 허가'를 받은 교육받은 인도인에 대한 보증, 지난 3년 내에 남아프리카에 입국하여 교육받은 사람의 지위, 남편과 여러 아내가 남아프리카에서 살 수 있는 허가 등이다. 스뫼츠 장군은 이 모든 문제를 다룬 뒤, 1914년 6월 30일 편지에서 다음과 같이 썼다.

정부는 현행법 운용에 관련하여 그것이 옳은 방법으로 시행되고,

인도인의 기득권을 지키는 데 도움이 되기 바랍니다.

나는 답장을 보냈다.

당신의 편지를 받았습니다. 우리가 토론할 때 보여주신 인내와 예의에 깊이 감사합니다.

인도인 구제 법안이 통과되고 이 편지를 주고받음으로써 1906년 9월에 시작된 사티아그라하 투쟁은 끝납니다. 이 투쟁으로 인도인 사회는 엄청난 육체적 고통과 경제적 손실을 치렀고, 정부도 걱정이 많았습니다.

당신이 아시다시피 제 동료들은 더 나아가기 바랐습니다. 그들은 주마다 다른 판매업자 면허법, 트란스발 금 거래법, 트란스발 시민권법, 트란스발 1885년의 법률 3호가 개정되지 않아 거래나 토지소유권에 완전한 권리를 주지 못하는 점이 불만이었습니다. 그들 중 몇 명은 다른 주로 이동하는 자유가 완전하지 않은 점이나 구제 법안에서 결혼 문제를 현재보다 엄격하게 규정한 점에 만족하지 못했습니다.

그들은 그 모든 문제를 사티아그라하 투쟁에 포함해야 한다고 저에게 요구했습니다. 저는 그들의 요구에 따를 수 없었습니다. 그러나 사티아그라하 계획에는 포함되지 않았어도 정부가 언젠가 그 문제를 동정적으로 고려할 필요가 있음을 부정할 수 없습니다. 이 땅에 사는 인도인 사회에 시민으로서 모든 권리가 부여되기까지 완전한 만족을 기대할 수 없습니다.

저는 동포에게 참아야 하고, 그들이 가진 모든 명예로운 수단으로 여론을 환기하여 앞으로 정부가 이 편지에 나타난 조건보다 나아가야 한다고 말했습니다. 저는 남아프리카 백인이 인도에서 계약노동자 수입이 금지되고 지난해 이민 제한법으로 자유 인도인 입국이 거의 중단되었음을 이해하고, 인도인은 남아프리카 정치에 야심이 전혀 없음을 안다면, 제가 언급한 여러 권리를 인도인에게 주는 것이야말로 정의라고 생각하기를 바랍니다.

정부는 최근 몇 달 동안 이 문제를 해결하려고 관대한 방침을 취했습니다. 그 방침이 당신의 편지에서 약속한 대로 현행법 운용에 일관된다면 인도인 사회는 연방 전역에서 안정될 것이고, 정부를 괴롭히는 원인이 되지 않을 것이라고 확신합니다.

●

맺음말

　8년 뒤 위대한 사티아그라하 투쟁은 끝났다. 이제 남아프리카에 사
는 인도인은 안전한 것처럼 보인다. 1914년 7월 18일, 나는 고칼레를
만나러 영국에 갔다. 인도로 돌아가면서 기쁨과 슬픔이 복합된 감정
이 들었다. 오랜 세월이 지나 고향에 돌아가고, 고칼레의 지도 아래 조
국에서 봉사할 수 있어 기뻤다. 한편 희로애락을 완벽하게 나눈 21년
을 보내고, 내 인생의 사명을 깨달은 남아프리카를 떠나는 것이 너무
나 큰 고통이고 슬펐다.

　사티아그라하 투쟁의 행복한 마무리와 현재 남아프리카 인도인의
대조적인 모습을 보면 우리는 순간적으로 이 모든 고통은 아무것도
아니라거나, 인류 문제의 해결책으로 사티아그라하의 효과를 문제 삼
는다. 여기서 이 문제를 잠시 생각해보자. 어떤 수단으로 확보되는 것
은 그 수단으로 지켜지는 것이 자연의 법칙이다. 폭력으로 얻은 것은
오직 폭력으로 지켜진다. 진리로 얻은 것은 오직 진리로 지켜진다. 따
라서 남아프리카 인도인은 지금이라도 사티아그라하라는 무기를 사

용할 수 있으면 그들의 안전을 확보할 수 있다.

진실로 얻은 것을 진실을 포기할 때도 지킬 수 있는 특별한 힘은 사티아그라하에 없다. 그것이 가능하다고 해도 바람직하지 않다. 따라서 지금 남아프리카 인도인의 처지가 악화되었다면 사티아그라히가 없기 때문이다. 이는 현 세대 남아프리카 인도인의 결점을 발견하기 위해서가 아니라, 남아프리카의 현실을 서술한 것일 뿐이다. 개인이나 개인들의 집단은 자신에게 없는 것을 다른 사람에게서 빌릴 수 없다. 사티아그라히는 모두 세상을 떠났다. 소라브지, 카찰리아, 탐비 나이두, 파르시 루스톰지 등은 이 세상에 없고, 사티아그라하의 지옥을 통과한 사람은 극소수다. 지금도 남은 소수는 전선에 있고, 사티아그라하의 불빛이 그들과 함께 빛나는 한 시련의 시기에 인도인 사회를 지키리라는 점을 의심하지 않는다.

마지막으로 이 책의 독자는 이 투쟁이 없었다면, 그리고 대다수 인도인이 고난을 이겨내지 못했다면, 인도인은 남아프리카에서 추방되었을지도 모른다는 것을 보아왔다. 남아프리카 인도인이 쟁취한 승리는 대영제국의 다른 지역에 사는 인도인에게도 다소간 방패 역할을 했다. 그들이 억압을 받았다면 사티아그라하라는 무기의 결함이 아니라 그들 중에 사티아그라히가 없었기 때문이고, 그들을 지킬 수 있는 인도의 능력이 없었기 때문이다. 사티아그라하는 값을 말할 수 없는 귀중한 무기고, 실망과 패배를 모르는 것임을 이 책에서 보여주는 데 조금이라도 성공했다면 나는 충분히 보상받을 것이다.

해설 : 간디와 사티아그라하

Satyagraha in South Africa

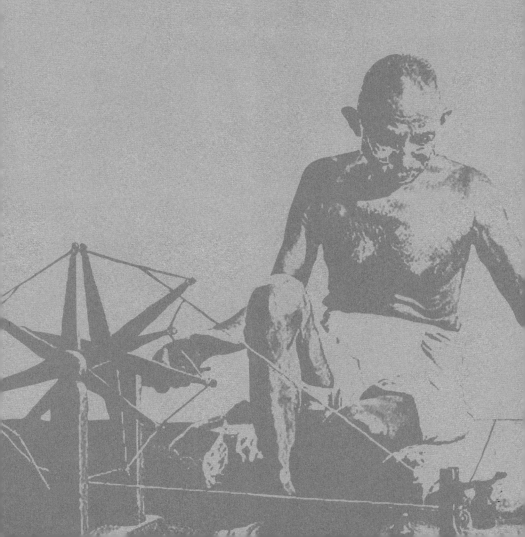

간디와 사티아그라하

1. 왜 이 책을 번역하는가?

정직함

　　　　　간디를 작가나 문학인으로 말하는 사람은
없지만, 나에게 그는 이 세상 어떤 작가나 문학인보다 위대한 작가이
자 문학인이다. 특히 그가 쓴《자서전》과 그 속편 혹은 전편이라고 할
수 있는 이 책《간디, 비폭력 저항운동》이 그렇다. 자서전을 문학의 한
장르라고 말할 수도 있지만[145] 간디의 자서전만큼 정직하면서도, 아
니 정직하기에 그만큼 더 위대한 문학은 다시없다. 정직이 최대의 방
책이라는 말이 있지만, 간디의 글을 읽으면 정직이 최대의 문학이라
는 생각이 든다. 간디는 세상에서 가장 정직한 사람이고, 글도 가장 정
직하게 썼다. 그의 글에는 문학적인 수사나 잔재주나 장난이 전혀 없

---

145) 모든 문학은 자서전이라고 할 수도 있다. 작가의 삶이 투영되지 않은 작품이 있을
　　까?

다. 그런 글이 넘쳐나는 문학계를 나는 저주하고 쳐다보지도 않지만, 자서전이라고 해서 반드시 그렇지 않은 것도 아니다. 도리어 황당무계한 소설 이상으로 황당무계한 자서전도 많다. 아니 대부분 그렇다고 해도 과언이 아니다.

이런 세상에서 간디의 자서전은 보기 드물게 진실한 문학작품이다. 사실 모든 문학작품은 어떤 의미에서 자서전이다. 자기 이야기이기 때문이다. 나아가 모든 글은 자서전이다. 따라서 모든 글쓰기는 무엇보다 정직해야 한다. 어떤 글을 쓰든 정직을 최고의 덕목이자 원리로 삼아야 한다. 그리고 글과 행동은 반드시 일치해야 한다. 적어도 일치하도록 노력해야 한다. 바로 지행합일이다. 간디만큼 그것을 철저히 지킨 사람도 다시없다.

말이나 글이 반드시 교훈을 주는 것일 수는 없겠지만, 한 치도 생각할 여지를 주지 못하고 단순히 시간 때우기 오락에 그쳐서야 쓰레기 이상일 수 없다. 모더니즘이니 포스트모더니즘이니 하는 갖가지 관념놀이가 판을 치는 세상에 19세기 이전 수준의 권선징악을 주제로 한 진부한 작품으로 읽힐지도 모르지만, 나는 소로나 톨스토이와 함께 간디보다 나은 작가를 알지 못한다. 그 이전에 내가 좋아하는 작가로 《수상록Essais》을 쓴 몽테뉴가 있고, 20세기 작가 중에도 오웰이나 케스트너, 사르트르가 있으나 간디 이상은 아니다.

간디는 삶도 정직함 그 자체였다. 그의 유일한 직업은 변호사였지만 사건을 의뢰하는 사람을 위해 변호한 적은 별로 없고, 대부분 화해를 권하고 법률 투쟁을 삼갔다. 한쪽의 승리를 위해 싸우려면 정직할 수 없이 갖가지 술수를 써야 하기 때문이다. 그야말로 스위프트가《걸리버 여행기Gulliver's Travels》의 말의 나라에서 말의 입을 빌려 말하듯이, 검은 것을 희다고 우기고 흰 것을 검다고 우겨야 한다.

법률가로서 간디가 평생 한 일은 악법에 저항한 것이다. 그의 사티아그라하는 악법 투쟁이라고 해도 과언이 아니다. 법률가로서 간디의 전문성은 악법을 알아보는 것이고, 악법을 없애거나 개정하기 위한 방법을 알고 실천하는 것이었다. 간디의 독립 운동도 인도를 침략하고 지배하는 악법과 그 악법에 근거한 악정에 대한 투쟁이었다. 악법은 정직하지 못한 것이다. 악법은 교활하고 거짓이며, 허위고 폭력이다. 반면 악법에 저항하는 투쟁은 정직하고 진실하며, 참되고 비폭력이어야 한다.

당당함

이 책을 번역하면서 항상 느끼고 생각한 것은 '당당함'이다. 달리 말하면 '존엄'이다. 아무도 범할 수 없는 엄숙함이다. 이는 그 반대인 '비굴함'이나 '비열' 혹은 '비겁'과 대비해야 충분히 이해된다. 간디는 인도인의 '당당함' '존엄'을 회복하려고 평생을 바쳤다. 독립은 그 결과나 과정에 불과했다. 간디는 노예처럼 굽실거리지 않고 언제 어디서나 당당하게 서는 것을 추구했다.

그러나 간디가 어려서부터 저절로 그렇게 된 것은 아니다. 그도 비굴하게 군 경험이 있다. 예를 들어 변호사로서 형의 부탁을 받아 영국인에게 부탁했다가 큰 낭패를 본 적이 있다. 그런 쓰라린 경험을 하고 그는 당당하게 홀로 서고자 노력했고, 마침내 인도 민중을 이끌었다. 그렇게 영국뿐만 아니라 영국으로 대변되는 서양의 물질문명에 당당하게 맞섰다.

내가 이 책을 번역한 이유도 그런 점에 이끌렸기 때문이다. 우리 젊은이들이 세파에 휩쓸려 비굴하지 않고, 자기 신념에 따라 당당하게 살기를 바라서 이 책을 번역했다. 가정의 양육과 학교의 교육, 사회의 강요로 잘못된 순응과 타협의 길을 가도록 오도되는 젊은이들이 많기에 간디 같은 사람의 올곧은 삶을 보여주고자 이 책을 번역했다. 나에게 이 책은 간디의《자서전》과 함께 세상에서 가장 위대한 문학작품이다. 우리에게 감동을 주지 않는 작품이라면 문학적인 가치가 아무리 높다고 해도 무슨 소용이 있는가?

우리 사회는 당당함보다 비굴함을 가르치는 사회다. 어려서부터 부모나 어른에게 굽실거리고 관이나 나라에 굽실거리도록 가르친다. 부모나 어른에게 예의를 표하는 것은 필요해도, 온몸이 땅에 닿도록 굽히는 것은 절대복종을 표하는 노예적인 처사라는 점에서 치욕이다. 유럽에서 가장 후진국이던 러시아 차르 치하에서도 18세기에 없어진 인사법이 중국에서는 20세기 초까지 남았고, 한국에는 여전히 있다. 한국어의 특징인 엄격한 경어법과 함께 예의라고 불리는 이 노예도덕은 19세기 말 니체가 "신은 죽었다"는 말과 함께 기독교를 노예도덕으로 비난했듯이, 우리 사회에서도 비난받아 마땅하다. 한국에서 니체를 신봉하는 많은 사람이 그런 노예도덕을 비난해야 하거늘, 도리어 니체에게 노예처럼 굽실거리는 꼴을 볼 때 가소롭기 짝이 없다.

간디는 인도인에게 그런 당당함이 있어야 인도의 독립이 가능하고, 독립도 당당하게 해야 참다운 독립이라고 믿었다. 그의 비폭력 투쟁은 비폭력이라는 점보다 당당함, 즉 어떤 적에게도 숨김없이 당당하게 하는 점에서 다른 투쟁과 구별된다. 나는 우리에게도 그런 당당함이 필요하다고 생각한다. 특히 젊은이들이 그래야 나라에 희망이 있다고 본다. 그러나 지금 내가 보는 젊은이들은 세상에 비굴하다. 입시니 취업이니 출세니 유행이니 따위에 너무나 비굴하다. 늙은이들이 그렇게 살았고 그렇게 가르쳤으며, 그렇게 살도록 강요한 탓이다.

내가 이 책을 번역하는 또 다른 이유는 우리나라에 간디가 소개된 지 1세기쯤 되었지만 여전히 그의 이름이 울려 퍼질 뿐, 그의 진면목인 사티아그라하의 실천이 전혀 뿌리내리지 못하기 때문이다. 한국의 간디라고 불린 함석헌의 비폭력 투쟁도 과연 간디가 말한 것과 같은지, 함석헌이 간디의 사티아그라하를 제대로 이해했는지 의문이다. 우리의 비폭력 시민 저항은 대부분 우연히 결행되어, 간디의 경우처럼 신중하게 계획하고 실천한 것인지 의문이다. 그래서 간디 사티아그라하 운동의 출발인 이 책을 번역하여 새로운 비폭력 실천 운동에 도움을 주고자 한다.

간디는 인도에서 사티아그라하 운동을 본격적으로 전개하기 위해 남아프리카에서 자신이 경험한 바를 이 책으로 썼다. 그리고 이어 《자서전》을 썼다. 이 책으로 사티아그라하에 대해서는 충분히 썼기 때문에 《자서전》에는 그 부분이 대폭 생략되었다. 그동안 우리나라에서 간디 자서전은 여러 차례 번역되었으나 이 책은 번역되지 않은 점도 우리나라에서 제대로 된 시민 불복종운동이 전개되지 못하게 하는 데 기여했을지 모른다.

영화 〈변호인〉과 간디 :
사티아그라하 운동의 계기

　　　　　　이 책은 간디가 남아프리카에서 시작한 사티아그라하, 즉 남아프리카 진실관철투쟁의 역사를 쓴 책이다. 사티아그라하는 그가 남아프리카를 떠난 뒤 인도에서 본격적으로 전개되지만, 남아프리카 사티아그라하는《자서전》에 기록되지 않았다. 간디는 《간디, 비폭력 저항운동》에서 말한 것은《자서전》에서 "반복하지 않겠다"며 사티아그라하를 "연대순으로 보고 싶은 사람은"《간디, 비폭력 저항운동》을 "구해서 보는 것이 좋겠다"고 했다.[146] 사티아그라하 이전 보어전쟁을 비롯해 남아프리카에서 경험한 것도《자서전》보다 《간디, 비폭력 저항운동》에 상세히 설명되었다.[147]

　그러나 이 책은 간디의 사티아그라하 운동뿐만 아니라 남아프리카 역사의 기록으로 중요하다. 우리는《자서전》만 읽고 간디가 남아프리카 흑인에 대한 공감이 적었거나 아예 없었다고 오해할 수도 있는데, 이 책은 그런 문제점을 깨끗이 지워준다. 물론 당시 간디가 흑인과 함께 인권 운동을 벌였다면 그 후 1세기 이상 이어진 남아프리카 흑인의 힘겨운 투쟁은 없었을지 모른다고 생각할 수도 있다. 그러나 엄혹한 식민지 체제에서 그런 연대는 불가능했다. 간디는 남아프리카에서 소수민족인 인도인을 결속하는 일로도 벅찼다.

　1869년 인도 서해안 구자라트에서 태어나 변호사가 된 간디는 남

---

146)　《자서전》425쪽.

147)　간디는 보어전쟁도《간디, 비폭력 저항운동》에 상세히 다루었으므로《자서전》에서는 되풀이하지 않겠다고 한다.《자서전》300쪽 참조.

아프리카 나탈에 사는 동향 상인에게 변호를 의뢰받고 1893년 나탈에 갔다. 그 뒤 10년간 직접 차별을 경험하면서 인도인의 영업권과 재산권을 변호하여 상당한 수입을 올렸다. 인도에서 건너온 가난한 사람보다 나탈에서 태어난 부유한 인도인을 열심히 도왔다는 비판[148]을 받을 만큼 돈을 밝히기도 했다. 간디는 그런 이야기를 《자서전》에 기록하지 않는다. 그렇다고 간디가 '나의 진실 추구 이야기'라고 부제를 단 《자서전》이 진실하지 못하다고 할 수는 없다. 어쩌면 변호사는 돈 많은 의뢰인을 찾는 것이 당연할지 모르기 때문이다.

우리 영화 〈변호인〉에서 돈만 밝히던 이기적인 변호사가 이타적인 인권 변호사로 거듭나는 과정을 보여주는데, 간디도 그런 과정을 겪었다. 물론 간디는 인권 변호사가 아니라 사티아그라하 운동을 전개하는 사람으로 거듭난다는 점이 다르다. 그 직접적 계기는 남아프리카에 도착하자마자 열차에서 겪은 인종차별이 아니라, 1906년에 터진 줄루족의 반란이다. 줄루족의 반란 이야기는 《자서전》 4부 24장에 나온다.

간디는 1906년까지만 해도 "대영제국이 세계의 복지를 위해 존재한다고 믿었다".[149] 그러나 "현장에 도착하자마자 '반란'이라는 이름에 맞는 어떤 것도 없음을 알았다".[150] "이는 전쟁이 아니라 인간 사냥이었다."[151] 여기서 간디는 제국의 허구를 인식한다. 간디는 《자서

---

148) Judith M. Brown, *Gandhi's Rise to Power ; Indian Politics 1915-1922*, 1972.

149) 《자서전》 417쪽.

150) 《자서전》 419쪽.

151) 《자서전》 420쪽.

전》에 이렇게 썼으나 그 이상 상세한 설명을 하지 않는다. 반란의 원인도 '새로운 세금'[152) 때문이라고 썼을 뿐이다.

'새로운 세금'이란 영국이 줄루족을 비롯한 원주민에게 부과한 가옥세에 1905년 새로 부과한 인두세다. 인두세는 가옥세를 내지 않은 16세 이상 모든 남자에게 적용되었고, 가옥세를 내는 기혼 남자만 면제받았다. 그러나 납세를 책임지는 자는 촌장이고, 가옥세는 미혼 남녀와 미망인의 집을 포함한 모든 가옥에 적용되었으며, 이전부터 부친의 가옥세를 위해 돈을 낸 자는 노동하는 젊은이다. 그러므로 인두세는 이중과세다.

인두세를 부과한 이유는 가옥세와 마찬가지로 원주민을 경제적으로 더 어렵게 만들어 당시 영국인에게 심각한 문제인 노동력 부족을 해결하고, 식민지 정부의 부족한 재정을 확충하기 위해서다. 납세 거부 운동이 시작되자, 나탈 정부는 계엄령을 3회나 선포하여 군사적으로 탄압했다. 그 결과 백인이 30명 정도 죽은 반면, 흑인은 그 100배인 3000명 이상 죽었다. 그 전쟁을 겪으면서 간디는 "금욕과 그 의미에 대해 생각했고"[153) 이어 사티아그라하를 시작했다. 따라서 사티아그라하 운동의 기원은 줄루족의 반란, 특히 그들의 납세 거부 운동에 있다고 봐야 할지 모른다.

---

152) 《자서전》419쪽.
153) 《자서전》421쪽.

이 책과 《자서전》

우리나라에는 《자서전》을 비롯해 간디가 쓴 책이나 간디에 대한 책이 많이 나왔음에도 그동안 이 책은 번역되지 않았다. 이유가 무엇일까? 이 책이 중요하지 않다고 판단해서일까, 아니면 사티아그라하보다 간디라는 사람에 대한 관심이 커서일까? 나는 우리나라에서 간디가 불필요할 만큼 성스러운 위인으로 받들어진다는 느낌을 지울 수 없다. 그래서 사티아그라하의 실천적 측면이나 전술적 측면에 대한 관심은 적고, 그 결과 제대로 된 비폭력 저항운동이 우리 역사에 드물지 않았나 생각한다. 이는 간디의 비폭력 저항운동을 알아야 우리도 그것을 할 수 있다는 의미에서 하는 말이 아니다. 간디가 우리에게 의미 있다면 위인이나 성인으로 추앙할 것이 아니라, 친구이자 벗으로 우리 문제를 함께 고민할 수 있어야 한다. 내가 이 책을 번역한 이유도 바로 그 점에 있다.

이 책 《간디, 비폭력 저항운동》은 간디 《자서전》의 속편이라고 할 수 있다. 아니 간디 《자서전》1편이라고 하는 것이 더 정확하다. 그가 처음으로 쓴 '자서전'이기 때문이다. 물론 그가 나중에 쓴 《자서전》을 보충하는 내용이어서 그 속편이나 2편이라고 할 수도 있지만, 《자서전》은 이 책 뒤에 이어 쓴 것임을 주목해야 한다. 따라서 《자서전》을 읽기 전에 이 책을 읽어야 하는지도 모른다. 특히 사티아그라하 운동의 기원에 대해 알고자 하면 이 책부터 읽어야 한다. 그 부분에 대한 《자서전》의 서술은 소략하기 때문이다. 간디는 이 책을 먼저 썼기 때문에 《자서전》에서 이 책과 중복되는 부분은 생략하거나 간단히 넘어갔다.

간디는 일반적인 자서전을 쓸 생각이 별로 없었음을《자서전》서문에서 밝힌다. 인도에 돌아와 사티아그라하 운동을 이어가면서 남아프리카에서 벌인 운동을 밝힐 필요가 있어 이 책을 쓴 것이다. 그에게 자서전적인 글은 이 책으로 충분했다. 다시《자서전》을 쓴 이유도 사티아그라하 운동을 펼치는 데 도움이 되기 위해서지, 자기 생애를 자랑하고 싶어서가 아니다. 그런 점에서 이 책이야말로 간디의 참된 자서전이라고 할 수 있다.

이 책은 본래 인도인을 위해 구자라트어로 발표되었는데, 간디가 직접 쓴 것이 아니라 1923년부터 시작한 간디의 구술을 받아쓰고 1924년부터 구자라트어 주간지《나바지반》에 연재했다. 단행본으로는 1, 2부 각각 간디가 55, 56세인 1924년과 1925년에 간행되었다. 1924년에 쓴 이 책의 원본인 구자라트어판의 제목은 '남아프리카 사티아그라하의 역사'다. 1928년에 나온 영어판 번역자는 간디의 오랜 친구이자 비서 데사이Valji Govindji Desai다.

1925년 11월 22일자로《간디, 비폭력 저항운동》연재가 끝나자, 그 다음 주인 11월 29일부터 1929년 2월 3일까지 약 3년 3개월 동안《자서전》을 연재했다. 그리고 구자라트어 연재보다 일주일 늦게《영 인디아》에 영어판이 실렸다.《자서전》단행본은 구자라트어판 1권이 1927년, 2권이 1929년에 각각 간행되었고, 영어판은 1940년에 간행되었다.

간디는《자서전》에서 자신이 태어난 1869년부터 51세가 된 1920년까지 일을 기록했다. 그중 1906년 남아프리카에서 시작하여 1914년 인도로 돌아오기까지 8년간 벌인 사티아그라하 운동에 대한 이야기를 담은 것이 이 책《간디, 비폭력 저항운동》이다. 그가 남아프리카에 간 것이 24세 때인 1893년이니 그는 그곳에서 21년을 지냈다.《자서전》에서 다룬 세월의 절반에 해당한다.

이 책이 처음 나온 1924년은 남아프리카에서 귀국한 지 10년째 되는 해다. 10년 동안 간디는 인도에서 사티아그라하 운동을 계속하며 남아프리카에서 시작한 그 운동에 대해 기록할 필요성을 느꼈다. 이 책의 머리말에서 간디는 "나의 유일한 집필 목적은 지금 진행하는 투쟁에 도움이 되고, 미래에 생겨날 역사가를 안내하는 것"이라고 했다.

2. 간디

남아프리카로 가기까지

간디 Mohandas Karamchand Gandhi는 1869년 10월 2일, 인도 서부 뭄바이와 카라치[154] 중간쯤에 있는 구자라트 주, 카티아와르반도의 작은 해변 마을 포르반다르에서 태어났다. 해안선이 약 1600킬로미터에 이르는 구자라트는 서양에서 인도로 들어오는 입구이자, 아라비아나 아프리카로 가는 출구로 고대부터 중요한 무역 거점이었다. 구자라트는 백성에게 독재 군주로 행세하면서도 영국인에게 아첨을 일삼은 지방 영주들이 다스리는 수많은 도시국가로 나뉘었다. 당시 인도에 있던 584개 도시국가의 절반에 가까운 286개가 구

---

154) 파키스탄의 수도였던 대도시.

자라트에 집중되었고, 특히 카디아와르에 많았다.

도시국가의 관리를 담당한 카스트가 바니요로, 이는 4개 카스트 중 흔히 세 번째라고 하는 바이샤를 구자라트어로 부른 말이다. 이들은 주로 계산에 뛰어난 소상인이라는 이미지가 있었고, 간디는 이를 자랑했다. 간디 집안은 조부 때부터 3대에 걸쳐 도시국가의 디완을 지냈다. 디완은 민사사건 조정, 지대 징수, 국경선 획정, 치수공사 감독 등을 담당했다.

간디는 《자서전》에서 그의 아버지가 "교육도 받지 못하고 스스로 체험으로 배웠"으며, "역사와 지리에 대해서는 전혀 몰랐"으나, "정직했고 가정에서나 사회에서나 매우 공정한 사람으로 유명"했고 "집안 사람들을 사랑했고, 성실하고 용감하며 관대했으나 성질이 급했다"고 했다.[155] 그리고 어머니는 "똑똑"하고 "나라의 모든 일을 잘 알았고, 조정 부인들은 그녀의 지성을 높이 평가했다"고 했다.[156] 간디는 그들 사이의 넷째이자 막내로 태어났다.

간디가 태어난 1869년은 수에즈운하가 개통되고, 조선에서는 고종이 즉위하고 대원군이 집정한 지 6년이 지난 때였으며, 일본에서는 메이지유신이 터지고 1년 뒤였다. 인도에서는 세포이의 항쟁이 터지고, 동인도회사 통치가 끝나고 영국의 직접 통치로 들어선 뒤였다. 사법제도가 정비되어 인도인 변호사가 필요해진 시기이기도 했다. 간디도

155) 《자서전》41~42쪽.

156) 《자서전》44쪽.

변호사가 되기 위해 영국으로 유학을 떠났다. 그는 인너 템플과 런던 대학교에서 프랑스어와 라틴어, 물리학, 화학을 배웠고, 영어를 능숙하게 했으며, 영국 법과 로마법을 배웠다. 1891년 6월 10일 변호사가 되어 이튿날 법원에 등록했고, 6월 12일 뭄바이로 가는 배를 탔다.

그러나 라지코트와 뭄바이에서 변호사로 성공하지 못했다. 간디는 뭄바이에서 10달러짜리 사건을 맡았지만, 부끄러움 때문에 법정에서 입을 열지도 못하고 서류를 동료들에게 넘겨주어야 했다. 그때 포르반다르 이슬람교도 회사가 그에게 1년간 변호사로 남아프리카에 갈 것을 제안했다. 그는 승낙했다. "나는 어떻게든 인도를 떠나고 싶었다"[157]고 슬프게 인정했다. 그가 런던을 떠난 지 2년이 지났지만 성공하지 못했기 때문이다.

남아프리카의 인도인

간디는 재판 때문에 트란스발의 수도 프리토리아에 가야 해서 야간열차 일등칸에 탔다. 나탈의 수도 피터마리츠버그에서 백인 한 사람이 같은 칸에 탔다. 그는 갈색 침입자를 보고 나가서 잠시 뒤 승무원 두 명과 함께 나타났다. 승무원은 간디에게 화물칸으로 가라고 명령했다. 간디가 일등칸 기차표를 보였으나 소용없었다. 그는 나가지 않았다. 그러자 그들이 경찰관을 데려왔고, 경찰관은 간디를 가방과 함께 플랫폼으로 던졌다. 몇 년 뒤 인도의 미국인 선교사 존 모트 박사가 간디에게 "당신이 살아오면서 가장 창조적인 경

---

157) 《자서전》167쪽.

험은 무엇이었습니까?"라고 물었다. 간디는 피터마리츠버그의 경험에 대해 말했다.

간디는 열차로 돌아가 삼등칸에 탈 수 있었지만, 역 대합실에 머물기로 했다. 역무원이 그의 짐과 코트를 가지고 있었다. 그는 짐을 찾으려고도 하지 않고 밤새 떨며 생각에 잠겼다. 5월에 남반구는 겨울이고, 피터마리츠버그는 트란스발 산맥 동쪽 기슭 해발 600미터 높이에 있어서 무척 추웠다. 불의를 만나 고개를 숙이지 않았기에 피할 수도 있는 벌을 받았지만, 이로 인해 그는 인종차별이라는 무서운 질병과 싸울 결심을 했다. 비협조적 태도와 개인적 수난이 위기의 원칙을 비추었고, 그것을 위한 싸움의 필요성을 강조했다. 법률관계 일로 남아프리카에 머물기로 한 시간은 1년이었지만, 그는 1893년부터 1914년까지 21년을 그곳에 머물렀다.

1896년 나탈에는 흑인 40만 명, 인도인 5만 1000명, 백인 5만 명이 있었다. 케이프 식민지에는 흑인이 90만 명, 인도인이 1만 명, 백인이 40만 명이었다. 트란스발공화국에는 흑인 65만 명, 인도인 5000명, 백인 12만 명이 있었다. 1914년에는 흑인이 약 500만 명으로 백인(125만 명)의 4배에 달했다.

인도인은 1860년부터 남아프리카에 계약노동자로 오기 시작해 흑인이 하기 싫어하는 영국인 소유의 사탕수수, 차, 커피 농장에서 일했다. 그들은 5년 계약 농노였다. 5년이 지나고 자유노동자로 남는 경우도 있었다. 어느 경우든 계약자는 인도로 돌아가는 비용을 지불했다. 그러나 계약노동자 가운데 인도보다 조건이 좋은 남아프리카에 자유인으로 머물고자 하는 사람도 많았다. 인도인 거주자들이 근면하고 유능하며 절약하여 그 수가 점점 늘어나고 부유해지자, 백인은 1894년에 법을 바꿨다. 그 후 계약노동자는 최초 5년이 지나면 인도로 돌아가거나, 남아프리카에서 평생 노예가 되어야 했다. 해마다 자신과 가족을 위해 세금 3파운드를 내면 자유노동자로 남을 수 있었지만, 세금이 지나쳐서 귀국하거나 평생 노예가 될 수밖에 없었다.

자유 이주민도 인도에서 남아프리카로 와서 행상이나 상인, 직공 혹은 간디처럼 전문가로 생계를 유지했다. 그중에는 상당한 재산을 모은 사람도 있었다. 심지어 선박 회사를 소유한 인도인도 있었다.

자유 인도인은 영국 빅토리아 여왕의 하수인이고, 일정한 재산 (250파운드)이 있으면 투표권도 행사했다. 간디가 남아프리카에 오고 1년 뒤인 1894년, 나탈 의회는 아시아인의 권리를 박탈하는 법을 통과시켰다.

인도인에게는 수많은 금지가 행해졌다. 나탈에서는 인도인이 오후 9시 이후 거리에 나가려면 증명서가 필요했다. 보어인(네덜란드 이주민)이 세운 오렌지자유국에서는 인도인이 재산을 소유하거나, 상업과 농업에 종사하는 것이 금지되었다. 트란스발에서도 인도인은 토지 소유권이 없어 거주를 허가받기 위해서는 추가로 세금 3파운드를 내고, 빈민굴에 살아야 했다. 케이프 식민지의 여러 마을에서는 인도인의 도로 통행이 금지되었다. 이런 규제가 없는 곳에서도 인도인은 폭행이 두려워 골목으로 다녀야 했다. 간디도 폭행을 당했다. 당시 법령에는 인도인이 '반야만적인 아시아인'이라고 규정되었다.

최초의 저항

　　　　　　　　　1906년 8월, 정부는 8세 이상 인도인 남
녀노소에게 관청 등록과 지문 날인을 요구하고, 이를 위반하면 벌금
이나 징역, 추방에 처하며, 등록증을 소지하지 않은 인도인에게도 같
은 처벌을 부과하는 아시아인 등록법을 발표했다. 간디는 같은 해 9월
11일 요하네스버그 제국극장에서 열린 대중 집회에서 그 법은 인도인
을 배척하기 위한 것이므로, 인도인과 인도에 대한 모독이라고 말했
다. 그는 "정부가 공정성을 상실하고 있다"며, 거기 모인 3000명에게
법안에 도전하여 필요하다면 감옥에 가거나 죽을 것을 맹세하라고 요
구했다. 그는 투쟁이 길어질 거라고 경고했다. "그러나 나는 확신을 가
지고 용감하게 선언할 수 있습니다. 서약하는 사람이 조금이라도 있
으면 투쟁의 목표는 오로지 하나, 곧 승리일 수 있다고 말입니다"라고
강조했다.

　그러나 아시아인 등록법은 1907년 3월 21일에 통과되었다. 간디는
"아무리 잘못된 정책이라도 우리가 스스로 진실하면 바르게 될 것이
다"라고 확신하고, 동포들을 등록 거부로 이끌었다. 1908년 1월 10일,
그는 2개월 금고형을 선고받았다. 얼마 뒤 스뫼츠 장군이 교도소로 사
람을 보내 인도인이 자발적으로 등록하면 그 법을 철회하겠다고 제안
했다. 간디는 죄수복을 입은 채 스뫼츠의 사무실로 안내되어 협의하
고, 그 제안을 받아들였다. 그 뒤 그와 다른 인도인은 석방되었다.

　그는 자발적 등록에 교섭할 용의가 있다고 설명했다. 강제에 복종
하는 것은 개인의 존엄성과 지위를 축소하지만, 인종차별 의식이 강
한 백인의 강력한 압박 아래 있는 정부의 어려움도 이해해야 한다고

말했다. 간디는 등록은 트란스발에 불법적으로 들어오는 것을 막고자 하는 것이고, 이민은 "은밀하게 혹은 사기로" 다른 지방에 데려가고자 하는 것이 아니기 때문에 등록하지 않을 이유가 없다고 말했다. 간디는 자유롭게 주어진 협조는 관용적이고 품위 있는 것이며, 강제 등록 취소로 사태가 바뀌었다고 주장했다.

그러나 스뫼츠는 강제 등록법 철폐라는 약속을 이행하지 않았다. 1908년 8월 16일, 2000명이 넘는 인도인이 요하네스버그의 하미디아 모스크 운동장에 모여 등록증을 불태웠다.

이어 인도인은 트란스발 입국을 금하는 것에 대항하여 등록증 없이 다녀서 구속되기로 결정했다. 이제 간디는 극적으로 간단한 운동을 전개했다. 간디는 한 사람, 이어 몇 사람, 이어 더 많은 사람을 뽑아 평화롭게 트란스발 국경을 넘도록 했다. 모두 구속되어 3개월 금고형을 받았다. 간디도 들어갔다. 트란스발의 많은 인도인이 경찰에게 등록증이 없다고 말해 같은 길을 갔다.

간디는 같은 감옥에 있는 동포 75명을 위해 식사 당번을 했다. 물집이 생길 정도로 중노동을 했고, 화장실 청소도 자원했다. 그는 "행복으로 가는 참된 길은 감옥으로 가서 조국과 종교를 위해 궁핍과 고통을 견뎌내는 데 있다"고 썼다. 그는 죄수의 영혼이 자유임을 알았다. 이 점은 헨리 데이비드 소로[158]가 옥중에서 쓴 구절을 연상하게 한다.

---

158) Henry David Thoreau(1817~1862)는 미국의 수필가이자 시인.《월든 : 숲 속의 생활 Walden : or, Life in the Woods》(1854)과《시민 불복종 Civil Disobedience》(1849)으로 유명하다. 간디는 런던 유학 시절부터 소로에 대해 알았지만,《시민 불복종》을 읽은 것은 1907년 이후다.

"나는 한순간도 감옥에 갇혔다고 느끼지 않았고, 벽은 진흙과 돌의 거대한 낭비로 보였다." 간디는 이 구절을 소로의 《시민 불복종》에서 따왔고, 두 번째 수감되었을 때는 소로의 글을 모두 읽었다. 그는 그 글을 "나에게 깊은 감명을 준 걸작"이라고 불렀다.

인도가 소로에게 영향을 미친 것처럼, 간디에게도 소로가 큰 영향을 미쳤다. 소로와 그의 친구 랠프 월도 에머슨은 《바가바드기타》를 읽었고, 성스러운 《우파니샤드》도 일부 읽었다. 따라서 매사추세츠의 소로는 간디의 인도에서 빌려와 그 은혜를 남아프리카 감옥에 있는 간디에게 도착한 말로 보답했다.

소로는 《시민 불복종》에서 "내가 실천할 권리가 있는 유일한 의무란 내가 옳다고 생각하는 일을 언제나 실천하는 것이다"라고 했다. 그는 법을 준수하는 것보다 정당한 것을 명예롭게 생각했다. 그는 1849년 노예제와 멕시코 침략에 반대하는 글을 썼다. "노예제와 전쟁에 반대하는 '말을 하는' 사람은 수없이 많지만, 그것들을 없애기 위해 실천하는 사람은 아무도 없다. 옳은 일을 하는 사람이 한 사람이라면 999명은 말만 한다."

소로도 간디와 마찬가지로 다수의 악을 시정할 수 있는 도덕적 소수의 결단력을 믿었다. 소로는 다음과 같이 썼다.

매사추세츠에 정직한 사람이 1000명, 100명, 10명 있어서, 아니 한 명이라도 있어서 '노예를 해방해' (정부와) 협조에서 벗어나 감옥에 갇힌다면 미국에서는 노예제도가 없어질 것이다. 그 시작이 아무리 작은 것이라도 상관없다. 일단 시작하면 영원히 계속된다. 그러나 우리는 말하기만 좋아한다.

소로는 납세를 거부하여 감옥에 끌려갔으나 친척이 대신 납부하여 24시간 만에 풀려났다.

1909~1910년, 간디가 편지를 교환한 레프 톨스토이[159]는 도덕적인 개인의 힘과 불복종운동에 같은 믿음이 있었다. 그는 《신의 왕국은 네 안에 있다》에서 "기독교인 앞에서 정부의 힘은 위력을 발휘하지 못한다"고 썼다.

톨스토이는 만년에 손으로 하는 노동, 재산 포기, 소박한 생활, 기독교 설교를 통해 종교와 행동의 합일을 창조하고자 노력했다. 소로나 러스킨도 인간의 목표와 행동을 일치시키려고 노력했다. 그들 속에서 예술가는 말과 신앙의 통합, 그 둘과 노동의 통합에서 비롯된 통합을 위해 노력했다.

톨스토이 농장

트란스발의 인도인은 감옥에 가기 위해 나탈로 갔다가 트란스발로 돌아와야 했다. 이렇게 암흑법을 위반해서 3개월 징역형을 받았다. 사티아그라하 활동가 중에는 형기가 끝나면 다시 징역형을 받아 8회까지 받은 경우도 있었다. 한번은 트란스발에

---

159) 간디는 톨스토이에게 편지를 쓰기 훨씬 전부터 그의 책을 읽었다고 했다(《스펙테이터The Spectator》 1931년 10월 24일자). 《신의 왕국은 네 안에 있다》는 부제가 '신비한 교의가 아닌 삶의 새로운 이해로서 기독교 신앙'인 만큼 예수를 도덕적 본보기로 보고 기독교의 도덕적 핵심을 사랑과 비폭력으로 본 책이다. 톨스토이가 말한 기독교 이해는 간디의 힌두교 이해와 같다.

서 남녀노소 1만 3000명 가운데 2500명이 수감되고, 6000명이 도망치기도 했다.

간디는 1909년 영국으로 갔다. 대영제국의 분노한 국민과 감각 있는 관리들이 유색인이 압도적 다수를 차지하는 곳에서 벌어진 인종차별에 대항한 투쟁에 도움을 주리라고 생각했다. 인도 총독부가 남아프리카에 관심을 기울인다면 총독이 스뫼츠를 누를 수 있다는 것을 런던에 알릴 기회였다. 그러나 당시 간디는 그런 이면공작에 능숙하지 못했다.

간디는 많은 자유주의자의 지지를 받았고 제국주의자에게도 호감을 샀다. 비록 그의 여행이 구체적인 효과를 바로 얻지는 못했지만, 남아프리카 인도인 문제를 영국의 주된 관심사로 만드는 데 성공했다. 거기에 최종 승리의 씨앗이 뿌려졌다.

1909년 말 남아프리카에 돌아온 간디는 사티아그라히들이 "타인과 어우러진 간소한 생활을 훈련하는 소규모 협동조합 같은 단체"를 만들고자 결심했다. 그 운동에는 계속 감옥에 갇히는 사티아그라히와 그 가족을 사티아그라히 위한 집이 필요했다. 사티아그라하 운동의 2인자인 헤르만 칼렌바흐가 요하네스버그에서 21마일(34킬로미터) 떨어진 롤리 지역에 땅 1100에이커(445헥타르)를 사서 무료로 제공했다. 그는 키가 크고 몸집이 좋고 각진 머리에 팔자수염을 기르고 코안경을 걸친 부유한 건축가이자 불교 신자며, 권투와 레슬링 선수고 유명한 샌도의 제자인 유대계 독일인이다. 간디는 그를 "감수성이 뛰어나고 동정심이 강하며 어린이처럼 단순한 사람"이라고 했다. 간디는 칼렌바흐가 제공한 땅을 톨스토이 농장이라고 불렀다. 간디와 그 가족,

칼렌바흐가 그곳에 살기 위해 왔다.

그동안 사티아그라하 운동은 정체 상태에 빠지고, 사람들은 농장의 간소한 생활에 만족했다. 아무 일도 생기지 않았다. 기염을 토하는 자들이 있었지만 간디는 그렇지 않았다. 1912년 10월 인도 민족주의 운동의 위대한 지도자 고팔 크리슈나 고칼레가 남아프리카를 시찰하고자 왔다. 그가 믿을 수 있는 사람들의 명단을 요구하자, 간디는 최대 66명, 최소 16명의 명단을 보냈다. 간디는 그들을 '평화군'이라고 불렀다. 그들의 계급이 아무리 낮아도 상관하지 않았다.

간디는 정부가 영혼의 힘에 굴복하리라고 확신했다. 고칼레는 인도인과 영국 지배자들에게 영향력 있는 인물이다. 보타 장군과 스뫼츠 장군 휘하의 새로운 남아프리카 연합은 고칼레가 좋은 인상을 받고 돌아가기 바랐고, 그를 따뜻하게 환영했으며, 여행하는 데 모든 편의를 제공했다. 그들은 암흑법과 계약해제 노동자들에 대한 3파운드 세금을 철폐하겠다는 약속도 했다. 그러나 스뫼츠는 곧 의회에서 나탈 계약노동자를 고용한 백인들이 3파운드 세금 철폐에 반대한다고 발표했다. 이는 보타 장군이나 스뫼츠 장군이 고칼레와 한 약속을 파기한 처사라고 생각한 계약노동자들과 계약해제 노동자들이 사티아그라하에 자원했다.

세금과 이민 금지라는 두 가지 문제에 세 번째 문제가 더해졌다. 케이프 식민지 대법원에서 어느 판사가 기독교 결혼과 결혼 등록법에 따라 등록된 결혼만 합법이라고 판결했다. 힌두교도와 이슬람교도, 파르시의 결혼은 법적으로 무효고, 인도인 아내는 첩이 된 셈이다. 대다수 여성이 적극적으로 사티아그라하 운동에 참가했다.

간디는 운동 계획을 짰다. 첫째, 나탈 '여성'들이 허가 없이 트란스발에 들어가고, 트란스발 '여성'들이 나탈로 들어가게 했다. 나탈 여성들은 구속되었지만, 트란스발 여성들은 구속되지 않았다. 그들은 사전 지시에 따라 뉴캐슬 탄광으로 가서 계약노동자들에게 파업에 참가하라고 부추겼다. 그러자 정부는 여성들을 구속하고 3개월 징역형에 처했다. 파업이 확대되었다. 간디는 뉴캐슬로 갔다. 광산주들은 인도인 파업자가 점령한 회사 건물의 전기와 수도를 끊어버렸다.

파업과 대행진

파업이 장기화되자, 간디는 그들에게 점령지에서 담요와 옷을 가지고 나와 야영하라고 했다. 며칠 만에 5000명에 달하는 인도인이 야영을 했다. 나탈에서 트란스발로 건너가되, 그곳에서도 '평화군'에게 감옥을 제공하려고 하지 않으면 하루 20~24마일(32~39킬로미터)씩 걸어서 8일 만에 톨스토이 농장에 도착할 예정이었다. 간디는 그 일을 계획하면서 순례자들에게 절박한 곤경이 있음을 경고하고, 마음이 약한 사람은 직장으로 돌아가라고 요청했다.

당시 남성이 2037명, 여성이 127명, 어린이가 57명이었다. 트란스발 국경의 경찰은 그들을 통과시켰다. 간디는 행진 첫날 늦게 체포되었으나, 다음 날 재판이 연기되어 보석으로 풀려났다. 다음 날 저녁에 다시 체포되었으나, 역시 풀려났다. 그러나 세 번째 체포되었을 때는 구속되었다. 그가 없는 가운데 행진은 계속되었다. 다음 날 아침 순례자들은 밸푸어에서 기차에 실려 나탈의 광산으로 끌려갔고, 철조망 울타리 안에 갇혀 회사가 고용한 임시 경찰의 감시를 받았다. 그러나 그들은 탄광 노동을 거부했다.

더 많은 계약노동자들이 광부들을 동정해 파업에 참가했다. 정부는 그들을 파업권이 없는 노예로 취급하고, 그들을 억압하고자 군대를 보냈다. 군대가 발포해 사상자가 발생한 곳도 있었다. 결국 계약노동자 5만 명이 파업에 참가했고, 자유 인도인 수천 명이 투옥되었다. 그 소식이 인도에 알려지자, 여론이 들끓었다. 1913년 12월 18일, 정부는 간디와 함께 구속된 폴락 그리고 칼렌바흐를 석방했다.

같은 시기에 남아프리카 정부는 인도인 거주자의 불만을 조사하는 위원회를 임명했다. 간디는 즉시 그것이 "가장된 행동이고 영국과 인도 양쪽의 정부와 여론을 기만하려는 것"이라고 비난했다. 간디가 말했듯이 위원장인 리처드 솔로몬 경이 "공평무사한 사람이지만" 에왈드 에슬런은 편파적이고, J. S. 와일리 대령은 1897년 1월 증기선 두 척이 인도인 800명을 태우고 더반에 도착했을 때 공격한 폭도의 지도자 중 한 사람이다. 간디는 그 위원회에 인도인과 인도인에게 우호적인 사람을 포함할 것을 제안했다.

어려움이 있을 것을 예상한 간디는 싸울 준비를 했다. 그는 모든 대중 집회에 무릎까지 오는 흰 잠방이를 입고 허리에 비 조각을 감고 나타났다. 그는 파업 도중 살해된 광부들에게 조의를 표하고자 양복 입기를 그만두었다고 말했다. "여러분은 희생된 동포들과 운명을 나눌 용의가 있습니까?" 그가 물었다.

"네, 네." 청중이 답했다.

"나는 남녀노소 누구나 월급, 직업, 가족, 몸을 돌보지 않기 바랍니다." 그는 보통 사람들에게 《바가바드기타》와 같은 자기희생을 기대했다. 그들에게는 신앙이 있었기에 간디는 그들의 자기희생을 확보했다. 간디는 그 싸움이 "인간의 자유를 위한 투쟁이고, 따라서 종교를 위한 투쟁"이라고 강조했다.

스뫼츠가 조사 위원을 교체하거나 확대하는 것을 거부했을 때, 간디는 자신을 지지하는 인도인과 함께 1914년 1월 1일 나탈의 더반에서 행진하여 체포되겠다고 알렸다.

새로운 인도인 행진이라는 문제가 정부의 두통거리가 되는 동안 남아프리카 철도의 백인 노동자들이 파업을 했다. 간디는 즉시 행진 계획을 보류했다. 그는 사티아그라하 운동은 적의 약점이나 우연을 이용해서는 안 된다고 설명했다. 사티아그라히들은 자기희생, 성실, 기사도 정신으로 상대에게 확신을 주고 그 마음을 정복하기를 원하지, 적에게 상처나 굴욕이나 고통을 주어서는 안 된다. 인도, 영국, 남아프리카에서 간디에게 기쁨과 감사의 말을 전했다.

스뫼츠 장군은 철도 파업 문제로 바쁜 가운데(당시 계엄령이 선포되었다) 간디를 불렀다. 인도인은 간디에게 속지 말라고 경고하면서 1908년 협정이나 고칼레와 약속을 위배한 사실을 환기했다. 간디는 그들에게 답하면서 산스크리트어 속담을 인용했다.

"관용은 용기 있는 사람의 장신구다."

스뫼츠와 간디의 대화는 화해로 발전했다. 이런 우호적 접근은 느리지만 견고하게 진행되었다. 협정의 모든 조문과 용어가 상세히 검토되었다. 1914년 6월 30일, 두 사람은 마침내 약속을 확인하는 편지를 교환했다. 법안은 케이프타운의 연방의회에 제출되었고, 스뫼츠가 협조적 정신으로 처리할 것을 요청하여 7월에 통과되었다.

법안에 따라 계약해제 노동자에 대한 3파운드 세금은 폐지되었고, 힌두교도와 이슬람교도, 파르시의 결혼이 유효해졌으며, 남아프리카에서 태어난 인도인은 케이프 식민지에 자유롭게 드나들되 각 주 사이의 자유로운 왕래는 금지되었다. 또 1920년부터 인도에서 계약노동자는 오지 못하지만 자유 인도인은 계속 들어올 수 있고, 아내들도 인도에서 남편을 찾아올 수 있었다.

간디는 여러 번 잔치를 치르고, 새 법을 '남아프리카 인도인의 마그나카르타'라고 불렀다. 인도인은 여전히 그들 지역에 갇혔고, 트란스발에서는 토지를 소유할 수 없으며, 어디서든 금을 살 수 없었다. 그럼에도 새 법은 인종 평등 원칙을 수호했고, '민족적 오점'을 제거할 수 있었다. 무엇보다 새 법은 사티아그라하의 승리였다. 간디는《인디언 오피니언》에 "새 법이 보편화된다면 사회적 이상을 혁신하고, 서양 여러 나라를 신음하게 하는 전제주의와 계속 성장하는 군국주의를 없앨 것이다"라고 썼다.

사명을 완수한 간디는 1914년 6월 18일, 부인과 헤르만 칼렌바흐와 함께 영국으로 향했다. 그는 떠나기 전 스뫼츠 장군에게 자신이 감옥에서 만든 가죽 샌들 한 켤레를 보냈다. 스뫼츠는 프리토리아 부근의 농장에서 그것을 오랫동안 신었다. 1939년 스뫼츠는 우정의 표시로 그 샌들을 인도에 있는 간디에게 돌려주면서 "비록 그렇게 위대한 사람의 신발로 설 자격이 없다고 느끼지만, 당신이 이것을 준 뒤로 여름이면 신었습니다"라고 말했다.

간디와 우리

비폭력을 비롯한 간디의 진실 실험은 지금 우리에게도 필요하다. 나아가 세계화에 많은 문제점이 있는데도 21세기는 더 바람직하게 세계화될 것이고, 그렇게 되어야 한다고 생각하기에 약 1세기 전에 간디가 한 말이 더욱 마음에 다가온다.

나는 지난 3개월 영국과 유럽에 있으면서 결국 동양은 동양이고 서양은 서양이라는 생각을 한 번도 해본 적이 없다. 도리어 인간의 본성은 어떤 기후에서 자라든 동서를 막론하고 같다는 신념을 과거 어느 때보다 절실하게 믿게 됐다. 나아가 우리가 믿음과 사랑으로 접근한다면 그 열 배가 넘는 믿음, 그 천배가 넘는 사랑의 보답이 돌아온다는 사실을 확신했다.

이 말이야말로 간디가 지금 우리가 사는 세계에 남긴 진정한 메시지가 아닐까? 이런 메시지에 충실해야 지난 세기 우리에게 가장 큰 위험이던 남북 분단이나 국가 간 갈등을 넘어설 수 있지 않을까? 우리의 삶은 여전히 폭력적이다. 남북 분단을 비롯한 국제적 갈등은 모두 폭력의 산물이다. 사상이나 문화를 동서양으로 나누는 것도 인종이나 민족을 나누고 차별하는 것처럼 폭력이라고 볼 여지가 있다. 비폭력은 모든 사람이 평화롭게 공존하는 것이다.

간디와 같은 지도자가 우리에게도 반드시 필요하다고 주장할 필요는 없다. 우리 모두 간디를 닮아가는 것이 중요하다. 간디는 모든 사람에게 그런 능력이 있다고 했다. 그와 똑같은 사람이 되기는 불가능하고, 그럴 필요도 없다. 그가 무엇을 고민하고 어떻게 살았는지 제대로 이해하고, 우리도 그렇게 살아보려고 노력하는 것으로 충분하다. 그것이 반드시 정치적인 투쟁일 필요는 없다. 변화는 개인의 차원에서도 얼마든지 가능하다. 혁명의 가슴은 가슴의 혁명이다.

3. 남아프리카와 인도인

남아프리카

남아프리카는 인도인보다 한국인에게 먼 나라일 테니 독자들을 위해 남아프리카에 대해 몇 가지 기본적인 설명이 필요하다. 간디가 이 책 1~2장에서 남아프리카의 지리와 역사를 설명하지만, 그것으로 충분하지 않다고 생각하기 때문이다.

남아프리카는 대부분 고원으로 남극에서 불어오는 바람으로 여름에는 매우 덥고 겨울에는 매우 춥다. 인도양에서 계절풍이 불어와 11월부터 이듬해 4월까지 우기고, 서쪽으로 갈수록 건조하다. 반면 가장 남쪽인 케이프타운은 지중해와 기후가 비슷하다. 이 책 1장에서 간디는 남아프리카 기후가 좋다고 하지만, 그가 인도인이기 때문인지도 모른다.

내륙 지방은 약간 서쪽으로 기울어진 고원지대인데, 그 배수 지류를 따라 오렌지 강이 서쪽 대서양으로 흐른다. 북쪽 고원 끝인 국경에는 림포푸 강이 인도양 쪽으로 흐른다. 북동쪽에서 남쪽으로 뻗은 산맥이 동해안의 나탈과 고원지대인 오렌지자유주(간디 시대에는 오렌지자유국)와 남부 트란스발을 구분한다.

남아프리카에는 50만~200만 년 전에 최초의 인간이 거주했다. 간디가 남아프리카를 떠난 뒤인 1924년 여름, 약 150만 년 전 어린아이 것으로 추정되는 뼈가 발굴되었다. 남아프리카에 처음 정착한 종족은 산족San으로 추정된다. 이는 보어인이 '수풀에 사는 사람들'이라는 뜻으로 부른 말이다. 영어로는 부시먼Bushman이라고 하는데, 그 말은 백인이 경멸하는 의미를 포함한다. 그들은 지금 1만 명 정도 남았다. 대체로 몸집이 작은 산족과 함께 코이코이족Khoikhoi이라는 원주민 집단과 달리 몸집이 크고 문명이 발달한 반투족Bantu이 서기 10세기경 서아프리카에서 남아프리카로 왔다. 간디가 이 책에서 설명하는 줄루족Zulu은 그 일파다.

이어 1488년 포르투갈의 바르톨로메우 디아스Bartholomeu Diaz가 케이프를 돌아 알고아 만까지 항해했고, 이어 1497년 바스코 다 가마Basco da Gama가 케이프를 돌아 나탈에 이른 뒤 인도까지 항해했다. 그들은 케이프에 정착하지 않았고 오로지 황금과 상아, 노예를 가져가기 원했다. 16세기 말까지 포르투갈은 동방무역을 독점하여 엄청난 부를 축적했다.

1596년 네덜란드인 코르넬리스 드 하우트만Cornelis de Houtman이 케이프를 돌아 자바까지 여행했다. 그 뒤 네덜란드인이 1600년, 영국인이 1602년 각각 동인도회사를 만들어 무역을 했는데 어느 쪽이나 기항소가 필요했다. 1652년에 처음 기항소가 설립된 곳이 케이프 앞의 테이블 유역Table Valley이다. 그 후 보어인으로 알려진 네덜란드 이주민이 들어오고, 거의 동시인 1657년 노예 12명이 온 뒤로 노예는 수만 명으로 급증하여 인종 우월주의와 인종차별 정책이 시행되었다. 백인은 자신들이 신의 선택을 받은 인종이라 하고, 흑인은 열등한 인종이며 하인으로 간주했다.

1795년에는 영국이 케이프 식민지를 점령했다가 1803년 다시 네덜란드에 빼앗겼으나, 1806년 이후에는 영국의 식민지로 고착되었다. 1820년 영국 이주민 약 5000명이 도착한 뒤 보어인의 이주가 시작되었고, 이에 줄루족을 비롯한 선주민 흑인의 저항이 커졌다.

1867년 다이아몬드가 발견됨으로써 남아프리카에 근대적인 산업 자본이 형성되었고, 보어인과 영국의 갈등은 더욱 커졌다. 그중 하나가 이 책에서 간디가 언급한 1881년 마주바 고원의 전쟁이다. 이 전쟁에서 패한 영국은 트란스발의 자치를 인정했다. 그 뒤 발생한 중요한 사건이 제임슨 습격 사건으로, 간디가 이 책에서 상세히 설명한다.

당시 케이프 식민지 총독 세실 로즈는 영국이 트란스발의 자치를 인정한 것이 불만이었다. 그래서 트란스발로 무기를 밀수하여 1895년 친구인 광산업자 제임슨에게 반란을 일으키도록 하고, 영국인 여성과 아동을 보호한다는 미명으로 개입했으나 실패하여 총독에서 물러났다. 김윤진은《남아프리카 역사》(명지출판사, 2006) 201쪽에서 그 사건으로 트란스발이 영국 지배로 돌아갔다고 하는데, 이는 잘못된 서술이다. 이어 1899년 간디도 참전한 보어전쟁이 발발해 1902년까지 이어졌다. 전쟁 직전에 영국 식민지 장관 체임벌린은 내각에 보낸 편지에서 다음과 같이 말했다.

남아프리카에서 영국의 지위는 위험에 처했다. 세계 속의 우리 식민지들에게 우리가 힘과 영향력이 있다는 것을 알릴 필요가 있다.

전쟁의 결과는 비참했다. 군인과 일반 대중이 영양실조와 전염병으로 수없이 죽어갔다. 전쟁은 1902년 베레니깅 평화조약으로 종결되었다. 보어 공화국이 영국 식민지가 되었으나 보어인은 남아프리카에서 주도권을 장악했고, 그로 인해 아파르트헤이트가 본격적으로 전개되었다. 보어인은 전쟁에서 졌지만 그동안 싸워온 것보다 많은 것을 쟁취한 셈이다.

남아프리카 인도인

이 책에서 간디는 남아프리카에 인도인이 처음 온 것이 1860년이라고 하는데, 전후 사정은 충분히 설명하지 않는다. 이와 관련하여 1833년 영국 의회에서 제국 내 노예해방법이 제정되었고, 서인도제도의 사탕수수 농장(플랜테이션) 경영에는 엄청난 타격이 있었다. 그때까지 공급되던 노예를 대신할 노동력이 필요해져서, 당시에 가장 값싸고 과잉이던 부유浮遊 노동력인 인도인이 남아프리카를 위시한 영국의 여러 식민지로 공급되었다는 점에 주목해야 한다. 따라서 인도인은 1830년대부터 영국의 여러 식민지에 흑인 노예를 대체하는 노동력으로 대량 공급되었다. 이는 1910년대에 중단될 때까지 약 70년간 지속되었다. 중단된 원인은 간디를 비롯한 민족운동도 있지만, 더 중요한 것은 백인이 인도인 이민의 급증에 공포를 느껴 이민을 받지 않으려고 한 점이다.

인도의 대량 부유 노동력은 세포이의 항쟁이 일어나는 배경이 되었고, 1858년 항쟁을 진압한 결과 더욱 늘어났다. 그러자 부유 노동력 일부가 계약노동 이민 형태로 서인도제도에 보내졌고, 나중에는 동남아시아로도 공급되었다. 이로써 열대와 아열대 식민지의 부족한 노동력이 보충되었다. 그러나 계약노동이라는 이름이 주어졌음에도 실질적으로 노예노동과 다름없었다. 간디는 이 책에서 계약노동의 비참한 실태를 거의 언급하지 않지만, 당시 상황에 대한 연구에 따르면 노예 상태와 조금도 다르지 않았다.

간디도 자주 언급하는 나탈을 보자. 나탈은 현재 남아프리카공화국의 케이프 주 동북방으로 이어지는 인도양에 면한 주다. 19세기 중엽 유럽에 흉년이 들고 철도 건설 붐이 붕괴하며 상업이 정체하자, 1847~1851년 대량으로 생겨난 영국인 이민자 일부가 나탈의 해안 평지 농장 지역에 와서 사탕수수를 재배했다. 1870년에 영국인 인구는 1만 8000명에 이르렀으나 노동력은 항상 부족했다.

나탈 북부에 사는 반투족 흑인 노동력 공급이 원활하지 못해 카리브 제도나 모리셔스처럼 인도에서 계약노동자를 수입했다. 나탈 총독부가 인도에 파견한 모집원은 인원에 따라 임금을 받았으므로, 인도인 대리인을 사용하여 계약노동자를 모집하고 나탈로 보냈다. 따라서 인도인 중에서도 최저 카스트에 속한 사람들이 주로 모집되었다. 그러나 모집이라고 해서 자유롭지는 않았다. 대영제국과 인도 총독부가 조직적으로 통제하고, 나탈에서는 불법 벌금과 임금 체불, 차금, 태형, 의료 결여 등 문제가 발생하는 가장된 노예제라고 볼 수 있었다.

5년 계약을 마친 노동자는 인도로 돌아가거나 나탈에 머물렀고, 그 자녀가 태어나기도 했다. 한편 인도인 이슬람교도 상인이 자비로 나

396

탈에 와 성공하기도 해서 인도인 인구는 급격히 늘어났다. 1869년 50만 명이 넘은 나탈 인구 중 80퍼센트인 40만 명이 원주민 흑인이고, 백인이 5만 명, 인도인이 백인보다 많은 5만 1000명이다. 그중 계약노동자가 1만 6000명, 계약 만료 후 노동이나 행상에 종사한 사람이 3만 명, 상인과 그 가족이 5000명 정도다.

당시 백인이 인도인을 바라본 시각은 영자 신문에서 "낮은 생활수준과 도덕관념과 질병을 수반했다는 명목으로 카스트를 이용하여 모든 인도인을 비난"한 것으로 짐작할 수 있다. 즉 농장 노동력으로 인도인을 수입할 필요가 있다는 것을 알면서도 인도인을 배척하는 모순된 태도다.

1893년 나탈 정부가 자치 정부로 바뀌자, 3~4년 뒤에 인도인 차별법을 제정했다. 선거권, 체류권, 영업권을 제한하거나 박탈하는 법이다. 그러나 제국 정부 식민지부의 권고에 따른 것이라면서 차별이 아님을 가장했다. 예를 들어 영업법은 아시아인 상인으로 명시되지 않고 시청의 영업 면허 관리에게 자유재량을 주는 것이었으나, 실제로 아시아인을 대상으로 했고 반인도인 감정이 있는 자가 영업 면허 관리로 임명되었다. 이런 모순은 제국 정부의 것이기도 했다. 1897년 제국 정부 식민지 장관 체임벌린이 나탈 정부에 보낸 훈령에 나타난 이중성을 보자.

수억 아시아인 주거에 가까운 토지에 입식한 백인 주민이, 현존 백인 노동자의 정통 권리를 침해할 우려도 있는 아시아 이민의 쇄도를 앞으로 인정하지 않는다고 결단을 내린 것에 우리는 완전히 공감한다. 그러나 인종이나 피부색으로 차별하지 않는 제국의 전통을 명심하기 바란다.

나탈 인도인이 증가함에 따라 행상이나 소매상으로 트란스발의 보어 공화국에 들어가는 인도인도 증가했다. 보어인이 반투족 흑인의 저항을 억압하고 건설한 그곳에서 유색인종에게는 참정권을 인정하지 않는다는 1858년의 국가기본법 아래 1885년 인도인 차별법이 제정되었다. 참정권과 부동산 소유권 금지, 등록 의무, 거주와 영업 지구 설정이 그 내용이다. 영국은 보어인과 전쟁하면서 보어인의 인도인 차별을 한 가지 이유로 들었지만, 실질적 이유는 영란은행 준비금이 급속히 감소하고 금 산출이 긴박했기 때문이다.

보어전쟁 후 직할 식민지가 된 트란스발의 총독에 취임한 밀너는 1904년 아시아인은 백인 공동체에 무리하게 들어온 외부인이라고 말하면서도 인종이나 피부색에 따른 차별이 아니라고 주장했다. 당시 여론은 아시아인 소매상이 백인보다 생활수준이 낮아 백인 소매상을 급속히 쫓아낼 정도로 유리하게 경쟁할 수 있다는 공포심에 근거했다. 1907년에 성립한 트란스발 자치 정부의 수상이 된 보어인 보타나 스뫼츠도 같은 입장에서 인도인을 근절해야 한다고 주장했다.

스뫼츠

《간디, 비폭력 저항운동》의 주인공이 간디라면, 스뫼츠는 그에 대응되는 악역 주인공이다. 스뫼츠는 지배자고 간디는 피지배자다. 그들은 투쟁 관계지만, 마지막에 간디가 스뫼츠를 이기고 감복시킨다. 그러나 스뫼츠는 단순히 간디와 대적한 적장이 아니다. 그 역시 철학자로 알려졌다. 그의 전체론은 우리나라에서도 널리 소개된다. 특히 교육학이나 철학 분야에서 그렇다. 묘하게도 그런 분야 소개에서는 스뫼츠가 간디를 억압한 남아프리카연방의 지배자였다는 점이 전혀 언급되지 않는다.

스뫼츠는 남아프리카연방과 영국연방의 주요한 정치인이자, 군 장성 그리고 철학자다. 그는 1919~1924년과 1939~1948년 남아프리카연방의 수상을 지냈고, 1차 세계대전과 2차 세계대전에서 영국 육군 원수를 맡았다. 2차 보어전쟁 당시 트란스발에서 게릴라를 이끌었으며, 1차 세계대전에서는 독일령 남서아프리카를 침공하는 남아프리카 방위군과 동아프리카 영국군을 지휘했다.

그는 1917~1919년 영국의 전쟁 내각 5인방 가운데 하나였으며, 영국 공군을 창설하는 데 지대한 도움을 주었다. 1941년에는 영국 육군의 원수가 되어 윈스턴 처칠 수상이 이끄는 제국 전쟁 내각에서 일했다. 그는 유일하게 1차 세계대전과 2차 세계대전을 마치는 평화조약에 모두 서명한 인물이다.

스뫼츠의 가장 위대한 국제적 업적은 국제연맹의 구상을 구체적인 계획으로 만들어 현실화한 것이다. 뒷날 유엔이 창설되자 그는 유엔헌장의 서문을 작성함으로써, 국제연맹 헌장과 유엔헌장에 모두 서명한 사람이 되었다. 그는 영국과 식민지의 관계를 재정립해서 현재 영국연방을 건설하는 데 크게 기여했다. 하지만 1946년 유엔총회는 스뫼츠 정부가 유엔헌장에 작성된 대로 남아프리카에 거주하는 인도인의 대우를 보장하라고 요구하기도 했다. 2004년 남아프리카방송공사

SABC에서 시청자를 대상으로 위대한 남아프리카인 10명을 선정하는 투표를 했는데, 스뫼츠가 아홉 번째로 선정되었다.

사티아그라하와
아파르트헤이트

1906~1914년 남아프리카에서 소수민족이던 인도인을 중심으로 벌어진 사티아그라하 운동은 남아프리카 역사에 기록되는 경우가 거의 없다. 남아프리카 역사는 백인과 흑인의 역사이기 때문이다. 그러나 20세기 초에 벌어진 사티아그라하 운동이 20세기 후반까지 벌어진 남아프리카의 아파르트헤이트 반대 운동과 전혀 무관하다고 말할 수는 없다. 만델라를 비롯한 남아프리카 인권 운동가들만큼 간디의 정신을 계승한 사람들이 또 있을까?

20세기 말까지 이어진 아파르트헤이트는 영국 제국주의가 남긴 유산을 보어인이 배타적 민족주의에 따라 더 적극적으로 추진한 것이다. 즉 이중 기원이다. 보어인이 영국인보다 인종주의적이었다고 평가하는 경향이 있지만, 이는 남아프리카에 대한 저술이나 보도가 영어권 중심으로 진행되었기 때문에 조작된 부분이다. 이 책에서 문제가 되는 인도인 차별도 영국인과 보어인의 이중 차별이라고 보는 것이 옳다.[160]

---

160) Robert A. Huttenback, *Gandhi in South Africa, British Imperialism and the Indian Question : 1860-1914*, 1917.

번역상의 문제

이 책의 영어판은 구자라트어판과 대동소이하지만, 영국인을 비롯한 외국인을 대상으로 한 영어판과 인도인을 대상으로 한 구자라트어판에 차이가 있는 것은 당연하다. 간디는 외국인보다 인도인에게 솔직했다. 그래서 구자라트어판에는 영어판에 없는 부분도 있고, 특히 영어판에는 아예 없는 감정적인 표현으로 느낌표를 찍은 부분이 많다. 나는 이 책을 번역하면서 영어판에 생략된 부분을 옮긴이 주로 보완했고, 느낌표도 보충했다.

2007년 《자서전》을 번역할 때 사티아그라하를 '진실관철운동'으로 했으나, 7년 뒤 이 책을 번역하면서 사티아그라하라는 말을 원어 그대로 사용하기로 했다. 진실관철운동이라는 말로 번역한 이유는 종래의 '진리파지운동'이라는 말이 일본인이 번역한 용어고 그 뜻이 분명하게 전해지지 않는다는 것 등이었지만, 내가 새로 번역한 진실관철운동이라는 말도 문제가 있기는 마찬가지라는 생각이 들었기 때문이다.

●

연표

1897년(28세)	가족과 함께 다시 남아프리카로 감.
1898년(29세)	차별 법안에 대한 청원서 제출.
1899년(30세)	보어전쟁에 인도인 간호 부대를 조직해 참전.
1901년(32세)	다시 남아프리카로 온다는 약속을 하고 귀국하여 남아프리카에 대한 결의안을 인도국민회의에 제출.
1902년(33세)	다시 남아프리카로 감.
1903년(34세)	요하네스버그에 법률 사무소를 열고, 주간지《인디언 오피니언》간행.
1904년(35세)	러스킨의 책에 감동해 더반 부근에 자급자족 농원 건설.
1905년(36세)	나탈 인도인에 대한 인두세 징수 법안에 반대.
1906년(37세)	줄루족 반란에 간호 부대를 조직해 참전, 아시아인 법안에 수정을 탄원하고자 영국에 다녀옴.
1907년(38세)	인도인에게 재등록하지 말도록 요청하고 총파업을 하여 사티아그라하 개시.
1908년(39세)	2개월 투옥, 증명서 소각 선동, 증명서 미소지로 다시 투옥.
1909년(40세)	다시 두 번 투옥, 영국에 갔다가 돌아오며《인도의 자치》집필.
1910년(41세)	요하네스버그 부근에 톨스토이 농장 설치.
1913년(44세)	사티아그라하 재개, 행진 이후 투옥.
1914년(45세)	정부와 협상 타결 후 사티아그라하 중단, 런던을 거쳐 인도로 영구 귀국.
1915년(46세)	사바르마티에 아슈람 개설하고 불가촉천민 가족을 받아

들임.

1917년(48세) 비하르 주 참파란에서 농민해방 운동.

1918년(49세) 아마다바드의 방적 노동자 파업 지원, 케라 소작농의 사티
아그라하 지도.

1919년(50세) 롤럿법에 반대하여 전국 파업 지도 후 사티아그라하 중단.

1921년(52세) 뭄바이에서 영국산 옷 소각, 비협력 운동 추진.

1922년(53세) 비하르 주 초우리초우리에서 일어난 폭동으로 비협력 운동
중단, 투옥되어 6년형 선고받음.

1923년(54세) 교도소에서《간디, 비폭력 저항운동》집필.

1924년(55세) 1월 맹장 수술 후 석방, 힌두교도와 이슬람교도 일치를 위
한 21일 단식.

1925년(56세) 콜카타 폭동 해결, 11월 말에《자서전》집필 시작.

1927년(58세) 카디를 위해 전국 일주.

1929년(60세) 《자서전》완성.

1930년(61세) 단디 해안을 향한 소금 행진 시작.

1933년(64세) 불가촉 제도 해소를 위해《하리잔Harijan》창간.

1936년(67세) 와르다 부근 세바그람에 아슈람 개설.

1941년(72세) 개인적으로 사티아그라하 시작.

1942년(73세) 영국 정부에게 인도를 떠나라고 최후통첩.

1944년(75세) 아내 사망.

1946년(77세) 동벵골과 노아카리 지역을 방문해 힌두교도와 이슬람교도
의 종교 분쟁 해결.

1948년(79세) 1월 30일 저녁 델리 비를라하우스에서 힌두교도에 의해 암
살됨.

옮긴이 **박홍규**

영남대학교 법학과와 같은 대학원을 졸업하고 오사카 시립대학에서 법학 박사
학위를 받았다. 오사카대학, 고베대학, 리츠메이칸대학에서 강의했으며, 현재 영
남대학교 교양학부 교수로 재직하고 있다. 지은 책으로는《윌리엄 모리스 평전》,
《내 친구 빈센트》,《자유인 루쉰》,《꽃으로도 아이를 때리지 말라》,《플라톤 다시
보기》,《인디언 아나키 민주주의》,《세상을 바꾼 자본》,《리더의 철학》,《인문학의
거짓말》,《왜 다시 마키아벨리인가》 등이 있으며, 옮긴 책으로는《간디 자서전》,
《간디의 삶과 메시지》,《자유론》,《인간의 전환》,《오리엔탈리즘》,《문화와 제국주
의》,《신의 나라는 네 안에 있다》, 등이 있다.
《법은 무죄인가》로 백상출판문화상을 받았다.

간디, 비폭력 저항운동

1판 1쇄 발행 2016년 1월 20일
1판 2쇄 발행 2018년 4월 20일

지은이 마하트마 K. 간디 | **옮긴이** 박홍규
펴낸곳 (주)문예출판사 | **펴낸이** 전준배
출판등록 1966. 12. 2. 제 1-134호
주소 03992 서울시 마포구 월드컵북로 6길 30
전화 393-5681 | **팩스** 393-5685
홈페이지 www.moonye.com | **블로그** blog.naver.com/imoonye
페이스북 www.facebook.com/moonyepublishing | **이메일** info@moonye.com

ISBN 978-89-310-0987-3 03890

이 도서의 국립중앙도서관 출판예정도서목록(CIP)은 서지정보유통지원시스템 홈페이지
(http://seoji.nl.go.kr)와 국가자료공동목록시스템(http://www.nl.go.kr/kolisnet)에서
이용하실 수 있습니다.(CIP제어번호 : CIP2016000982)